散漫集

马孝义作品选

● 马孝义 ◎ 著

中国书籍出版社
China Book Press

图书在版编目（CIP）数据

散漫集：马孝义作品选 / 马孝义著 . -- 北京：中国书籍出版社，2018.2

ISBN 978-7-5068-6704-7

Ⅰ.①散… Ⅱ.①马… Ⅲ.①中国文学－当代文学－作品综合集 Ⅳ.① I217.2

中国版本图书馆 CIP 数据核字（2018）第 025996 号

散漫集：马孝义作品选

马孝义 著

责任编辑	王志刚
选题策划	陈思之
责任印刷	孙马飞　马　芝
装帧设计	重庆书立图书
出版发行	中国书籍出版社
地　　址	北京市丰台区三路居路 97 号（邮编：100073）
电　　话	（010）52257143（总编室）　（010）52257140（发行部）
电子邮箱	chinabp@vip.sina.com
经　　销	全国新华书店
印　　刷	重庆博优印务有限公司
开　　本	787 毫米 × 1092 毫米　　1/16
字　　数	450 千字
印　　张	25
版　　次	2018 年 10 月第 1 版　2018 年 12 月第 1 次印刷
书　　号	ISBN 978-7-5068-6704-7
定　　价	58.00 元

版权所有　翻印必究

自 序

我读书的习惯通常是从序言开始，然后再读正文。所以，在书的前面，觉得还是有一个序为好。

这本书，单就体裁而言，有点说不清道不明，散文、随笔、小品文、小说，都不好界定，四不像的样子。其中原因，大概写作的时候，基本上是率性而为，随心所欲，因为瞻前顾后太多，总是写不下去。

本书收录的文章，从1988年开始写作到今天写这个序言为止，时间跨度整整30年。由此可见，不仅体裁多样，内容庞杂，而且风格各异也就不足为怪了。

这是我的第一本书，除了几篇自认为不适宜的文章没有收录外，几乎汇集了这30年来所写的全部，目的是凑个数，增加一点书的厚度。另外一个意思呢，是想以此告一段落，对先前写的文章划个句号。

我的写作速度很慢，一是懒，二是忙，三是才情不够。所以，再过10年还会不会出一本集子，都很难估计。10年后，是该我退休的时间了。退休以后，闲得无事，心头发慌，兴许会拿起笔来，打发一些零碎的日子，以此消磨时光。

缘何写作，在《怀念复兴街27号》那篇文章中有所叙写。除此之外，还应说明的是，我最初练笔，是从写诗开始的，写了不少，至今都在几个硬皮的笔记本里，无病呻吟，爱呀恨呀，恼火得很。三五两载拿出来翻一翻，自是脸红了一阵又一阵，羞愧难当，无脸见人。

不写诗之后，才陆续写些短文。时间上也没有什么规律，有时一年半载不摸笔，一个字都不想写，可一旦兴趣来了，握住的笔又舍不得放手，昏天黑地写个不停。这个习惯，实在有些不好。

我从来怨恨命题一类的写作，憋脑筋得很。自由自在地写，或自由自在地不写，是我喜欢的一种写作方式。

说来好笑，这个集子收录了多少篇文章，我自己都不清楚，因为数过好几遍，但每次的结果都不一样。由此也就懒得再去点数，即使数清了，似乎也没有多大意思，所以就算了，懒得去费那番心思。

我就是这样一个人，一个散漫得不想和自己计较的人。

是为序。

2017 年 7 月 20 日下午于报社

目 录 CONTENTS

第一辑　说东道西

蚊 子	3
鸡	5
老 鼠	7
乌 鱼	9
牛	11
狗	13
猪	15
麻 雀	17
泥 鳅	19
睡 觉	21
走 路	23
打 牌	25
喝 酒	27
做 事	29
生 病	31
说 话	33
喝 茶	35
吃 饭	37

第二辑　闲吹漫谈

头发染黄以后 …………………………………………… 41
屠　户 …………………………………………………… 42
肾结石和拖拉机和一帮朋友 …………………………… 43
关于小偷 ………………………………………………… 45
复方"绯闻"冲剂 ………………………………………… 46
跳　舞 …………………………………………………… 47
致富指南 ………………………………………………… 49
深夜致友人 ……………………………………………… 50
闲话嘴巴 ………………………………………………… 52
话说眼睛 ………………………………………………… 53

第三辑　往事如烟

怀念复兴街 27 号 ……………………………………… 57
生活的磨难 ……………………………………………… 59
在村小教书 ……………………………………………… 61
顶　班 …………………………………………………… 63
保姆的婚事 ……………………………………………… 65
莲的故事 ………………………………………………… 67
卢望镇的居民 …………………………………………… 69
老校长 …………………………………………………… 71
无奈的日子 ……………………………………………… 73
命　运 …………………………………………………… 75
表　妹 …………………………………………………… 77
流年印痕 ………………………………………………… 80
需要的就是这种效果 …………………………………… 82

考 试	83
此情可待成追忆	85
那些逝去的时光	102
喂蚂蚁	143
捅蜂窝	145
接田鱼	147
烧碗豆	149
夹黄鳝	151
捉螃蟹	154
捉青蛙	156
挤油渣	158
赶集市	161
摸螺蛳	164
钓大鱼	166
乡下家居	169

第四辑 小镇风情

冒 皮	179
围 观	181
荷花镇的女人	182
江湖游医	184
慵 懒	185
小 贩	187
酒 客	188
尚业街棋人	189
脾 气	191
媒 婆	193
对 质	195

第五辑　故乡人物

大　哥 …………………………………………………… 199

妻　子 …………………………………………………… 201

田进志 …………………………………………………… 203

刘远成 …………………………………………………… 205

周昌德 …………………………………………………… 207

张国海 …………………………………………………… 208

张二娃 …………………………………………………… 210

王先明 …………………………………………………… 212

父　亲 …………………………………………………… 215

钱友瑞 …………………………………………………… 217

三　弟 ……………………………………………………219

第六辑　问答实录

答儿子问 ………………………………………………… 235

答母亲问 ………………………………………………… 237

答同学问 ………………………………………………… 239

答姐姐问 ………………………………………………… 241

答哥哥问 ………………………………………………… 243

答兄弟问 ………………………………………………… 245

答妹妹问 ………………………………………………… 247

答妻子问 ………………………………………………… 249

问妹夫 …………………………………………………… 251

问妻子 …………………………………………………… 253

第七辑　记录在案

记录在案（一） ……………………………………………… 257
记录在案（二） ……………………………………………… 261
记录在案（三） ……………………………………………… 265
解读阿勇和他的诗歌 ………………………………………… 270
黄化斌印象 …………………………………………………… 273
陈默印象 ……………………………………………………… 276
用心用情的写作 ……………………………………………… 279
春风沉醉的晚上 ……………………………………………… 281
清风拂来　翰墨飘香 ………………………………………… 283

第八辑　南来北往

西北纪行 ……………………………………………………… 287
北京纪行 ……………………………………………………… 298
阆中古城游 …………………………………………………… 309

第九辑　生活叙事

为了温馨的爱 ………………………………………………… 315
南方之旅 ……………………………………………………… 317
防盗门 ………………………………………………………… 319
代　课 ………………………………………………………… 321
祖　宗 ………………………………………………………… 323
白日克建房记 ………………………………………………… 325
那年那月 ……………………………………………………… 328

后　记 ………………………………………………………… 382

第一辑　说东道西

第一辑　说东道西

蚊 子

　　蚊子比犁田的水牛小数百万倍，它嘴巴上的吸管比锈花针还小，但越小越肯钻。人和动物的皮肤本身没有缝隙，它却能够把吸管从皮肤伸进去吸食血液。蚊子的腰杆上长有一对翅膀，属于"飞起吃人"的东西，吃饱喝足后，翅膀一拍，又飞走了。

　　蚊子怕烟，怕火，怕动物的尾巴，更怕人的巴掌。人的巴掌准而狠，要断送蚊子的老命。动物的尾巴有驱蚊的功能，只要屁股一带隐隐作痛，就晓得是蚊子在作怪，于是尾巴一甩，蚊子重则丢掉性命，轻则被打断一根脚杆。

　　牛的尾巴有两尺来长，身体的后半部都在打击的范围之内，蚊子落入其中，挨打的可能性极大，其前半部离尾巴太远，已经鞭长莫及，但牛站起来，身子朝墙壁一靠，碰巧也会把蚊子挤死，即使挤不死，也能把蚊子吓飞。猪的尾巴太短，有事无事都在甩，对于蚊子来说，完全是白甩了，蚊子趴在猪的背脊上，两个眼睛盯着猪尾巴根儿笑兮兮的，"你甩得再凶我都不怕你。"把猪气得直哼哼。

　　蚊子虽然小，但头脑是有思想的，它从来不去叮咬鸡鸭鹅一类的动物，这类动物的羽毛厚如绒毯，蚊子的吸管再长，也无法抵达它们的皮肉。蚊子奈何不了鸡鸭鹅，吸食不到它们的鲜血，怀恨在心，所以一旦见了有缝隙的禽蛋，马上带着细菌飞过去，让蛋速朽。

　　菩萨和人的相貌差不多，身体胖胖的，长年累月也不见走动，蚊子轻而易举地飞到菩萨身上，没想到吸管都抵弯了，却伸不进去，于是有人笑说："蚊子咬菩萨——找错了对象。"蚊子则反唇相讥："你以为我有你那样笨！我早都晓得菩萨是吃素的，身上没得血。我趴在菩萨身上，是飞累了在歇气。这点都看不出，还配做人。"

　　蚊子吃人血，反而蹋屑人，所以人对蚊子恨之入骨，一个蚊子趴到人的脸上，人一巴掌扇过去，即使打得自己嘴巴歪了，也非把蚊子弄死不可，从脸上抠下来，

—3—

看见蚊子已经不成形状了，还不解恨，放到拇指和食指之间，一搓，蚊子顿成肉末。

然而，一个蚊子被打死了，另一个蚊子又飞来。人清楚地意识到，即使把自己的脸打烂了，也很难把蚊子打绝种，所以，想出的办法是用烟熏，用药灭。夏日的傍晚，在院坝里堆一堆湿柴，引来火种，慢慢闷捂，湿柴燃不起明火，但烟多，经风一吹，四处飘散，人坐在柴堆边，翘起二郎腿，或抽烟，或喝茶，或聊天，逍遥而自在。

此时却可怜了猪，被烟熏慌的蚊子全部跑到猪圈里，密密麻麻地趴在猪身上，肚皮吃得透亮。人气慌了，把灭蚊灵粉剂拿来兑了水，一条自制水枪满屋喷射。刺鼻的药味立即让蚊子中毒，昏厥，然后死亡。剩下的药水倒进粪坑里，想把幼虫和虫卵都斩尽杀绝。然而，这毕竟是一种愿望，过不了几天，蚊子依然从四面八方飞来，在人的家中召开"蚊代会"，嘤嘤嗡嗡，自由发言，饿了，继续吸食人畜的血液。

鸡

鸡是家禽的一种。有公母之别,有大小之分。颜色的种类更多,红、黑、白、黄、灰,以及这几种颜色混在一起的杂毛。

公鸡用来配种,在配种的过程中逐渐长大,待到老而无用后,就捉来杀肉吃。早些年乡村里少有钟表,白天有太阳或者晚上有月亮的日子,时间的早晚尚可根据日月的运行来估计,一遇阴雨天气,人的眼力有限,时间就掌握不住了。这时候,公鸡打鸣的作用就体现了出来。"鸡叫三遍,婆娘起来煮早饭。"男人安排,女人就穿衣下床。

农村喂鸡,以母鸡为主,母鸡下蛋,蛋卖了可以称盐打油,可以凑娃儿的学费。不少农家子弟的学业都是鸡蛋"供"出来的。

鸡的生活习性是早出晚归,清晨打开圈门,就一窝蜂地从门洞里跑出来,跟着主人的脚杆打转,主人撒一把谷子在地,鸡才扑楞着翅膀飞开。但又常常争得打架,冒火了,干精火旺的公鸡顿时毛毛雄起,颈子伸起比鹅颈子还长,飞起两三尺高对啄,落地后再跳,如此反复。主人不去拆架,弄不好要跳一个早晨。

"发瘟的,你这样一跳,肉都跳得不在了,我还喂起你来捞球!"主人一根桑树条子呼的一声拍在地上,十来只鸡立即跑得不见踪影。

黄昏时候,一般情况下鸡都晓得回屋,但也有个别的鸡耍得没收到心,脑壳是恍的,该回自己的家却进了别人的屋。有良心不好的,伸手逮住,捏了鸡颈子一扭,两瓢开水烫了,一家人阴悄悄地炖一锅汤肉,吃得嘴巴抹油,你信都不晓得。

丢了鸡的人开口乱骂,吃了鸡的人就是不开腔。过后,事情也就不了了之。乡村常常以这种方式解决问题。

鸡是杂食性动物,连屎都要吃,更何况其他。所以家家户户的菜园子要用竹篱笆围住,但饿慌了的鸡拼老命都要往里钻。"鸡把人的菜都吃了,人去喝西北风?"所以小时候的星期天,大人常常命令我在菜地边守鸡。可是人小耍心大,这个活又单调乏味，通常守不住。大人就在菜地里插几个稻草人，那稻草人手杆下面拴两张笋壳，风一吹，就摇摆不定，仿佛在跳摆手舞。起初还可以吓唬吓唬鸡，但时间一长，鸡就晓得那玩意儿是豆腐渣泼水饭——哄鬼的，所以照常往里钻。

　　大人又给我做了一根响杆（一截竹子捶破而成）。只要鸡一挨边，我就在地上猛拍。但鸡的脸皮比城墙转拐拐还厚，走几步后又转回来。我气得咬牙切齿，阴毒地躲在一个角落里，有意放鸡进去，待鸡吃得点头啄脑的时候，突然冲出去，一根响杆八方出击，把鸡打得飞下几层崖。鸡那惨不忍睹的叫声惊动了大人，大人出来吼道："砍脑壳的，你把鸡的蛋肠扑断了，你还要不要钱读书？"

　　鸡就这样，被人恨着，又被人爱着。

老鼠

老鼠的名字怪怪的，硕大无比老态龙钟者叫老鼠，刚刚生下，体小如指头者也叫老鼠，你老我老大家老。老，简直是笑话。究竟先有眉毛还是先有胡子，鼠辈家族只有一本糊涂账，不论雌雄，不论大小，死去的先人或者未出生的遗腹子，通通称其为老鼠。

老鼠过街，人人喊打。人对老鼠咬牙切齿的痛恨，到了无以复加的地步。它偷油偷肉偷粮食，咬衣咬物还传播鼠疫，好处丁点儿没有，坏处却大大的。

俗话说，龙生龙，凤生凤，老鼠生个儿子就打洞。打洞做什么？栖身，藏粮，繁衍后代。老鼠生性狡猾，鼠洞在地下七弯八拐，既有入口，也有出口，你亲眼看见它从某个洞口钻进去，以为把洞口堵住，它就跑不脱了，或者提桶水灌进去就会把它淹死，但一切都是徒劳，它早已从别的洞口跑了。

老鼠咬碎衣物，偷吃粮食，啃穿柜子，像这类作奸犯科的事情，从生下来到老死，一辈子都干这营生，你骂它断子绝孙，它却有着惊人的繁殖能力，性欲亢奋，精力充足，一胞数胎，几十天时间就下一窝崽崽出来。

老鼠体小，跑得又快，急了爬梁，慌了钻洞，人拿它几乎无法。但毕竟人的脑壳比老鼠聪明，"我打不赢你，我就找个人来打你。"于是，猫儿便被人恭请到家中，管吃管住，充当"打手"，专捣老鼠的威风。在天敌面前，老鼠的嚣张气焰顿消，为保住自己那二两命，连屁都不敢放响了。

但由此一来，受到高规格款待的猫儿，自恃功高盖世，尾巴渐渐上翘，"要论捉老鼠，老子天下第一。"遂看不起了养它的主人，伙食一旦孬了，不吃不说，马上赌气跳到神龛上去睡懒觉，半天唤不下来，或者在屋子里踱方步，尾巴摇一摇的，把资格摆足摆够。

主人一气之下，把猫儿提到市场上去卖了，买回几包耗子药，还余剩几个割肉的钱，"白萝卜出不了席，红萝卜照样出席！"

吃了药后的老鼠头脑晕眩，反应迟钝，走路摇晃。狗跑过去，轻而易举地一口咬住，然后丢在晒坝里，松开嘴巴，让老鼠在地坝上漫无目的地乱窜，狗伏在地上，不时用前爪去刨一下，完全是幸灾乐祸地戏弄，"平时你娃跑得快，你有本事又跑嘛，你钻洞啥，你爬梁啥，想不到你老弟也有今天！"狗在得意忘形之后，就把老鼠活剥生吞了。

老鼠吃毒药，狗吃老鼠，于是，在强烈的毒性发作之后，狗也一命呜乎。二者到了阴曹地府，老鼠趴在阎王殿上嘿嘿笑对狗曰："老兄，没得金刚钻，哪敢划玻璃！我都要死了，你还落井下石来戏弄我，于心何忍嘛，龟儿子落井下石不说，还要吃我的肉！怎么样？你又逃脱没有？"

狗的肺都快气炸了，跳起来要去咬老鼠。老鼠转过身，用屁股对着狗，尾巴一摇，"拜拜"，即钻墙缝而去。

乌鱼

乡里人称乌鱼为乌棒，名字有点俗，没多少文化味，听起来像根棒槌，但事实上其形状也和棒槌差不多。乡里人说话通俗，形象生动："猪三娃"，"狗妹崽"，"干瞎管儿"……连人名都不讲究，何况你一条鱼。

乌鱼在鱼类家族中算是凶猛的，系杂食性动物，荤素不论，渣渣草草都吃得进。通常的说法是"大鱼吃小鱼，小鱼吃虾米，虾米吃泥巴。"以大欺小，以强欺弱，欺到最后，弱小者活不活得出来，那就是你各人自己的事情，哪个都管不了那么多。

乌鱼的嘴巴宽阔，口里长满了锋利的牙齿，脑壳柳长，鳃壳梆硬，除了骨头还是骨头，"鲢鱼头，鲤鱼尾，夹到乌鱼脑壳撞了鬼。"乌鱼脑壳没有肉，脸上当然也就只有骨头。相书上说人，"脸上无肉，做事刮毒。"意即寡骨脸人莫去惹，惹了闯天祸，你甚至指头都没出一根，他就倒地喊打死人，然后跳起来和你拼老命。

乌鱼做事更为阴毒，经常不出声不出气地躲在岩洞里，一旦小个子鱼儿从眼前游过，乌鱼就像饿痨鬼一样闪电出击，凉水都不打一碗，就把同类吞进肚皮里，连屁都不放一个。所以小鱼小虾一类撞到乌鱼，莫说跑，就是飞你都飞不脱。更损阴德的是，乌鱼还吃鱼卵，六亲不认地把同类消灭在萌芽状态中，它以为自己硬是无法无天哪个都奈何不了。

然而这种凶残的本性最终还是导致自己遭到报应。就在乌鱼浮出水面，游到杂草丛中大片大片吞吃鱼卵的时候，一个神枪手在岸上端杆火药枪，枪口瞄准后，"砰"的一声，铁砂子对穿对过，乌鱼脑壳顿时就开了花，肚皮翻白。岸上人拿个笤子伸到河中间，水都不下，就把乌鱼舀了上来。这是我小时在乡间看到的最激动人心的一幕。

乌鱼剽悍凶猛，在江河湖泊中基本上处于霸主地位，不说想吃哪个就吃哪个，那种说法未免有些夸张，但至少对其它鱼类是个威胁。所以养鱼户是绝对不会主动把乌鱼苗子往池塘中放的，即使突如其来的翻坝水偶尔将一两条乌鱼裹挟到池中，卖了成鱼清塘的时候，户主打起灯笼火把也会把钻进稀泥的乌鱼抠出来，不抠出来誓不为人，"跑脱了算你是马虾！"

大集体收割稻谷挣工分，在稻田里时不时会遇到乌鱼。此种时候，凭谁的手脚快当，谁逮住则归谁。往往是五六个人一起围追堵截，撵慌了的乌鱼在田里左冲右突，在人的手杆脚杆之间穿梭，就在乌鱼疲惫不堪，脑壳浮出水面的一瞬间，捕捉者立即从腰间取下镰刀，用刀背在乌鱼头上一叩，乌鱼顿时昏厥，不再动弹，于是被人轻而易举地逮住。

逮住者心花怒放，双手握住乌鱼脑壳，三五步奔到田坎上，马上扯开喉咙呼喊娃儿到田边来拿乌棒。待娃儿跑过来，就把娃儿的衣服脱下来包了，扎牢，吩咐道："好生拿回去，叫你妈多抓两个泡萝卜煮起！"

那顿由乌鱼带来的精美晚餐，让乡间小儿如同过年。

牛

民间有很多关于牛的话语,比如:墨蚊子过路看到了,大牯牛过路没看到,说明牛乃庞然大物。牛教三遍都晓得打转身,教你万百十遍你都学不会,说明人的悟性有时不如牛。下辈子变牛变马也情愿,说明牛之劳累辛苦非同一般。你背上披了牛皮,打死都不怕,说明牛的皮子厚,不怕挨打。犟牛拉重铧,说明牛的脾气之倔,力气之大。如此种种,不一而足。

民以食为天。而粮食来自土地,土地在乡民心中的地位,已经到了不可或缺的地步,缺了粮食,哪个活得出来?

而耕耘土地的是牛,掌管牛的命运的是人,拿不拿粮食给人吃的又是土地。所以,人,牛,土地,永远患难与共,生死相依。

牛说不出话,累死累活都在土地上负重前行。家乡属丘陵地带,田块狭窄,道路崎岖,耕作机无法进入,牛便成了人们赖以生存的永远的伙伴。

牛的一生,是劳累痛苦的一生,寿命不过十多年。三岁穿牛鼻子,开始学习犁田耙地。人握了缰绳,教导牛走直路,踩沟,打转身,一切按照人的意志行事。有脾气不好的莽汉,稍不顺心,眼睛瞪起牛卵大,左手扯缰绳,右手打条子,嘴里骂粗话。牛则埋头无语,弓了脊背,咬紧牙关,腿往前迈。

早年农民种地,要提高粮食产量,均靠精耕细作,一块水田,从秋天收割稻谷后到第二年春天插秧,总共需犁耙五遍。农谚曰:"七月犁田一碗油,八月犁田半碗油,九月犁田没搞头。"所以,稻谷收了,牛就开始劳累,早晨、中午和下午,一天起码劳作十个小时以上,人回家吃饭去了,牛被拴在桑树下吃谷草,渴了就把颈子伸到田里喝几口浑水,气还没有喘匀,主人又到了。于是,第二轮劳作又开始了。

牛在田里走,必须埋头用力,规矩老实。牛惹人生气是它的嘴巴和尾巴,抵拢田坎的时候,牛有时会伸出舌头卷一口青草到嘴里,主人看不惯,就用一个篾笼把嘴笼了；秋天蚊子多，专咬牛背牛肚皮，牛尾巴甩来甩去打蚊子，却把稀泥甩到主人的脸上和身上，主人冒了火，就把牛尾巴弯转去用绳子捆了，尾巴短了好长一截，蚊子打不着了，周身被咬得生痛，实在忍无可忍，牛则来了犟脾气，一下子在田里打起滚来，与主人对抗。

　　牧童骑牛背，身披斗笠，横吹竹笛，那种乡村牧归的小景，实在让人羡慕。小童与牛，有着至亲至爱的关系。炎夏的中午，小童将牛牵入塘埝中洗澡，乡里人俗称"滚牛水"，玩皮的童儿将牛鼻绳拴在一坨石头上，独自跑到树上捕蝉去了。牛在兴奋中将石头拖入深水中，牛头再也抬不起来了，于是在水中呛得直挣扎，翻滚的浪花和挣扎的声音惊动了小童，小童急得呼天抢地喊大人，大人拢了，跳下水去把牛救上岸，然后拿巴掌在小童屁股上一拍："龟儿简直笨得屙牛屎。"

　　小童挨了打，还被骂成一头笨牛，于是呜呜的哭，恨透了眼前这头牛。

第一辑　说东道西

狗

　　生活在乡间的动物中，狗是以忠诚著称的，它自觉看家的本领深得主人喜欢。忠于职守，毫不懈怠，对熟人摇头摆尾，对生人龇牙咧嘴。狗是小偷的敌人，却是主人的朋友。

　　儿不嫌母丑，狗不嫌家贫。一经跟定了某家，狗就笃定了心，终身不事二主。哪怕吃糠渣，喝潲水，睡檐下，都一律认命，不思想动摇，不见异思迁，深得主人信任。

　　寒冬腊月，大雪飘飞；酷暑三伏，烈日高照。冷时冷得狗打抖，热时热得狗吐舌，无论怎样恶劣的天气，狗都在檐下的门口边或蹲或卧，从黄昏到黎明，一直警醒着生人的到来。

　　早年的乡间普遍缺衣少吃，生活条件差，家中底子薄，更有吃了上顿没有下顿的好吃懒做者，饥肠辘辘中又不愿意坐以待毙。人有一个，命要一条，不偷，何以苟延残喘。所以饱暖思淫欲，饥寒起盗心。

　　偷盗者首先是心虚了一半又一半，不敢明目张胆大张旗鼓，其行为多半在月黑风高无人警惕的深夜，昼伏夜出，而狗，其神经在夜晚更为敏感，一有响动，则高声狂吠，一来吓唬盗贼，二来提醒主人。

　　有狗护家，主人则高枕无忧。而盗贼中有高明者，采取声东击西、调虎离山之办法，在村子东头，制造声响，却阴悄悄去村子西头作案，狗在冲动的狂吠里，却明辨不了盗贼的计谋。毕竟，狗的思维不及人。丢失东西的主人，气恼中归罪于狗，有脾气大者，以棍棒相加，"死人都要守副棺材，更何况你是一个活物！"狗被打得落花流水，跑到远远的地方去坐起，舔食身体的伤口，其可怜之状让盗贼窃笑。

　　狗更有犯糊涂的时候。"天上乌鸦飞，地上毛狗追。"狗费力追逐的，却是一个虚幻的影子，它没明白自己所做工作的徒劳。而在现今摩托飞奔的年代，狗却少见多怪。生人骑个摩托在公路上跑，狗则不要老命地追赶，它想去咬摩托的轮胎。起初的想法是，"老子四条腿，未必还不敌你那两个轮子！"但几百米下来，就累得气喘吁吁瘫软在地。于是落下"狗撵摩托，不懂科学"的笑柄。

还有一个说法是"狗咬耗子管闲事。"拿耗子本来是猫的事情，狗却超越职权，越俎代庖，起好心帮倒忙。猫体小力弱，不敢与狗硬斗，但心里老大不痛快，"捉又捉不到，只好守在洞洞边，还来抢功挣表现，哼！"猫转身就去狗槽里撒泡尿。"你夺我的生意，我就坏你的饭碗。"其情状，与世间人之争斗丝毫无别。

我的家乡，小时候玩一种"人象狮虎豹狼犬"的纸牌游戏，除了按照排名比大小外，另有"鼠钻象屁眼，狗咬人脚杆"的规则，出牌一比，立定输赢。在此种游戏中，人不及狗，因为人的脚杆永远是狗紧盯的对象。狗看到人的小腿及螺蛳骨一带。张嘴一口，咬了就跑，决不恋战。

狗分等级，其下品如"哈巴狗"，媚而无骨，让人不齿；狗之中品如看家狗，穷尽一生，为主人紧守门户；狗之上品为军犬，在枪林弹雨中出生入死，竟然毫无惧色。而现今城里人爱养狮子狗一类，呼曰"幺儿"。乖是乖，作用却不大。

第一辑　说东道西

猪

　　在众多的家畜中，猪的长像最不敢恭维，瓜眉日眼，很是难看：脑壳短，嘴巴长；耳朵大，眼睛小；肚皮肥，脚杆瘦。乡里人踏屑相貌丑陋者，喜用"面带猪相"一词，可见猪的相貌是何等的不雅观。但乡里人却不因猪的长像难看就嫌弃它。通常的一句话是："黑毛猪儿家家有。"可见，在农村，农民养猪极其普遍。主要的原因在于：一、猪喂肥了一卖，就会变成一坨钱；二、腊月间杀个猪，全家人一年就有了肉吃，顺便把一块一块的肥肉挂在梁上，还可以显摆显摆；三、猪吃得多，也屙得多，粪水足了，庄稼长得好，粮食自然丰收。

　　猪的一生可谓悲惨，至少挨两刀，一刀去势，断其子孙，二刀杀喉，夺其性命。猪挨了第一刀后，成了不公不母的废物，猪被骟匠骟了过后，从此失去性欲，少了非分之想，相互之间不再谈情说爱，也不再打情骂俏，关在同一个圈里，吃了睡，睡了吃。一天到晚，呵欠连天，鼾声不断。普通的猪圈，见方不过丈余，因为地方狭小，饮食过后既不能在圈里踱方步，更无法在圈里奔跑，缺少运动，能量不能消耗，只有长肉，加之肥从口出，猪又是一个非常吃得下东西的家伙，管他野菜粗糠，一顿一大盆，吃了没饱，还在圈里嘘起叫，前腿搭在墙壁上，恶得啃柱头。

　　狗打架为一块骨头，猪打架往往也只是为一瓢潲水，生怕自己吃少了，别个吃多了。为嘴伤心，六亲不认。三四个猪吃一槽，大的霸道站中间，吃干的，小的被挤在半边，吃清的。但也有小个儿的架子猪受不得这份窝囊气，干精火旺且不怕祸事，歪嘴一口就把侧边的肥猪耳朵咬了。"咬了就咬了，管他哪！"然后以飞快的速度躲到一边去，两个眼睛恨起，不作声。贪吃的肥猪顾不得耳朵还在流血，依然把嘴筒子伸进水底捞干的，吧嗒吧嗒，鼓一些气泡。吃相不雅不说，屁股后头又在屙尿。主人端第二盆猪食来，一见鬼火冒，扯根条子就打："边吃边屙，长点都不多，角角上去！"肥猪离去，那架子猪趁机奔过来，哪怕烫得直甩嘴筒子，也不愿抬一下头。

—15—

猪一生好吃，一生好耍。但猪的生命短暂，大约一年光景，就到了生命的尽头。假若让它一直活下去，三两年后也不可能长成一头大象，因为它那骨架把它定死了，从没听说哪个猪喂到老死可以长到几千斤的。况且听说猪喂上三年杀来吃，不仅皮子嚼不烂，而且肉都难炖耙。所以一旦膘肥体壮，屠户就来，屠户来后，捋衣扎袖，一刀进去，猪就落了气。

乡里人教训儿孙，说人的一生总要勤快，如果懒，像猪那样，整天吃了又睡，睡了又吃，到头来还不是要挨一刀。

第一辑　说东道西

麻雀

　　麻雀是最普通的鸟，身体褐色，背部有斑点。女人的脸上长斑，俗称麻雀斑，芝麻大小，散乱分布，极不规则，越多，越难看。而麻雀身上的斑点，是有机的点缀，反倒增添了几分漂亮。麻雀喜欢在林间跳动，叽叽喳喳乱叫，唱歌不像唱歌，说话不像说话。这种鸟飞不高，也飞不远，但它不停地跳，一刻也不停，像患了多动症。它的尾巴和脑壳转动灵活，身体小巧玲珑，很得儿童喜爱。

　　麻雀啄食谷子和麦粒，它夺人口中之粮，一度时期被列入"四害"之一，受尽打击和迫害。曾几何时，乡间捉麻雀成为一种运动，在全国铺开，几亿农民手持长竹竿，满地追赶，把麻雀撵得扑扑乱飞，累死的累死，活捉的活捉，麻雀几乎消失殆尽。后来运动结束，剩下的麻雀死里逃生，逐渐繁衍，到现在，环境宽松了，虽然不及过去之多，但也偶有所见。

　　上个世纪七十年代初期，我有四五岁，记得生产队不少人家都备有火药枪，通称鸟枪。鸟枪，顾名思义，打鸟所用。民间制枪艺人造枪，长则八尺，短则五六尺，一杆枪卖到几十块。俗话说玩枪的死在枪上，耍刀的死在刀上。我亲眼所见的虽然没死人，但发生过两次危险。一次是一户人家在锅里炒火药，灶孔里火烧大了，温度没控制住，致使火药着火，把草房烧燃了不说，还把自己两块脸烧得漆黑，像个灶神菩萨，至今没讨到婆娘。另一次是我家叔伯打麻幺子（老鹰），他把鸟枪搁在窗台上一抠，枪没响，取下来检查，不料猛然间又响了，结果把木门板打穿后，枪砂子把坐在院坝里挤胡豆的堂兄耳朵也打缺一块，幸好没把人打死。

　　打枪的危险，着实让人后怕。然而怕是心头怕，虚是脚杆虚。怕过虚过之后，仍然提枪打鸟。我家乡的打枪者均属业余，寒冬腊月，时间空了才出去打几天枪，所以枪法都不好。地上跑的野物不多，主要是打天上飞的，而天上飞的最多的又是麻雀。麻雀一大群一大群在竹林里跳跃，打枪者并不怎样瞄准，一枪打去，二三十颗枪砂子总有一颗会撞到一只麻雀，运气好时，一炮也能打到两三个。

麻雀繁衍后代，需筑巢做窝，窝通常筑在竹树的枝丫上。小时顽皮，常常爬上去捉小鸟，掏雀蛋，有时也抱住竹树猛摇，惊得窝里的麻雀乱飞。

麻雀中也有懒惰者，打简省算盘享现成福，把窝筑在人家的草房里，明眼人一看就看穿了，搭一架楼梯爬上去，轻而易举就捉了小鸟或捡了雀蛋。

麻雀活到现在，正本清源，有了自己真正的地位，成了人类的朋友，因为吃害虫，所以是益鸟，至于麦子和谷粒，麻雀照吃不误，但有啥子大不了的嘛，整个社会都奔小康了，几颗麦子几颗谷子算什么，人们少吃一顿饭，养活麻雀千千万。

泥鳅

泥鳅在浅水中游荡，在稀泥里穿行。脑壳尖，尾巴扁，体长不过七八寸，全身光滑，转身利索。眼睛小如绿豆，没眼皮，死不瞑目。

泥鳅肉质细嫩，营养丰富，有水中人参之说。乡下人吃泥鳅，先把铁锅烧烫了，从油罐铲坨猪油放到锅里，待油化，则将活蹦乱跳的泥鳅一下子倒进冒着青烟的油锅里，立即盖上锅盖。特别注意的是动作要快，慢了，跳动的泥鳅从锅里蹦到地上，还带着滚烫的油滴飞溅到人的脸上，烫起果子泡后，十天半月一脸烂像。泥鳅在锅里不到几秒钟，顿时毙命，死得梆硬。此时再将泡萝卜丝和泡海椒一类的东西倒一碗在锅里，舀半瓢凉水，沿锅边淋下。"大火豆腐细火鱼"，慢慢煨煮，十来分钟后，用豆粉勾点薄芡，无豆粉也可出锅。其味道之鲜美，让人馋涎欲滴，一口一根，连肠子和骨头都吃了。说是不干不净，吃了不生毛病，而且一样的补人。

泥鳅，人爱吃，猫儿更爱吃。几日不闻鱼腥味，猫儿走路无精神。小时候我家喂的那只黄猫，典型的馋嘴，十冬腊月泥鳅不好捉，连螺蛳蚌壳都要给它摸两个回来，在灶孔里炕干，舂成粉末，一顿拈一小撮在稀饭里，搅匀。将就猫儿吃饭，比服侍老祖先人还周到。有啥办法，你要央求它捉耗子。所以每每弄到泥鳅，若是数量少，则留给猫儿吃。

泥鳅难捉，只因其体滑无比，在手中稍一用力，则从指缝间跑掉，一头钻进稀泥里，瞬时不见踪影。秋天稻谷收割之后，是捉泥鳅的好季节。只要水田里脚印窝的水是浑的，则里面必有一条泥鳅，两只手轻轻下去，又轻轻捧起来，连泥带水放进笆笼，泥鳅就怎么也跑不掉了。后来乡村里安了电，有胆大者牵根火线到田里，闸刀一闭，泥鳅的周身都麻透了，从泥里钻出来，白翻翻的浮在水面上，只管伸手拣，一点不费力。但那行为太危险，隔不了好久就听说某某地方有捕鱼者触电死了。

泥鳅也有害人不浅的时候。"千里之堤，溃于蚁穴。"因为善于打洞，泥鳅有时把田坎钻穿，农田里的水漏干后，大旱年辰找不到水源补给，眼睁睁看着田块龟裂，扬花后的稻谷饱不起米，人都气死了。农民要是此时见了泥鳅，简直鬼火从头顶冒出，把一根泥鳅狠狠地搭在地上，"叭"的一锄脑壳捶下去，顿时把泥鳅打成肉浆，甚至还不解恨，粗鲁的骂一句："我把你屋妈都X死，你钻，我看你现在还往哪里钻！"

　　早年田里的泥鳅甚多，现在化肥用得多了，泥鳅成活率低，有人开始人工饲养，如果用普通的饲料喂养则罢，问题是有利欲熏心者，为缩短养殖期，听说用避孕药喂。而城里人爱吃火锅，火锅店的菜谱里都有泥鳅一道菜，男的喜欢，女的也喜欢，经常进火锅店的女人数年不怀孕，大小医院跑遍了，肚皮仍然鼓不起来，男的怪女的，女的怪男的，却没想到罪魁祸首却是那——泥鳅。

第一辑　说东道西

睡觉

　　人的一生有三分之一的时间是在睡眠中度过的，懒汉则不止，懒汉奉行着"吃孬点，耍好点，没得稀饭睡早点"的原则。他们耍，自然以睡觉为最好的方式。夜晚睡，白天也睡，管他睡得着睡不着，睡得着的时候三天三夜不起床，睡不着的时候就鼓起眼睛数屋顶上的瓦片。懒字当头，活一辈子耍安逸。

　　有为养家糊口忙于生计者，视睡觉为耽搁时间，所以将睡眠时间挤了又挤压了又压，目的是想尽量腾点时间出来做正事。早年乡间农活多，繁重的体力活常常弄得人精疲力竭，累瘫了，哪怕倒在地上也睡得着。

　　我年幼时瞌睡特多，夏天光着身子睡门槛，睡板凳，睡簸箕，即使蚊子叮满全身，吃得通红透亮，也可以一觉睡到天亮。记得有次爬桑树摘桑葚吃，吃饱了竟抱着桑树睡着了，大人扯开喉咙喊吃午饭，梦中惊醒，像熟透的果子一样跌落在地上，差点摔成脑震荡。冬天夜长，又冷，晚饭后上床即睡。生活贫困的年代，十天半月不见油腥，长期营养不良，身体单薄瘦弱，夜间经常做梦吃炖肉，肉吃够了，汤喝饱了，下体发胀，捋起裤子就去屋外一角落撒尿，明明看见地上的泥土冲起一个窝儿，醒来却睡在床上，湿了裤子，湿了被子。大人起来惊呼：砍脑壳的，一泡尿差点把床铺都冲跑了。

　　幼时嗜睡，挨席则眠。如今人到中年，却常常为失眠而烦恼，安眠药逐粒增加，记忆力却渐渐下降。精神萎靡不振，脑壳恍兮惚兮。听说有瞌睡没睡醒者，眼睛眯起眯起的，从市场上割块肉回来朝墙壁的钉子上一挂，没想到那铁钉却是一只蜻蜓。肉掉到地上，地上恰有一泡鸡屎。盛怒之下抬起头来，看那墙上"还没飞走的蜻蜓，"一拳打去，岂料这次却又打在一颗铁钉上。手还在疼痛流血，看见鸡跑来啄肉，此时正找不到气出，拖根扁担就去撵鸡，鸡吓得跑到床下不出来，只好用扁担猛扫，一用力，竟把一只夜壶打成块块。这些都还不算要紧，关键是中午吃饭的时候，看

-21-

见饭桌子上有一汤匙麦酱，甚觉可惜，伸双筷子夹起来放进嘴里，没想到却是一泡糖麻痢鸡屎。

这虽然是一则杜撰的故事，但也可以看出，觉没睡好，脑壳则旷，旷后则出事。

常人睡觉，都必须宽衣解带，着一二层薄衣即可，而且要讲究一定的睡姿，睡姿正确了，既可达到休息的目的，同时也是一种养生之道。"站如松，坐如钟，卧如弓。"这是对习武之人的要求。作为普通人，睡觉当然也应该以侧卧、蜷曲为好。不过也有不脱衣裤的"和身滚"者，脸脚不洗，脱鞋上床，睡觉四仰八叉，鼻孔朝天，鼾声如雷。这种粗犷而不得要领的睡法一般是男人。女人睡觉的体态则优雅得多，即使睡熟了，也像一只温顺的波斯猫，静静地闭了双眼，轻轻呼吸，鼻息如丝，显得从容而温馨。所以，睡觉的女人也应该算得上一幅美丽的图画。睡美人是也。

常人睡觉都有一定的规律，不同寻常的人做事不一样，连睡觉也不循规蹈矩。有梦游症患者，俗称夜游神，因大脑患一种病，无法控制自己的行为，常常深更半夜满坡走，天亮之前才回屋，回屋后再睡，睡醒过后，对晚上的所作所为忘得一干二净，从来都认为自己须臾没离开过床铺。

小偷喜欢白天蒙头大睡，天黑之后出夜工。作风不好的男人抛妻离子，睡到别的女人的床上，自家女人埋怨回来晚了，男人却争辩："我回来得晚吗？乱说！别人天黑了好久都不回屋，而我，天还没亮就回来了。你说，是我早，还是别人早？"

世上居然也有这种强词夺理的家伙。好笑。

2006 年 3 月 13 日

第一辑　说东道西

走路

没有车的人只能走路，没有钱坐车的人也只能是走路。而这世上无钱无车的人又太多，所以，走路的人比坐车的人多。

坐小车的人多半是领导，领导的车高级，坐起来舒服，他坐的是国家的钱，但他该坐，因为他的级别上到那个档次去了，况且如果领导不坐车，办事员去坐车，世上没那回事；二是领导日理万机，事情多，公务忙，如果靠走路，岂不耽搁时间，误了大事，既不利国，也不利民。还有一部分人也坐高级小轿车，这种人多半是老板，老板有了钱，他买个车全国跑，不仅是地位和身份的象征，而且也是他的自由。你管都管不着。

没有钱的人看到出租车跑得飞，本来心里很想去坐一盘，但钱包是空的，所以就只好走路算了。有一种人他不是没有钱，而是太吝惜，属于"捏到卵子落气"的那一类，有钱舍不得花，他宁愿不坐车而去走路。这种人不太令人欣赏，因为他拿着一坨死钱不去消费，也就没为国家搞活经济贡献一份力量。本来钱取之于民，就该用之于民嘛。

我是属于缺钱那类人，所以上下班都尽量走路，不去花钱坐车。加之我小时候走路习惯了，每天走几里路根本没有问题。我走路的速度一般人赶不上，这主要在于小时候父亲的严厉要求，他认为路走慢了耽搁时间，是变相的偷懒想少做事："蚂蚁都踩死了，像你妈个啥样子！"如今妻子和我一起散步，她总抱怨我走路太快，跟在后面放小跑都赶不上，她说我"前面有龙肉吃呀，还像不像两口子？"。

如今上下班的人喜欢走路，主要目的是锻炼身体。有人形容机关工作的人：一杯清茶半包烟，一张《参考消息》看半天。一天坐久了，缺少运动，大鱼大肉吃得多，啤酒吃得多，很多男人像个怀胎妇，鼓起好大一个肚皮，皮带垮在肚脐眼以下，前低后高，一条裤子要垮不垮的，这种人个子不高、工资不高、文凭不高，就是血压高、血脂高、血糖高。人一旦有了病，才真正懂得健康的重要。生命在于运动嘛，运动的最好方式就是走路。于是早晨上班走，下午下班走，每天坚持走两个小时，走出一身毛毛汗，几个月下来，顿觉神清气爽，精神百倍。

有喜欢勾着头走路的人，眼盯地面，倒不是为了拣地上的拉丝皮包或存折本本。现在的人都收拾得挺好，那东西不会轻易掉在地上。所以没必要勾着头走路。而且埋头走路，气质欠差。走路，须抬头挺胸为好，但不要两个眼睛望着天上，这样给人一种傲气十足的感觉，似乎目中无人，不把别人放在眼里。

人上一百，形形色色。走路，各有各的姿势，各有各的走法。即使他出左脚甩左手，出右脚甩右手，身子扭来扭去像麻花，你也不要去管他，否则他杵你一鼻子灰，说你"闲事管得宽，裤儿反起穿"。弄得你灰头土脸的，张起嘴巴说不出话。

俗话说："闲事少管，走路伸展。"应该就是这个道理。

第一辑　说东道西

打牌

　　打牌的兴趣是小时候养成的，七八岁正读小学，寒暑假里，大人安排割草捡柴，却常常邀约几个伙伴躲藏到茂密的芭茅丛中，打升级、打中三、争上游，有时入迷到中午该回家吃饭了，背篼还是空的。稍大一点，懂得了可以用牌赌钱，那赌瘾之大，几乎到了难以自拔的地步。记得有一回躲在草树背后和别人偷十点半，被严厉的父亲撞见后，挨了一顿狗血淋头般的臭骂，那凶暴的骂声一直持续到中午，午饭都是从寒凉的背脊骨落下去的。然而到了下午，依然经不住诱惑，以为在竹林后面牛皮菜地里，完全可以瞒过对面山坡上父亲的眼睛，但到底没有躲过。深知父亲脾气的我，偷偷潜回家中，从柜子里翻出两条滤帕缠在双腿的膝盖上，然后用长裤遮住，从而躲过了双膝跪在碳渣上那本会痛得钻心的一夜。

　　乡间小儿打牌赌钱成风，后来中考高考纷纷落马。唯我，经过父亲无数次暴风骤雨的责骂和皮开肉绽的惩罚后，幸好改掉恶习，从而得以升学吃上皇粮。父亲骂得好，打得更好，这是我现在深刻的体会。

　　我如今已是中年，已为人之父，理应作好子女的楷模，有时想打点小牌，却也只好背了孩子的眼睛。但这样一来，心里仿佛有鬼，胡思乱想，精力不集中，再加之记忆力差，算不精牌，所以十打九输。于是干脆金盆洗手，一点不去沾染，免得输了钱，还被别人嘲笑说马某人智商低。只是遇到兄弟姊妹几个在一起，凑拢来打伙食费，在那种肥水不流外人田的想法之下，斗胆上阵，麻将、金花、三砍一、斗地主，样样都敢上，大小都敢来。然而，请客办招待的又多半是我。输了钱，兄弟们就劝我把酒喝好，常常又被灌得二麻二麻的，走路摇晃，脑壳打倒栽冲，丢不尽的脸，丧不完的德。

　　打牌的时间太少，况且一辈子又不占赌运。所以我的牌技每况愈下，如果叫我

-25-

打牌，不如直截说叫我送点钱给你。渐渐地，与牌无缘，与牌友无缘，几人凑在一起，就成了观战的角色。与人同悲，与人同喜。悲过喜过之后，自己兜里的钱，既不看涨，也不见跌，心情倒也释然。

揣摸打牌人的心理，赢了的想再赢，输了的想捞回来，所以通宵达旦熬更守夜不觉累，脸青面黑眼蒙血丝不觉苦，即使夜半三更烟吃完了捡地上的烟锅巴吃，也不去顾及脸面不脸面。

"屙了尿，输一吊。"打牌的人忌讳上厕所，下体发涨，可以把两腿夹紧，能坚持多久就坚持多久。听说有牌瘾大者，三天三夜不下麻将桌子，肚皮饿了，叫人端二两牛肉面来，一顿管三天，到最后，打着打着，身子一梭，就到了桌下，同伙以为是去捡麻将，哪知半天不见起来，低头一看，原来已经昏厥，还没来得及送医院，就眼仁翻白，弄得后来阴阳先生祭文都做不出来。

我之所以放弃了打牌赌钱的爱好，主要是害怕重蹈小时候的覆辙，一旦上瘾，万难改掉，人不人鬼不鬼的，弄得妻嫌子不爱。如果像上文举例那位麻将未伏人先伏，伏地永远不起来的赌者，我是极不愿意去追随的。因为，我历来把自己那二两命看得相当贵重。

2006 年 4 月 26 日下午

喝 酒

不喝酒的人非常讨厌酒，尤其是不喝酒的女人。滥酒的男人通常半夜回家，回家后醉醺醺的胡话连篇，昏头昏脑。尿急了上厕所，竟然把冰箱当卫生间，门一拉开，看见灯还亮着，心里埋怨着婆娘是个恍恍，电灯开关都忘记关。同时一泡尿毫无保留地屙进冷藏室里，唏哩哗啦之后，回到卧室倒头则睡。女人经常抱怨说自己前半夜守寡，后半夜守尸。那马尿水水害死人。

能喝酒的人自恃酒量大，喝多了却出事，有酒醉坠崖而死者，很是让阴阳先生为难，因为那祭文的确不好写。含糊其辞不行，一笔带过不行，实事求是更不行。所以丧事只能在没有祭文的程序中进行，呜乎哀哉，草草收场。不该说的只好不说，不该问的当然也不问。大家都装糊涂。只有傻儿才去打破砂锅问到底，只有更傻的傻儿才主动说"我屋某某是喝醉了酒跌几层崖摔死的。"

不能喝酒的人讨厌劝酒的人，劝酒的人一般酒量大，不喝酒的人喝了皮肤过敏，周身起鸡皮疙瘩，又痒又抠，抠了上身抠下身，心里难受。所以喝不得酒的人害怕赴宴，赴宴则被人奚落："你那点酒量，我站在马路这边打个嗝，一股酒气飘过去都能把你醉趴！"

气量小的人则冒火，与对方争起来。"没醉趴哪个说？""醉趴了哪个说？"于是拼起老命赌酒，打口水仗，吼声如雷。最终的结果是：杯盘狼藉，几个人横七竖八躺在桌下打呼噜。那劝酒者，此时即使没倒桩，身子也已经是偏一偏的了，癫狂得一个人提个酒瓶子当话筒，对着雪白的一堵素墙唱卡拉OK：东边我的美人哪，西边黄河流，来呀来个酒呀，不醉不罢休……声音左到半边麦子坡去搁起。

我所居住的这个小城，喝酒的人花样百出，有"冷水泡茶漫漫来"喝绵绵酒的，也有"不喝不舒服，喝死当睡着"具备豪迈气慨的，还有喝醉了酒，一个大男人一把鼻涕一把眼泪倾诉衷情的，更有喝了酒发酒疯，伸手动脚打人，无数次进派出所的。

可谓人上一百，形形色色。

"天子呼来不上船，自称臣是酒中仙。"喝酒的李白是大诗人，那种潇洒的程度，令人羡慕。不过他"举杯邀明月，对影成三人"的时候，我们完全可以想象，他当时肯定喝醉了，眼睛是花的，影像重叠。"古来圣贤皆寂寞，唯有饮者留其名。"李白喝酒的名声确实流传下来了，但如果他没有那千古颂传的诗作，恐怕后人也不会认为他是酒仙，实乃酒鬼一个了。

如此说来，没有名声和地位的人你干脆不喝酒算了，手头没有钱，喝又喝得孬，一副穷斯滥矣的形象，而且喝酒天天醉，时间长了落得个酒精肝的毛病，医都医不好，只能眼睁睁的等死。几头算账，没有哪一头划算。

有钱的人可以喝酒，一来有钱喝得起好酒，茅台五粮液随便喝，一点都不心痛。二来又很会把握分寸，他们多半看重自己的身体，喝酒可以做到适可而止。酒喝得少可以舒筋活血，喝多了却会酒精中毒。中毒了，当然身体会受到损伤，挣那样多的钱，还没用到零头就去见了马克思，岂不是死到阴间都想不开。

2006 年 5 月 15 日于书院坡

做事

吃得才做得，吃不得当然也就做不得。像"干筋筋，瘦壳壳，一天要吃八钵钵"这种人，胃口特别好，虽然瘦，但关键是他身上有肌肉。所以一两百斤的担子搁在肩上，仍然跑得飞。

幼时家乡有个周莽子，人高马大，胡子拉碴，秋后担谷子送公粮，大箩筐上重小箩筐，小箩筐上还要加围席。事情做得，饭也吃得，五斤米煮干饭，一顿吃完嗝都不打一个。更让人当作笑料的是，两口子生了娃儿妹崽一共八九个，如果不是后来计划生育搞得严，再生八九个恐怕都没有问题。所以周围的人都说"周莽子啥子事情都做得"。

做事，说得书面一点就是劳动。我自幼身体虚弱，生性懒惰，尤其是冬天，一遇冷风冷雨，就不想跨出门槛半步，大人安排到坡上拾野粪，我总是说外面风大，喝了冷空气肚皮痛，胸口还会鼓气包。大人明晓得我是懒字当头，不想做事，也不十分勉强。但我那兄弟却是个很爱挣表现的人，大人夸他一句："我幺儿能干。"他马上就提个粪筐往外面跑，而且非要拣到满满一筐粪才回来，哪怕饿得前胸帖后背，冷得手脚像针锥。

我小时候养成的这种懒惰习惯，一直延续到现在，主观上也不想改正。勤快的妻子经常训斥，说我懒得有盐有味。有时候，我也找些牵强的理由为自己开脱。比如说，你不想起床关电视，厂家就为你制造遥控板；农村人嫌扯风箱费力，世面上就有鼓风机卖；古时候打仗全靠使蛮力，现代人却能制造核武器。听说在科技日益发达的今天，即使上厕所，也用不着亲自动手了，站在马桶边，将开关一按，你的裤子也会自动垮下，解手完毕，还能自动给你擦屁股。一切都按照懒人的想法进行。

所以，懒人是有懒福的。

有一种闲不着的人，生来是做事的命，即使无事，也会找事做。但做的事情越多，出的问题也就越多，反而费力不讨好。但事情总是要有人做的。

中国人自古崇尚勤劳，对"吃孬点耍好点"的懒汉思想向来嗤之以鼻，看不起。但仍然有好逸恶劳者，不管那么多，整天躺在床上睡大觉，等着天上落金砖。因为他坚信：说不定哪一天自己就会拣到一坨钱，发一笔横财，从此生活过得滋润万般。这种上不沾天下不着地的乐天派，恐惧八辈子都不知事。

不过话又说回来，人活在世上，事情还是要做的，大事做不来，小事总应该做点点儿，否则，别人会指着你的背脊骨教育他的子女："千万莫去学那个五十岁都还没讨到婆娘的老男人，毬事做不来，还想穿皮鞋。"

你看，多难听啊。

2006 年 5 月 15 日夜于书院坡

生病

生病是一件很痛苦的事情，不论大小，都令人心情极不愉快。有了病，就应该吃药，否则越拖越深沉。

作为普通老百姓，因为穷，没有钱，所以除非实在爬不起来了，是不会去医院找医生的，尤其是进大医院，他更怕，医院不吃人，要花钱的。所以老百姓的毛病很多是拖出来的。在不严重的时候，他就打起精神硬撑着，直到无力做事，吃不下饭，喝不进水，实在撑不下去了，才借了钱往医院走。医生一检查，惊叫一声："我的天神，再来晚几天，恐怕命都要没了。"于是住院治疗。住院则需卧床打吊针，屙屎屙尿需人搀扶，饮食起居要人照料。一人生病，全家不安，借钱借物，东跑西跑，好不累人。累人倒也罢了，可生一回病，全年的收入几近泡汤；如再有人生病，则捉襟见肘，只好卖猪卖粮；如还有人生病，则肝肠寸断，欲哭无泪，只能听天由命了。

所以老百姓说，不怕生坏命，只怕得坏病。

但也有小毛病大医一类的人，这类人有些是胆小的怕死鬼，哪怕屁股上长个火丁疮，也装腔作势说痛死人，问医生多久能好，病痛期间要吃哪些有营养的东西，有没有后遗症，疤子干了过后有没有痕迹，痕迹又怎么消除等等。

人吃五谷，难免生百病。凉寒感冒一类的轻微小病，来得快，好得也快。癌症不必说，一旦得了，几乎被判死刑。意志薄弱者，成天生活在焦虑中，精神萎靡，身体渐渐消瘦，不出数月，则一命呜乎。但也有无所谓之人，即使查出是绝症，晓得大限之日不远，已经是活一天算一天了，但他却要抓住这不多的时日，吃喝玩乐，尽情享受。岂料一天没死，二天没死，三五几个月仍然没死。因为吃得好，耍得好，天晴落雨不出门，没有太阳晒，没有雨水淋，渐渐地，脸色比原来更加红润，皮肤比先前更加白皙。到医院一查，原先是医院诊断错了。根本没病，虚惊一场。

有一种毛病，说大不大，说小不小，因为吃得下饭，却做不得事。这种人在世上要死不活的，成天走一步哼一声，弯腰驼背，咳咳咔咔。心脏病，气管炎，或者肺结核一类，医又医不断根，一个老病号，长期吃药，吃得身子和家里的房子一样了，只剩一个光架架，风都吹得倒。外人不想接近，害怕传染，吃饭不同碗，说话不对面。甚至家人也少了关心，多了厌恶。病人心里清楚，内心痛苦，整天缩在屋里，只能充当一个看家的角色。患上这种病，求生不得，求死不能，实在是悲哀至极。

所以，得病是痛苦的。除非万不得已，那病，千万莫去得。

第一辑　说东道西

说　话

　　要把内心的想法用准确的语言表达出来，其实不是一件容易的事情，所谓茶壶里装汤圆，有嘴倒不出。说话的人急，听话的人更急。沈从文就是一个明显的例子，刚刚教书的时候，走上讲台，紧张得不行，一个多小时的讲话内容，十几分钟就说得一干二净，再也无话可说，只好背转身去，在黑板上写下一行字：我第一次上课，见你们人多，怕了。诚实得可爱又可笑。

　　有天生的演说家，口若悬河，出口成章，面对万千听众，毫无惧色，而且人越多，他的情绪越高涨，说话更来劲，这种人有一种表现欲，自信心十足，脸皮厚，不怕羞。

　　也有一些人说话啰嗦，不得要领，说了好半天也说不到点子上，你不断地提醒，他却不断地跑题，倘若由他去发挥，可能三天三夜也讲不完，你耳朵都听起茧疤了，他还说得口水爆溅，得意无比，情绪沉浸在说话的快乐中。

　　说话和一个人的性格有关，耿直的人说话直来直去，毫不转弯抹角，有啥说啥，一根肠子通到底，说得说不得，并不去多加考虑。但这种人往往得罪人的时候比较多，被人拿住把柄的时候也比较多，然而又上当不怕，天性生成，一辈子吃亏吃在嘴巴上。

　　有领导在主席台上讲话，声音小得比蚊蝇的叫声还细，听的人张起耳朵，费力得伸起一丈长的脖子，却也听不清几个字。领导要求你把会议的精神带回去传达，而他的精神却如此萎靡不振，死蔫蔫的，仿佛米汤都没喝一口。这种人即使有很高的水平，也不太适合作报告，冗长的报告本来就是催眠的良药，一旦遇到这种人，三五两分钟就会催出你的鼾声。

　　有说话声如洪钟者，俗称"喳喝喝"，本来两个人坐在一起交谈，完全用不着高声喧哗，但其嗓门压都压不下来，在一间屋子里，声浪似乎把窗子的玻璃都要震碎。常言道，说话费精神，弹琴费指甲。但这种人往往精力充沛，精神特好，两眼放光。

要是交谈的两人都属同一类型，破锣对烂盆，粗嗓门遇大喉咙，不知内情的人还以为他们在吵架，火药味浓烈，要打起来了。其实不然。

睁眼的罗汉闭眼的观音。男人说话把眼睛睁圆了不碍事，声音大得震耳欲聋也不伤大雅，他体现出来的是一种阳刚之气，自有男人的魅力。但在我的看法里，女人如此，却适得其反，女人本应柔弱如水，清澈透明，你说话大声武气，挥臂击掌，则温柔尽失，秀丽不再。

所以任何事情都因人而异，说话当然也不例外。

2006 年 4 月 27 日晨于书院坡

喝茶

茶的品类繁多：铁观音、碧螺春、西湖龙井、安徽毛峰等等，都属中国名茶。此等茶叶系贵族系列，价格较贵，而普通老百姓与之无缘，未看过，未听过，更未喝过。老百姓喝坨茶，喝花茶，喝苦丁茶。茶叶粗糙，价格便宜，泡在水中，有了颜色，也有了味道，比白开水高一个档次。老百姓喜欢。

早年间农村并不时兴喝茶，客人到家，落座之后，则以白开水一碗，双手递去，亦恭敬称曰：喝茶。今人对此茶送一雅称：玻璃茶。玻璃茶虽无色无味，然待客之浓情，自不言表，所谓人亲吃口水都甜，正是此意。客人喝下，寒冬暖心，酷暑散热，好不神清气爽。

待人以茶，实乃一礼节。不去问客人口不口渴，想不想喝，口渴者有一杯茶正好，口不渴者象征性地抿几口也无妨。所以主人给客人递茶水，不见推辞，只见笑纳。

一般地说，老百姓喝茶，主要是解渴，如果是夏天，劳作之后猛烈出汗，肌体少了水份，有喝茶的渴望了，则抱着茶杯一口气喝完喝尽，连茶母子水都喝光。有节俭者，隔夜的茶水照喝不误，直到茶叶已经泡不出一点味道了，才作罢甘休。

喝茶属于成年人的事，小娃儿喝茶感觉味苦，本身不愿意喝，大人更是不准喝，因为小娃儿发育尚不成熟，茶叶使大脑神经兴奋，大脑过早受到刺激，不利于成长。所以小娃儿不宜喝茶。特别是冬天的夜晚更是不准，因为冬天夜长梦多，小娃儿躺在床上，梦见自己在灿烂的阳光下欢快地撒尿，于是湿了裤子，脏了被盖，满床尿臭，多有麻烦。

大人喝茶，也应有所节制。一是医生告诫，长期喝浓茶，易患尿路结石，一粒石子堵在管子中间，天天屙零碎尿，裤裆湿一大片，有碍观瞻，而且此病疼痛，复发率又高。二是有失眠症者不宜喝茶，夜晚翻来覆去睡不着觉，天都大亮了依然合不拢眼，第二天打不起精神，脑壳是晃的，做不得事情。

现在的餐厅酒楼，开饭之前，都有年轻漂亮的服务小姐端茶递水，殷勤万般，你杯子里的水还没喝到一半，她又挨了拢来，给你斟满，再轻轻退到一边。她没做声，但你感觉得到她的语言："先生您慢用，喝干了我再添。"其真正的目的是把你稳住，因为那边厨房里的师傅没忙过来，菜要等一会儿上。她以温柔的茶水相待，意即你千万不要狂躁。

如今城里有了专门开设的茶楼，装璜漂亮，格调高雅。一杯茶水十元几十元不等。老板赚滥了钱，客人却图他那个地方清静。一曲轻音乐，让有钱阶级手指轻扣茶碗，灵魂几乎升入天堂。好不自在逍遥。

然而，真正的好茶价格昂贵，几百元千多元一斤的茶叶，又有几个人舍得掏自己的腰包？这种茶叶虽然卖得出去，却是甲买了送给乙，乙得到后送给丙，丙再送给丁，丁的亲属开的商铺卖着茶叶，于是丁把茶叶变成了钱。所以严格说来，高档的茶叶在市面上多半未消费，只是在流动。

只有老百姓最实在，几块钱一斤的茶叶买回家，买回家就是来喝的。送人，脑壳里概念都没得。自己喝了，周身通泰。说是喝茶，倒不如说是喝水恰当些。

2005 年 7 月 28 日于县行政中心一会议厅

第一辑　说东道西

吃饭

人生在世，吃穿二字。所以吃饭应该是一件很大的事情。"男饿三天女饿七。"三天七天之后，即使没饿死，恐怕也是气息奄奄，半天拖不起脚了。

早年生活贫困，吃饭喷香，白米干饭不常吃，平常把清稀饭喝饱都算不错了。有更贫穷的家庭，每天只吃早晨和中午两顿，到了晚上则关门闭户，一家大小蜷着脚儿睡瞌睡，因为晚上不做事，不消耗体力，吃了饭压床铺，没那个必要。乡间小儿胃口好，生熟冷热都吃得进，个个都像饿死了来投的胎，只要饭一煮熟，全部都往桌上爬，清口水长流，你抢我的碗，我夺你的筷，争得打架雷吼。要是哪顿饭菜弄得好一点，就顾了嘴巴不顾肚皮，大人不招呼，吃饭不晓得放碗，宁肯胀起病，不愿碗里剩。有尺度没掌握好的，干饭在肚皮里发胀了，打饱嗝，撑得哭，不得不找医生拿消食片。

小时候调皮做错了事，大人的惩罚就是：莫拿饭给那娃儿吃，吃多了打圈板。这种惩罚很不好受，不仅挨饿，而且挨骂。

早年间，我家乡的人做事特别亡命，做事非要做到饭煮熟了，等着小儿呼唤才回家，那小儿的呼唤又很是实在，总是吃什么喊什么，绝不假打。只要到了中午时间，院子里常常是小儿扯声卖气地呼喊：爸爸，回来吃红苕汤了；哥哥，回来吃南瓜稀饭了；姐姐，回来吃瘟猪儿肉了。当年猪瘟病流行，经常死猪。猪死了，大人忧愁，小娃儿不醒事，心里还有一丝高兴，因为有肉吃。

也有极少数不耿直者，本来吃的是牛皮菜块块，却偏要喊吃老腊肉，或者吃的是清汤寡水的白菜汤，却喊吃酸萝卜炖鸭子。那菜品高档得让人垂涎欲滴。这种呼喊都是大人教的，其目的在于为儿子找个好媳妇。因为家太穷了被人看不起，儿子必打光棍无疑。

往事辛酸，不堪回首，那年月衣不遮体，食不果腹，在呼喊声中虚假显富，实

—37—

乃不得已之事。

今人吃饭，其概念有所改变。都说酒醉聪明人，饭胀哈脓包。又说，酒是粮食的精华，只要酒喝饱了，还吃啥子饭？其实那完全是整哈儿的，要是几顿不吃饭，试看你还有多少精力在酒桌上继续跳。所以，饭是要吃的，至少米汤都得喝几口。

不过，有时候请客，一味的去照顾别人喝酒，东劝西劝，倒是自己先喝醉了，菜也没吃几口。临到散席之时，服务员才端一盆饭来，吃与不吃，任其自便。酒麻得差点都梭桌子下面了，哪还吃得下饭。吃饭，一下子退到了可有可无的地步。细细想来，那饭其实吃得名不副实。请客吃饭，倒不如说是请客吃酒。

现今生活条件好了，在家里吃饭，也常常佐以几菜一汤，味道鲜美，营养丰富。常言道肥从口出。胃口好的人吃东西不择食，好的孬的都能整几碗，久而久之，便落得个大腹便便的样子，说话喘粗气，走路象企鹅，心脑血管一类的疾病也随之而来。难看，并且难受。

女人爱美，唯怕长胖。但在香美的饭菜面前，意志往往又不是愿望的对手，常常管不住自己的嘴巴，所以宁愿先吃了再说，吃后长胖了，又不惜血本买减肥药。吃，然后胖，胖，然后减肥。循环往复，周而复始。为去为来，都是为一张嘴巴。

2006年1月23日下午于新闻中心

第二辑 闲吹漫谈

第二辑 闲来读书

头发染黄以后

那天我到美发厅去把一头乌发染成黄色，回到家里，妻子把眼睛都恨脱了，脸色就像借了她的谷子还她的糠，怪我没跟她商量，随便自作主张，不把她放在眼里，还说我像条金毛狮子狗，要多难看有多难看。我说没有那么严重吧，妻子斜了我一眼，脸甩到一边，然后眼睛盯着天花板："我难得和哪个说那么多，惹毛了，谨防我把你头上那几根癞毛扯了。"我一下子蔫了，赶忙下街去找美发厅的小姐把我的头发染转来。小姐说染转来可以，但要收二道钱，我说这点道理我懂，头次我给的是黄颜料钱，这道我当然该给黑颜料钱。我顺便还向小姐提了两点要求，一是把我的耳发剪了，把耳朵亮出来；二是把后颈窝以下的头发刮掉，免得回去妻子又挑毛病说我留个雀儿尾巴，像个斑鸠。

小姐不干，说这样的头她没剪过，即使依我说的那样办，长长的头发留点杵杵，剩点桩桩，剪出来无异于马桶盖，任何一位负责任的理发师都不希望自己的顾客走出去让别人说像个汉奸，像个特务。小姐还说，光头、马桶盖、一匹瓦、中分、大爆炸，这些发型都过时了。

我说不剪短也行，那你就把我的头发染成锅烟墨算了，动作要快点，我还要回去向妻子交差。小姐一边笑我"窝囊废"，一边把我的头发染成了黑色。

回到家里，妻子的气还没怄醒，她上纲上线，给我上了一堂严肃的政治课。她说我作为一名共产党员，国家干部，随便把头发染成黄色，是目无组织目无纪律；作为家长，染一头黄发，显得老不正经，以后怎么教育子女？作为丈夫，思想抛锚，沉湎打扮，为妻的岂不怀疑你想去拈花惹草……"还有"，我补充说，"现在而今眼目下，全国正在扫黄，我却去弄个黄毛毛搁起，岂不是顶风作案色胆包天！"妻子转怒为笑："你知错就好，改了，就更好。"

2002 年于报社

屠 户

　　屠户的主业是杀猪，俗称"杀猪匠"。手脚麻利的屠户，感觉上他们很有点逞匹夫之勇：伸手捏住猪耳朵，拖出圈来，就地按倒，一刀进去，就结束了猪的性命——这是屠户中的高手。

　　有一类屠户却笨手笨脚，和徒弟一起牵牵猪的时候，不是被猪咬破了手指，就是被踩伤了脚背，自己痛得嘴巴歪，脾气还相当大，骂徒弟成事不足败事有余，笨得屙牛屎，八辈子都出不了师。轮到屠户自己动刀的时候，他朝手板心吐泡口水，哈口气，搓一搓，然后将屠刀对准猪喉，用力一捅，哪晓得力气过猛，连刀把都塞了进去。抬头看见主人家脸都黑透了，屠户却解释：膘太厚。但到底不能自圆其说，到打挺杆吹气时，杀口漏气，吹了半天，猪的肚皮高矮不胀，屠户不得不叫主人家去找个包谷芯来，才勉强把漏眼堵住。屠户酒足饭饱之后，又厚着脸皮讨要主人家的猪尾巴根，说拿回去娃儿吃了不流口水。主人家装着没听见。这类屠户，后来失业。

　　屠户和骟匠本来是两个不同的概念，表面上看他们都是在猪身上做文章，事实上他们并非师出同门，动刀的部位和目的也大相径庭，一个灭口，一个去势。然而胆大的屠户敢去夺骟匠的生意，所谓筋都没摸到却敢去骟猪，他以为灭口的活干得了去势的活同样干得了，那玩意儿又不是好深奥的事情，一看就会。所以他信心百倍地把主人家的猪儿摁在地上，一个钟头不到，就把一窝猪儿骟完，动作比杀猪快得多。没想到经骟过的猪儿两天不吃潲，要死不活的样子，主人家来找他讨说法。屠户说，毒是消好了的，没得说头，感染是天气原因造成的，怪不得我！主人家缠着不走，屠户则从里屋把锈迹斑驳的杀猪刀拿出来，在主人几面前晃来晃去的说，我本来是杀猪的，当初不是你请我来，我癫了，我去骟你的猪儿！

　　屠户的蛮横，倒把主人家吓得落慌而逃。

2002 年于报社

肾结石和拖拉机和一帮朋友

去医院打 B 超，医生确诊我的左肾里面有颗黄豆般大小的结石。这颗结石隔几天就要发作一回，发作的时候很痛的，弄得我坐卧不安，日夜不宁。

星期天我在家里看电视，一帮朋友邀我吃饭，我说我结石痛，他们问是哪里的结石，我说肾。朋友打趣说：肾结石，不严重，搞成肾虚就麻烦了。老弟你快点过来，我们给你开个偏方。

我去了。那帮朋友一脸不屑：肾结石，又不是没得过，只有你才恼火，呜嘘呐喊的——服务员拿酒来。我说哥哥，酒那个东西开不得玩笑，吃了怕是要我的命哟。我站起来准备离席，朋友们一把将我按在凳子上：老弟你不懂医学，酒和肾没啥关系嘛，再说我们还没给你开偏方。

实在和他们纠缠不清，只好和他们硬着头皮喝了两杯。那帮朋友开始打电话，不久就开过来一辆手扶拖拉机。朋友像押犯人一样把我架上车，然后叫司机赶快往远郊的茂林山庄开，说那里有个医生专医肾结石。

大路不走走小路，车子在崎岖盘旋的机耕道上颠簸跳跃，两个小时的路程把我抖得脸青面黑，零碎尿走一路屙一路。我大骂他们黑透良心，用这种惨无人道的方式在我身上搞试验，今后与他们断绝一切来往。

茂林山庄确实是一个休闲观光的好地方，但我却躺在山庄的一张床上，痛得身子蜷成一颗虾。

土医生找来了，那帮朋友以不容商量的口气对医生说，用一支杜冷丁，把这位兄弟的叫声压下去——像狼在嚎，太难听了。朋友们强行脱下我的裤子。我感觉医生的手在颤抖，我担心我的坐骨神经会断送在这帮乌合之众的手里。但已经来不及了，针头已经扎进了我的屁股……后来我就迷迷糊糊睡着了。

天快亮的时候我醒来，这帮朋友还挤在床的那一头打升级，他们看我醒了，立即搁下手中的牌问我："老弟你屙不屙尿？"我话都懒得和他们搭，准备独自往厕所去。一位朋友赶忙下床找来一只痰盂，以命令的口气指定我往里屙。太凑巧了，那颗黄豆般大小的结石被尿冲出来落在痰盂里，发出清脆悦耳的响声，还溅起一朵小小的浪花。朋友们笑了，拣出来塞进我的上衣口袋："拿回去供在你屋神龛上，它是你的先人伯伯，你得罪不起。老弟你另外还要记住，抽个时间请那位司机吃顿饭——当然，我们是会来作陪的。"

2003年于报社

关于小偷

词名：雅号梁上君子；尊称偷二哥；俗名贼娃子。

长相：五官俱全，与常人无异，唯手脚特长。

视力：夜晚比白天更强。

听觉：听得见纸币落地的声音，听不见震耳发聩的咒骂。

专业：毕业于"时迁专业大学"本科，接受时迁祖师的真传。

爱好：爱好月黑风高之夜，更喜人群熙攘之市。

特长：练过挨打功，耐捶打；善于长跑，狗都撵不到。

德性：伸手打人缩手不认，抓住右手，左手耍赖；"黑毛猪儿家家有"，"顺手牵羊不算偷"的理论精深。

口碑：可恶的，打短命，挨千刀，塞炮眼，得绝症，不得好死。

遗嘱：不闻狂吠犬声之日，便是我九泉含笑之时……

2001年于报社

复方"绯闻"冲剂

【主要成分】栽赃、陷害、捕风捉影、道听途说、莫须有等。

【制作过程】添油加醋，黑白混淆，杂糅而成。

【功能主治】（1）医明星：小报记者出于职业习惯，悄悄地让走红者服下，然后看到该明星变得通体桃色，像夜游神一样，身不由己地往各种媒体上乱跑，然后，明星被唾沫星子淹没。（2）治名人：该冲剂比扫脚棒厉害十倍，一旦被击中，一年半载爬不起来，轻者名声扫地，重者除脱自己的政治生命。（3）减肥：它首先使夫妻产生怀疑，既而生恨，反目，接下来就是深夜坐冷板凳长谈，关于财富分割，关于子女归宿，关于青春损失费……离婚的拉锯战把双方搞得精疲力尽，走路拖不起脚了，人比黄花瘦。

【用法与用量】改传统口服为耳闻。量大量小没有严格规定，多也多得，少也少得，因人而异。

【规格】不伦不类，似是而非，像雨像雾又像风；含量符合部颁标准。

【注意】老人和小孩忌服，服了无效；名不见经传者忌服，服了不起作用；傻子忌服，服了等于零。

【贮藏】见不得天，须暗箱保存。可包在嘴里，不见长舌妇不开腔；可藏在心里，不遇搬弄是非者不吐露心声。

【有效期】X 年。

2002 年于报社

跳 舞

我的小脑欠发达，走路极不协调，远看像鸡啄米，近看像白马亮蹄，出左脚甩左手，比"土老帽"下洋操还难看。

一个连走路都成问题的人，当然也就不愿意去跳舞了。

偏偏我的妻子是个舞迷，她入迷的程度到了啥事不管的地步，连儿子的学习她也不再过问，对此我很有意见，但又说不服她。不仅如此，她还硬要拉我去陪她跳。我说我不好意思，她说有啥不好意思，你一没当官二没发财，平时抛头露面的机会都没有，有几个人认得到你。再说，即使你的舞跳得再孬，也没有哪个拉你去杀血。

我说老婆你的话有道理，而且还很深刻。我陪你去！

第一曲我跳得有些生硬，但前后左右的人都陶醉在优美的舞曲中，根本没在乎我的存在。第二曲我就放开了，手舞足蹈个性张扬，表情丰富动作夸张。妻子从舞厅的那边旋转过来，悄悄用手指在我后背上一戳：老公你好棒哟，像卓别林一样。

我愈加得意，使出浑身解数尽情发挥，而且不由自主地把歌词都唱了出来，摇头晃脑，左蹦右跳，七八个人近不得身。

一曲终了，妻子靠近我身边说，老公我们回去了。我说回去干嘛，要回去你先回去，我把瘾过足了再说。

"你就像那冬天的一把火，熊熊火焰燃烧了我……"我的全身抖圆了，每一股神经都高度兴奋，而且，已经收不到流了……

那夜我跳得汗流浃背忘乎所以，散场的时候，舞厅的老板走过来递支烟给我说，老师你的舞跳得太独特了，我想请你每天晚上都来给我扎场子。

老板的诚恳让我有些感动。我说往后一定来，一定来……说完后我感觉有些失态，那点头哈腰的样子就像电影里的汉奸。

回家的路上，妻子一句话都不和我说。刚一进屋，她就捏住我的耳朵，把我的脑壳都拉偏了：你个蠢货，别人给点阳光你就觉得灿烂，舞厅的老板在"锐儿"你，你都不晓得。给你说实话，你那舞跳得要多难看有多难看，丑死人，老娘八辈子不想和你去跳舞了。妻子进了卧室，"咚"的一声把门关了。那夜我躺在沙发上很快入睡，我以为我已经达到了预期的目的，妻子不仅不会要求我再去陪她，而且今后一定会好好辅导儿子做作业。但半夜的时候，我梦见妻子正在教儿子组词：舞，舞，跳舞的"跳"……竟有这样去辅导儿子的！梦醒了，我赶忙爬起来钻进妻子的热被窝里对她说，算了，老婆你今后还是自己去跳，辅导儿子的事我来做。

2003 年于报社

致富指南

表哥从乡下提了个公鸡来送我，目的是向我讨教致富的秘方。他认为我是读过几天书的人，肚皮里多少有几滴墨水，一定能给他指点迷津。

中午吃饭的时候，我指着碗里的鸡肉对表哥说，就拿养鸡来说吧，表哥，你养公鸡就是个错误，应该养母鸡，公鸡不下蛋，没有产出，而现在的良种母鸡，养好了，月大生31个，月小生30个，两者相比，经济效益不言而喻。

对于鸡蛋的销售问题，这当然要考虑。市场上的鸡蛋好卖则罢，如果不好卖，那么你就要好好想一想了，为什么不可以换个方式变成钱。比如把鸡蛋打给狗吃，表面上你觉得可惜，但事实上狗吃的是鸡蛋，长出来的却是狗肉，而城里的狗肉比羊肉俏，卖到七八块钱一斤了，许多馆子因为缺货而搞"挂狗头卖羊肉"的勾当，这是众所周知的事情。

当然，你还必须进行成本核算，如果你的狗吃十个鸡蛋长不出二两狗肉，岂不亏惨了。所以你还得在狗的品种上有所选择。一般说来，农村喂的看家狗都不长肉，一是叫得凶，饱也叫饿也叫，消耗体力；二是喜欢跑，满坡满岭乱窜，吃肥了又跑瘦了。因此你根本不要在这种狗身上去打主意。

现在市面上有一种肉狗，喂几个月就长得肥滚滚的，哪怕吃个鸡蛋长五钱狗肉，你也有赚头，如果你都还嫌赚得不多，那就可以考虑把土鸡蛋卖了再买洋鸡蛋去喂，洋鸡蛋比土鸡蛋便宜一点，而营养却相差无几，这样，你可以吃中间环节的差价。

至于你采取什么办法去卖狗肉，是批发还是零售？是远销还是近卖？是坐地等花开还是主动送货上门？这些都由你自己选择，但你千万不要注了水去卖，也不要在称盘底下粘磁铁或者大称砣换小称砣，万一没躲过市管人员的眼睛，你岂不栽得血本无归。

当然，以上我说的这些都是个大概，是个方向，抛砖引玉而已，至于怎样能够赚更多的钱，你回去自己好生考虑，今后有时间上来，我们继续聊。

2003年于报社

深夜致友人

　　唐军兄，你命题要我做一篇关于爬车的文章，这确实让我有些为难，虽然我有过爬车的经历，但都在儿时。如果把早年那些零碎散乱的记忆拿来敷衍成文，总觉得有应付之嫌。要是现在再去爬几回，也许这样的文章还可以做出来，但对于爬车，我实在又顾虑太多，所以至今不曾写得一个文字。昨夜做梦，竟见一支"索命追魂枪"飞来，好生吓人，恶梦惊定后，我更是坐卧不安，觉得无论如何应该对你有所交代了。

　　关于爬车的顾虑，我概括起来有这么三点。第一，不好向单位领导请假，因为说到爬车，毕竟给人一种"吃饱了不得饿"的感觉，这种不好的印象一旦形成，我的饭碗被除脱的日子恐怕也就为期不远了。第二，我妻子不同意。如果某一天她的同事对她说："米姐，昨天我看见你老公提个公文包跟倒一辆货车撵，还搭了一扑爬，鞋都甩掉一只。"那么你想想，我妻子不找我这个丢人现眼的家伙撕皮才怪。第三，我自己不太愿意。因为我没参加任何保险，而且知道爬车死人是经常发生的，如果我为此而丢了性命，那么我的母亲、我的儿子，他们今后的生活怎么办？至于说我死后好不好做祭文，马克思会不会批评我连共产主义都还没有到来，就急急忙忙跑到他那里去报到之类的倒在其次，我也不很在乎。

　　不过话说回来，唐军兄，我的这些顾虑，肯定算不得充足的理由，也不会使你信服，但问题的关键是，即使我麻起胆子硬着头皮去爬，而一些具体的困难也让我伤透脑筋。比如去爬手扶拖拉机吧，但此车现在凤毛麟角，几近于绝迹；去爬一般的四轮车，又因为公路业的发达，如今这种车快得连飞毛腿都撵不上；板板车虽然好爬，但属小儿科，觉得没多大意思；至于鸡公车，爬上去百分之百被人发现，得罪了车主，他小车不倒只管推，到了崖边也不打算"打住"；还有一种叫"佳佳乐"的机动小三轮倒很温柔，也非常客气，你前脚还没抬，它就扭身拢来，然后扶你上座，说白了，这种出租营运的车根本用不着你爬，你交了车费，却找不到感觉。

那么其余呢？比如爬拓儿车，肯定挨打；爬小轿车，周身都是光的；爬火车，万一遇上隧道……

所以爬车不仅艰难，而且凶险，除非被鬼摸了脑壳，或者上吊找不到绳索，再或者就是精灵翻了山的人，我认为，只有这三种人，他们才会去爬车。而我现在过得尚好，生活很滋润，点都不感到"烦"，估计今后好长一段时间都是如此，所以我也不打算去爬车。既然不去爬，那么唐军兄，你命题的这篇文章我也不打算做了，我相信你会理解，也会谅解，因为儿时爬车，尚属少不更事之举，也有破朽朽的车子可爬，而现在，大街小巷车辆穿梭如织，出门上下，抬一抬手，"的士"便戛然而止，花钱不多，却方便无比，哪里还用得着去爬车呢？

2000年于报社

闲话嘴巴

民以食为天。嘴巴的主要功能是吃饭，其次是说话、接吻、吐口水……气功师吐故纳新，从鼻孔吸进去的气，非得从嘴里吐出来，所以嘴巴也兼作出气的工具。

嘴巴最风光的时候是吃请，面对满桌的山珍海味，嘴巴吃香的喝辣的，享尽万般的口福，酒气从嘴里徐徐吐出来，触着烟头的明火了，"轰"的一声燃起来，甚至可以把别人的眉毛都烧掉。但随之而来，嘴巴也许就只能去吃一种叫"官司"的东西，而且长路漫漫无休无止，直吃得诅咒发誓吃得脑壳甩……待你明白过来，水都过了三秋了。

相比之下，乡间的杀猪匠却吃得潇洒得多。俗话说口岔吃八方，想想也有道理。杀猪匠因为长期吹猪蹄的缘故，他们的嘴总比别人宽两分，杀猪越多嘴越岔，而越岔吹起气来越不费力，眨眼的工夫就可把一头萝卜猪儿吹得气鼓饱胀四脚朝天，博得主人的欢喜了，不仅有油大吃，而且还可讨回一块保肋肉，把妻子儿女生锈的肠子滋润得油光水滑。饥荒年代，杀猪这种职业的确让人羡慕。不过事情都分两面，他们是不宜进保密局的，嘴巴宽了夹不住话，很多事情易走漏风声，给国家造成不必要的损失，于公于私，都极为不利。

通常情况下，牙齿和舌头是最易被人忽略的，嘴巴少了这"哼哈"二将，简直就不像"那一家人"了，咬字不准，吐字不明，说话走调，分不清阴阳，只会把听话的人急死。本来，说话的最高境界是"说起比唱起还好听"，但常人不行，行的是具备"三寸不烂之舌"的人，但这种人又喜说长道短搬弄是非，惹恼了别人，一只簸扇大的巴掌扇过来，打闭了口，噤若寒蝉了，又哪里还听得到他们如歌的语言？

如果人的嘴巴沦落到这种地步，倒不如不开腔算了，然而"张口狮子闭口象"，这世上一些人沉默，一些人却敢放言。同样是嘴巴，优秀的女人朱唇轻启，吐出的词句往往如闪亮的珍珠，串起来，完全比得上她们脖颈上那挂熠熠生辉的项链；优秀的男人尽管嘴巴没有太多的遮拦，但他们说话掷地有声，一言九鼎，就像他们厚厚的肩头，值得女人永远信赖。

话说眼睛

只有一个眼睛的人俗称独眼龙，也叫打枪眼，他们睁一只眼闭一只眼，仿佛在装怪，其实看问题却一目了然；甲亢病患者眼睛鼓突在外，形状像个二筒，晃眼一看凶神恶煞，实际上心地善良；近视眼经常被人误解，熟人走拢了也没打招呼，于是落得个自高自大、目中无人的印象，从此以后没人理睬；瞟眼最受委屈，本来考试成绩真实，但别人总认为他们斜视，一口黑锅背到老，跳进黄河也洗不清。

眼睛作为人的视觉器官，有"一叶障目，不见泰山"之说，即使一双好好的眼睛，也无法看清自己后颈窝的头发。目光不能转弯，本是众所周知的事情，但偏有苛刻的女士埋怨男人，说男人看她们时眼睛总是直勾勾的，点不正经，一副"孬火药"的样子，所以很多人的妻子经常忠告丈夫：出门在外少打野望。

一般情况下，对于该看的东西，眼睛自己晓得看，不该看的东西眼睛也晓得不看，可是眼睛有时也会超越规矩去看不该看的东西，从而惹出麻烦来。比如银子是白的眼睛是黑的，黑的眼睛看到白的银子，一下子触电了，于是伸手去拿，没料到拿回来的却是一副冰冷的手铐，"咔嚓"一声，不明不白就栽了水。

眼睛看东西，实际上是为大脑提供分析的依据：扛一床席子走在敲锣打鼓的队伍中，完全可以断定此人是个媒婆；而扛数张席子匆忙赶路者，就必定是个篾匠了；要是载一车席子在路上奔跑如飞，那么该同志一定是个搞贩运的商人。

每个人都希望自己有很好的眼力，明察秋毫，或者洞穿世事，然而事与愿违。黑夜使人的眼睛一筹莫展，强烈的阳光又让人头晕目眩，所以眼睛看东西有时也就不得不借助一些辅助工具，但由此一来，往往就走眼。太阳底下戴副墨镜，看见满街的人黑得发亮，身在本土，还以为自己出国到了非洲；显微镜下看人的缺点，好像看见鸡蛋里有硬硬的骨头；放大镜下看人的优点，硬是看见芝麻比西瓜还大。这种有失水准的错觉，眼睛似乎难辞其咎，其实仔细一想，大脑才是脱不了干系的主儿，因为再活泛的眼睛也受到哪怕装豆腐渣的脑壳的支配。眼睛不想事，难道大脑也不开窍。

2001 年于报社

第三辑 往事如烟

第三編　仕事の成功

怀念复兴街 27 号

读师范学校的时候,家里贫穷,每月寄来的钱总是少得可怜,但除了必要的生活开支外,我几乎把积攒下来的钱都用在了买书上。书店的书一般都较贵,买不起。那时候,离学校较近的复兴街 27 号是一家废旧物资收购门市部,里面收购的破铜烂铁、鸡毛鸭毛、兔皮猪鬃、旧报旧刊,可谓无花八门,什么都有。

这家收购门市,当时却是我这位穷书生时常光顾的地方,我是朝着那些旧书旧刊而去的。每逢星期天,我就背个黄布口袋,装两个冷硬馒头,钻进那浊气熏天的故纸堆里,从早上一直翻找到下午。柜台的老板,是一位四十岁上下的中年人,面目可亲,态度温和,起初我们不熟识,后来去的次数多了,见面也就时常打招呼。或许是对我这位读书人的同情,他总是对我厚爱有加,每次我把选好的一大摞书拿去过称的时候,他都会给我少算点斤辆,这在我,自然是感激不尽了。

我的很多的好书都是在那个时候买到的,像高尔基的《母亲》、但丁的《神曲》、巴尔扎克的《幻灭》、萧伯纳的《巴巴拉少校》以及鲁迅的《啊Q正传》、郁达夫的《沉沦·迷羊》等,也还买到许多文学期刊,从中读到了像王蒙、蒋子龙、梁晓声、何士光等一批当代作家的小说。

在当时,我唯一的愿望就是今后参加工作有了钱,到书店去买一些像样的书,可是毕业后,我被分配到一所极为偏僻的山村小学教书,连进一次县城都要看年看月,哪有机会去买书呢?寂寞难耐之中,只好把那些从收购门市买来的书翻出来,在一盏用墨水瓶做成的油灯下,细细品读。山间晚来的夜风,常常伴着丝丝寒意,从四壁洞穿的墙外吹进来,灯盏明了又灭,灭了又明,而书中的故事,书中那些人物坎坷的命运,却又常常牵挂得我彻夜难眠,有时竟至于要潸然泪下了。这个时候,我便开始拿起笔,试着写些身边熟悉的人,写他们的悲欢,写他们不屈的抗争和奋斗的意志,也抒发自己心中的感慨,不知不觉,我便与文学结下了不解之缘。如果说我当时到收购门市去买书是为了满足自己阅读的愿望，是有意识的，那么我后来走上写作之路却是早先从不曾想过的，可算是无意识的吧。回顾这些年来历经的千辛万苦，翻开那几大本手稿，以及发表的数十万字的作品，欣慰之余，心里着实感激那几大箱污迹满面，残头缺尾的旧书，而更让我不能忘怀的却是那家废旧物资收购门市部。

现在，复兴街27号完全拆除了，代之而立的是一家富丽堂皇的歌舞厅，新建的楼房彻夜地灯火辉煌。然而，每每路过那个地方，忆及多年前的情景，心中便涌起无限的感慨。

1995年5月25日于上和

第三辑　往事如烟

生活的磨难

一九八四年，我初中毕业没升上学，一直盼望我跳出农门的父亲大失所望了，整个热天他都崩着脸，动不动就发火。我的父亲是农民，那年头农民生活困难，所有的收入都来自那几亩贫瘠的土地。我的脚下，还有两个弟弟分别读着初中和小学。在我们那边远、贫穷、落后的山区，土地上微薄的收入至多只能够吃饱肚皮，仅靠节约来供几个孩子上学，其困难是可想而知的。我面临的是十六岁就要回到我那贫困的小山村里，永远扎根在祖祖辈辈耕作的土地上了。背了父亲的面，我暗自落泪。

日出而作，日落而息。我开始了我的农耕生涯。从那时起，农民的艰辛和苦涩就在我的心中留下了不可磨灭的记忆。哪里像我后来在大学课本里读到的田园牧歌般诗情画意的生活，那都是文学家们赋予生活的美好愿望吧，总之，我所经历的农村生活是远比这沉重得多的。

当东方的天空刚刚露出一线曙色，父亲就叫醒了我，从床上揉着惺忪的眼睛爬起来，不敢有半点磨蹭，严厉的父亲把一担粪水放到我的肩上，说一声："五挑粪后吃早饭。"我不敢做声，默默地咬紧牙，看看脚下的路，颤了双腿，就从沟脚一步步向山颠爬行。崎岖、陡峭、狭窄的山路上，在这大清早里，就开始洒下了我一天辛勤的汗水和无助的眼泪。哪里也没有一处平地，哪里也没有一处可以放下担来歇歇脚的地方，扭头看看那雾霭沉沉的沟底，竟生出人在云中走的虚幻来，一种求生的本能恐慌得我脚趾像鸡爪一样紧紧抓住路旁的铁线草，露水打湿的地面，害怕着闪失，汗水浸湿了眼角，也不敢去擦一擦。山间高地上那几块地的红苕、高粱、包谷，和那土旁的堆灰，就凭着我十六岁稚嫩的双肩，一挑一挑去浇灌。粪坑里有永远挑不完的粪，坡地里有永远也淋不完的庄稼。我体验到的是农村生活的劳累，是农民过日子的艰难，起早贪黑，披星戴月，依然有层出不穷的事，让你忙得没有

-59-

一刻喘息的机会。包谷熟了要扳，高粱红了要砍，绿豆黑了要摘，田边地角荒草长起来了要锄，一直忙到初秋，田里的稻谷又黄熟了，搭谷抢收啊，农民靠的就是这一季庄稼。"栽秧不躲雨，挞谷不歇凉"。焦躁的父亲背着农谚大声地训斥，他害怕秋风秋雨一来，稻谷滥在田里收不回家，那可是一年的口粮啊。我在齐腰深的水田里和父亲挥汗搭谷，在烈日当空的中午和弟弟翻晒稻草，在狂风暴雨来临的深夜和母亲遮掩谷堆，又在闷热的午后和父亲挑送公粮。所有的日子留给我的都是苦不堪言的重负，所有的记忆在我的心中都是疲惫和劳累。我开始怀念我的读书生活了，我多么想重返校园啊，然而，看看黑瘦的父亲，看看重病缠身的母亲，又想想还在上学的两个弟弟，也就什么都不敢说了。

　　我永远忘不了我的大姐，这个如今四十多岁仍在乡间劳作不识一个字的妇女，是她给了我无限的安慰和有力的资助，让我今生今世的命运有了彻底的改变。无数个夜晚，她顶着月色跑到我家来，以自己没有文化落难农村的苦楚劝说我的父亲，并答应资助我一年的学费，让我有了复读初三的机会。当并不富裕的大姐卖掉五只生蛋的母鸡给我凑足第一个学期21元的书学费，并亲自交到我手上时，我的眼泪便珠子般往下滴……

　　在复读初三的一年里，我历尽千辛万苦，以非凡的毅力和超人的意志，度过了一道又一道难关。冬去春来，命运到底给了我这个苦命的孩子以欣慰的回报，我以全区第一名的成绩考取了县城的一所师范学校。离开家乡，去到繁华的县城，在无比优越的环境中，我常常记起我的父亲，记起我的大姐，我忘不了他们，忘不了父亲以严厉的方式让我深刻的认识生活，忘不了大姐在我人生艰难的时刻给我有力的帮助。三年后我又回到了我的家乡，回到祖祖辈辈耕耘的土地上，这片曾经让我生厌的土地，其实在我的心中，我依然对它充满着挚爱。生活曾经给予我的磨难，早以铸成我顽强的意志，使我在生活的逆境里，也时时能够看到未来的光明。

1996年于上和

在村小教书

像乡村小木匠挂在脖子上的弯尺，五间教室就坐落在东西走向的山梁上。一块方形的土坝做了学生的操场。孩子们总是不怕冷，即使是下雨的日子，他们也常常脱了鞋子光着脚丫在泥地上溜冰，一滑就是好几丈远，玩尽兴后，他们就跑进只露出门脸的那间拐角的教室，在扫把上擦净泥水，再把脚伸进鞋子里，然后端坐在石凳上，把双手缩进袖口，听我一遍又一遍地吹口琴，他们如痴如醉的样子，一直要我把一只曲子吹奏完毕，才从如梦的境地醒过来，接着就从破烂的衣袖口里伸出小手，拍出兴奋的掌声，还前后左右地不停说笑，叽叽喳喳闹个不停，待他们议论够了，我便用一根水竹儿做成的棍子在讲台上敲几下说，老师再给你们吹一曲吧，他们便静下来。

一间用苦楝树枝条钉成宽大窗户的教室，泥糊的篾编墙壁早以摧枯拉朽了。硬硬的石凳，冰凉的石桌。孩子们清纯的眼睛，从房顶碗口般大小的漏洞望出去，就可以看见蓝天中悠忽飞过的小鸟，盘旋的老鹰。那些寻着琴声从山沟里奔来的割草拣柴的少年，常常垫起脚跟在窗外挤来挤去，投来羡慕的目光。

星期天，我带孩子们下田摸螺蛳，拣蚌壳。砸烂后取出肉来，孩子们围在我的小油炉边，看蓝色的火苗舔着锅底，用手指着锅里翻滚的汤肉，一种扑鼻的异香诱得他们直咽口水。端午了，中秋了，他们的父母跑到学校来，谦恭而又热情地拉我去过节。翻过几道山梁，越过几个山坳，最后才是村落中他们的家，勾着头进去，在风车拌斗锄头扁耽搁满的堂屋，硬是按着我坐了方桌的上首，桌上粗糙的海碗里盛满了乡间的质朴。夹菜啊，敬酒啊，不善言辞的乡亲们，恳切得自己都先喝醉了，临别时还摇摇晃晃的坚持着送过几根田坎。于是迎着山野的清风回到学校，又只有那只口琴伴着我度过漫长的黑夜，那琴声，悠扬中就分明带几分苦涩了。

日上三竿，阳光斜斜地照着屋外的槐树，把斑驳而稀疏的影子投进教室来，我便用火钳去敲击屋檐下悬着的铧铁，钟声在旷野里，就这样远远地传去，催促着在路上逗留的孩子们，等到他们陆陆续续到齐，我便走上讲台，一字一句教他们诵读：祖国啊，我们是明天的太阳，未来的希望……

1996年于上和

顶班

妻子大专函授的学校来了老师，要召集本地学员去辅导。恰恰她单位主任出差去了，信贷员正休假，妻子很为难，去吧，无人顶班，不去吧，单凭自学又很吃力。我便自告奋勇地对妻子说："这两天我帮你顶好了。"

但妻子不放心，一来我不熟悉业务，二来外单位人员顶班，本身不符合规定，上面知道后追究下来，脱不了干系。一向都比较自信的我拍着胸脯说："这点小事，难不住我，况且还有出纳小夏，不懂可以问他。"

妻子反复考虑后便同意了，接着她就教我计算机如何操作，各种利息怎么算法，凭条如何填写，单位及个人存款有何差异，活期、定期、零存整取所涉及到的有关问题，各个环节容易出差错的地方等等，过后她把钥匙交给我，又再三嘱咐道："要小心谨慎。"

把妻子送上车后，回来开了营业室的门，从柜里取出卡片账、活期储蓄存款账、印章之类的东西，并泡好一杯茶，点燃烟，然后正襟危坐，只等顾客上门。一个小时过去了，两个小时过去了，就是不见一个顾客，临近中午关门时，也没有一笔业务，我便笑着对出纳小夏说："你们每月几百元工资，拿得还真容易，你看我，早上六点起床，晚上九点回家，多辛苦。"小夏也笑着说："说得轻巧吃根灯草，明天缝场天你看看。"

果然，第二天早上一开门，便拥进来十几个人，闹哄哄的站在柜台外，个个都把存单存折和钞票伸进护拦来。"我取300""我取500""我存2000"。我便提醒自己：不要慌乱，慌乱要出错。按照妻子的吩咐，我有条不紊地翻底卡、算利息、填凭条、盖私章、递出纳、核款项、交储户。办理开头几个，手脚稍慢一些，后来熟练起来，便快多了，半个上午过去，我已经俨然是一位工作多年的老会计了，看着柜台外逐渐稀少的客户，内心一阵喜悦，再看看忙着点钞的小夏，小夏鼻尖上渗出了汗，我得意地向小夏问道："怎么样？"小夏抬起头来，依旧一副笑脸，说："好样的！"同时伸出大拇指。

"不是吹牛，要是我来吃这碗饭……"中午下班的时候，我向小夏提劲了。"莫冲壳子，要是今天下午出点差错，我看你怎么交差。"

没想到还真被小夏说准了，下午来存款的人虽不如上午多，但松懈下来还真出了一笔错误，我把活期储蓄存折连同取款凭条和钱一起给了储户，存折上又忘了下账，当我发现问题并找到账号810储户时，"810"整死人不认账，不仅如此，他反倒咬我一口：吃钱不是这个吃法，惹毛了到上头去说。天啦，他比鬼还精，在这种无凭无据的情况下，我哪里奈何得了他。到时候背个不清不白的黑锅不说，还连累妻子遭个处分，信用社挨个通报什么的，我岂不成了罪人？心理虽然恨透了810，嘴里却不敢放半个响屁。我只有说算了，打落牙齿和血吞，500块钱买个教训，八辈子不去顶这种违章的班了。

1996年1月12日于上和

第三辑 往事如烟

保姆的婚事

她是在一个雨天的下午乘车来的，提一个很大的塑料袋，装了她的换洗衣服和一袋给儿子的黑芝麻糊。一位典型的农村少女，矮小的身材，胖胖的脸，梳两根辫子。

她在我家做了半年多的保姆，从冬天到第二年的夏天。脱去棉衣后的儿子可以满地跑了。她因为父母催她回去定亲，便收拾了东西回乡下去了。

听说她对那桩婚事不怎么满意，主要是父母的意见，孝顺的她不好违抗，就勉强同意了下来。九月份，她去广州打工，进了一家中外合资的童车厂，月薪两百多元，比起在我家作保姆强一些，但她来信说工作很累，也时常想起我们的家。她给儿子寄了一架童车和一套外衣，大约花去她半月的工资。

在举目无亲的异地他乡，她凭着自己的勤劳，一年后工资提升到了三百多元，除去自己添置点衣服外，余钱都寄回了家里。在厂里，一位与她一个车间的小伙子喜欢上了她，对她关怀备至，她处于矛盾和苦恼中，便把情况写信告诉她的父母，打算退了以前那门婚事，父母出于面子上的原因，不同意，并把她从广州叫了回来。

又是一个雨天的下午，她来到我们家，除了原先的辫子变成了短发外，穿着依然那么朴素，她是到我家来请求我们去给她父母说情的，她把我们当成了她的知心人，把一切心里话都掏给了我们，她说她确实爱上了与她一起打工的那个诚实的小伙子，这次回家，小伙子也请了假，把她从广州送到了老家的乡场上，因为不敢去见她的父母，就独自一个人乘车回去了。千里迢迢，如此情真意切，就是石头也会心动的。说这些的时候，性格活泼开朗的她，眼眶里盈满了泪水，我们说了很多的话安慰她，并答应帮她这个忙，去说服她的父母。

后来终于让她如愿以偿。经过我们的努力，她的父母同意了，退婚的第二天，她特地转道来我们家，为了答谢我们，她说她一定帮我们再做一天家务才走。这一天，

—65—

她从早上忙到晚上，把我们零零乱乱的家收拾得井井有条，我们换下没来得及洗的衣服，也洗得干干净净，直到晚上十点，才坐下来和我们一起看电视，又说又笑的。看着愉快的她，我们也为之高兴。

第二天她便走了，去的还是广州那家童车厂，那里，有她的心上人在等着她。

1996年于上和

莲的故事

高中毕业后，莲在一个乡场上的信用社做代办员，莲一直在等上面下达的内招指标。大约是第二年的十月，一天临近中午的时候，区办打来电话通知莲去填一张申请表，并且要莲第二天八点半去县信用联社参加招工考试。时间紧迫，莲没来得及吃午饭。

十年前莲做代办员的那个乡场还没有班车，甚至连货车都很少，去区上三十里路，莲只得步行，待赶到区上填好表出来，车船又错过了钟点，于是，去县城四十里山路，莲又只得步行了。

令人苦恼的是，那条山路莲从来没有走过，所以不得不打算走一路问一路。十月天气渐渐变短，船过渡口的时候已是五点多钟，天又下起了小雨。莲没带雨伞，更没想到带只手电筒，要是天黑遇到不测，怎么办呢？莲这么想的时候，心理就有些发慌，脚下的步子也迈得大了，几乎开始小跑。尽管莲的小腿开始酸胀，脚底已经磨起了水泡，但那个时候，却容不得有半点停留。

莲在荒山野岭没命地奔走，出没于一片又一片的黑松林，背心渗出一丝一丝的冷汗。到底山路崎岖，肚子也已饥饿。走到一个村子的时候，天彻底暗了下来。莲向一位挑红薯的大娘打听，得知离县城还有十里，并要涉水过一条溪河，莲开始愁闷了，望望前面模糊的山影，一股凉气从莲的背心直窜向头顶。莲急得跺起了脚。无可奈何中，莲只好请大娘带一段路。大娘看看莲，又看看天，心里有些踌躇。一些收工回家的人围了拢来，他们听了莲的诉说，没想到都疑心莲是外来的骗子，便把眼神给大娘递过去，大娘也更加踌躇了。莲实在没有别的办法，只得苦苦央求大娘，泪水在莲的眼里打着转。踌躇的大娘动了隐测之心，对莲说："这样吧，闺女，我去问问我家老伴。"于是，莲和大娘又走到了大娘的屋门外，大娘的老伴坐在门槛上抽烟，浓浓的烟雾笼罩着满脸的皱纹。老伴想了好半天，才对大娘说："不能去。"

这样，莲算是彻底绝望了，一种落难它乡的感觉顿时涌上心头，伤心的泪水再也抑制不住地流了下来。可是时间再也不能耽搁了，莲转过头去，揩干眼泪，又急着往县城赶。

转过一个山嘴，莲忽然听见一个声音在后面喊："闺女，等一等。"莲调头看时，正是那位大娘，手里提着一盏马灯。大娘跑到莲的身边说："我跟老头子吵了几句，就犟着来了——我想你不会骗我的。"莲看见大娘赤着双脚，脚上粘满了泥土，裤脚挽到膝盖的地方。莲哭了。

莲和大娘去到县城的时候已经八点过了，莲因为忙着去找照相馆照像，过后还要去信用联社办准考证，就只得从身上不多的钱里掏出五元给了大娘，莲叫大娘自己去安顿食宿，甚至忘了问问大娘的姓名，就慌慌忙忙地走了。

以后的一切都进展得很顺利，莲在那次考试中获取了第三名，后来分去了另一个乡场工作，莲在那个乡场有了自己的家。春天一个菜花飘香麦苗青青的日子，莲和丈夫去看望当年的恩人，当莲看到那位恩人并叫一声"大娘"时，莲就成了一个泪人儿。

1996 年于上和

卢望镇的居民

　　卢望镇是川东南涪江岸边的一个小镇，两条水泥街道和六七条青石铺成的小巷将小镇切割成无数的方块。习惯上，小镇人把靠山的一条街叫上排街，把临江的一条街叫下排街。一九八一年涪江河涨水，冲掉了下排街几多老朽木屋，现在下排街的居民房，多半是水退后重建的。青一色的青砖木房瓦屋，大门朝街开，背对涪江河，这种坐向据说犯了风水学上冷水洗背的大忌。所以后来有几家放弃了临街的铺面，把大门改朝涪江河，图个吉利。

　　卢望镇的居民早些年吃着低价的供应粮油，是极让人眼羡的。近年来，随着粮油市场价格的放开，虽然照样吃着供应，但到底已不能像原先那样靠三五两个钱就能把粮油买回来。卢望镇的居民窘相了，不得不在小镇上做点小本经营的买卖，小百货、小五金、副食糕点之类。早些年让卢望镇居民眼角都不挂一下的近郊中坝农民，如今反倒看不起卢望镇的居民了。真是三十年河东四十年河西，靠耕田种地富起来的中坝农民，家家盖起了楼房，一字儿的坐南朝北，后靠大山，面临江水，财源通畅，人丁兴旺。

　　尽管卢望镇的居民日子不如先前那般滋润，但仍然保持着优雅闲适的遗风，说话轻声，走路慢慢，冬天围一炉火，夏天摇一把扇，下点棋，打点纸牌，或在低矮的房檐下，抽二三根条凳，靠了板壁，坐下来，摆一些前朝故事。对新近的传闻，也作些时事的点评。这种几支烟，几杯茶的生活，看起来还挺悠闲，但到底手头的不宽裕，已使卢望镇的居民拮据到买东买西，也会斟酌了又斟酌，比如上市的小菜，虽好却贵，他们便不会立时去买，而是要等到黄昏时候，中坝的菜农收篮回家，路过街面，他们才对挑子里所剩不多的小菜左挑右选，拣一二种，放进秤盘，仔细看了秤星，掏出角票付了，然后拿回家去。

　　卢望镇居民的房屋，大都低矮、潮湿、狭窄而简陋，室内根深蒂固地立在屋角的老式家具，从没见挪动更换过。卢望镇居民寒碜如此，但卢望镇居民待字闺中的女儿，到成熟的年龄，个个出落得花容月貌，娇艳无比，这些小家碧玉，亮丽得让中坝的小伙子们眼馋。卢望镇居民出于种种考虑，也愿意将中坝英俊的小伙子招赘上门。那些农家出身的小伙子们，凭着自己的聪明才干，转眼就学会了经营生意的本领，吃得苦，又耐得劳。几年下来，就把卢望镇居民的日子弄得红红火火的。卢望镇居民与中坝农民结亲的渐渐多了起来，然而依旧不变的是卢望镇那些老一辈居民的生活习俗，他们祖祖辈辈一脉相承下来的生活惯例。早晨起床，趿一双拖鞋，反剪了双手，从街的东头到西头，慢慢地踱着闲散的步子，熟人见了面，点点头，招呼一二句，或者提了鸟笼，走到河边的林子里，换换空气，踢一踢腿，伸一伸腰，之后回来，吃罢早饭，邀约几位坐进茶馆，开始他们永远也谈不完的历朝历代兴衰的话题。

而年轻一代的卢望镇居民，也开始了新一天的生活，在不甚宽敞的铺面里，微笑着，与顾客谈物论价，都少了先前的心浮气躁，多了些温文尔雅。他们算得上真正的卢望镇居民了。

1995 年于上和

老校长

我在乡中学教书四年，住的是耗子乱窜的平房，吃的是清汤寡水的稀饭，但我们那一群年轻的单身教师却过得很快活，常常是七八个人挤在一起，把晚上办公后的时间搞得热火朝天搞得辉煌灿烂，以致于老校长好多次轻手轻脚走到门口边来招呼：明天早晨晓不晓得醒？我们才缩了脖子勾着头走出去，各自作鸟兽散。

第二天果然就不晓得醒了。习惯于天不见亮就起床的老校长，在操场上活动了筋骨回来，就开始放学校的广播。尽放些老歌，从《南泥湾》到《在希望的田野上》，从《泉水叮咚响》到《马儿啊你慢些走》磁带都放完了一面，还不见单身教师的窗子透一丝灯光，老校长就挨着门去敲，边敲边喊：起床了，起床了。那情形，就像我父亲当年站在院坝头伸长脖子喊：社员同志们，出工了，麻柳湾的，今天种棉花。对他们那代人的工作态度，我们当时确实没去作深层次的思考，所以我们总是缺少觉悟，总是天天早晨都不晓得醒，要老校长去敲门。

那批年轻教师中，绝大部分是老校长的学生，我们除了工作上让老校长没有说头外，其他的事情简直"水"得让老校长头痛。记得当时他有一块当地农民送给他的菜地，就在教室的后面，勤劳的老校长一年四季都没让这块地空过，但他菜地里的小菜，总是我们帮着他尝鲜。海椒茄子还没有长大，就进了我们的肚皮，藤藤菜还是嫩生生的，就被我们掐来垫在了面条的碗底，南瓜长得面筛大了，我们也厚着脸皮要求"共产"。说巧取豪夺也罢，说蚕食鲸吞也罢，老校长那块菜地终是沦陷了，最终落到了我们的手里。

然而，宽容的老校长并不和我们计较，仍然一如既往地托人给我们找女朋友。我们的单身着实让他不安，可是他那种饥不择食来者不拒的热情搞得我们坚决不买他的账，说就是下行政命令扣工资都不干，和他争得面红耳赤唾沫星子四溅后，就盯着他的鸡笼子出神。不知就里的老校长两个月没拣到一个鸡蛋，还一直以为被耗子吃了。我们便躲在屋子里捂着嘴笑。然而，老校长的关怀到底让我们感动，看着上了年纪的他，整天忙碌，我们便帮着他买菜割肉，帮他买面买米，也帮他挑水挑煤。心存内疚的我们，也只好找这些事情去补偿，更何况，他毕竟是我们的老师啊。

1998 年于报社

无奈的日子

妻子参加大专函授学习，每月都会离家几天，这些时候，四岁的儿子就跟着我这个教书的父亲。白天还好，有幼儿园的老师管束，用不着担心，可是到了晚上放学，烦恼的事就来了。儿子生性好动，三脚猫一样，眨眼的工夫就跑得无影无踪，吃晚饭了，还得扯开喉咙满街满院的喊。儿子只要一出门，不是跑到河边去玩水，就是去到修建房屋的地方去码断砖，或者趴在阳台的栏杆上探出半个身子，向楼下呼朋引伴，两只脚儿悬吊吊的，那姿势让你把心都提到嗓子眼了，却不敢做声，害怕那一声惊吓，他就那么一头栽了下去。

所以无论如何也不能让他闲散在外。如果带他去学校吧，那麻烦事就更多。教书那种职业，是容不得一分钟耽搁的，上课铃一响，就有几十双期待的眼睛等着你。有时候看看逼得紧紧的时间，不得不慌忙拉着儿子三步并作两步跑。进了校门，你吩咐了又吩咐，叫他在外面好生玩耍，可你在讲台上面还没站到几分钟，他就跑进来，大摇大摆地走，或者说些不三不四的话，惹得全班哄堂大笑。这么一来，辅导课是怎么也上不下去了。

无可奈何中，就只好把他一个人关在屋子里。任他哭，任他闹，一把锁把房门反锁了，硬起心肠往学校走。等到学生晚自习结束回家，儿子早已在墙角小狗一样蜷着睡熟了，脸上挂满了委屈的泪水。此情此景，做父亲的心中那种难言的滋味啊，鼻子就要酸涩得让眼睛流泪。赶紧去墙角抱他起来，摸了额头又摸背，看冷着没有热着没有，然后倒来温水，给他洗脚洗脸，给他换下一身的脏衣脏裤，再轻轻地把他放到床上，然后又去搓洗那一大堆衣服，收拾一间间被儿子弄得乱七八糟的屋子。深夜十二点了，把疲惫的身子往床上一靠，还得打开儿子的书包，抽出卷角卷边的作业本，翻看那些写得歪歪斜斜的数字和汉语拼音字母。这时，躺在身边的儿子早以进入梦乡了。

妻子不在家，最害怕的是儿子生病，深更半夜里，一个人抱他到街上去敲了这家的门又敲那家的门，看过医生拿回药，还得又哄又劝的让哭闹的儿子把药吃下去，接着就守侯在他身边，体温量了一次又一次，看高烧是否退了，退了就好，退了就高兴，没退天亮了还得去医院输液……

　　好不容易等到妻子函授学习结束归来，才如释重负地出一口大气，瘫坐在沙发上，心里想埋怨几句，见她风尘仆仆的样子，旅途劳顿，也是一脸的倦容，于是只好闭上眼睛，发一声长叹，一切的埋怨顿时化作无声的沉默。

2000 年于报社

命 运

上个世纪七十年代，家乡父辈那一代人，还因循着传统的观念，女儿大了，找一户婆家嫁过去就是，做女儿的，大抵也都遵从父母之命，媒妁之言。大姐就是在父母的一手安排下与大姐夫结婚的。大姐夫当过兵，出过远门，见过世面，父亲觉得可以，就把大姐的婚事定了。大姐夫找人帮忙到单位工作吃上商品粮，是结婚过后的事。

二姐是经媒人介绍与一位姓陈的青年相恋的，陈姓青年忠厚老实，寡言少语，做事踏实，深得父母喜欢。都在筹备二姐嫁妆的事了，二姐却提出退婚，父亲先是吃惊，后是动怒，再后就是动武。但性格倔强的二姐死活不去陈家，还险些闹出人命。父母在万般无奈之下，只得忍气吞声，羞着脸向陈家退了这门亲事。

大姐没上过学，不识一个字，二姐读过几天夜校，认得一二三。

三姐初中未毕业，就被父亲喊回家，跟他一起做农活，在父亲的思想里，姑娘家，带大是别家的人，农村里有这点文化，已经足够了。三姐带着恋恋不舍的心情离开学校，回家与父母一起干了两年的农活。开始有人向三姐提亲了，媒人说，男方家住乡场上，条件好，今后完全可以做点生意，居家度日，不愁油盐钱。祖祖辈辈在山沟里生活的父亲，也深知山旮旯过日子的艰难。本着为三姐今后的生计着想，父亲至少列举出了十个以上的理由，但三姐却有自己的主张，最终没有同意。

大姐现在五十来岁，儿大女成人。从农村的角度看，她的家如今处于中等偏上水平。勤俭持家的大姐很少出门，从她仅有几次到我家来与我的闲谈中，我知道她对这几十年的日子也不是很满意。她说她比起一般的女人更苦更累，家中的事一脚一手都要靠自己，从早到晚，一年四季都没有空闲。

二姐退婚陈家后，顶着舆论的压力与本队一位生产队长结了婚，这位生产队长比起陈姓青年来，能说会道得多，二姐当时看上他，主要就是这个原因。二姐与二姐夫组成家庭后到现在，还在为温饱的目标奋斗，信用社的贷款三四千，也无力偿还。原先退了的那位陈姓青年，早已在乡村盖起了楼房。

　　由于二姐在婚姻问题上差点出事，所以对于三姐不同意乡场上那门婚事，父亲也就没有采取强硬的措施，只是发誓不再管三姐。三姐自己动脑筋想出路，缠着在重庆工作的二舅不放，高矮要二舅给她找事做。后来，二舅带三姐去了重庆，介绍给一家人当保姆，两个月后，三姐觉得当保姆并非长远之计，就自动联系了一家餐馆去帮忙。这期间，他与江北农村来重庆市区做生意的一位青年自由恋爱了，尔后租了几个平方的小屋结了婚，算是安了家。结婚后，三姐又从餐馆里退出来，学着自己做生意。先是为邻近的几家餐馆发送啤酒，后来又做了几个月的快餐饭，卖给忙碌的生意守摊人，再之后，三姐与三姐夫一起改行做起了毛肚生意，赚钱后，在市区买起了房子。

　　在她们三姐妹中，三姐的日子过得好些，大姐次之，二姐最差。

　　我之所以想到我的三位姐姐，想到她们的恋爱、婚姻和后来组成的家庭，是因为我的一位外甥女到我这里来，说媒人给她介绍对象，有教师、农民、城镇待业青年，她来征求我的意见。其实对这些事，我也说不出个所以然来。婚姻对于女人，说是命运吧，未免悲观了些，让外甥女感到失望，说是缘分吧，也未免唯心了些，我自己也难以自圆其说，那又是什么呢？我苦苦思索，仍然百思不得其解，想着她大老远带着希望而来，又将带着空空的失望而去，心里的滋味好不难受。我想，外甥女如今的处境多少与我的三个姐姐（她的姨妈）当初相似，只是她的文化高一点，初中毕业后在家干着农活，到了提婚的年龄，有不少的人来为之牵线搭桥，面临的既有青春的兴奋，也有选择的苦恼。然而她求助于我，我又无力作答，想来想去，我便把我的三个姐姐那时候的状况说给她听，过后我对外甥女说，你自己作主吧。

　　但愿外甥女从她的三个姨妈那里或多或少受到一些启发，不至为"自己作主"这句似乎不负责任的话语而怨我。

　　总之，祝外甥女好运。

1995年7月26日于上和

表 妹

舅舅、舅妈年轻的时候，我还是穿开裆裤的泥娃娃。那时候当然对尘世的一切事情都糊涂懵懂，我只知道在舅舅、舅妈家玩耍快乐无比。母亲甚至有几次来接我回去，我都不愿跟着她走。

其实，我留念的是舅舅舅妈家的表妹。在舅舅舅妈家里，表妹陪我做各种游戏，一起高兴一起打闹一起哭鼻子，也有时候一起向舅舅舅妈告对方的状。舅舅舅妈看到我们那副玩皮的样子，总是相互笑着说：看看这对小冤家。我看见舅舅舅妈这些时候是最开心的。

一次母亲来看我，我听见舅舅舅妈对母亲说：今后我们开个亲吧。母亲便笑着说那当然很好。我不知道那些话的意思，仍然拉了表妹去河里捞虾、捉鱼，去隔壁董婆婆家的树上摘香桃，麦黄时节去炎热的地里寻麦笛，累了我们就倒在河边那棵老柳树下睡大觉。这一切舅舅舅妈都不管，却只是不许我们去河里洗澡，再热的天，我们都只有眼巴巴地看着与我们年纪相仿的孩子在河里追逐着打水仗、捉鱼儿。七月里的一天，我终于耐不住诱惑带表妹一起下了河，回来后我们双双挨了打。我于是哭闹着要回家去，中午我拒绝了舅舅舅妈端来的饭菜，独自一个人趴在窗口呆望着河里的水草，直到西斜的太阳射进里屋的竹床。我倔强地不吃也不喝，甚至也不理表妹，表妹急得大哭。

第二天，舅舅舅妈去乡下叫来了母亲。我看见母亲，就一下子扑到她的怀里。母亲决定带我回去了，但是在我走出舅舅舅妈家门槛的时候，我又后悔了。我看见舅舅舅妈家的吊脚楼从来都没有这么可爱过。那楼下鱼塘里的莲藕和鱼儿，塘边我和表妹一起栽种的葡萄，我还看见表妹在窗口边抹着眼泪，舅舅舅妈也怅然若失的样子。我真想对母亲说："不回去吧，母亲。"但是我没有说出，而是一步一步地跟在母亲身后，抬着一颗"高傲"的小头，心里其实想着身后的表妹。

舅舅舅妈后来也去接过我几次，我也再去过，但都不如先前那么愉快。表妹对我总是言听计从，从不和我争吵，生怕得罪我似的。舅舅舅妈也时常对我陪着小心，我真感到无聊，对什么东西都提不起兴趣。这样，多半是住几天，就随上街来赶场的母亲回家去了。

待到六七岁，我和表妹都上了学，从此就只有每年的寒暑假可以相互来往或住几天，比着各自功课的好坏，谈论些班里的同学。再后来我考上了初中，想不到竟和表妹分到一个班。由于回家的路途远，我就寄住在舅舅舅妈家里。

我和表妹都懂事了许多，不再淘气不再贪玩，我们一起上学一起放学，也一起在星期天帮舅舅舅妈干些轻松的农活。

但班里的同学总要在背地里对我们窃窃私语，这时候表妹就会红着脸走开，在学校里也不和我多说话，看见我的时候就勾着头，我知道表妹的心思。

回到家里，表妹也不再像以往那样和我无拘无束地说笑，有时四目相对，她就会很快地移开目光，而且略带羞涩地脸红。

我们在这似小非小的年龄，都有了朦朦胧胧的意识，从而在心与心之间常常泛起一缕一缕薄雾般缥缈的想像。有几次我看见表妹坐在河边的老柳树下出神地望着西天的落霞，直到暮色悄然地袭到她近旁的草地。

舅舅舅妈还是一如既往地对我们关怀备至，一直到我们初中毕业。后来表妹落了榜，这仿佛早就在她的预料之中，她并不感到悲从中来，相反，却为我考上远市的一所中专学校而兴奋。

我接到录取通知书的那个夜晚，表妹第一次约我出去走走，我们在庄稼收割后的田坎上，心里有说不出的愉快。皎洁的月光泻下来，树枝的疏影散落在表妹的长裙上。我平生第一次看见表妹的身姿那么袅娜，那么动人。那一夜，我们又仿佛回到了天真烂漫的童年，无话不谈。那真是一个不可多得的夜晚。

暑假期满，我就离开了舅舅舅妈和表妹，带上母亲为我准备好的行李踏上了去远市的列车。

表妹没再去初中复读。却年年在冷暖的季节里为我置备一些衣物寄来，并写信询问我生活的状况，四年当中，表妹也去过我的学校两次，我看见她漂亮的脸蛋上洋溢着无尽的骄傲和自豪。

或许是青梅竹马的童年总让人回味无穷吧，我上了中专以后，就对表妹有了深深的爱意，然而我却一直将这种感情藏在心里，从未吐露过真情，我知道表妹也是深爱我的，所以我决定毕业后争取分回家乡工作。

　　然而就在我临近毕业的时候，表妹出嫁了。消息传来，我吃惊，我不相信，但在我得知那确是事实之后，我便思考着往昔的日子。终于，我懂得了自己的过错，原来人生对爱的倾慕除却含蓄之外，更应该有明白清晰的表达。

　　悟出了这样的道理，我便去了更远的外地，每年回家，我仍然去看望我那位从童年与我一起长大的表妹。如今她已做了母亲，与那位对她体贴入微的丈夫组成了一个温暖的家，而我却在异地的远方，寻找着自己的归宿。

1993 年 5 月 29 日于龙项乡中学

流年印痕

——根据父亲龙门阵整理

1958年：生产队通知各家各户社员上山赶麻雀，一人预备一根长竹竿，见了麻雀的影子就打。疲惫不堪的麻雀此山往彼山飞，但见竹竿飞舞，落不得脚，于是活活累死。

1962年：与全公社三百多个水肿病人躺在医院隔壁的庙里。眼睛肿眯了的乡长杵着棍子来到众人中间宣布：每人每天粮食补足一斤。全体水肿病人身体霎时蠕动，喉结上下滚动，一片吞口水的声音。

1969年：月光下树影婆娑，凉风中人影晃动，开始跳"忠字舞"了，第一晚跳到月亮落土东方发白。队长说久跳脚杆酸，鸡都叫了，收工。

1976年：9月9日毛主席逝世，18日天降大雨，午饭后披着蓑衣戴着斗笠去大队小学校收听北京召开追悼会实况。感觉天垮了，回家后即上床，却一夜失眠到天亮。

1978年：作为第二批民工去潼南三块石修电站，四个月后被提升为副营长。没料到一上台就打个闪失：与张连长打赌吃水面，使张连长犯下膈食病，上头追查责任，双双就地免职。

1982年：存粮五百多斤，存款三百多元，年底接小儿子媳妇，杀肥猪两头。

1986年：到贵州贩运朝天椒，看到当地海椒碗口粗细，冬天不倒苗，来年继续开花。一时脑壳发热引进"良种"千株，遍植于房前屋后。三年后不见挂果，情急之下请来农技师咨询，农技师说：公母都没分清，憋倒牯牛下犊？

1995年：儿子在重庆做生意发了，媳妇回来把一幢两层一底的楼房"处理"给她妈。

流汤滴水的亲家母脸上笑起鸡皮皱皱,她问我:两千块钱,亲家你痛不痛心?我说:不存在。便捂着胸口跟着媳妇进城去了。

　　1999年:坐在沙发上边喝茶边看大彩电,国庆大阅兵里整齐的方阵,现代化的飞机、坦克和导弹,好凶的阵仗。啥叫"民富国强"?想了几十年都没懂,今天算看到了,七十四岁的老眼竟流下几滴激动的眼泪。

1999年于报社

需要的就是这种效果

期末考试前的某一天，儿子兴奋地告诉我，他们学校（其实是教委）在暑假里要组织学生军训，名称叫"小小军警战士五日体验活动"，他想参加。我看了儿子拿回来的体验活动日程安排，淡淡的说了一句：有啥意思。

从我冷冷的表情里，儿子似乎看到了他希望的破灭，然而他尽力争取，他说："爸爸，你不是经常说要我独立生活吗？"他的这句话切中了我的要害，我的心颤了一下。但我继续说，只要你期末考试语文、数学两科总分在195分以上，你就去。儿子点了点头。

后来，成功了，他考了197.5分。四年级的这个暑假，他从我这里获取了参训的资格。当然，肯定有他自己不懈的努力。

接下来就是去双江。他身上只有17.5元钱，我说这钱足够了，你要好生计划，用它打电话回家，汇报你的训练情况。他这样做了，不过几次在电话中都说他很热、很累、很苦。我说，这就是我们需要的效果，你必须挺过来，坚持就是胜利。至于他是否明白我的意思，我想，即使他现在不明白，今后他会懂的。

五天的时间一晃而过，回到家中的儿子又黑又瘦，颈子上长满了密密麻麻的痱子，疲惫不堪的坐在沙发上看电视，无精打采，言语不多，不久就歪着头睡着了。

醒来后，他恢复了往日的常态，开始眉飞色舞地讲述活动中的故事，他讲到了野炊，讲到了山中探宝，讲到了晚上拉练……从他滔滔不绝的言语中，我看到他对这次活动充满了无限的乐趣和回味。

是的，活动的初衷就是丰富孩子的暑假生活，让孩子在暑假中得到锻炼。他们这一代，恐怕缺少的就是顽强的意志和吃苦耐劳的精神。我不敢说通过一次活动就能让儿子完全懂得生活的真谛、人生的意义，但这次活动毕竟是有益的、健康的，它必将成为儿子成长道路上一段难忘的记忆。

第三辑　往事如烟

考试

　　小学一至六年级，儿子经历的各种考试不下百余场，所以考试对于他已经不是一件新鲜的事情。尽管这次升学考试要决定他能否读重点中学，但他依然有些无所谓。我知道这种无所谓的背后还有另一个原因，就是考试前他和几位同学代表本校去参加全县小学生排球比赛获得了第一名，考试总成绩可以加三分。实事求是的说，这三分是有好处的，它可以增加一道升学的保险系数。但由此也可以引起儿子精神的放松。如果粗心大意做错某一道高分题，后果就很难说了。

　　送儿子去考试却被隔离在考场外，所有的家长都不得入内。在校门外，他的班主任老师和课任老师都说儿子上线悬得很，就看他在考场上如何发挥了。老师的估计无疑又给我增加了不小的思想负担。回到家里看电视，眼睛里的画面总是不能进入脑子。随着考试结束时间的渐渐临近，我的心也开始紧张起来。

　　儿子终于回家了，他的第一句话就是：数学错了一分。我看到他的脸色腊黄，嘴皮青紫，他的神色让我惴惴不安，一种不祥的兆头笼上我的心头。下午，妻子询问了他们班的几个学生的考试情况，得到的消息是每个学生都信心十足，满有把握。我不好再说什么，只有默默的等待考试成绩出来。

　　那个下午我不知是怎么度过的，晚上我没有吃饭。根据往年的惯例，考试成绩在夜里十二点左右就会统计出来。儿子的一位同学的家长打电话过来劝我不要紧张，要我到他家里去一起等待考试的结果。我们的话题自始至终没有离开过考试，但两家的孩子却开心地玩电脑，把一切都忘到了九霄云外。

　　夜里十一点多钟，语文老师打电话来核实一道难度较大的选择题的答案，结果儿子又错了。联想到两套试题中还有没被发现的错误，我的心情已相当灰暗，儿子上重点中学的希望在我当时的想象中已是绝不可能。儿子也没有心情玩电脑了，不声不响地躺到同学的床上睡觉去。这是我第一次看到他情绪低落到极点的样子。

　　时钟敲过一点，电话铃声终于响了。我看见妻子拿起话筒的手在不停地颤抖，电话那头，班主任传递过来的话语隐隐约约的听不清楚。妻子的眉头紧锁，脸色肃穆，始终没有说一句话，一直到那头把电话挂断。我连忙问妻子两个学生的成绩怎样？妻子说可惜张小川（朋友的儿子）的成绩差点，儿子刚好上线。我心头那块沉重的石头落了下来，但我分明看见张小川的母亲眼里噙满了泪花。

  我知道，此时此刻，所有安慰朋友的语言都是苍白的。默默地坐了一回儿，我们喊醒儿子，带他回家，出了朋友家的门，我们告诉了儿子他的考试成绩。儿子高兴得跳了起来。我们又何尝不高兴呢，整整一夜，我和妻子都沉浸在无比的兴奋中。

  第二天，我们两家人在街上相遇，张小川远远的看见儿子，就一个人往半边走开，低着头走到一棵大树的背后偷偷地看我们。那个时候，我的心里万般酸楚，张小川那张悲伤的脸，使我感到了考试的残酷。

2004 年 6 月 24 日

此情可待成追忆

草青青

她是我远房的一个亲戚，名字叫做草青青。与我三姐同班。

九月份，秋高气爽的一个下午，母亲带我到小学校去报名，她从教室里出来，塞给我一个煮熟的包谷。那是她母亲中午给她的零食，自己没舍得吃，就这样给了我。

我心存感激的同时记住了她可爱的模样：圆圆的脸，很乖。

小时候的三姐是个野丫头，一副天不怕地不怕的样子，经常和同班的男同学打架，扫帚墨砚满天飞。我去隔壁的教室帮三姐的忙，常常看见草青青文静的坐在座位上，偏头看着我们，微笑着，不说话，也不阻拦。

我吃过很多她从家里带来的零食：桃子、李子、杏以及核桃。

有一次下课后我走在操场上，她跑过来对我说：小二，我们到那边去。我跟她到了戏台的后面，她从衣袋里摸出一个熟鸡蛋递给我，我在石墙上磕开壳，剥了，然后分一半给她，她摇着头不要，依然的微笑着。我边吃边看她的模样，我感觉到她的心里是甜甜的。

"好吃不？"她问我。

"好吃。"我回答。

然后上课的铃声响了，我们飞快地往各自的教室奔跑。

小学校只有一个公办教师，其余都是代课的。草青青的姐姐初中毕业后被大队支书安排到学校来做代课教师。这是我读小学三年级下学期的事情。

因为草青青那个班的学生太少，于是整体降级与我们合班，她的姐姐恰巧来教我们。又因为是亲戚的缘故，两周过后，她的姐姐就到我们家来家访，一并也带了她一起来。我的母亲做了很好的饭菜招待，还留她们在家里住了一夜。我只记得那天我很高兴，跑前跑后忙着为母亲提水，剥菜。

草青青说话细声细气的。这是我儿时对她的印象。

小学毕业，草青青没考上初中，从此也就再没上学读书了。大约十八九岁的样子，她嫁给了本村也是和她小学一个班的同学，姓周。周同学德性不好，经常打骂她。农村的经济条件本来就差，生了一个小孩后，负担更重了一些，由此衍生的家庭矛盾更多。草青青的日子过得并不快乐。

儿子四岁的时候，草青青的丈夫，也就是那个周姓同学因病去世。草青青落得孤儿寡母的，守着两间破败的瓦屋度日。日子更加艰难。

又过了两年，看看实在过不下去了，她托母亲给她找一户人家再嫁，母亲就给她介绍了一个单身汉，比她大十来岁。草青青说，只要对她好，岁数大点不要紧。

起初几年，孩子没长大，一家人的关系还算不错。待孩子十多岁后，晓得了血缘关系，孩子与继父之间就有了些隔阂。草青青夹在丈夫和儿子之间，很多问题不好处理。一家人又开始磕磕碰碰，三天两日就争吵。

如今的草青青才四十出头，但岁月已经把她磨得略显苍老，细细的鱼尾纹挂上眼角，一双粗糙的手，皮肤有些开裂。她见了我，很是客气，也不再叫我的小名。

时光容易催人老。转瞬间，儿时那个圆圆脸蛋很乖很可爱的女孩，就在我不经意间，渐行渐远了。

2009 年 9 月 2 日上午

梅映雪

梅映雪是我儿时的伙伴，我们两家离得很近，只隔一块菜地，一家朝南，一家朝北，东边的太阳一出来，一家照左，一家照右。我家的侧边是生产队的公房，公房有块很大的晒坝，她常常约些小伙伴来晒坝玩耍，或躲猫猫，或玩老鹰捉小鸡，成天乐此不疲。往往玩到中午吃饭了，或者天黑了，她才回家去。

梅映雪的父亲有心脏病，干不得重活。这可苦了她母亲，一个农村妇女，里里外外支撑着一个家，大到修房造屋犁田打耙，小到穿针引线缝缝补补，以至与邻里四周因为鸡毛蒜皮的小事发生纠纷，都是梅映雪的母亲一个人去撑起。

梅映雪一共四姐妹，她最小，上没有哥哥，下没有兄弟。所以她的母亲对小男孩特别喜爱，尤其对我，更有一种特殊的感情。因为在我出生后三四个月，母亲严重缺奶，襁褓中的我，时常饿得大哭。刚好那时，梅映雪的母亲生下了她，心地慈善的梅映雪的母亲，一听到我的哭声，就叫我的母亲把我抱了去。"两个小家伙，喂足奶水后，谧风息静的，我的身边一边躺一个，乖得不得了。"梅映雪的母亲后来只要一见到我的母亲，总会谈起那些往事，而且一脸的春风荡漾。

我家斜对面有块水田，春天回暖后，梅映雪的母亲照例会牵一头大水牛犁田，我就和梅映雪双双坐在田埂上，等她的母亲捉鱼，有时会捉到一条，有时会捉到两条，捉到了鱼，拿回家，她的母亲就在鱼的周身抹一层盐，用桑叶包了，放在灶堂的热灰里烤熟，然后让我俩分着吃。

穷人的孩子早当家。受母亲的影响，十五六岁的梅映雪在家中就可独挡一面了，生产队开个会，或者分粮食分柴草一类的事，她都能代替母亲出面。三个姐姐出嫁后，她母亲再也舍不得把她嫁出去，而是将邻村一个英俊的小伙子招赘上门。梅映雪结婚后，一直住在娘家。母亲年老，梅映雪完全接过了母亲的担子，让丈夫外出打工，自己在家做着几个人的包产地。年年丰收，尚有节余。

梅映雪手头经济最紧的时候是一九九〇年，那时她家刚好盖了房屋，全部的积蓄已经用光，倒霉的是房子一盖好，自己却患上阑尾炎，须到医院动手术。没有钱，她跑到我的单位来向我借，我留她吃了一顿饭，然后借给她200块钱，问她够不够，她说完全够了。手术后她在家里疗伤，我买了些副食品回老家去看她。她的母亲虽然年事已高，满头白发，但精神还好，又说起当年喂我奶水的那些细节，我知道她母亲不是向我表白什么，而是一个老人对过去美好事物的回忆。

梅映雪现在已是三个孩子的母亲，一个读大学，一个读高中，一个读初中。为了照顾小女儿读书，她把田土转包给别人，全家人搬到了街上，顺便用丈夫打工挣的钱租了两间门面房，开了个小型超市。她的母亲负责给她做家务，她则经营超市。

坐在柜台边，蓄着短发，身体略微有些发胖的梅映雪，看上去还真有点像个女老板的模样。

2009年9月3日上午

东方晓

东方晓与我差不多一般年纪，对她最早的记忆是三四岁的时候，她随她的婆婆来给我的父亲做生。她家与我家相隔十多里，中途走不动了，她的婆婆还背了她一段距离。

她梳着一对羊角辫，矮矮的，胖胖的，白白的。那是春天的三四月份了，温暖的阳光洒向大地，我们都褪去了棉衣棉裤，只着一两层单衣，在屋外的晒坝里追赶一阵，密密的细汗就浸在她的额头上。她有一方小小的手巾，晓得拿出来揩几下再跑，不像我，跑热了，就横了衣袖擦汗。

我也去她家玩过，就在第二三年吧，似乎刚刚读小学，其间的记忆已经不太清晰。以后父亲做生，都是她和弟弟跟随她的母亲、父亲或者婆婆轮流到我家来。再次见到她的时候，是十多年过后，她已经长成一个大姑娘了。

我师范学校毕业后，假期中去一位同学家里做客，这位同学与她家临近，我就在她家住过一个晚上，她和她的父母陪着我，问过我读书期间的学习和生活情况，也关心着我今后工作的地方，但那时还没有定准，我也正为工作的事发愁。她和她的父母都给了我一些安慰。

两个月后，我回到了家乡的一所村小学，隔家只有两里路，每天回家吃住，顺便照顾我年迈多病的母亲。

在我教书的第二个学期，母亲生日那天，她独自一人来我家，忙里忙外地干着活，并不把自己当外人。我的母亲欢喜得眉开眼笑，生怕把她累坏了。

母亲过后对我说，那闺女茶饭煮得好，不愧是大户人家出身，要是家里有东方晓这样一个女子，我会省心很多。母亲还旁敲侧击地对我说，你的年龄也不小了，应该考虑个人问题了。我笑笑说，还早吧。

大约在母亲生日过后几个星期，我收到一封信，拆开来看，是东方晓写来的。尽管很含蓄，但我依然读懂了其中隐含的意思。我及时给她回了信，并没有作出明确的表态，因为那时，出于各个方面的考虑，瞻前顾后也好，举棋不定也罢，总之，我的态度不甚鲜明。

毕竟东方晓是个极其聪明的女子，出于礼节，她再次给我来了信，虽然还是以兄妹相称，但字里行间透露出的，却是很纯很纯而没有任何杂念的兄妹之情。

什么时候东方晓出嫁的，我不知道。结婚的时候，她没有通知我和母亲，也不知是什么原因。又过了数年，在我生活有些落魄的时候，我猛然想到了她，打听后才知道她的境况，其实她过得比我好多了。

人生有许多偶遇的地方，何况在这方小如巴掌的土地上。前些天我见到她的时候，除了身体显得清瘦之外，没想到她依然长发披肩，面貌姣好，一个女人，多年来容颜不改，青春依旧，可以想象，那是一种怎样的养尊处优的生活啊。

2009 年 9 月 4 日清晨

桑榆丹

还没见到桑榆丹的时候就知道了她的名字。原因是人长得漂亮，她的脸蛋掩盖了她的名字，但她的名字却越传越远。她在乡中学代课，我在村小学教书。

都到了谈婚论嫁的年龄，总会有热心人来牵线搭桥。我的一位堂嫂与桑榆丹是同学，堂嫂不好直接来问我，而是转弯抹角去探母亲的口气，我母亲当时正为我没交女朋友而发愁，这时有人来提亲，仿佛喜从天降，听了大体的情况后，立即表示一百个满意，并催促着堂嫂抓紧时间赶快办，越快越好。

堂嫂也是个办事爽快的人，两三天后就约了桑榆丹到她家里来。那是春风拂面菜花泛黄的季节，为隐蔽起见，时间安排在晚上，我去到堂嫂的家中，桑榆丹正坐在院坝里与剁猪草的堂嫂说话。看到我的到来，堂嫂停下手中的活路，忙到厨房去弄饭。因为都是教书的，我和桑榆丹也就有了共同的语言，都谈一些关于学校、学生及教书之类的事。吃晚饭的时候，堂嫂看看我们都没有将谈话进入主题，她也就真正充当起媒人的角色，把双方的一些情况介绍给对方。

实际上我和桑榆丹当然明白这天晚上见面的真正目的，但各自都有自己的想法，都表示可以继续交往一段时间。桑榆丹最后坚持要回校，原因是她凉晒在学校外面的衣服还没有收，而且第二天还有第一节课要上，堂嫂就拿了手电筒送她回去了。

回到家里，母亲迫不及待地问我感觉如何，我说谈吐、相貌和文化程度等各方面都没有什么可挑剔的，只是她的户口是农村的，如果今后结婚有了子女，子女也会是农村户口，吃不到供应粮。但母亲说，只要人能干，会操持家务，也没有什么要紧的，并且母亲还开导我说："一工一农，一辈子都不穷"。

母亲的良苦用心我是知道的，她的心里，总是想把一个一个子女的婚事尽快解决，了却她一桩一桩的心愿。

我宽慰着母亲的心，说天下女子多的是，慢慢来，都说久坐吃好面，婚姻问题上不慎重，岂不应了"讨坏一门亲，误了万代儿孙"那句老话。母亲却不以为然。

我不着急但母亲着急，第二天吃罢早饭，她立即叫我大姐一起和她去赶场，她要亲自去看一看。事情也真那样凑巧，在市场上，母女俩看到了买米买菜的桑榆丹。回来一说起，简直当成个天仙。我依然是那句老话，人不错，只是户口不好解决。为这事，母亲还和我生了好长一段时间的闷气。

这年的暑假过后，我也调到乡中学去教书，桑榆丹同样在那所学校里，我们有了更多接触的机会，但都没有提及那桩往事。尽管从她的言谈举止中，我知道她多少是有一种想法的，但我的观念一直很传统，那个农村户口始终在我心里是个阴影，我怎么也无法摆脱。

就那样心知肚明的一起工作了一年。她放弃了代课教书，而去了另外的地方谋事，一去多年，也没有什么联系。

往事如烟，世事难料，不知现在的桑榆丹生活得怎么样。总之，祝她一切安好。

2009年9月9日清晨

冰洁如

冰洁如的父亲是生产队的会计，我的父亲是记工员。他们这对老搭档一起干了五六年。每逢月末，或者下雨天无事，他们两人就会坐下来对账。那时的联系主要靠喊，凭喉咙大。冰洁如的家在我家斜对面的高坡上，我家住在沟脚。父亲的嗓门大，要对账了，就站在院坝里大声呼喊冰洁如父亲的名字，满沟满岔回声荡漾。冰洁如的父亲回应一声"晓得了"，十分钟后就拿着账本和算盘来到我家，一坐就是半天。我父亲是个耿直人，待人热情，经常叫冰洁如的父亲吃了午饭或晚饭才回去。

老一辈的感情自不必说。我和冰洁如在村小学同读一个班，一直读到小学四年级，她休学了。当时的农村，普遍认为，姑娘大了是别个屋头的人，读再多的书也是枉花时间枉花钱，只要能认识几个字，称盐打油，能够算账就够了。所以冰洁如小学未毕业就回了家，帮着她的母亲做家务或农活，那是一件再正常不过的事了，何况她还有一个弟弟正读书要用钱。

冰洁如的父亲小时候有神童之称，同样是小学文化程度，却能双手同时打算盘，在我们那样的穷山沟里简直是个奇迹。冰洁如的血管里流着父亲的血，脑瓜子同样灵动，虽然文化不高，但自幼聪明伶俐，凡事一点就通，不论是农活或家务，做起来都是井井有条，深得四邻夸奖。

我小学毕业免试进入初中，初中毕业后又顺利考上中师。此时早已实行联产承包责任制几年了，我父亲也不再记工分，她的父亲也不再做生产队的会计，但两家的感情依然不减当年。

冰洁如的三妈到我家来向我的父母表达一个意思：是不是两家开个亲？那个年代女方主动找上门来提亲是很少的，母亲骄傲自豪着准备答应，但父亲毕竟多少读过几天私塾，有些文化，尘世上的事情看得更清楚些。他推说我的年龄太小，17岁的娃娃还没醒事，等两年再说。这其实是父亲的一句推口话，他真实的想法是，自己的娃儿好不容易考上学校，一辈子脱离农村吃上了皇粮，怎么能与一位农村女子结婚呢？对方当然明白父亲的意图，从此不再提及此事。

待我三年师范学校毕业后，我分回家乡，在本村一所小学任教，那时冰洁如还未出嫁，我每天到学校去教书，或者学校放学后回家，都会经过冰洁如的家门，常常看见她在自家屋外的清水塘洗衣淘菜，微风拂起她的头发，露出那白里透红的面庞，就桃花一样盛开了。因为小学是同学，所以见面也打招呼，但我看见她总是略带羞涩，有时候勾着头假装没看见我，忙着干她手里的活儿。

就在我逐渐对她有那么一点意思的时候，她却要嫁给乡上的一个广播员。听到那个消息后，我的心中充满着惆怅，酸酸的，涩涩的，心绪好久都调整不过来。冰洁如结婚那天，我叫母亲送去了礼物，并吩咐母亲以老一辈的名义去表示祝贺。冰洁如问母亲为什么我没去，母亲谎称我开会去了。

母亲回来对我说："完全看得出来，那天你没去，冰洁如显得有些失落。"

为这事，我至今都感到惭愧。

2009年9月10日清晨

何草蔓

我从师范学校毕业的第二年，就调到一所中学教初一语文，兼做一个班的班主任。何草蔓读初三，各科成绩还算可以，尤其是作文写得不错。当时学校有个文学社，我任主编。何草蔓是文学社社员，经常交些诗歌散文之类的文章来向我讨教。在初三一年中，文学社的油印刊物上至少发过她三四篇文章。因为对写作的痴迷，上其他课的时候，她也在书写她的作文，以至于她的班主任把情况反映到我这里来。我劝她以学习为主，不要担误了课程。但她依然故我，不听规劝。

初中毕业后没考上中专，连县内的重点高中也没考上。何草蔓回家待业，等候她的父亲给她找工作。

那个暑假的某一天，她约了另一个女同学到我家里来，仍然是向我讨教文章写作，从她的言谈中我看出了另外一层意思。在她那种年龄，情窦初开，也属正常。但我想到，毕竟她初出校门涉世不深，许多想法难免幼稚。与她交谈一阵后，我推说要到坡上去翻晒稻草。她要求和我一起去，但我婉拒了她的要求，说翻坡越岭的路远不说，要是烈日下中了暑，可不好交待。

暑假过后，开学两个多月的样子，她的父亲把她安排在乡农机站卖柴油，工作轻闲，虽说每月一百多元，工资不算高，但毕竟有了一份属于自己的收入。

有了空闲时间，她仍然坚持写作，还不时跑到学校来，向我借些文学书籍。她看见我寝室的墙脚处放了个煤油炉子，不久就给我送来了一桶柴油，我给她钱，她无论如何不收，她认为我对她有所帮助，一桶柴油仅仅是个小意思。

半年过后农机站垮了，她又到乡客运站卖车票，早班车发车时天还没亮，她就早早起床梳洗完毕后坐在窗口处填票收钱。有几次我进城办事，她都把最好的位置安排给我，而且自己贴钱不收我分文。

后来客车承包给私人，何草蔓的工作又没了着落，她只好待在家里与父母住在一起。这样又过了一年。

不知何草蔓是什么时候与比她高一个年级的师兄交了朋友，那位朋友的父亲在遵义做服装生意，她就和朋友一起去到了遵义，起初朋友的父亲拿了个门面让他们自己去经营，不想生意出奇的好，每月净赚两三千元不在话下。

几年下来有了原始资本积累，生意渐渐就做大了，现在，何草蔓已经创立起了自己的服装品牌，并在全国五六个城市分别开了分店，而且每个城市都买了一套住房，资产早已过亿。

每到节日来临，何草蔓都会发短信给我，问候我的工作，并致以节日的祝福。

2009 年 9 月 10 日上午

白雪艳

我读初三的时候白雪艳读初一，我们吃住都在一个单位，她的父亲在供销社，我的堂兄也在供销社。记得当时还有其他几个职工的子女，总共七八个。读初中的，读小学的，年龄大小不等。

我们都吃伙食团，一到开饭的时候，围在食堂里就是两三桌。普遍的规律是，早上和中午吃饭，晚上吃面。我那时正长身体，食量大，干饭要吃两碗，面要吃三四两。而白雪艳却秀气得多，只有我一半的食量。并且我们都吃完了，她还一个人慢条斯理的，吃饭像在数颗粒。

白雪艳的胆子特别小，她怕耗子。因为有一次她父亲回家去了，我下晚自习回来，看见她一个人站在寝室的门口嘤嘤的哭，我走过去问她哭什么，她说有耗子。我又问她耗子在哪里，她指了指门槛旁边那个洞。我叫她把屋里的面盆拿出来，然后在水池里舀来水，一盆一盆往里灌，三盆水还没灌完，一只湿淋淋的耗子就钻了出来，而且落荒而逃，瞬间就消失在远处的草丛中。白雪艳破涕为笑。

打那以后，白雪艳对我有了好感，每周星期天到河里去洗衣服，她都和我一起。尽管我比她高两个年级，比她大，但洗衣服却比她笨得多，她吃饭慢，但洗衣服却很利索，这或许是女孩子的天性。所以她把自己的衣服洗完了，就常常帮我洗。洗后的一大盆衣服要从河边端回来，白雪艳很吃力，我则把她的衣服分一半放在我的盆子里，替她端，回来后再拣给她。

这样过了一段时间，一个星期天的下午我又去约她到河里洗衣服，但她不去了，我问她怎么不去？她说她上午就去河里洗了。我只好一个人去到河里，但没有了白雪艳，我却有些无精打采，把衣服泡在盆里，倒点洗衣粉，几搓几揉，然后倒在河里胡乱清了一遍就回了家，也不管洗干净没洗干净，总之心情不太好。

过后我去问白雪艳为什么不再和我一起去洗衣服，她说有同学笑她。原来是这样，我终于明白。

虽然我们那时年纪尚小，但也朦朦胧胧的懂得一点什么。因此从那以后，我们都尽量回避，尽量少在一起，吃饭不在同一桌，走路拉开好长一段距离。

但有一次我却感到很是意外。那是一个大雾天，早晨上了自习，回家的途中，她从我后面好远地方追上来，拉了拉我衣袖问我："听说你打了架，老师叫你请家长？"

读书时代，学生最怕的就是回家请家长。所以我有些闷闷不乐地说："有这回事。"

没想到吃早饭的时候，她壮着胆去给我的堂兄说情，说我打架是因为对方先动了手，不得已才还手的。尽管她编得不圆泛，其情意之真挚，却是令人感动的。

一个人，年少时候经历的哪怕是一些极其细小的事情，往往记忆都是深刻的，至少，对于我是这样的。时间过去这么多年了，不知道现在的白雪艳，是否还记得当年那些往事？

2009 年 9 月 10 日下午

雁南飞

这个名叫雁南飞的女子高中毕业后就顶了父亲的班,被安排在食品站工作。上班才一年,还没有处对象。她与我大姐夫同在一个乡场上,我大姐知道了这个消息,专门去到姐夫的单位,用了不到三天的时间就与雁南飞混成了熟人,然后转弯抹角的说明来意:准备把我介绍给她做朋友。在没有见面之前,雁南飞没有明确的拒绝。

大姐立即跑到我教书的学校来,叫我星期天和她一起去看人,并且说我保证看得起。

出自农村的雁南飞看上去朴实无华,人说不上十分漂亮。她那时正在寝室外间临窗的缝纫机上打一条裙子。我有些惊讶,心想她才从学校毕业参加工作不久,什么时候就学会了这门手艺?

于是话题就从这里开始。谈话中得知,她高中毕业后没考上大学,就在母亲的安排下拜师学艺,没想到暑假才过,上面就有了顶班的政策,于是顺理成章地顶了父亲的班,"现在都还没有出师,手艺不精,别见笑。"雁南飞微笑着说。

说来真是有趣,如果我没考上中师,说不定现在也是个裁缝了,因为在一家几弟兄中,我是最文弱的,父亲一直担心我干活缺少体力,在父亲的构想中,我三弟今后可以去学石匠,扛大锤不在话下,我则学裁缝,干点轻巧细致的活路。但是现在,我和三弟都背离了父亲当年为我们规划的路线,三弟教书,我也教书。想来一个人的命运,恐怕确实是上天早就安排好了的,它根本就不以个人的意志为转移。

通过那天的见面,各自对对方的印象都还不错。但雁南飞说还要回去征求父母的意见,我想这大概是天下所有女孩子在对待这类事情上合情合理的一个借口吧,她怎么好直接就同意了呢?

然而我的这个想法却出现了偏差。等到我第二次去见她的时候,她说她还来不及回去,父母还不知道,第三次去的时候,她说父母担心她离家太远,迟早要调她回老家去,到时天各一方,两头望月,父辈们是尝过这种滋味的。"天涯何处无芳草。"雁南飞委婉的拒绝后,又对我作这样的安慰。

在我的性格里,从来就缺少一追到底的勇气,于是就再没有和雁南飞联系了。

没想到一年之后,雁南飞父亲来到我教书的学校,向校长了解我的情况。她父亲和校长曾经在一个乡场上工作过，相互都很熟识。然而那时的我，已经和另外一个女子交上了朋友。

校长向我透露这个情况后，我才感到其实雁南飞当时是有意于我的，然而在情感问题上，我却显得那么幼稚。要是我当初多一份勇气，或者不出现理解上的差错，恐怕又是另外一种结局了。

世上的事总是那么难料，所以至今，我都认为一个人的命运，它不完全掌握在自己手中。谋事在人，成事在天。这句话或许有些道理。

2009 年 9 月 16 日清晨

月知辉

与月知辉不见面已有 20 余年了。

我复读初三的时候，她是应届生，与我一个班，坐在教室的前排，热天经常穿一件水二红短袖衫，不胖不瘦的身材，不高不矮的个子，皮肤白皙，明眸皓齿，且优雅地走路，细声细气地说话。那时还不知道什么是班花，只晓得她是班里的第一美女。一个冷艳的美人。

她的母亲在粮站上班，父亲在学校任教导主任，另外还教我们这个班的物理。

月知辉的成绩不是很好，在班上就中等偏上一点的样子，平时看上去很淑女的模样，喜静不喜动，上课认真听讲，课后认真完成作业，是个中规中矩的好学生。

她父亲有时会提问她，她回答不上来的时候，就低了头轻轻的说一声不知道，或者摇一摇头，细长的发丝就从肩上滑到胸前，脸上顿时泛起一片红晕。"最是那一低头的温柔，像一朵水莲花不胜凉风的娇羞。"此时的月知辉，看上去更加迷人。

青春年少时候对一个漂亮女孩的记忆是深刻的，尽管照毕业相片的时候，不知什么原因她没和我们一起合影，照片上没有她的身影，但可以肯定地说，我们那个班的同学，尤其是男生，绝大多数对那个漂亮的女生是记得的。不为她的成绩，而是她的美貌。

月知辉是城市户口，毕业后到了一定的年龄，自然就有机会找到一份工作。所以她初三毕业后，也没去读高中什么的，而是待业在家，等候工作。

一两年过后，月知辉被安排在县内一家食品厂，食品厂是个有几百人的企业，多数是女工，效益也不错。

我从学校毕业分配了工作，同在一个单位的单身职工就有七八个，乡场上单位少，有年轻女孩子的单位更少，所以很不好找女朋友。那是我们那个年龄阶段的一大困惑。本地没得，只得目光向外，思来想去，最后我们就邀约了三四人去二十里外的食品厂碰运气。之所以去食品厂，是因为其中一个同事的小姑也在厂里上班。我们在一个大热天里骑了单车，走拢就把车往厂门外的空地上一靠，然后分头去每个车间逛荡了一遍，总体的感受是美女如云，个个如花似玉，简直应接不暇。中午我们回到同事小姑的家里，吃午饭的时候，我们拜托她为我们找个女朋友，同事的小姑也答应尽量帮忙。其间我提到中学时候的同学月知辉，她说月知辉那样的大美人就不要指望了，刚一进厂就有好多人追，现在已经嫁给了厂办主任，那男人不仅英俊潇洒，而且才华横溢，听说不久就要提升副厂长了。

我听说后"哦"了一声，不过心里还是有点怅然若失的感觉。

同事小姑知道我和月知辉是同学后，准备去叫月知辉来坐一坐，但被我拒绝了，我说还是不去打扰她为好。

从那以后，有关月知辉的消息我也没再听说过。又过了十多年，厂里的产品因为销售渠道不畅，效益逐渐下滑，最后整个厂卖给了一个私人老板。

月知辉去了什么地方，我问过同事的小姑，她说她也不知道。

2009年9月16日上午

梅若影

通过一个同事的夫人介绍，我认识了梅若影。在县城一家小商店里，她带着她的小侄女，手里正织一件毛衣。远远地看去，她的年龄似乎比我大。蝙蝠衫、紧身裤、运动鞋，这种着装在那个年代还算较为时尚的打扮。春二三月熙和的阳光下，应该说还是有些楚楚动人的。

梅若影的老家就在县城边，父亲是教师，她没有正式工作，目前在村小学代课。认识梅若影之前我就只有这么一点了解。

梅若影显得比较大方，在商店里坐了一阵后，主动提出到滨江公园走一走。我当时背了个流行的军用挎包，她把她的毛线坨坨放在我的挎包里，一边打毛衣一边和我说话散步，这个样子反而弄得我有点不好意思，因为我在县城里读过三年书，生怕有熟识的朋友认得我。

公园里到处都是谈恋爱的男女青年，成双成对的或走或坐，进入热恋的已经不再忌讳周围的目光，他们搂抱着粘在一起。

我们在公园里慢慢走了好几圈，现在都不知道当时说了些什么。她知道我是从乡场上的学校专门进城来相亲的，班车就只那么一趟，回学校肯定是第二天的事情。所以当夕阳西下暮色来临，我们走出公园门口的时候，她留我在她朋友开的那个商店去吃晚饭，但我委婉拒绝了她的好意，谎称一个朋友已经作了安排。分别的时候都相互礼节性的邀请对方到自己家里作客。

第二天回到学校，我的那位同事问我感觉怎么样，我竟然说不出是好或者不好，就支支吾吾的说还可以，没想到这句话却引来一场误会。因为碍于脸面，我不好将内心的真实想法说出来，要说没有看起，又怕辜负了同事夫人那片良苦用心。所以，同事的夫人原原本本向梅若影转达了我的意思。

大约过去了两周，那天下午没有我的课，我就到街上的粮站去买供应粮油，原本以为人不多，但那天却破天荒排着二三十人的长队，我苦苦等了两个多小时，才买到当月的供应粮油，背回学校，我那位同事却怨声载道的说找了我好久，问我为什么躲着不见人。我被弄得一头雾水，神不楞登的呆了好一阵，才知道是梅若影来学校了，长时间等不到我回来，眼看回城的班车已到了校门外，不得不带着几分失落又回去了。

听完后我长长地舒了一口气，但手心仍然冒出几丝冷汗，心想要是两人单独碰了面，还真不知道怎么去应对。为了避免类似的事情再次发生，我不得不把我真实的想法对这位同事说了。同事认为交朋友不成功完全是一件正常的事，只是当初应该说实话，免得藕断丝连的让别人牵牵挂挂。

我又拜托同事的夫人去向梅若影转达了我的意思。过后进城，我一直回避着那个商店，途经那里，总是绕道而行，生怕梅若影就坐在那里。

时隔多年，那个商店早已拆除，而今建起的是一座漂亮的楼房。但那个位置我是记得的，一走到那里，不自觉的就会勾起那段往事的回忆。而我的内心，却始终对梅若影有一种深深的歉意。

2009月9月16日下午

丽雅雯

丽雅雯一家是街上的居民户，住在庙坝子的东面。庙坝子是小街的闹市区，周围有乡小学、供销社、信用社、国营食品店、铁匠铺、裁缝店。每到逢场天，还有临时来摆摊的。到了中午时分，整个坝子水泄不通，每个角落都挤满了人。那热闹的场面要持续到下午两三点钟散场。场期由最初的七天改为五天再改为三天，尽管间隔的时间不断缩短，但嘈杂而拥挤的格局基本没有变过。

丽雅雯在这种环境中生活了20年。作为穷乡僻壤远离闹市的乡民们，心里是羡慕这种繁华的，但丽雅雯却感到厌倦。

小时候，逢场天我和母亲去她家里寄放东西，经常看见她在屋子里看小人书或者折纸飞机耍，两耳不闻窗外事。母亲把装了盐巴煤油的背篼放到她家的屋角，说一声："小妹崽，我等会来拿。"丽雅雯只点一下头，并不吱声。

其实早年她家与我们并没有什么关系，但"四川人，竹根亲。"为办事方便，母亲串来串去就把关系拉扯上了，她让我叫丽雅雯的父亲表叔，自然而然，我就和丽雅雯成了表兄妹。算起年龄，丽雅雯比我小几天，所以她应当叫我表哥，但她从不这样叫我，而是叫我小二娃，因为她是经常听见母亲这样叫我。

丽雅雯到我家去耍过几次，都是母亲带着她，因为乡间的路复杂，拐过去拐过来的又有七八里远，她根本找不到方向，而我四五岁的时候跟随母亲去赶场，回家就不再要母亲指路。丽雅雯不行，由此她就开始佩服我，不再叫我小二娃，改口叫我表哥。

小时候我一直向往着热闹，最大的愿望是像丽雅雯那样永远住在街上。十多年后，这个愿望实现了，因为工作的单位就是庙坝子附近的小学校，站在校门口，完全可以把庙坝子的热闹尽收眼底。

丽雅雯长大后嫁到了乡下，父母把街上的房子卖了，去到外地的哥哥家居住。每到逢场天，她也像当年我母亲那样来赶场，东西无处放，就放到我学校的寝室。除此之外，她还把她儿子寄宿在我家，从小学二年级到六年级。丽雅雯对我说："表哥，现在孩子金贵，你是教书的，拜托你给我培养培养，我谢你了。"

丽雅雯家庭富裕，儿子的生活费用全部够出。有两年学校发不起工资，生活捉襟见肘时，她就把农村产的大米、蔬菜、鸡蛋、苕粉，凡是家里有的，都给我背到学校来。逢年过节，还把我全家请去，热情地招待。

丽雅雯如今四十开外，在农村盖的楼房像幢别墅，一条公路直通家门口，冰箱、彩电、空调、电脑以及高档家具，可谓一应俱全。儿子也争气，今年考上了西南大学。暑假的一天我去喝庆功酒的时候，问她希望儿子将来干什么。她看着我，嘴角抿起一丝意味深长的微笑，然后说："像你一样吧，希望他将来当一名老师。"

2009 年 9 月 17 日清晨

孟小荷

少女怀春，少年钟情。一生中也有暗恋的女子，孟小荷就是其中的一个。翻开陈年的相册，面容娇好的的孟小荷就在我的身边，淡淡地微笑着，一股青春的气息扑面而来。身后的背景是学校的大门，前面是一条宽阔的林荫大道，茂密而整齐的梧桐树一直伸向远方。这是我们临近毕业的一张合影照。看上去，那时我们都很年轻。

孟小荷是唯一与我同窗六年的同学，但在这六年中，我们都没有作过什么表白，而是把爱恋的种子深埋在心底。

初中不说了。中师三年，孟小荷总是认真读书，成绩在班里一直很好。但我却因兴趣爱好广泛，音乐、书法、美术、写作，什么都想去涉猎，爱好一多，毕竟精力有限，所以我的成绩并不如她。在一次期末考试中，居然有一科不及格。按学校的规定，下个学期可补考一次。但孟小荷显得有些担忧。开学后的一个周末，我们洗衣服时碰巧走在了一起，她急切地询问我不及格的原因，我说大概是心思花在学习上不多。她安慰了我一番后，主动提出给我补课。对于我来说，那当然是再好不过的事情。以后的两三个星期天，她都放弃休息时间，在学校的阅览室里，耐心细致地指导我复习。后来补考及格过关了，她比我还高兴，并把她没有用完的饭菜票送给我，她笑着说是对我的奖励。

班上的许多同学都知道我和孟小荷的关系很好，还以为我们在谈恋爱，甚至班主任老师也旁敲侧击地对我说要遵守纪律。我知道班规校纪是严格的，学生绝对不许谈恋爱，弄不好就会留级或被开除。所以尽管我们交往甚密，但自始至终保持着一条明白的界线，直到毕业。

县里对学生的分配基本上是哪里来回哪里去，没有自己选择的余地。于是孟小荷和我都顺理成章地回到各自的家乡当了一名小学教师。因为相隔较远，几乎没有见面的机会，只偶尔通过一两次信。

中师生是没有资格教中学的，为了教学的需要，那时毕业的同学都选择离职进修或带薪函授。没想到第二年孟小荷和我都不约而同的选择了同一所学校同一个专业函授，报到后又分在一个班，不过此时已不像读中师那样天天都有所接触，至多也是在寒暑假，十天半月函授一过，又匆忙着各自回家。所以函授三年，我们都停留在读中师时候的感情上，课余逛街，打牌娱乐，依然还是那份同学之情。

大约是函授的最后一个学期，不经意间听说她已经恋爱了，当时听到这个消息，我顿感落寞惆怅，很长一段时间打不起精神，待心绪调整过来之后，一次我们散步，我问起这个情况，她点头说男朋友与她在同一所学校，大学本科生，除此就没多说什么。我说我从内心里表示对她的祝福，但愿她的男朋友对她一生关爱。她感激着，并谢谢我对她的关心。

函授毕业后，我们也没有了书信来往，见面的机会更是少之又少。

不过现在回想起来，如果我当初主动一些，把隐藏在心里的那份爱慕之情明白地表达出来，或许她会接受的，而今天，我们的生活恐怕又是另一种情形了吧。但是，那些假设都不会成为现实了，时隔多年的现在，也只能把那份感情留存在心中，成为人生中一段美好的回忆。

2009 年 9 月 18 日清晨

鞠小梅

鞠小梅出嫁的时候我还在远离家乡的学校读书。母亲去吃过她的喜酒，回来就说起那女子命太好了，婆家殷实富裕，不仅在城郊，而且是坝地，出门干活不爬坡上坎，一辈子好死了。

鞠小梅自幼生活在偏僻的山村，山高沟夹，坡陡路窄。虽然初中毕业后没干两年农活，但对父辈的艰辛是很清楚的，吃不饱穿不暖在那个年代极为普遍。

我和鞠小梅读书的时候都穿着打补丁的衣服，经常是一双赤脚，清鼻涕流出来，衣袖横起揩。鞠小梅很野，一个男娃儿的性格，上学的途中有一高崖，她和男同学一样敢往下跳，爬上来又跳，比赛谁的胆子大。

我最羡慕的是鞠小梅屋外那棵李子树，天天上学都要从那里路过，每年到了果子成熟的时候，无数的学生仰望着压弯了树丫的果实垂涎三尺，有胆大的学生甩石头去打，落下一两个，捡起就跑。从此以后，每每上学或放学，鞠小梅的婆婆就拿把小凳坐在院坝外防守。鞠小梅偶尔会从衣袋里摸一两个给我，她说是她偷的。

既然可以偷，我就谋划着和鞠小梅一起干。鞠小梅也赞成。就在一个月朗星稀的夜晚，趁一家人都睡熟，她从床上悄悄溜下来，从后门走出，与我在竹林里相会。不做声，只打手势。一切按事先说好的办，她守着她的家人，我则背个空书包，脱了鞋子往树上爬。因为鞠小梅唯一的缺点是不会爬树。

那晚我们把偷来的李子分了。偷得不多，因为害怕她婆婆第二天有所察觉。过后还好，一切都悄然无事。

有了那次经验，以后每年到了李子成熟的季节，我们都会例行公事一样去偷两三次，直到现在，除了我和鞠小梅，关于偷李子的事情，没有另外一个人知道。

鞠小梅出嫁十多年，我都没和她见过面，尽管每年她都会回娘家几次，但我却又在外地工作，许多关于她的消息都是从她父母那里得到的。十多年后，我辗转到了县城。一次在街上偶然相遇，她竟先认出了我，一下子拦在我的面前说："老同学都不相识了吗？小二娃（我的小名）。"我回过神来，看见鞠小梅还是当年那副玩皮的模样：笑兮笑兮，吊儿郎当，像个男孩。

我问她家离县城有多远。她说指你看不到，喊你听不到——过了河，走40多里路，在一个山高沟夹的半坡上，三间破旧瓦房，一块晒坝，坝脚一棵李子树，枝叶繁茂，年年开花结果……我说那不是你的娘家吗？

鞠小梅笑弯了腰说："你没问是现在的家，还是原来的家嘛。"我一时明白过来，顿感鞠小梅比小时候更加有趣。

她收住了笑，认真地说："现在的家，就在那里。"我顺着她手指的方向，看见了街对面三楼挂着淡黄色窗帘的地方，临街一棵硕大的黄桷树，枝条上葱绿的叶子几乎伸到了窗边。

没有想到，当年那个穿着补丁衣服，打着一双赤脚而野性十足的小女孩，多年之后，也走进了城里，而且过着小时候想也想不到的生活。

2009年9月18日下午

那些逝去的时光

——改革开放 30 年纪事

1978：少不更事

说年少，其实年龄已经不算太小，这年我 11 岁，上小学三年级。不过，鼻涕依然横起揩。

我就读的那所小学一共五个班，除一个公办老师外，其余四个都是代课老师。学校每年都走马灯似的更换老师，小学五年，总共有 7 个人做过我的班主任，他们的文化程度大多是小学或初中，其教学水平可想而知。

我当时学习目的不甚明确，成天只晓得贪玩好耍，所以成绩差，上课听不懂，云里雾里，就像坐飞机。但只要课堂上不去惹事生非，老师一般不会管你。家长对孩子也没有太大的奢望，送你读书，无非是让你多学几个字，至于小学毕业是否考得上初中，那不是一件重要的事情，考得上就考，考不上就回家务农，顺其自然。更有一些家长看来，考不上还好些，一来可以减少上初中的费用，二来也可以补充家庭的劳动力。那个时候家长有这种想法，一点都不奇怪。

每每遇到农忙，家长就叫你向老师请假，请不到假，回家还要挨骂。农闲的时候，仍然有农活干。早中晚的时间也要充分利用，根据大人安排，上学之前放学之后，或者拾野粪，或者打猪草，或者捡柴禾。我当年干得最多的就是拾野粪，寒暑假或星期天，有空就提个粪筐满坡走，到处瞅。那种日子一直延续到初中。

一个生产队的孩子，同读一个班的就有好几个，其中最要好的，又经常在一起拾野粪的有四个，四个人组合在一起，刚好可以打扑克。那些时候打扑克就像现在的孩子打电子游戏，一旦上瘾，则很难戒掉。每天放午学后，四个人像穿了连裆裤似的走在一起，满坡满岭窜一遍，只要拾到了几泡粪，就立即选个隐蔽的地方坐下来，玩上几把或十几把，然后才扯伸脚杆往家里跑。

记得当年有个同学瞒了大人的眼睛，偷偷卖了野粪买回一副新扑克，他硬是要求其余三个人把手洗干净后才准摸牌，搞得我们心痒痒的又不敢得罪他。最后那副扑克打了整整一年，直到成为一堆烂油渣。

当时那种情况，对于学习，家庭不重视，自身不愿学，老师教得孬，各种因素凑在一起，考试当然考不出好成绩。成绩不好，账越拉越深，上课想听也听不懂了，于是恶性循环，后来到了一张试卷竟做不起几道题的地步。期末领通知书，只得把分数改了拿回家哄大人，就像捏住鼻子哄眼睛。

"人哄地皮，地哄肚皮。最终哄到的，还是镜子里头那个人。"父亲拿着我改过的成绩单，一下子就把我看穿了，把我狗血淋头似的臭骂一顿，"这个样子读书，可惜老子两个学费，三顿只晓得吃饭，你跟老子莫把尘世上的米吃贵了。回家做干活，读个啥书！"

我知道父亲的脾气，惹毛了他说话是要算数的。所以三年级那个暑假我一律不敢做声，父亲喊做啥就做啥，而且还抽空余时间加紧补习功课，内心想的是，一定要获得父亲的原凉，让他高兴之后允许我下学期继续上学。

通过一个假期的努力，父亲终于原谅了我。临近开学的时候，他把我叫到他的身边，彻彻底底地教育了我一顿，然后给了我两块五角钱的报名费，叫我好自为之。他说："成蛇钻草，成龙上天，各人去造化。"

2008年8月14日上午

1979：良师益友

三年级期末的时候，我的成绩一落千丈，遭到了父亲的痛骂，颓废的我差点不能自拔。四年级新学期开始，我决定重新振作精神，加把劲。好在这年我遇到了一位好老师和一位好同学，他们给了我莫大的关怀和帮助，才使我的成绩有了大幅度的提高，我也从灰暗的处境中见到了一线光明。

先说那位老师。他姓张，牛高马大的个子，匠人出身，既可弹棉花，又可杀肥猪，还可打石头。表面一个粗人，肚皮却颇有几滴墨水。头学期代课的知青回城了，村主任安排他来补缺，他二话不说就来了，还信心百倍地对村主任说，没有他做不好的事情。

他要求学生特别严格，现在想来简直有些过分。他的习惯是动不动就体罚，凡是上课迟到的，一律要求跪在教室前排，不论男生女生，统统不留面子。他的讲桌上，随时放着一根姆指大的斑竹条子，约摸三尺长。如果发现课堂上有学生指鼻子夺眼睛搞小动作不听他讲课的，他会火冒三丈，立即走拢去，从座位上拖出来，三五几条子打在脚杆上，"让你长点记性。"他选择用武力的方式规范学生的行为，这种方式倒也收到一定的效果。不到一个月，班风班纪大为改观。

他对学生成绩的检查，唯一的途径就是考试。五天一小考，十天一大考。成绩好的，他自己花钱买作业本奖励，期中期末考试前几名，都请到他家中去打牙祭，杀鸡宰兔，让你吃个够。他家的殷实，全在房前屋后那几百根碗口大的树子，那是父辈留给他的。学生要去的时候，他卖两根树子就可以把伙食安排过来。用私家的钱来鼓励学生读书，他的慷慨大方，完全出乎我们的想象，周围的人说他是副贱相。但他仍然我行我素，认为这是一件很有意义的事情，所以对其他人的说法充耳不闻，一概不理。说来也怪，一年下来，我们班的平均成绩名列全乡第一。

再说那位同学。他姓王。那位同学家里十分贫穷，读书却极其认真，历次考试均能保持全班二、三名，所以我就主动接近他，讨好他，甚至还把家里好吃的东西摸出来送给他。我整天跟在他的后面，在裤腰带上别本课本，随时拿出来，不懂就问，或在他的家里，或在拾野粪的间歇，麦地边，桑树下，竹林里，从不分时间和地点。记得他给我讲解的过程中，总是说得口水暴溅，激动万分。他的情绪高昂，也是出于因帮助别人而感到自豪。也正因为有了他热心的帮助，我的成绩才有了快速的提高。四年级的最后一学期，我跃上了全班第五名。他十分高兴，把一枝捡到的烂钢笔（皮管被烧了个洞）送给了我，还一本正经的指着山岩上的一幅标语对我说：世上无难事，只要肯登攀。

万万没有想到的是，这位同学后来竟然在升学考试中发挥不好，没有考上初中。

于是他回到农村，跟着父母干了几年农活，稍大一点后就去了重庆，在重庆做起了批发香蕉的生意，一路顺风，赚了不少的钱。现在已经有了车子和房子，生活过得万般滋润。而那位张姓老师，在我考上初中后，因为他老婆跟着别人跑了，一急之下，脑壳出了点问题，整天恍兮忽兮，说话不成句数，做事也没有套路。现在，可怜他只好跟着乡下的儿子一起生活。出人意料的是，时隔多年之后，我去看望他，他依然能记起我的名字。

2008年8月28日

1980：免试升学

我读小学的时候是五年制，读满五年，小学就毕业。

五年级的第一个学期期末考试，我考得全班第四名，这个名次在全公社十个大队小学的总排名中趋于前列。中心小学将这个成绩记录在案，本人也就进入了优秀学生的名单。

大约在这年的六月份，一个很炎热的中午，班主任到我家里来，告诉我一个令人振奋的消息，乡小学（含戴帽初中班）决定今年一批学生不参加升学考试，可以直接上初中，我就是其中的一员。

我还以为我听错了，在反复追问了老师很多遍后，我确信了这个消息的真实性。我的母亲激动得切菜的手都在颤抖，破例把梁上唯一的一块腊肉取下来煮了，万分殷勤地招待老师吃了一顿饭。饭后还送了老师一包咸菜和一碗凉粉。在送老师回学校的路上，老师要我对这个消息保密，我不知道其用意，过后也就一直没对其他的同学说。

十多天后，公社小学举行统一的升学考试，我自然没有参加。假期中听说我们班有三分之二以上的学生都落了榜，一个个都沮丧得蔫头耷脑的。他们从此失去了读书的机会，无可奈何地回到乡村去充当一个永远修地球的角色。

就在我暗自为自己庆幸的时候，又一个消息传来，区里面不知从什么渠道知道了公社小学截留优秀学生的做法。区上发火了，一是责令小学校长写检讨，二是对未参加升学考试的考生作一次复考。然而，我所在的公社小学的校长"死猪不怕开水烫"，依然决定再次隐瞒一部分考生。我的那位班主任又一次找到我，仍然劝我不要去参考，让班上其他三人去应试。我同意了，同意的原因是，班主任说无论如何，我读公社的初中是稳当的。

也许我的那位班主任老师完全出于对我自身的考虑，让我顺利进入初中，也许出于来自中心小学校长的压力，在必须保留一定名额的任务面前，他不得不选择了我。总之，这件事情却在我的心中留下了难以磨灭的记忆。

假期中我什么都不管了，只等新学期到中心小学去报名。至于其他三位同学什么时候去参加的复试，他们考得的成绩如何，我都一概不知。

在中心小学读初一已经两周后，才遇到那三位同学中的一位，他告诉我，他们复试都考得很好，而且一个不漏地进入了区中学。他还说到区中学地盘之大，起码是我们大队小学的十多倍。有教学楼，有教师宿舍和学生宿舍，有运动场、篮球场，学校食堂都有三个。更令人羡慕的是，每月可以吃到国家低价供应的十多斤大米。

他越说得起劲，我越感到自惭形秽。过后好长一段时间，我都没有从沮丧的阴影中走出来。

在那个年代，命运如此安排，一个小小的少年，我是无回天之术的。在冷静思考了一段时间后，我想，既然事实如此，也就没有再去计较的必要了。条件好可以出人才，条件不好，可以逼出人才。当年，我就这样自我安慰。

2008年4月9日

1981：大河涨水

已经放了暑假。闷热的天气持续了好多天，包谷地里一丝风都不透，尽管我的衣服完全被汗水湿透，但仍然不敢歇息，那些天我独自一人在包谷地里除杂草，郁闷的心情比这天气还糟糕。有一天临近傍晚的时候，天上忽然刮起了大风，摧枯拉朽一般，把一地的包谷压成倒伏的一片。紧接着电闪雷鸣，暴雨倾盆而下。更要命的是，天地之间浑浊混沌，几米之外看不清人影。情急之下，立即丢了锄头，跟斗扑爬跑回了家。

那雨一直落了三天三夜。我家遭受了一场前所未有的损失：几个鸡没来得及跑回屋，全部被淋死在外头，尸首都不见；屋后山体塌方，一坨石头砸进猪圈，正好把一头架子猪的背脊骨打断；大部分竹树被狂风撕裂，成了废材；石谷子坡地上的绿豆红苕被大雨冲涮得不见踪影；田里的稻谷大面积埋进淤泥。家中受到如此毁灭性打击，父母的情绪一落千丈，两块脸黑得如同锅底。

  天放晴了，所有的人开始生产自救，那些倒伏的庄稼和竹树就像瘫子一样扶都扶不起来。忙碌的间隙里，累得筋疲力尽的乡亲在坡地的桑树下躲荫，就有人说起外地更大更厉害的洪灾。

  有人说，住在涪江两岸的万千住户，被冲得家毁人亡的不计其数。洪水涌来的时候，县城金鸭河坝的房屋稀里糊涂倒成一片，桂林片区一片汪洋，涪江河里的屋梁架架和树木疙瘩到处漂。不怕死的汉子争着在回水沱处捞浮财，有踩虚了脚的，一头栽进水里再也没有生还。真是人为财死鸟为食亡！

  洪水退后，不知如何才能度过这灾荒年月。我居住的村落里，就有许多乡村妇女怀着善良的愿望，想去祈求上苍的保佑。潼南大佛，于是成为她们心中寄托的希望。

  终于选定了日子，我和母亲与她们一道，顶着晨星，踏着露水，摸黑走了两个小时的山路天才亮明。大约八点钟吧，终于走到了县城。沿着盐巴库房一路下去，左拐后进入接龙桥，我看见洗菜溪边上一棵高大的黄桷树，整个枝叶上都挂满了杂草，始知县城遭遇洪灾是如此严重。再看看街道两旁低矮的瓦房，那洪水淹没的痕迹还隐约可见。店铺依然在营业，行人依然在街道上穿梭。少不更事又没出过远门的我，感受到的依然是县城的繁华。

  大佛寺更是人山人海，拥挤的人流，嘈杂的闹声，以及震耳欲聋的鞭炮声，简直成了一锅煮沸的稀粥。进了大雄宝殿，平生第一次看见那八丈金仙，脑海中顿时与乡间的土地菩萨作对比，真是感觉一个在天上，一个在地下。此前听说大佛菩萨这次洗了脚，眼见后倒也不假。佛堂里一地的污泥还没来得及清除干净，虔诚的香客密密麻麻就跪在地上作揖叩头，嘴里念念有词，隐隐听见的，都是些祈求吃饱肚皮不生疮不害病一类的话语。

  朴素善良的乡亲们，她们在大佛菩萨面前表达真诚的愿望，这是对美好日子的一种企盼，她们的用心是良苦的。

  烧香回去后不久，乡里派人到各村社作了详细统计，根据灾情的轻重，我们或多或少都得到了政府的救济。

  终身难忘的那场暴雨，刻骨铭心的那次洪灾，我和我的乡亲们没有受到太多的饥饿的威胁，算是躲过了一劫。

2008 年 4 月 10 日

1982：试做生意

我大哥当年 25 岁，虽然个子不高，身材瘦小，但脑子灵活，聪明过人，烂点子特别多。我至今仍然不知道他是如何去说服我那胆小怕事的父亲，最后两人一起到集市上去做粮食生意的。

大哥之所以想去做生意，主要是想改变一下家庭的经济状况，因为如果家庭经济拮据，要找一门亲事是相当困难的。在农村，大哥那时候已算大龄青年了，母亲曾多次找过乡间的媒婆撮合，但都因为种种原因，一次又一次失败了，大哥的婚事始终没有着落。

如果人才没有什么资本可言，那么在家庭经济上就应该富裕一点。只有如此，才会找到一个比较满意的老婆。大哥是这样想的。

有了这样的想法，就应该去挣一点钱，要挣钱，那就只有去做生意了。

生意的本钱不需要太多，记得当时东挪西借凑了 30 多块钱，另外添置了一杆秤，大哥和父亲担挑箩筐就上了街。

那生意说来也简单，说白了就是搞倒手买卖，从别人那里整体收来小麦，然后再零星卖出去，一斤就赚那么两三分差价，一个场天下来，真正花的时间也只不过两三个小时，竟然也有好几块钱的赚头。我记得第一次赚了钱回家，大哥和父亲在饭桌上谈得眉飞色舞口水暴溅。一向脑壳灵活的大哥又提出新的想法，一四七，二五八，三六九，把周边几个场镇都赶遍，如此算下来一年的收入是相当可观的。头脑处于兴奋状态的两人一拍即合。

那段时间，大哥和父亲除了做农活，就是忙着去赶场。除了小麦，还做花生、绿豆、包谷、豆粉、苕渣、米糠、芝麻、高粱买卖的生意，凡是集市上交易的粮食，都一一尝试，而且也尝到了甜头。然而好景不长，至多半年，很多农民都精了，市场上做类似生意的多了起来，钱不好赚了，大哥和父亲这才收了手。不过，这时候家里也有了三四百块钱的存款。

"家中有金银，隔壁有等秤。"周围四邻都认为我家肥得流油，加之父亲为人耿直，他常常抑制不住内心的激动，遇到三五几个和得来的，嘴巴包不住话，根根底底都说出去。这倒也好，全大队至少有六七个家庭都找媒婆来探口风，有几个胆子稍大一点的姑娘，成天背个割草背篼在我家房前屋后转来转去。"不想吃锅巴，哪会在锅边转。"大哥深知其中的道理，但他"讴"起不来气。

接下来又对我们家的房屋进行了改造。先是请师傅匠人将堂屋排面左右两边的土墙推倒，砌成石墙，并用细錾过一遍，然后将房前的土坝子碾平，用青石板铺了。总共不过用了一百多块钱，档次一下就提高了，远近几十里都难得找到第二户。现在，论家庭条件，还算可以；论钱的多少，也有几个。兄弟姊妹多不要紧，人长得矮小也不要紧。有了钱，"一肥遮百丑。"不少女娃儿都看上了大哥，我家的大门几乎都被挤爆。

大哥择偶的标准，不外乎女方脸嘴要长得乖。如果"远看一枝花，近看豆腐渣。"身材再好又咋个，大哥对这种女娃儿不感兴趣。所以大哥后来找了一个胖大嫂，脸嘴像杨贵妃，屁股像个大箩篼。但母亲对此却十分满意，她认为屁股大，会生儿。后来的确如此，大嫂一共生了两个，两个都是儿。

2008 年 4 月 11 日上午

1983：中师预考

不知不觉中，初中三年就结束了。

与往年不同的是，这年中考不分往届应届，作为应届生，当然会吃亏，不过再有怨言也只能搬石头打天。上面定了政策，下面就只能执行。当时我的成绩在应届生中还算好的，但有了往届生，在班上就只能算中等了。我所在的乡小学数年来都没考上一个人，所以在没参加考试之前我就晓得升学无望，只有等到来年再复读。

考试之前照例放三天假，有部分同学连假都不要，关在教室里加班加点复习，老师对这种精神大加赞赏，还要求炊事员给予他们特殊照顾，在我的看法里，这完全是"平时不烧香，临时抱佛脚"一类无用之事。更好笑的是，有两个平时成绩很差的应届生，也去装模作样，拿一本书坐在教室里滥竽充数。他们以为关键时候留点好印象，老师会把他们的毕业鉴定下得好一些。

反正抱着考不起的念头，思想上倒是放松得多。一说放假，我马上收起书包就回家，回家后脑壳也着实很兴奋，因为平生第一次将去区中学参考。区中学，那可是我小学毕业以来一直梦寐以求的地方。我那三位小学毕业后就读于区中学的同学，不知他们今年是否有希望？

考试的头天上午，就邀约几位耍得好的同学往区里去。一路上相互询问大人给了多少零用钱，算计着这些钱怎样花。根本没把考试当回事。"大考大好耍，小考小好耍。"一走拢区场镇就把背篼里的大米翻出来梟桃子吃，你递一个给我，我递一个给你，吃得嘻哈大笑忘乎所以。中午，又各自掏钱出来买麻辣小面，吃了一碗又一碗，直到吃得饱嗝连天走路都略显困难。

下午，全区的毕业生在大操场里集合，听区中学校长讲考试注意事项。我们几个在人群里，你夺我的背壳，我摸你的屁股，班主任老师悄悄走拢来，恨一眼，压低嗓门批评道："你几个耳朵打牛蚊子嗦！"

第二三天的考试，做不起的题实在太多，但整张试卷从没留下一点空白，选择题多半是"蒙猫猫"，问答题就扯草草凑笆笼，只要能巴点谱谱的都统统往上头写。这种作法完全符合考试前班主任对我们传授的"秘诀"。他说，只要写了的，再背时也可以得上几分，写，总比不写好。其中的道理他讲了很多，比如，评卷的老师看花了眼，或者不负责任的老师就按答题的长短给分等等。听到班主任那席话，我们简直佩服得五体投地，认为他不愧是久经沙场的老将，恐怕他曾经因此受益不少。

各科考完后，我们一路欢歌笑语，仿佛得胜的将军回朝。大人问考得如何，都众口一词的说还可以。等到二十多天后到学校去领通知书，我才晓得六科成绩只有三科及格，最差的是英语，考了21分。不过从总体排名来看，我在本班应届生中，成绩排在第四位。由此可见，我就读的那所学校，其教学质量确实不敢恭维。

2008年4月11日下午

1984：复读初三

初中毕业没升上学，暑假天，大姐夫从粮站的工作单位回来，父亲找他商量，要他帮忙把我弄到他工作的那个地方去复习，并寄读在他那里，和他一起吃住。姐夫是我们整个大家庭中唯一一个吃皇粮的人。当时有一种说法："真银行，假粮站，真真假假食品站。"所以在计划经济的年代，粮站这样的单位算是很不错的。别人怀着嫉妒心理，都把粮站的职工称作"钻米虫"，因为他们守着粮仓吃饱饭，天干三年也饿不着肚皮，有时还能弄点米皮子细糠回家喂猪。

在粮站工作是让人羡慕的，乡镇上的人去买供应粮油，不论官职大小，都得排班站队，轮子排得再长，到了吃饭的时候，说一声下班了，他就可以关门收称，叫你下午或者第二天再来排轮子。

所以在粮站工作的人不仅生活过得好，而且地位也高，说话有份量，办事丝毫不费力。

我父亲找姐夫办事算是看准了，我读书和后来的吃住根本不成问题。姐夫到学校一说就通，校长高兴，班主任甚至有点受宠若惊，把我安排到班上最好的位置上。

那一年跟着姐夫过日子，天天有肉吃，顿顿有油汤喝，白米干饭随便刨，稀饭馒头莽起胀。不到一学期，我就长得矮胖矮胖的，春节回家，我母亲摸着我的头说："我娃儿长得像个肥猪儿了。"

然而，可惜的是，在那样优越的条件下，我仍然没把握好机会，没有把全部的精力投入到学习中。时年播放电视连续剧《霍元甲》，每晚一集，风靡全国。受其影响，我跟着班里的几位大师兄，天不见亮就去河坝练鲤鱼打挺，练马步冲拳，举石锁，踢沙袋，以为"操了几天扁挂，就能走遍天下。"其幼稚的想法可见一斑。

时间一天天过去，转眼又到了一年一度报名参加升学考试的时候了，姐夫问我填报什么志愿，我说报中师没得意思，今后出来教书，备课，上课，早晚还要办公，当老师没什么意思，就报中专吧。

至今我想起来，简直是被饭胀傻了，明明近几年中专比中师的录取线高，自己的成绩又不是十分拔尖，却还如此不识相，还去好高骛远，铤而走险。

俗话说，"蚂蚁心大了要爆腰。"此话不假，我步了蚂蚁的后尘。预考分数线划下来后，中专差4分，若报中师，则刚好上线。

我彻底蔫了，蔫得像根丝瓜。父亲狗血喷头的臭骂，我更是蔫得像根稻草。

我无话可说，心里感到确实对不起姐夫，对不起父亲，更对不起自己。这是我人生中一个极为惨痛的教训。

对我这种不知天高地厚的东西，父亲给我施加了极大的压力，这个暑假，他对我进行了千般万般的锤炼：抬石头，送公粮，担大粪；搭谷不准歇凉，犁土不准躲雨；天还没亮就得起床，深更半夜才准睡觉。天啦，我在学校长起的那身肥肉，早都不见了踪影。

焦急的父亲瘦了，忧虑的母亲病了。我，未来还有希望吗？

2008年4月11日下午

1985：金榜题名

这一年是我人生中生活极度困难，又是我命运从低谷跃上高峰的一年，从那时到现在，人生中几乎没有再让我如此难忘又让我如此感动过。

大哥已经分了家，大姐二姐早已出嫁，三姐因为家庭困难已停学回家务农。整个家庭勉强支撑着我和三弟及小弟上学。母亲长年生病卧床，父亲是家中唯一的主要劳力。家庭没有另外的经济来源。

我就读的那所初级中学住房特别紧张，单身教职工都是两人住一间寝室，住校的学生更不用说，晚上就住在教室里，把课桌拉拢来当铺睡，而且只有成绩好的学生才有资格申请住校。眼看不少学生都交了申请，班主任见我一直未动，一天放学后，他把我叫到办公室了解我的情况，我简直说不出口，因为我不是不想住校，而是我的家庭条件绝不允许。

班主任说："其实住校也用不了多少钱，只要注意节约。"

对于班主任的好意，确实难以推脱。但我回家后，两三天都不好向父亲开口，直到班主任又来问我后，我才不得不硬着头皮去找父亲，向父亲保证不多花一分钱，并以全部的身心投入到学习中。父亲看到了我内心的矛盾和痛苦，最后，他同意了我的请求。

记得住校所用的伙食费是记账，月底，由班主任老师在班上公布，然后统一收缴。第一个月下来，我总共用了一块八角三分钱，班上用得多的有接近十块的，其间差距之大，完全可以想象我当时生活的节约，这种节约也确属无奈。我记得初三两个学期下来，我在伙食团一共只打过一回菜，是五分钱一份的莴笋。

由于自己是第二次复读初三，又加上自己的努力，平时在班上的成绩一直就是第一名，对于升学，我充满了希望。

都说好事多磨。临近升学考试时，我突患重感冒发高烧。养兵千日，用兵一时。在这节骨眼上，母亲急得四处借钱给我拿药，不料吃药后，我竟然周身乏力，嗜睡，眼睛棍棍都撬不开，两天后，我坐在考室最后一排的角落里仍咳嗽不止，好不容易把那六堂考试坚持下来，我已经疲惫得走不稳路。

大约过了十多天，三弟从学校带回通知，告诉我预选已经上线了，成绩之好，让人难以相信，居然考得全区第一名！于是学校轰动，山村沸腾，校长更是大肆宣讲，说是我改写了学校的历史。想想当时那种情景，远比现在考上名牌大学的轰动效应还大。

正式考试还有两周。班主任和几个课任老师轮流对我辅导，三顿饭跟老师一起吃，学校不仅不收钱，每天还给我两块钱的补帖。其优厚的待遇，让我有点不知所措。

复习两周后参加正考，我依然考出了好成绩，总分位居全县前列。

考上了中师，就意味着吃上了皇粮，全家人皆大欢喜。八月底，就要离家上学的时候，大哥、大姐和二姐分别请我吃了一顿饭，算是给我饯行。另外，他们每家还资助了我十元钱，让我到新的学校有足够的零用开支。

所有这些，我终身铭记。

2008年4月18日下午

1986：醉心书法

受父亲影响，我一直对书法怀有浓厚的兴趣。

父亲读过私塾，写得一手漂亮的毛笔字，家中一本父亲誊抄的家谱，小楷字端庄秀丽，书中附着几页他读私塾时习字的作业，大小均匀的寸楷，间隙里有老师的旁批。父亲翻出来给我们看，并教导我们说，写出来的字要有力度，软趴趴的不行。"一个钩钩要挂得起两斤老腊肉。"父亲用通俗的语言让我们去理解其中的含义。

我从小学到初中一直抽空练习毛笔字，不过那只是凭感觉，没临过帖，也不知帖为何物。到了师范学校，学校开设了专门的书法课，而且有专门的书法老师指导，不仅如此，我还参加了书法兴趣活动小组，利用星期天或课余时间，接受书法老师的单独培训。新华书店有各种各样的字帖，完全可以凭自己的喜好去选购。

我的书法老师在全县已经有很高的声望，他以隶书见长。我进师范学校的时候，就知道他参加市里的书法比赛，获得过大奖，后来参加全国性的比赛，也获过不少奖。他既是我的班主任，又兼授我的书法，而且还是同乡，因此我们的关系很是密切，他对我也格外关照，我的书法上的点滴进步无不饱含着他的心血。

师范学校特别注重艺术人才的培养，书法、美术、音乐、体育等等，都开设了兴趣活动小组。春秋两季的田径运动会，从跑、跳、投的精彩表演中，让我们记住了学校师兄师弟的名字；在不定期举行的歌咏赛上，靓丽的师姐师妹的形象，从此也就定格在我们年轻的心中，而且成为我们永久的话题；办得特别出色的书画墙报，两三周就更换一次，不少人的作品在上面登台亮相，每每吸引着我们欣赏和讨论。

我是属于营养不良体质瘦弱的那类学生，既无耐力又无爆发力，常常短跑不及格长跑跑不满，只有前滚翻、单杠、双杠、引体向上或者定位投篮一类略带技巧性的项目，方可合格过关。有时成绩差一分半分的，还得靠老师开恩给我收上去。我知道我这方面的欠缺，所以体育课从不迟到不早退更不会旷课，我用端正的态度去打动老师，目的在于关键时候给我加点分。

手无缚鸡之力，搞体育不行；唱歌五音不全，搞音乐不行。比来比去，就剩书法了。我跟着书法老师苦练了两年，从楷书到行书，从隶书到篆书，都有所涉猎，虽然博而不精，但在他潜心指导下，毛笔书法也有了长足的进步。可惜的是，后来我的兴趣转移，不经意间爱上了写作，对曾经一度时期如痴如醉的书法几乎完全放弃，到如今，已经数年不敢提笔，实在深感遗憾。

唯一值得纪念的，是我相册中的一张照片，那是师范学校毕业时，被学校评为"书法特长生"的一张合影。十二个同学，加上书法老师，一共十三人，背景是学校的大门。

看上去，那时我们都很年轻。

2008 年 4 月 18 日下午

1987：爱上文学

八十年代是一个崇尚文学的时代。

许多报刊上登载的征婚启示，不少都会写上"爱好文学"的字句，仿佛有了这样的爱好，无疑就是一个有文化有修养的人。这是一种时尚，一种历史的印迹。

我的语文老师有着很高的文学造诣，他的文选课讲得很精彩，对人物形象乃至一些细节的分析不仅充分透彻，而且让人着魔。文学的魅力让我爱上了写作，也让我终身与此相伴。

在学校，每日午餐，除了下雨，很难找到一天我不端个饭碗站在水池边报亭下读副刊的身影。副刊上精美的文章和喷香的饭菜一起咀嚼，那是一种说不出的享受。诗歌小说散文，或长或短，每张报纸的副刊上都可以找到。每天的报纸都是新的，每天都有新的美文满足我的胃口。一点不假，那确实是我的精神食粮。

除了报纸，学校的图书室和阅览室更是埋藏着无比丰富的宝藏。印象最深的是在图书室借到李存葆的《高山下的花环》，用一个星期天，从早上读到晚上自习都结束了，才恋恋不舍走出教室。这一天，一顿饭都没吃，其痴迷程度可想而知。

学校的阅览室在教学楼三层，当时全国有影响的文学期刊，阅览室都可找到，晚上的自习课，多半时间就坐在那里读小说，如痴如醉，须臾不离。除了小说，对诗歌也特别钟爱，常带了笔和本子，把一些经典的诗句抄录下来，反复地回味咀嚼。诗句的抄录花不了多少时间，但抄录长的散文或小说章节却要花费很大的功夫。因此，我从有限的菜票中节约一部分出来，换成钱，然后去收购站买便宜的书刊，两角钱一斤的文学书籍和刊物，惊喜得让我两眼放光。那些书籍如果自己认为是有收藏价值的，我就买下来，时间久了，我的床上床下到处都堆满了书，甚至连枕头都是书做的，只有到了寒暑假，才用口袋装了背回家。

书读得多了，手也痒痒的，先是有些不好意思，就偷偷地写，先是写诗，一天写数首，产量惊人，自我感觉良好，像宝贝儿子一样珍藏在笔记本里，秘不示人，但到底纸包不住火，邻桌的同学知道了我的爱好，由此传了出去，学校文学社的负责人来找我，要我给油印文学小报《绿园》投稿，并邀请我作了小报的编辑。当时县文化馆办了一张四开铅印文艺报，时不时我也寄几篇去，编辑老师特别负责，经常骑个自行车将退稿信送到学校的传达室。那些信件里附着编辑对稿子的意见，很多鼓励的话语让人十分感动，至今我都珍藏着，不时翻出来读一两遍。从那些字里行间中，我读到了当年编辑老师对文学青年深深的厚爱，想着现在做着报纸副刊编辑的自己，根本没有心思为投稿者提出哪怕只言片语的意见。

这种自私，尤其让我心生对当年编辑老师的敬重。

2008 年 4 月 21 日下午

1988：父亲去世

读师范学校的最后一个学期，大约是三月中旬，学校安排学生回各区实习。实习两周后，我想回一次老家，就邀约了另外一个同学，每人借一辆自行车，星期天早晨天一亮就骑车往家赶。全程四十里，途中要等船过渡，到家时，已近中午。母亲说父亲在山上垒坟，我放下车，去到爷爷的坟头，看见父亲坐在一棵桑树下抽烟歇气。

父亲告诉我，从去年下半年开始，他一直感到胸口疼痛，因为缺钱，至今没去医院检查。我知道父亲和母亲支撑这个家庭的艰难。我和三弟同时读师范学校，小弟读初中，钱，确实是很紧的。为了我们的学业，父亲舍不得自己花钱，虽然他的烟瘾很大，也只买最便宜的纸烟，一次抽半截，剩下半截留着下次再抽。现在有了病，他仍然不肯进医院。

看到我回家，父亲很高兴。中午吃饭的时候，他的额头冒着密密的细汗，我知道这是父亲胸口疼痛所至，但父亲依然微笑着问我有关实习的一些情况。我劝说父亲到县城的医院去查一查，没有钱，可暂时向亲戚借着，几个月后，我就可以毕业拿工资了，债务由我去还。父亲想了很久，最终表示同意。不过他说要等到我十多天实习期满回学校后再去医院，他觉得有我和三弟两人，与他一起去医院方便些。

实习一结束，我就叫父亲到县城，去医院一查，最初诊断是胸膜炎，住进了传染科，继而又查，却是肺癌，再查，还是肺癌，而且到了晚期。我们不想把这个让人悲痛的消息告诉父亲，瞒了他。住院期间，医生也看出了我们家庭经济的困难，怀着善意，私下里把我和三弟叫到办公室，告诉我们父亲没有必要再住下去了，浪费钱。万般不得已，就开了几天的药，我和三弟把父亲送回了家。然后又回了学校。

过了一段时间，农村开始插秧了，父亲的病情已经恶化，昏迷了两次过后，母亲找叔父打来电话，要我和三弟回家。我们请了一周假，回去守着父亲，为他老人家送终。

那年的5月27日，也就是农历四月十二日夜晚九时，天空下着倾盆大雨，父亲坐在堂屋的椅子上，在满头大汗的疼痛中离开了我们。父亲终年六十三岁。

为了我们读书，家庭已经背上了沉重的债务，但我们仍然四处借钱，目的是好好安葬父亲。一切都按乡间的丧葬习俗进行。在道士悲伤的祭文里，我跪在父亲灵堂前嚎啕大哭，泪流满面。父亲离开我们到了另一个世界，他没有享到一天的福，一辈子都在劳累中度过，他没有用到我一分钱，却把他省吃俭用的钱都花在了我和弟弟们的身上。父亲的胸怀是博大的，父亲对我们的关爱是无私的，父亲的教诲让我们终身难忘。

但是，父亲走了。从此这世上，我少了一位至亲至爱的亲人，我的悲痛无法言说。

父亲，你在地下安息吧。今生今世，我们都不会辜负您的希望。

2008年4月21日下午

1989：教书育人

我是 1988 年师范学校毕业的，当时费了很大的力，找了不少的关系，原本想到乡小学去教书，最终还是被分配到老家的村小任教。在那里，我曾经读了五年的小学，多少有一些感情，因此，情绪也并非十分低落。

自从父亲去逝后，母亲就独自一人生活在乡下，孤苦伶仃不说，还做着三个人的包产地。一生劳累的母亲，现在的生活仍然艰苦，能够回到家乡，回到母亲的身边，抽早晚帮母亲干点农活，母亲自然也是很高兴的。

村小学一共五个班。村小上课是包班的，语文、数学、美术、音乐、体育，都是一个人包干，小学老师是"万金油"。五个老师中，有两个是民办，一个是代课，我和另外一个年轻教师是从师范学校毕业的。民办和代课老师都是本地人，他们每天都回家吃住，一早一晚还得在家里做农活，我离家只有一公里路，家里到学校走路也只需十多分钟。

第一个学期在学校吃住，尽管单身生活很简朴，一口锅，几个碗，几个凳子就安了个家，但米面油盐要到乡场上去买，所以经常是逢场天的中午，背个背篼去赶场。课是可以自己随便调整的，为了买菜，通常把上午第四节课安排成自习课，学生上自习，自己就上街，天高皇帝远，中心小学的校长管不到，其实说穿了，校长也是心知肚明，往往睁只眼闭只眼，他也晓得，村小的老师不抽这些时间去买东买西，其余时间根本没有办法。尽管耽搁了一些时间，但自己平时工作还算认真，所以第一个学期期末考试，我所教的班级仍然排在全乡第二名。学校领导、学生家长和学生都很满意。

到了第二学期，我也仿效民办老师，吃住在家里，因为母亲的身体越来越差，干活显得有些吃力，我便利用课余和周末帮母亲干点农活，减轻一点母亲体力上的负担，在这年的暑假，我用工资节余下来的钱改造了一间猪圈房，母亲心里很是高兴。

暑假过后，我因为教学成绩突出，被借调到乡中学，之所以是借调，因为当时的中师生，没有资格教初中。能去中学教书，还有另外一个原因，这个学校的校长是我初三的语文老师，我曾经是他的得意门生，数年来一直保持着良好的师生情谊。他破例帮忙把我借调到乡中，我至今心存感激。

到中学教书，其高兴的心情自不待言，因为学校就在乡场附近，办事方便，接触的人也不一样，特别是对今后自己的婚姻大事，也有了更大的希望。要知道，在那个年代，蹲在村小想找一个吃供应粮的，仿佛痴人说梦。如果找个农村户口，脸嘴长得再漂亮，也不可能当饭吃，况且子随母，生个孩子，户口依然在农村，传统思想根深蒂固的我，无论如何都是不愿意的。到了乡中学，已经算是有了基础，有了一点本钱，后来的事实证明，我到中学确实是幸运的，它是我人生的第一个转折。

2008年4月23日清晨

1990：初涉爱河

我任教的那所初级中学只有六个班，260多名学生，教职工不到20个。老师多半是年轻人，单身的就有9个。一个乡场，六七个单位，年轻女子少之又少，几个单身汉眼睛都望绿了，也难找到一个吃"皇粮"的，"饥渴难耐"的心情可想而知。

校长是个热心人，好几个年轻教师都是他曾经的学生，所以他对我们的婚姻大事也非常关心。消息仍然来自于校长，一个星期天的午后，我们正在操场上打篮球，他走来笑着对我们说："等几天信用社要来个女职工，小伙子们，早点下手噢。"

在这些单身教师中，我的地位处于劣势，因为文凭低，个子矮，模样差，我完全清楚自己的实力，也就没打算去竞争。那个女子不到两个星期就到信用社来上班了。一打听，是个合同工，没有正式户口。几个大专毕业的老师去看了，回校后都五心不定。我是趁一个逢场天去看的，取存款的人在柜台外站了密密麻麻一屋子，我挤进去，看到她穿一件绿绸短袖衫，圆脸，略胖，蓄着短发，戴副眼镜。人，我还是满意的，但我没停留，转身就去市场买菜了。

我有我自己的考虑，因为祖祖辈辈在农村生活，自己通过万般努力才跳出农门，虽然文凭低，但就这样去找个"半边碗"，确实心有不甘。如果为后代着想，就更应该找个国家正式工作人员，子女一辈子也可以吃供应。

时间过了两个月。伯父到我这里来小住了几天。伯父几年前就退休了，退休后，一直住在乡下女儿家，久了，想出来散散心，就到我这里来耍。某一日下午放学后，我在操场上看一个外地人爆米花，正看得起劲时，伯父从街上回来，老远就招呼我过去，说有件事情想和我商量。伯父说，对面街上肖木匠准备给我说一门亲事，我问女方是谁，伯父说在信用社工作，他已经去看过了，完全可以。

几乎已经淡忘了的事，如今伯父又重新提起。考虑到人家为我做媒，实在也是出于一番好意，怎么说我也应该去肖木匠那里回个信。

晚上正好没有我的辅导课，我就打个手电筒去了肖木匠的家，正待我想说明自己的看法时，简直机缘凑巧，那个在信用社工作的女子看了电影回来，顺便到肖木匠家来还电筒。肖木匠老婆不失时机把我们两人都作了介绍，肖木匠的老婆说话也不拐弯抹角，直截了当地问我们双方看不看得起，把我们两人都搞得很不好意思。骑虎难下，又出于礼貌，我们就坐下来，谈些另外的话题，在交谈的过程中，我竟然觉得坐在我对面的这位女子，和她说话很是投机，心里顿生几分好感。鬼使神差地，我竟当着对方和媒人立即表态："完全没意见。"没想到对方比我还大方："想好哦，我可是个半边碗。"

那天回去后，我一整夜都没睡着，她的影子一直在我的眼前晃动。后来，通过我们的交往，双方彼此走得更近，各自的父母都来看了，"儿大当婚，女大当嫁。"双方老人也没有什么意见。从此，花前月下，书信往来，我们都沉浸在恋爱的无比幸福中。

这一年，我度过了人生中最美好的一段时光。

2008 年 4 月 23 日上午

1991：恋爱结婚

在中学教书，仅有中师文凭是不够的，为了早日正式调入学校，我决定再去拿大专文凭。在教书的同时，我复习了中师的课程，入学考试顺利通过，考上了渝州教育学院中文专业，院校设在永川。

恋爱期间，我带女朋友去重庆师专卫星湖戏水，到黄瓜山上去观光，在繁华的永川城里逛商店、逛公园；我和她都没有上过正规的大学，此时读书也仅仅是函授而已，我们对大学都是十分向往的。女朋友的家境比我好，高中毕业后，她父亲工作的单位实行内招，她以全县第三名的成绩找到了工作，我则为了早点端上"铁饭碗"，初中毕业就直接考了中师。

寒暑假或教书的中途，每年都有三四次去永川面授的时候。这年的暑假，我在永川，女朋友写信给我，准备这个假期的 8 月 1 日结婚，我当然欣喜万般。她把这一消息告诉了她的父母，父母也表示同意，只是她的父亲写信给我们，要求我们婚事从简，不要去办什么大酒小席，一来浪费，二来影响不好。但我觉得结婚是人生中的一件大事，请几桌客人也可让女朋友脸上有光，和女朋友一商量，她也同意我

-119-

的想法。

　　我母亲看到我要结婚了，心头的欢喜自不必说，她坚持要把家里喂的那头猪杀了给我们办酒席，我和女朋友不同意，因为那头猪并未长大，才一百来斤，再说，她老人家辛辛苦苦喂到这个程度，哪忍心去揩她的油。我7月20日回家，联系了学校附近的一个屠户，说好婚庆之日买他半边猪肉（一个猪吃不完）。我教书的乡场逢三六九，8月1日恰恰遇上"转角场"，鸡鸭鱼肉买早了不好保管，当时乡场上的冰箱冰柜几乎没有。为难之时，我的哥哥姐姐和兄弟们不邀自请，纷纷给我出谋划策，主动帮忙，到处联系，还冒着大雨陪我们去县城置办结婚用品。事无巨细，安排得妥当周密，让我少操了不少的心。

　　婚宴办了十多桌，是在学校举行的，两张课桌镶拢来，刚好拼成一张方桌，上面铺一张白纸，四条凳子坐八个人，勉强也像个样子。厨师是学校的炊事员，手艺不错，饭菜可口，客人吃了也很满意。有远道而来的同学、朋友，留着他们耍了两三天，打点升级，喝点小酒，叙叙旧，送走了他们后，我和新婚的妻子又去走了几家亲戚，时间一晃而过，妻子的婚假就满了。

　　所谓蜜月，我们没有像现在的年轻人这么浪漫，因为妻子的单位人手少，一人一个岗位，请长假出去玩是不现实的。离开学还有二十多天，暑假里我就陪着妻子上班，逢场天到市场上买菜，买肉，煮好三顿饭，做好一切家务，待妻子下班后，不用她动手，我就把香热的饭菜端上了桌，下午，妻子下班后，两人吃了晚饭，就一起出去散散步，天黑了，又回到场头那家简陋的电影院去看一场电影，爱情片也罢武打片也好，都看得津津有味。那小日子过得好不舒心。

2008年4月23日下午

1992：喜结硕果

　　妻子的妊娠反应很厉害，恶心呕吐的事情经常发生，吃药也不见多大的效果，我不得不听从母亲的建议去给她找土单方，到街上亲戚家里掏灶心土煎水给她吃，说来也怪，吃了几次后，居然也有了很大的好转。病好后，妻子的饭量特别大，记得在我老家，母亲用柴草在铁锅里烧的干饭，她吃了四碗都还想吃，而且是用豆瓣海椒下饭。母亲对她说："你想吃，就尽量吃个够，我媳妇是在害喜了。"在婆婆面前，妻子有点不好意思，回到家后，妻子对我说，她当时还能吃一碗。

　　妻子的肚子渐渐大起来，走路已不太方便，母亲怕我照顾不好妻子，不得不放弃农活到街上来照顾她。母亲说，现在生活条件好了，不要吝啬那几个钱，怀胎妇的营养要跟上。于是，她就买了鲫鱼来熬汤，买了猪肚子来炖鸡，三顿变换着花样弄饭，把妻子吃得脸盘子都大了，体重上升了20斤。母亲心花怒放，从街上找来一个看相的，神秘兮兮的带到楼上来，要请那位先生给算一算，看自己的媳妇怀的是男胎还是女胎。我看见先生舀一碗凉水放到桌上，十个手指交叉叠在一起，对着墙壁做了几个动作，两个眼睛又凑近水碗一看，转身对母亲很肯定地说："男胎！"我母亲更是喜上眉梢，从此把妻子当个活宝。

时候已近冬天，年终收贷任务下达了，信用社职工分片下乡收贷款，妻子在社里有所照顾的情况下，仍然有一个村的任务，我就尽量让妻子把下乡的时间安排在周末，这样才好陪她一起去。妻子自幼在农村长大，说来也算吃得苦，穿双平底胶鞋，带了公章票据和算盘，随我在乡间的毛狗小路上爬坡上坎，尽管有些累，倒也能够坚持。妻子没有一点怨言，她认为这也是一种锻炼。

临产还有半个月，一个下午，岳父岳母从老家到我们家里来，他们打算接妻子回去住一段时间，然后再带她到县医院去生产。根据推算，预产期前三天，我也刚好可以从永川函授回来。岳父岳母接去也刚好合适。真是人算不如天算，我本来第二天早上就要去永川的，可就在当天晚上深夜4点多钟，妻子开始发作，直喊肚子痛，我没有什么经验，母亲和岳母催我去喊接生婆，她们认为早产的可能性很大。情急之下，我跑到街上去把一家私人诊所接生的女医生请来，一个多小时后，妻子顺利生下了儿子，岳母像宝贝一样用布裙把小家伙包起来，然后递给母亲，母亲又把他放到秤里一称，然后说，六斤半。

这个假期我没有再去永川学习，该考的科目后来作了补考。听说班主任老师作了不点名批评："有些学员连妻子生小娃儿也要请假，真是不把学习当回事。"但在我看来，生儿子远比我那张大专文凭重要得多。

2008年4月23日下午

1993：调入区中

调入区中是一件不容易的事情，费了不少周折，最后才达到愿望。这主要靠两个人，一个是我的妻兄，一个是我的姐夫。

这一年的3月份，妻子调入了区所在地的信用社，一岁多的儿子也随她去了那里。

本来妻子没有太大的愿望调离乡场，是在我的极力规劝下去的。我想，这个区当时下辖七个乡，冷清的乡场无论如何也没有区所在地热闹。"人往高处走，水往低处流。"这种想法应该是正确的。即使短暂分开一段时间，关系也不是很大，我会慢慢想法再往区里调。

妻子调走后，我就开始考虑我自己的调动问题。按照普通的作法，必须经历三个步骤：一是我自己单位的领导同意放人，二是接收学校领导同意进人，三是区领导研究一致通过。俗话说"吃凉水都要有人引路"，第一关基本不成问题，第二三关我就显得有些吃力。

我把摆在面前的难处向妻兄和姐夫说了，请求他们帮助。妻兄在区场镇的一个信用社当主任，人缘关系不错，妻子调到区场镇的信用社工作，也是靠他帮忙，如今，我和妻子分居两地，他深知我们的困难。于是他找到县上的一位朋友，再通过这位朋友去找区中学的校长，因为关系特殊，校长原则同意。这一切都是妻兄为我跑的，感觉上还不太费力。妻兄让我试着自己去找一找区里的领导，但我使出浑身解数都没把事情办到。我着急了，把情况向在区粮站工作的姐夫说。在粮站工作了几十年的姐夫，自然懂得调动这类事情的方式方法，他又去找了一个做生意的朋友帮助，然后事情就解决了。

接下来我去找自己本单位的校长，校长是我读初中的老师。师生之间，没有什么隐瞒的必要，我把自己跑调动的情况原原本本向他说了，虽然做了教师，我在他面前仍然是诚实的，他也看出我对他真诚的态度，并且十分理解我的苦衷。在他的寝室里，他仍然像当年一样，给我以良多的教诲，祝愿我未来的前景更加美好。一席话后，他在我的申请书上爽快地签了字。我深深地感到，天底下老师对学生的关爱永远都是无私的，老师是每个人一生都值得尊敬的人。

那个暑假是忙碌而充实的，临近开学的时候，我请新学校的领导吃了一顿饭，把我工作的一些基本情况向他们作了汇报。学校安排我在教办室工作，兼上一个职高班的书法和写作课。

我知道，在藏龙卧虎的区中，自己必须虚心学习，努力工作，用实际行动和成绩说话，否则，我会被认为是开后门进来的一个无用的草包。如果那样的话，我既对不起帮助过我的人，同时对自己的未来也是一种损害。

说实在话，进校后我很是卖命，我把所有的精力都投入到工作中，尽量争取把每一件事情都做好。一个学期下来，我的工作成绩有目共睹，完全得到了学校的认可，第二学年还被学校评为先进工作者。

第三辑　往事如烟

2008年4月24日清晨

1994：参赛获奖

　　重庆市举行教师基本功大赛，分中学和小学两个组，参赛的内容是简笔画、粉笔字、毛笔字、应用文写作、讲演五大项，分单项和全能。通知发到各学校，由学校推荐参加全县的预赛，优胜者再到市里参加决赛。校长把通知拿给我看，问我是否愿意参加。我说选单项我哪一样都不突出，干脆报名参加全能，几项扯起来看或许有点希望。

　　参赛的几项中，我最弱的是讲演，因为我的普通话说得不好。不过在全县的预选中，我以全能总成绩第一名的分数进入了决赛，这是我始料未及的。由此一来，反而增加了自己许多思想负担，因为我清楚，全市高手如云，要想去拿个奖项，不说比登天还难，至少希望不大。

　　预赛取得的可喜成绩让校长脸上也有了光彩，他鼓励我精心准备，车旅费可以全报。我害怕辜负了校长的希望，整个暑假扎扎实实窝在家里练习了好多天。

　　八月份的天气热得头脑发昏，去市里决赛的时候，妻子却坚持带了儿子同我一起去，我再三劝阻都劝不住，她说是去给我壮胆。全县其他参赛选手也有带家属去的，总共十多个人，在车上有说有笑。其中有人建议，大家去买一束花，在讲演比赛中，凡是本县的，不论讲得好与孬，关键时候大家要带头起鼓掌，另外，找准机会适时抱一束鲜花送上去，从形式上增添点气氛，目的是有气场。

　　诸如此类还想了许多办法，说穿了是实力不够，大家心头有点虚。

　　比赛要第二天上午才举行，地点在重庆幼师。大哥知道我们一家三口去了重庆，跑到学校来要我们晚上去他那儿住，晚上顺便吃顿饭。下午我们就去了大哥渝中区捍卫路租住的房屋。大哥在城里做菜生意，收入不高，与另外一个卖菜的打伙租了两间房子，窄不说，连气都不透，晚上扯床席子铺在地上，"暑天无君子"，我们几个东倒西歪的躺在一起。

　　重庆真正是名副其实的火炉，半夜时分，妻子热得流鼻血，感觉脑壳都要裂了，不得不带着儿子跑到屋外的树下坐着歇凉。那一夜我也没睡好觉，热得睡了又醒，醒了又睡，第二天头重脚轻，打不起一点精神。

　　上午的几项比赛成绩还勉强过得去，下午是讲演。主城区老师的普通话讲得标准流利，远郊区县老师简直不是对手，当时我很想临场放弃，但同去的几个老师鼓动我："死马当活马医，破船就当破船划。"

上了台子，我的普通话一出口，坐在前排的一位女评委就忍不住笑出了声。我越发有些慌乱，感到自己脸都红透了，更急人的是，两分钟不到，我妻子果真一点不知事地把一束鲜花抱上来献给我，这无异于喝倒彩，我尴尬得顿时忘了词句，情急之下，只得现编，好不容易转来转去才勉强接到原来的稿子上去，但评委已经看出了其中的破绽。

讲演彻底失败不用说了，我有些灰心丧气，下台就去厕所了。但没想到的是，比赛结束后公布成绩，我居然还拿了个应用文写作三等奖。这是我县中学组唯一的一个奖项。

2008 年 4 月 24 日下午

1995：乔迁新居

妻子的单位修了一幢楼房，6 层，共 12 套，每套面积 60 多平米，两室一厅一厨一卫，磨石地面，铝合金窗子，水缸灶台洗槽橱柜，一律用瓷砖贴面，大楼外墙贴马赛克，属当年这个场镇上第一"洋楼"。

妻子单位的现状是人多房少。因此如何分配就成一大难题。单位领导想来想去，最后只得按工龄的长短作为标准。可这样一来，分不到房的人就提出，为什么不按职务的高低，为什么不按进入本单位工作时间的长短，为什么不按工作的岗位划分，等等。

但领导已经作出了决定，说出的话又怎好收回，即使重新分配，也未必做得到百分之百的合理，于是只有按既定的方案执行。由此一来，那几位没有分到房的职工跳起脚破口大骂，而且先入为主，搬了凳子撬门入室，赖着不走了。

此事惊动了上级领导，电话里询问了下面的情况后，还亲自下来出面调解。讲政策，讲道理，讲纪律，讲原则，讲了一个上午，最后，还是肯定了原先的分配方案。我们没有什么意见，因为按照这种方案，妻子可以分到一套住房，尽管是顶楼。

搬进新房后，亲戚朋友和单位的同事闹着要来吃开锅饭，于是确定了日期，请了客，提前几天把一切都准备妥当了，岂料晚上起来解手，拧开水龙头却放不出一滴水。

小镇停水是经常性的，而且不通知。无可奈何，只得半夜担一挑铁皮桶，顶着月色，到大河里去挑水。楼房是6楼，楼房离大河还有一里许，几挑水担回家，人都累瘫了。

那天的开锅饭从中午吃到晚上，夜色降临，华灯初上，客人方才散去。我和妻子将狼籍的杯盘收拾干净，室内清洁卫生打扫完毕，已近午夜时分。

由于刚搬家，室内来不及挂窗帘，明亮的月光从窗外照进来，整个屋子亮晃晃的。第一次搬进新居，第一次躺在席梦思床上，辗转反侧，思绪万千，感慨良多，好久都不能入眠，一直到后半夜，朦胧中不知怎地从床上翻滚到地下，楞了好半天，才晓得原先不曾发生滚床事件，只是因为一直睡着左右有床沿遮挡的硬板板木床的缘故。

席梦思，这种让土老坎第一次玩洋格的家私，好多个夜晚成为我为此放心不下的负担，总是害怕坠床，以至后来数年，常常成为妻子的笑料。

好马配好鞍。有了像样的房子，就想着应该有几种像样的家具，后来就借钱买了一套猪皮沙发，带转角一共七座，拉开后可拼凑成一张床。然后又做了书柜，组合家具，餐桌，茶几。还购置了冰箱，彩电。最后打肿脸充胖子，花1680元安了一部座机，真正实现了"楼上楼下，电灯电话"的梦想。

梦想倒是实现了，虚荣心也得到满足，由此也拉了一屁股烂账，以至几年省吃俭用，几年捉襟见肘，拆东墙补西墙，扯公脚盖婆脚，好不容易把账还清，两口子却落得个"人比黄花瘦。"

2008年5月28日夜

1996：趣味生活

有了妻子，有了儿子，有了安定的工作，有了一个像样的家。妻子单位效益好，收入比我高。人活到这个份上，真正也就心满意足了。

那么，就好好生活吧。

从小没吃饱肚皮的我，首先想到的是吃。悠悠万事，唯此唯大。

小镇虽小，倒也是涪江边上的一个水码头，撤区并镇前，曾经是管辖着七个乡、十多万人口的区级场镇。如今，区域中心的位置并未削弱，物资集散地的优势依然存在。要哪样有哪样，想买啥就能买啥。用妻子的话说：一辈子都不想再调走了。

河坝诺大一个市场，单说卖吃的，鸡鸭鱼肉有，泥鳅黄鳝螺蛳蚌壳有，乌龟有，团鱼有，甚至连国家保护的野生动物都有。蔬菜如青菜萝卜马齿苋，海椒茄子西红柿，青葱蒜苗藤藤菜，没有哪样不齐全。卖熟食的有酸辣粉，麻辣面，油酥坨坨，烧腊，豆干，凉粉，锅盔，肉饼，小炸鱼。

吃的有了，看的也有。比如，有时髦女郎左手提个菜篮子，右手捏个鸭脚板，一边走，一边啃，微风吹拂面颊，逢人点头微笑，自在，悠闲，陶醉。在小镇也是一道风景。

我经常在逢场的日子，包揽了全家的采购任务，上街走下街，观人生百态，看市井风情，悠哉游哉，真正别有一番滋味。买了菜，付了钱，中午回家，炒几个菜，烧一钵汤，煮了干饭或稀饭，妻子下了班，儿子也回了屋，三人坐上饭桌，我有时还喝一杯小酒。那种日子好不快活。

儿子尚小，少不更事，逗来好耍。推车车，骑马马，讲故事，父子俩在床上翻筋斗，在铺盖底下抠脚板心，嘻嘻嘻，哈哈哈，铺盖掉地不管它，枕头掉地不管它。玩累了，耍够了，父子俩倒头一睡，各自进入梦乡。他梦见星星跌进饭碗，我梦见和美人说话。

妻子下班回家，拿根毛线钎子，在两人的屁股上各抽几下。儿子的星星飞了，我的美人不见了。一下子醒来，呆呆的坐起，擂擂眼睛，你望我，我望你，像一大一小两个菩萨。

"还不来吃饭，两个懒猪！"原来妻子早已回家，饭菜已经端上了桌子。

吃罢晚饭，出门散步，散步回来，妻儿守着一台电视，一个台翻到另一个台，大的要看言情剧，小的要看动画片，大的争不赢小的，罢罢罢，儿子看完动画片去睡了，妻子就看点言情剧尾巴。此时的我，还在那间斗室里鬼画桃符，练我一直喜爱的毛笔字。

这一年的生活快乐无比，这一年的生活记忆犹新，这一年的生活又平淡无奇。

有一首歌里唱道：平平淡淡从从容容才是真。

是的，这一年我们有了最初的积蓄，物质上得到了满足，吃穿不愁。工作上，两人都按部就班，没有大的波动，一切顺心，精神愉快。

无欲无求，一切顺其自然。因为我们打算，从此就在那个小镇上安家，不再挪窝，不再动步，一生一世，与小镇相依相伴。

基于这种想法，心里安然了许多，日子总是充满着快乐。

2008 年 5 月 28 日夜

1997：闲暇捕鱼

这一年，妻子调进了县城，儿子由我带着读了半年幼儿园，妻子就把儿子接到县城，进了一家私人幼儿园。儿子一走，我感觉轻松了许多，但同时又多了一分空虚。这时候，学校有一位特别喜欢捕鱼的老师常约我和他一起去捕鱼，他捕鱼的水平很高，已经有 20 年捕鱼的经历。家里置有丝网、手网、拦河网、罾等一类常年捕鱼的工具。

这位老师姓谢，曾经当过兵，转业后就到了学校。他的老婆在街上开了一家缝纫店，有生意就做生意，没有生意就料理家务，完全过着一种闲适的生活。谢老师要去捕鱼，她也不说什么，任其自便。每每到了周末，谢老师就会跑到我的办公室来，问我明天有没有空，有空就和他一起去捕鱼。我常常在谢老师的邀请下去到他家，喝茶，吃饭。

那年临近暑假，涪江涨了一河大水，水是漫漫涨起来的。下午放学后，谢老师就约我去搬罾。搬罾对于我来说还是头一次，以往捕鱼都用手网，所以我的兴趣也特别高。根据他多年的经验，他说涨水比退水好搬得多，一定要抓住时机。搬罾是一种体力活，我身体瘦弱，力气不大，只好给他提笆笼。他在江岸边教我如何绑罾杆，如何找地方下水，还手把手一罾一罾的教我拉，怎样掌握重心，怎样使用巧力，他还说搬罾的人不能懒惰，"罾搬过路鱼"，拉网要勤，不然挨一会儿鱼就跑了。那些决窍他一点也不保留。我试着拉了几网后，基本上就掌握了要领，他很是欢喜，还不断夸我是个悟性很高的人。

天快黑的时候，我们起码搬到不下 10 斤鱼，什么都有，草鱼、鲢鱼、鲤鱼、鲫鱼，重的有一斤多，小的如指头大小，他叫我一个不漏地统统装进笆笼。还风趣地说：鱼小不扯毛，大的用酸菜煮，小的用菜油炸，各有各的吃法。

笆笼装满了，他提回家喂在一个大脚盆里，然后找来一只电筒，要我和他一起搬夜鱼，他说肚皮饿了不要紧，这个时候正是搬鱼的好时机，一年遇不到几次，机会不能放过。他还说他已安排老婆在家里煮饭，煮好后就到河边来喊我们回去。

由于初次搬罾，我的兴趣正浓着，巴不得多搬一会儿。他也放手让我干，自己就坐到岸边的草坪上吃烟，不时提醒我该拉了，不拉可能鱼儿又游走了。那天的运气特别好，不论大小多少，没有一网落空。等到她老婆来河边喊我们吃夜饭的时候，笆笼里至少又有三四斤鱼了。

收拾行头回到他的家里，桌上已经有了满满的一钵酸菜鲫鱼，两盘油炸小鱼，一碟花生米，两盘烧腊肉。因为有我这个客人，她老婆还特地到小店里买了一瓶白酒。谢老师说，白酒驱寒、除湿、暖身，在河里泡了那么久，喝点有好处。那一夜，我们两人都吃得微醉微醉的。两人有共同的兴趣，说话投机。谢老师提出要送我一网小罾，见方一丈三，比下午那罾小一些，更适合我的体力。我简直喜出望外，说了一些感激的话。临到分手时分，他老婆早已把鱼为为两半，一半留着，一半给我。我坚持不要，但谢老师说，这是打鱼的规距。于是提着分到的几斤鱼，借了他的电筒，才慢慢回家去。

2008 年 8 月 28 日下午

1998：下海经商

教书十年，工作调动了三次，虽然一所学校比一所学校好，但工作的性质没有改变，长久不挪窝，思想上就有了些厌倦。都说人往高处走，水往低处流。去县城联系了两家单位，费了九牛二虎之力，却调动未果。不得已，与学校签了停薪留职的合同，拉着三弟一起，合伙做起了生意。

先是走三弟的老路，组装一次性打火机。到遂宁几家打火机厂去考察后，买回了一套设备和组装散件，两人信心十足的干了四五天，发觉收益不大，继续下去绝对发不了大财。就请来一名女工，做计件，那女子当时在家找不到事做，以为这个工作轻省，但不到一天，就不辞而别，几块钱的工资也没要。

我一直对美术字有兴趣，原先在学校的时候，墙上的标语都是我写的，于是又萌生了做户外广告的念头。就去商店扯了几丈布匹，在四楼屋外挂了一幅很有气势的布幅广告，上书："订做各类户外广告，全城最低价。"但除了自己主动去联系的几笔业务外，没有什么人找上门来，业务依然冷清。人不可能就这么在家里闲着，因为工资没了，吃饭要钱，房租水电要钱。情急之下，又想出了做药材生意的主意。

原先三弟是开药店的，对药材的利润比较清楚，但买回来是否卖得出去，心头仍然是个未知数，所以把胆子放得小小的，花 800 多块钱从成都进回一批二三十个品种的中药。由于我对中药一点不熟悉，就叫三弟到城郊的药店去联系，让人意想不到的是，一位陈姓的老中医听了报价后，要求拿一种药去看看，结果他要了两公斤药材，净赚了他 12 块钱。

三弟卖了回家，兴奋之情不溢言表，当天晚上就商量两人第二天就出去跑业务。

此后不到 10 天，第一批中药就卖个精光，屈指一算，赚了将近 300 块钱。我当时在校的工资也不过 400 多元，刻一张腊纸才补助 3 毛，但至少花 40 分钟。如此算起来，药材这生意利润确实太高太诱人。

第二批货进了 2000 多元，第三批货进了 3000 多元，如此成批增加，收益渐渐提高，对于中药，我们每月有了一笔不菲的收入。

那时人的精力好，没把脑力体力充分用够是不甘心的。如何进一步拓宽业务，增加收入，又成了我们思考的中心问题。最终的决定是，再去进成品打火机，做倒手买卖的生意，于是又去到重庆，带了四件成品（每件 10000 个，重不过 40 斤），那价格低得让人无法相信，拿回来的当天下午就送了一件出去，除了车费，净赚 150 元。

后来的生意做得还要轻松，全是电话联系，人在家中坐，钱从天上落。我做了 8 个月生意，第 8 个月的月底，我们一算，当月两人可分利润 5000 多元，那数字是当时工资的好多倍。

人生的道路很多时候不由自己选择，8 个月之后，我被借调到县报社，彻底与生意脱钩。

那段经历至今令人难忘，令人留念。

2008 年 9 月 2 日清晨

1999：进入报社

准确地记得，我跨入报社第一天应该是 1998 年 11 月 2 日，但那时由县委宣传部发了一个"抽借"文，还算不上真正调入报社。1998 年 11 月 2 日以前，我尚在商海里闯荡，而且还春风得意，乐不思蜀，因为我的收入远远超过了工资。

一个极为偶然的机会，我在街上遇到一位同学，他对我说，报社的总编想找我到他那里去了解一下情况。我付之一笑，不是十分在意，不过回到家里，把这一情况对妻子说了，妻子说，这岂不是一个很好的机会，前些年你脑壳都碰肿了想进城，这回怎么一点不动心了呢？

其实我不太在意的原因有两个，一是原先几次的调动我已跑伤了心，烦透了各种关卡；二是现在生意正在旺头上，每月有一笔可观的收入。

但妻子是个比较保守的人，认为做生意不是长久之计，拿工资毕竟旱涝保收。她还说，如果生意搞栽了，说不定哪一天就要和我"拜拜"。迫于来自家庭的压力，我决定到总编的家里去坐坐，探探情况。

去的那天早晨兜里揣了一包烟，在他的家里坐了半个多钟头，谈了一些爱好写作也勉强可以写一点东西之类的话，然后告辞回家继续做我的生意去了。过了大约两个月，总编打来电话，说要看一看我曾经发表过的文章。那天我正好买了去成都的车票，根本没有时间送文章给他看，出于礼貌，我叫妻子给他送去。

我和三弟在成都中药市场买药，忙得灰头土脸大汗淋漓，妻子把电话打到成都一个朋友家里，再由朋友跑到市场上找到我，详细说明了情况，要我马上回去签合同，说是准备调我进报社。

没得到总编亲口对我说的话，我依然有些不太相信，所以还在成都呆了两天，直到把计划的中药全部买齐，才搬货赶车回家。

回家后我去找总编，总编说社内已经研究了，你明天就到你的单位去，把校长请来，带上公章，分别与报社和宣传部签个合同。

没想到事情简单到如此地步。

曾经在学校教书的时候写过不少稿子，也发表过不少文章，去编辑部也有数次，所以进入报社后，不少的同事其实早已经是朋友。毕竟到了一个新的工作岗位，很多工作都得从零做起，不熟悉的地方自然不少。庆幸的是，当时报社无论是领导还是职工，清一色全是教过书的，非常清楚对一个新手该如何指导，使其尽快上路。加之他们毫不吝惜的赐教，事无巨细的关怀，我的业务工作也有了很大的进步。

平心而论，到报社才是我真正的归宿，因为十多年来，我一直爱好写作，也从未放弃写作。做生意虽然可以赚到更多的钱，但毕竟不是父母当年送我读书的初衷，在过去那些艰难困苦的日子里，我的想法也是吃上皇粮，摆脱贫困，如今，愿望达到了，我也心满意足了。

2008年9月2日下午

2000：身兼数职

进入报社已经一年了，在这一年里，我的基本功得到了很好的煅炼，勉强可算一个称职的记者和编辑。我的为人和工作态度，领导和同事也都认可。

这年6月份，单位的一位会计调去了另外一个部门工作，领导找我谈话，要我把他曾兼任的会计工作接替过来。我有些诚惶诚恐，害怕事情做不好。因为我认为和数字打交道，自己不是那块料，况且这个岗位的重要性我是知道的，如果有一点闪失，岂不愧对领导对我的信任。

心里矛盾了一两天，我还是把它接了下来，我把它当作一种责任。

领导找我去作了一番叮嘱，也敲一些警钟，但更多的是鼓励。

在完全没有人教导的情况下，我拿着同事的账本，抽早晚时间反复研究，有时要弄清一个不明了的细节，简直比写一篇大稿还难，因为那里没有任何可以变通的，只好一是一，二是二地依样画葫芦，免得出错。

还算好，我花了大约一个多月的时间，仔细钻研，会计业务也基本可以胜任了。

我的主要工作是编辑和记者，报社当时的制度是编辑记者轮流做。我做记者的时候写过一篇关于城管方面的长稿，文章见报后，得到当时分管报社工作的一位县委副书记的表扬，并作了批示，总编拿回作了批示的报纸，在报社职工会上作了剖析，也肯定了我的敬业精神。另一篇影响较大的稿子是写木材市场的，当时县里的几家木材市场管理混乱，坑蒙拐骗的现象特别突出，我以普通购料者的身份深入到几家木材市场去作了一周的调查，然后静下心来写了一篇将近半个版的深度报道，那篇文章揭穿了经营者的欺骗手段，同时也给我带来了一些麻烦，不过在普通消费者的心中，我成了一位打假的英雄，特别是那些装修房屋想购买木料的，基本上都是拿着刊登了我那篇文章的报纸去和老板们理论。所以我成了既被人恨又被人爱的角色。

在家当编辑也并不是一件轻松的事，整天埋头改稿、排版、校对。总编的文字功夫很是了得，经过我们认真改过多次的稿子，一旦拿到他手中，他仍然有不少的修改，哪怕是一个标点，都很难逃过他的眼睛。所以我们当编辑的，在他面前无不汗颜。总编的为人是做事严谨，为人厚道，处处以身作则，对工作毫不懈怠，他没有架子，不喜批评别人，总是以自己的行动去感化别人。当时报社的人不多，就十多个人，不过，没有不尊敬他的。

在这一年中，我的工作算比较累，往往别人的周末都在休息，但我还在加班加点的做账或写稿，这种无怨无悔踏实苦干的精神，到底得到了领导的信任，经过一年多的试用，我终于拿到了一张珍贵的调文，从此算是进了城。

不经一番寒彻骨，怎得梅花扑鼻香。此时此刻，我才真正懂得这句话的深刻含义。

2008年9月9日下午

2001：购置房屋

算起来，我从乡下到县城工作已经两年多了，在这两年多的时间里，我都没有自己的房子，第一年是寄居在一位亲戚家的，第二年是租房住的。

寄居也罢，租房也罢，都不是十分方便。因为房子是别人的，什么东西都不能乱动，你得遵守当初的诺言，哪怕想在墙壁的某一处钉颗钉子，你都要考虑半天，害怕把别人的墙壁钉烂了不好说话。

更麻烦的是搬家，人家一要房子，除了有一种被扫地出门的感觉外，你还得马上另外去找房子，去找搬运工，前前后后忙碌好多天，一家人累得精疲力竭不说，换上一个新地方，开头好几个晚上都睡不着觉。

没有房子是一件苦恼的事，而没有钱买房子更令人苦恼。虽然我和妻子参加工作已有十余年，但那时工资都不高，除去一家三口日常开支，家中的存款不足两万元。要买一套100平米左右的房子，至少也要四万多元。在没有办法的情况下，妻子只好回娘家去给岳父岳母说明情况，两位老人欣然同意将用作养老的钱借给我们。

我和妻子高兴不已，抽下班和周末时间，整个县城都跑遍了，既要考虑房屋的位置，又要考虑价格，最后终于在水井湾看到一套比较满意的房子，交了定金，就看着那幢楼一层层地往高处修。本来我们预订的是第四层，怎奈开发商原定的夹二层没修，我们的房屋变为第三层，尽管楼层相差不大，但屋后的崖壁恰好把光线遮去许多。本来钱都来之不易，买套房子又如此差劲，性急的妻子急得和开发商大吵，我后来找了熟人去和开发商商量，终于换到了理想的五楼。

由于开发商资金不足，工期一拖再拖，购房户却拿他没有办法。起码延迟了半年时间，才拿到钥匙。

因为钱的紧缺，做事处处都要精打细算。我和妻子一起在本城了解了装修材料的价格后，又去遂宁的各家商店对照，遂宁的价格总体要便宜一些，但除去运费等杂支，也没有什么落头，最终我们还是决定就地取材。

大凡装修，基本上都采取包工不包料的办法，因此其中一项就是和装修工谈价格，经过反复协商，我们和泥水匠、漆匠、木匠、电工谈好了工价。

凡是经历过房屋装修的人都会知道，那种繁杂的小事多得要命，工匠说这样差一点那样差一点，让你屁颠屁颠的跑得上气不接下气，你忙他不忙，你不忙他反而又忙，你还不敢过分得罪他，心里害怕着他整你的壳子，比如该用的料他不用，不该用的料他多用。一个外行要去管一个内行，不说则罢，一说往往就开黄腔。

那套房子装了三个多月，肥胖的妻子体重减了10斤，精瘦得像根豇豆的我无肉可减，却拖得精神萎靡不振脸面黄皮寡瘦。但我们的心情是愉快的，即使拖着一屁股烂账，也兴奋了好长一段时间，因为，毕竟平生有了一套属于自己的住房。

2008年9月9日下午

2002：分居两地

秋天是一个令人感伤的季节。在一个凄风冷雨的早晨，我送妻子去全县最偏远的一个乡镇信用社报到。

这之前，妻子已经在县城工作了五年。现在她调走了，一家人的生活也全部被打乱。个中原因，说来有些令人不可思议。

妻子在县城所处的那个营业点，因为地理位置偏僻，效益一直不好，联社新来一位领导，上任三把火，也不问青红皂白，把她们六个人一律调到区乡去，如有不从，立即下岗。

在领导面前，几个人说不出一句话，纵有天大的怨言，也只能打落牙齿和血吞，不得不默默地奔赴新的工作岗位。

去到妻子新的单位，条件之差，确实罕见，整个就像农村的一个大院子，数间平房，满地稀泥，几乎见不到几个人影，那是一九九四年全县撤乡并镇前的一个小乡，如今政府机关全搬了，略略能感到一点现代气息的就是还有一个小商店，一个小食店。去的那天中午，信用社主任准备请妻子吃一顿饭，只得早早去给食店的老板打招呼，老板去到十多里之外的另一个乡场买回几斤肉、一个鸡。老板说当天没有鱼卖，也没有其他的办法了，只有将就。信用社主任感觉有些过意不去，我和妻子倒觉得没有什么。

我把妻子安顿在那里后，就和儿子搭乘一辆货车回城，因为第二天儿子要上学，我要上班，一刻也不容耽搁。

从此妻子在一方，我和儿子在另一方，妻子最放心不下的是儿子，因为她晓得我工作忙，很多时间又要下乡采访。我回到单位后，把家里的具体情况给领导作了汇报，领导深知我的困难，给我更换了工作岗位，让我当编辑，保证我早中晚有时间照顾儿子。当时我很感动，心想同在一个县城里，两个单位的领导竟然有如此天壤之别。

儿子当时读小学三年级，学校离我的单位较近，中午放学后他就和我一起到他们学校后面武装部的伙食团吃饭，父子两人中午一个菜、一个汤，晚上也可吃了回去，也可在家里煮，早上呢，儿子喜欢吃面，我就通常带他到街上的面馆吃二两牛肉面。

儿子读书有些调皮，上学放学往往不守时，他经常和他那些小伙伴玩得忘乎所以，在校园内还好，有时跑到校外，而校门外就是一条大街，各种车辆往来不断，他的安全很是让我担心，我不得不声色俱厉一次又一次地警告他，但到底年幼，管不到两天又是一样。

妻子深知儿子的个性，为儿子的安全提心吊胆，也因此为之失眠，半夜里睡不着觉。到了周末，不是我带着儿子到妻子那里，就是妻子回城来一家人团聚。

那段令人揪心的日子幸好不长，半年过后，那位联社主任不知什么原因调走了，新来的主任了解情况后，把妻子他们六个人一一调回了县城，回城后聚在一起，各自谈着那段辛酸的经历，每个人的眼睛都闪着泪花。

为了答谢那位调他们回城的主任，他们集体去到领导的办公室，诚心诚意请主任出来吃顿饭，主任理解他们的心情，答应了他们的要求，席间，主任对他们说，不要把那段经历看成是一件坏事，现在回城了就好好工作。

2008 年 9 月 10 日下午

2003：举家出游

一家三口，夫妻二人平时忙于工作，儿子除了寒暑假均在学校上课，加之经济也不宽裕，所以一直以来都没有外出游玩过。这年国庆，三人都有了假，于是决定出去逛一圈。

决定了要出去，但去哪儿呢？最后妻子提出，去乐山峨眉山一线看看。我们没有选择旅游公司参团，认为跟着别人走受限制。

10 月 1 日清晨，一家人天不见亮就坐了去乐山的汽车，将近上午 10 点钟，我们到了乐山市区，和所有的城市没有大的区别，乐山不外乎高楼多一些，街道宽一些。出门逛街，并不是我们的兴趣。未到乐山之前，孤陋寡闻的我们，对乐山并没有太多的了解，只知道一个叫五通桥的地方生产一种电炒锅，早年家里的第一口电炒锅就是那个厂生产的。

听说乐山大佛景区用半天时间就够了，为了有效利用时间，我们就在车站附近的一个小食店草草吃了两碗豆花饭，然后乘车直奔景区。值此国庆假期，举家出游的人实在太多。我们参观了凌云禅院、东坡读书楼、海狮洞，为了近距离观看大佛，必须下九曲栈道，于是经受着烈日的煎熬，起码排了一个小时的长队才临近那栈道入口。古人曰："蜀道难，难于上青天。"这次让我们有了切身的体会。

近距离朝拜了大佛，来不及发表更多的感慨，按我们算计好的时间，就立即乘车去峨眉山。那日天气晴朗，快近峨眉山时，已近傍晚，暮霭之中，隐隐看见一座山峰直耸云霄，问同车的随行者，他们说那就是峨眉山，"天啦，好高！"妻子发出一声惊叹，她简直被大自然的鬼斧神工折服得没有话说。

在山脚下，我们订了宾馆的房间，然后就到附近的餐馆吃晚饭。由于一天的劳顿，儿子吵闹着要吃好的，问他哪样最好吃，他说："回锅肉"。我和妻子都发笑："回锅肉在家里不是经常吃吗？"但儿子说外头的回锅肉肯定比家里的好吃。他和妻子另外还点了几个菜，我则要了一瓶白酒，一边吃，一边回味着白天以来的见闻。半瓶酒下肚，我已有了些微醉，一天的疲劳也已消除。

第二天凌晨三点，我们乘车赶往接引殿，从接引殿到金顶，乘坐索道而上，在索道里，我们看到了神往已久的日出，在云海茫茫之上，那霞光万丈的景象让人终身难忘。

在金顶停留了一个多小时，为了节省费用，也为了徒步观景，我们三人就步行下山。都说上山容易下山难，此话不假。沿着曲折的林荫道往下走，我的双腿已经酸痛得走几步就要下跪，不得已，只好把背包里的矿泉水、水果、干粮以及昨晚剩下的半瓶白酒统统扔掉。

下午，三人走走歇歇，游了万年寺、清音阁、报国寺等地方，实在太累了，晚饭后就早早住进了宾馆。第二天我还想去三苏祠看看，但妻子和儿子已没了兴趣，嚷着要到成都双流坐飞机回重庆，当时开通了成都到重庆的小飞机航线，每人240元，儿子有学生证可买半票，总共600块钱，平生第一次坐了飞机，玩了一盘洋格。

2008年9月18日上午

2004：母亲生病

我是1998年底进城的，进城之前，母亲一直生活在农村，她除了做些农活外，就是顺便给大哥看家。大哥多年一直在重庆做菜生意，农村里就只有母亲孤单一人，实在有些寂寞。

我虽然在城里租着房屋住，但觉得有接母亲进城来的必要，母亲劳碌一生，也该享点清福了。回去和母亲商量，她也愿意来跟我一起住。就这样，她收拾了行李，随我进了城。

平时我们上班，母亲就在家里煮饭做家务。时间长了，她也有了一些熟人，从此每逢初一十五，就和三五几个老太婆一起去大佛寺烧香，早晨去后，要到晚上才回来，中午，她们就在庙里吃斋饭，两块钱一顿。

那样的日子倒也过得清闲舒心。

母亲到底年事已高，加之她年轻时身体就不是很好，现在，毛病就渐渐显露出来。先是每一年的春夏之交和秋冬之交，无一例外地要在床上卧个把月，已经形成了规律。到了这年的四月份，她依然没有逃过这一劫，与往年不同的是，各种毛病一起复发，病得特别厉害。

当时大姐和三弟都没在城里，我不得不只身一人把母亲送进医院。先是找医生给她作了诊断，知道了她的毛病确实太多，肺病、心脏病、高血压、静脉曲张、子宫下垂，还有她多年来一直就有的头晕病。所有这些毛病一起折磨着她，再坚强也无论如何支撑不住了。

每天早晨上班之前，我就带着母亲去到她的病房（因为征得了医生同意，每天输完液后可回家住），扶她躺在床上后，就去给她开药、拿药，叫护士给她挂上液体，又请求病房的其他病员帮忙适当给予看照，然后就匆忙跑到楼下去赶车上班。

在上下班的高峰期，医院到单位至少要坐半个小时的公交车，车里秩序混乱，拥挤不堪，我曾被小偷扒去了身份证和钱包。

中午回家煮了饭，又把饭菜提到医院去给她吃。下午她继续输液，我又继续上班。晚上回来把她搀扶回家。如此日复一日，整整住了半个月，病情还没好完，但她无论如何也不愿意再住下去了，一是她觉得医院的花费太高，二是输液的滋味也难受。

没有办法，我只好开了一些药，接她出了院。

那段日子，我既要上班，又要照料母亲住院，人虽然感到有些累，但也能够坚持。在母亲看来，我确实是个孝顺的儿子。不过在我想来，这样的困难，哪里是当年母亲生下我后住院的艰难可以比拟的。三十多年前，母亲生下我后，身体极度虚弱，由幺舅和父亲用滑杆摸黑四十里山路把母亲和我抬到县医院，一住数日，考虑到母亲的身体，医生已经嘱咐母亲不要给我喂奶了，但母亲仍然以淡黄的奶水哺育我，让我的生命才得以延续至今。所以，对恩重如山的母亲，我的回报是远远不够的。

2008 年 9 月 18 日下午

2005：深入农村

生在农村，长在农村，进城生活也不过几年，我一直对农村怀有深厚的感情。

全县"一小时潼南"工程结束后，村道工程的建设又掀起了新一轮高潮。在塘坝镇采访山体滑坡事件后回到报社，领导又安排我到新胜镇三星村，驻地采访村民集资修路的情况。新胜镇三星村村民集资修路走在了全县的前列。

去三星村的那天，泡泥厚厚地覆盖了道路，车子不能进去，在镇上，我换了一双长统靴徒步进村，在镇上宣传委员的带领下，找到了村支书和村长。

村支书待人热情，午饭后带我去了三户村民家中采访，晚上就住在他的家里。他用他自己酿制的米酒招待我，晚饭有他的老婆、儿子和儿媳，一家人都很客气。他得知我并非在城里长大，农村的很多情况也比较熟悉，于是谈话也没有了距离，几个人喝了点酒，也就无话不谈。那一夜，让我更深刻地了解到农村基层干部办事的艰辛，也了解到他们为民办事后，成功给他们带来的喜悦。

在农村，尤其是偏远的农村，村社干部和村民们都是纯朴的。他们有渴望致富的心理，而且也深深懂得"要致富，先修路"的道理。在政府拿不出更多的钱为他们修路的时候，他们就自发集资捐款，而且公路所经之处占用了土地和损坏了苗木，一律不要求赔偿。三星村的村民修路的愿望之所以如此迫切，因为他们祖祖辈辈生活的那个地方，一直不通公路，赶场去本县新胜或邻县富龙，去来都是大半天时间。农产品卖不出去，肥猪卖不出去，许多生活用品买回来，也是费力费时。

交通闭塞，经济难以发展，所以，常年靠肩挑背背的三星村人，生活并不富裕。也正因为如此，他们才日夜盼望修一条出村公路。

就在我采访后回城的第二天上午，在村头路过一个水磨加工房时，带着好奇心的我准备去看个究竟，几个歇气的农民得知我是县报记者，他说他们一辈子没看到过记者，以为记者天下之事无所不知，反复地向我咨询他们地里的枇杷为何花开得好，而挂果又不尽如人意，是水土不服吗？是雨水太多吗？是管理不善吗？等等。这些问题，我都无法给他们一个准确的答复，但我承诺，如有必要，我可以到农业局向农技专家为他们咨询。不过，这个诺言我并未实现，至今感到惭愧。

纯朴的乡亲们要留我到他们家里吃饭，我婉言谢绝了，说是要赶时间回去写稿子。他们又深怕误了我的大事，告诉我沿河上行须几公里后才有石桥过河。一位大哥硬是拉着我去坐他那只机动小船，另一个大爷还拿了一个小木凳来放在船上，让我坐。

这位大哥发动机器，掌着尾舵，一路与我闲谈，用了约摸半个小时的时间，直到把我送到邻县的富龙，上岸后，又把我带到车站。我要付他船费，他无论如何也不收。

那位大哥，我一直记得起他的相貌。

2008年9月18日下午

2006：苦闷忧郁

"知子莫如父。"儿子自幼生性好动，是个坐不住的角色，从幼儿园到小学，在课堂上不是说话就是伸脚动手，你要他闲下来，不到两分钟他就打瞌睡。他的智力还算好，所以小学的成绩还勉强过得去，小学升初中，以一分不多一分不少的成绩考上了重点中学。

进入初中，第一学期在班里是前几名，但到了第二学期，他的成绩就直线下滑。其根本的原因是迷上了电子游戏，如鬼魂缠身一般无法摆脱，星期天、节假日、课堂外、深夜里，凡是县城的游戏厅，没有他不知道的地方。老师和家长对他的教育充耳不闻，亲戚朋友对他的规劝完全不当一回事，我和妻子对他毫无办法，看着他一步一步滑下去，作父母的，真是欲哭无泪。

岳父岳母和我母亲则看法大不一样，他们相信"树大自直"的古训。并且还以他们当年的经验反过来教育我们："当年你们兄弟姊妹那样多，把你一个二个都带出来了，你们现在生一个，哪个教育起人来比上尖刀山还难？"一句话，问得我们门神不眨眼睛。

妻子是个刀子嘴豆腐心的人，嘴里骂得比哪个都凶，其实心里痛得比任何人都厉害。要吃给吃，要穿给穿，要用给用，几乎成了毫无原则的迁就。古语说："慈母多败子。"但妻子大则以为然，一点不讲策略地当着儿子的面反驳我。接下来的事情就可想而知了，她决定搬家。

在所有人都认为效果不大，并且有可能适得其反的情况下，妻子力排众议，以"不到黄河心不甘"的决心，独自一人将家搬到学校附近，对气得七窍生烟的我说"跟不跟着去随便你。"她是王八吃秤砣——铁了心的。

搬家后儿子依然故我，离校近，时间更多，他对游戏的迷恋有增无减。一计不成，再施二计。妻子跑回娘家去请岳父，要他老人家来帮忙看管。可怜岳父大人尽心尽力，又是操持家务又是接送，成天弄得精疲力竭却见不到一点成效。

在徒劳无益的情况下，我们又不得不把家搬了回来。

"搬家有用吗？"我问妻子。

"如果不搬家，说不一定问题更严重。"妻子回答。

我无话可说——因为说了也白说。

"养子不教父之过。"我深知自己肩上的责任。于是找来儿子平心静气地对他进行开导，其中心意思是："你现在少玩点，今后有的是时间玩；你现在想玩，今后就没有时间玩。并且你还要明白，现在几年，要管你今后一辈子。这个道理你晓不晓得？"

儿子说："晓得。"

其实天下的道理任何人都晓得，自己犯了错误也不是不明白，但要切切实实地改正错误，那又不是很多人可以做到的。

可怜天下父母心。如果儿子现在尚不十分明白，我想，在儿子做了父亲的时候，他一定会明白的。

2008 年 9 月 19 日上午

2007：更换岗位

在报社工作了九年，没想到这年的工作又发生了变化。在一个岗位上工作的时间太长，总是想换一个新的环境。当得知旧城改造成立的滨江片区建设指挥部需要抽调人员时，我主动向单位领导提出申请，准备换一个岗位工作。领导虽然有些不愿放我走，但考虑到一是县里的统一安排，须服从全县大局，二是我在报社工作的时间在全体员工中也是较长的，换个环境对我也许有好处。所以最终领导同意了我的请求。

指挥部是个临时机构，所有的人员都是从全县各个单位抽借的，编制都在原单位。

我对滨江片区的了解是在20多年前，1981年潼南遭遇百年一遇的洪灾，片区所有房屋几乎冲毁殆尽。当年我14岁，与母亲徒步40多里山路到大佛寺烧香，亲眼目睹了洪灾过后的惨状。

但是，人往往都是好了伤疤忘了痛。洪灾过后的这么多年来，不少人又在那片废墟上开始乱搭乱建，所建的房屋零散而不成体统，他们也时时受到洪涝灾害的威胁（1998年又遭遇一次洪灾），但依然是得过且过。

无论从哪种意义上说，对旧城滨江片区进行改造都是必要的。所以，滨江片区建设指挥部理所当然地成立了。

指挥部设立了综合科、拆迁科和工程科。我被安排在综合科，日常工作就是写一些材料，比如会议纪要一类的公文，在新城和旧城之间跑来跑去，无非就是找各级领导批示，然后印制，然后送达。除此之外，就干一些鸡零狗碎杂七杂八的小事，反正听从领导安排。

好在同一个办公室里，有一位老同志是退休后被请来的。态度谦和，工作认真负责，细致，主动，任劳任怨，总之是一个不可多得的人。与他一起工作，心情是愉快的。

我的母亲年事已高，而且体弱多病，有时因为照料母亲，难免迟到早退，他常常把我未做完的工作帮我做完，还时常提醒我可以先走一会儿，而他自己却一直坚持到下班或下班以后好久才回家。

还应该提及的是一位负责常务工作的领导，他曾经在县委办公室工作过多年，秘书出身，对于写作，很是内行。虽然我在报社天天写，但毕竟都是些消息、通讯一类的小玩意。工作岗位的变更，写作的题材自然也发生了变化，每篇稿子写出来交给他，他都会修改无数，对于我，这无疑是无声的教诲。

我常常想，他的工作千头万绪，事情那样多，却还那样细致地给我修改文章，一定深知写作的艰辛，毕竟，他是过来人。一个小小的办事员，胸无大志，只要有领导的理解，也就心满意足了。

这个临时机构究竟什么时候才能完成它的历史使命，我们不得而知，也许五年，也许八年，也许更长的时间，都是说不清楚的。对于我来说，不论在哪里工作，都应该尽到自己最大的努力，不说把工作做得最好，总应该力争做得更好吧。

在指挥部工作，是我人生中又一段经历，我肯定会倍加珍惜。

2008 年 9 月 19 日下午

2008：感受地震

那场灾难是突如其来的。

四川汶川。2008 年 5 月 12 日下午 2 点 28 分。这个地点和这个时间都是刻骨铭心的。

下午我要参加一个会议，开会时间是 3 点。此时我刚好走出自家房屋，反锁的钥匙尚未插进锁孔，就突然感到了震动。第一反应是，本幢楼房地基不牢实，要垮了。我迅速转身，从五楼飞奔而下，瞬间冲出了那幢楼房，但脚步未停，一直跑到接龙桥转盘。已经有不少人站在街上，他们都在说：地震了。

愚钝的我，方才明白。

第一个电话是三弟打来的，他叫我往外跑，同样是说房子要垮了。其时我已经跑了出来。

我望了望四周，此地仍然不安全，就径直往单位赶，走拢一看，一些同事已在楼下聚集，他们说，会议肯定取消。

我想到了我的母亲，他正在住院，小弟陪护着。我给小弟打电话，却怎么也打不通了。街上的出租车都满载着人，我只好招个摩的往医院赶。母亲被小弟从病房转移到了院内的空坝。

此时仍不知震中在哪里，也不知道有没有更大的地震来临。我的妻子和岳父岳母都去了重庆，儿子在学校。由于通讯不畅，都无法联系，我跑到儿子所在的学校去找了一圈，但没看见人，只好拜托在校门口做生意的表弟，如果看到儿子后，就叫他到医院来找我。

大约 5 点钟左右，我的手机出现一条短信：刚才发生地震，房子晃得厉害，吓死人。是妻子发来的，我悬着的一颗心终于落下来，知道岳父岳母和她都没有问题。

那天晚上我一直坐在医院的过道看电视，看中央台不停地播送的最新消息，我把得到的情况告诉母亲，病情沉重的母亲却并无多大反应，似乎她这一辈子经过的苦难太多，心目中已经不是一件什么大不了的事情。

但接下来的那些天，城里时不时传出谣言，甚至精确到几点几十分，要发生几点几级的地震，说得活灵活现，搞得满城人心惶惶。5月14日夜晚，重庆卫视时尚频道滚动字幕不停地提醒广大市民，说当晚有可能发生几级余震，市区会有明显震感，要求市民注意安全。在家中看电视的三弟又一次给我打电话。妻子从外面回来，无论如何要拉儿子和我出去避险，她说宁肯信其有，不可信其无。她把席子卷起来搁在我的肩上，我怎么也不愿出门。我不相信余震还有好大。但妻子的一句话却让我心情复杂，她说："如果你死了，我活起还有好多意思。"

于是一家三口拿着衣被席子，像难民一样跑到离家不远的凉风垭广场。而广场早已人满为患，横七竖八密密麻麻睡满了男女老少，有富裕之家井了小车来，也占得一席之地，三两个人挤在车里，既可遮露气，又可在发生危险时开车走人。

看第二天的新闻报道，当晚确实发生余震，但我们都已睡着，一点感觉也没有，完全是虚惊一场。

虽说地震对我自己没有造成多大的影响，但我看到灾区人民经受的那些苦难的场面，我一次又一次在电视面前流泪，我深深地感到：人，活着就好。

2008年9月18日夜

第三辑　往事如烟

喂蚂蚁

依稀可以记事，大约是从喂蚂蚁开始。

三四岁的样子，仿佛虫虫蚂蚁一样幼小的年纪，脑壳基本上不晓得想事。因为年幼，没法帮大人干活，大人也没空照管，他们要忙他们的活路。通常，就只有一个人呆在家里，像看门狗一样坐在堂屋的门槛上，东张西望，看天上的雀儿飞，看云朵漫漫移动，看阳光照射下斑驳的树影逐渐偏离些位置，或者听蝉儿的嘶鸣，自家的鸡叫，别家的狗吠……

久了，倦了，就垂下脑壳想打瞌睡，忽然就看到脚下有几只蚂蚁在地上爬行。

对一个不谙世事的小孩来说，那情景无疑是诱人的。

仔细端祥，可以看到蚂蚁走着歪歪斜斜的样子，时而向左，时而向右，好像也没有什么固定的目标。遇到前有阻隔，就停下步来，望一望，或翻越而过，或绕道而行，有时，又退后几步，甚至转了头，沿着来时的路子，回到原始的起点。

反反复复地，就看这些蚂蚁在地上往来的走。进退之间，踟躇之际，或抬头举目，或埋头考虑。细细一想，蚂蚁的头脑，并非像我一样简单，它们知进退，懂原则。

这样的时光并非无聊，而是有趣得很。以致于常常忽略了时间的飞逝，从清晨到傍晚，从夏日到秋天，那些时日，蚂蚁的生活无意中伴随着我，走过好长一段童年之路。

玩得久了，竟会对蚂蚁生出一份感情来。我会找来蚯蚓、苍蝇，抑或饭粒，搁在它们来来回回的路上。

它们发现了，凑拢来，嗅一嗅，假如自己一个人能搬，就把食物举过头顶，与身体一起摇来晃去地往前走。如果路途太远，搬累了，它们会放下，然后低了头，一直往前推，再累了，又会换一种方式，身子退着往后拖。

一粒饭，一只死了的蚊子，单个蚂蚁是可以搬走的。遇到体积庞然大于自己数十倍，且又极重的东西，或者遇到个别乱蹦乱跳的活物，这个时侯，就非得需要一个家庭成员出动不可了。

什么时候知道蚂蚁喜欢吃蚯蚓，已经记不清了，或许是多次见到过它们拖食蚯蚓的情景吧，总之，那场面是壮观的。

每每到了盛夏，天气闷热难耐的时候，蚯蚓会钻出土来透气，一伸一缩的爬行在墙角，在路边，在荫凉的石板上。运气不好的时候，一出来就碰到了成群的蚂蚁，瞬间就成了天敌口中的美食。

多数时候，我会捉了蚯蚓，放到独自行走的一只蚂蚁面前，看那只蚂蚁如何处理。

蚂蚁是很有办法的。

首先，它跑拢去试探性照准蚯蚓的尾巴咬一口，蚯蚓感到了疼痛，于是就地一滚，将那只蚂蚁连扯几个旋旋。蚂蚁晓得自己搞不过这东西，回头就去搬救兵，刚一转身，就看到了家庭中的另一成员在附近游荡。

"喂，过来！"这只蚂蚁用本家才懂的语言招呼家人，然后作了一番交代。另一只蚂蚁飞快地跑回去通风报信，自己则远远地守着那只尾巴流血的蚯蚓，盯着它的行踪。

回去带信的蚂蚁喊来了虾兵虾将，密密麻麻，浩浩荡荡的绵延一米多长。

这下蚯蚓算是跑不脱了。人多力量大，拖的拖，推的推，咬的咬，几弄几不弄，就把蚯蚓搞得精疲力尽，最后被蚂蚁弄到巢穴里，不多时间，蚯蚓的身体就被蚕食殆尽，化为乌有。

蚂蚁的身体虽小，但力气大，尤其是一窝出动时，数十上百只加在一起，其力量尤其巨大。即使是一根泥鳅，或者一条黄鳝，只要不是在水里，它们也有办法拖回家。

我一直相信蚂蚁的头脑不简单。因为它们晓得对于泥鳅黄鳝之类的庞然大物，径直拖回家，毕竟巢穴的门口太小进不去。此刻，它们会心领神会地一起往别的地方拖，比如一条宽大的石缝，一层厚厚的腐叶的下面。拖进去，躲进暗处，一家大小，尽情地、慢慢地享用。

物竞天择，适者生存。千万年来，蚂蚁经过了不知多少惊天动地的劫难，它们那么小，又那么弱，然而却能生存下来，并且还一直不停地繁衍下去，在世界的每一个角落都有它们的身影，其顽强的生命力不得不说是一个奇迹。

2016年6月28日下午于报社

捅蜂窝

蜂子是不大让人喜欢的小动物,甚至讨厌。因为它蜇人,蜇得你脸泡皮肿,痛得你龇牙咧嘴,更为严重的时候还会蜇死人。

我小时候被蜂子蜇过一回。无缘无故的,一只蜂子嗡的一声飞过来,撞在额头上一蜇,又嗡的一声飞走了。几秒钟之后,额头就鼓起鸡蛋大小一个包,随后,两个眼睛渐渐也肿起来,最后眯成一条缝,看人都模糊不清。

因为年龄小,经不起折腾,痛得在地上喊爹喊娘的叫唤,把裤腰带都挣断了。大人赶来时,我越发装腔作势,放声幺幺地哭,长麻吊线地哭。目的是想博得大人的同情,还要证明自己不是无理取闹。痛得很啊,不得了啊,了不得啊,要死人啊。在呼天抢地的哭声中,大人幺儿满崽的安慰着,一泡口水又一泡口水揉着青包不停地哄劝,最后才慢慢收了疯。但隔个分把钟还会哼一声,表示还在痛。

蜂子的可恶,让我记忆深刻。

从此就带了厌恶的感情去看蜂子,其形状也就实在不敢恭维:上半身连接下半身的腰杆,细得差点断了欠;黑黑的两个眼睛鼓突在外,比脸还大;一对翅膀薄如蝉翼,轻飘飘的,却又附着在两个墩实的肩膀上,轻重搭配得十分夸张,很是难看。

尤其可恨的是蜂子的尾巴,那里面藏匿着一根毒刺,平时收敛在屁股里面,从不显山露水,到了攻击人的时候,瞬间就伸出来,锥进你的皮肉,毒素扩散,痛得你钻心。

我怨恨蜂子,但对蜂子下的崽崽——蜂蛹却有着无比的喜爱。那白白胖胖的,近乎梭子形状并很饱满圆润的身子,蠕动起来很是可爱。这倒不说,最诱人的是,那蜂蛹可是一道难得的美味。

于是就有了捅蜂窝掏蜂蛹的想法。

大热天里，房前屋后的树子上，仔细瞧瞧，总会发现大如碗口的蜂窝，并有无数的蜂子在巢穴附近飞进飞出。

不入虎穴，焉得虎子。要想吃蜂蛹，就得把蜂窝弄下来。但是，曾经也看到别人捅蜂窝上过的当，把蜂子惹毛了，数十只蜂子立马飞过来，把捅蜂人蜇得喊皇天，被蜇后的一张脸肿得比水瓜瓢还大。蜂蛹没吃成，差点被蜂子要了命。

鉴于自己也被蜂子蜇过，疼痛的经历还在脑子里浮现，想起来额头还隐隐作痛。不过，办法是想得出来的：先用火烧，再用竹竿捅。

于是从麻篮里找出一些烂布襟襟，又从屋里把一根凉衣竿拖出来，把布襟襟捆在竹竿尖尖上，再倒些煤油在布上，待布襟襟完全浸透后，划根火柴点燃，顿时，那熊熊烈火还冒着一股股黑烟。趁着火势正旺，赶忙将竹竿伸向树枝间那略带麻黄色的蜂窝。哎哟，那些蜂子被这突如其来的烟火搞乱了阵脚，纷纷从巢穴里飞出来。飞是飞出来了，可是，一头又撞在明火上，呼哧，翅膀一下就被烧掉。没了翅膀的蜂子，扑簌簌的直往下掉，有些连脚杆也烧断了，在地上爬都爬不动。

"死蜂活刺。"意思是说蜂子死了，那屁股里面的毒刺仍能发挥作用，何况目前蜂子只是断翅折足，虽飞不起爬不动，但还在地上费力地蠕动。一旦接触到它的屁股，仍然可以蜇人。

把地上密密麻麻的蜂子用树枝刨开，留下落脚的地方，就用现有的竹竿，对准蜂窝与树枝的连接处使劲乱捅，几下就把蜂窝捅下来。最后捡起蜂窝来到空地上，将那巢穴里的蜂蛹一一掏出来，运气好的时候，竟然有半碗收获。

夏日的午后，来不及等到夜晚，就跑到灶屋里烧一把柴火，在铁锅里放一点菜油，待油烫了，把那些还在蠕动的蜂蛹倒进锅里，"哧"的一声，锅里冒一阵白烟，烟雾钻进鼻孔，居然也有一股异香，沁人心脾。接着撒点盐，细火慢慢的煎，等到黄亮亮的时候起锅。不需用筷子，兄弟几个就围着那个碗，用手一粒一粒的争着捡起往嘴里塞。那味道，岂止龙肉燕窝可比，尤其是在缺吃少穿的年代，这种美味，实在难得。

2016年7月7日上午于报社

接田鱼

小时候，家乡稻田里的鱼特别多，尤其是鲫鱼。因为那时候农村化肥用得少，多数的家庭都用农家肥，这样的水质没有多少污染，从而给鱼类有了良好的生存环境。

在稻花飘香的季节，鱼儿吃着浮在水面上的稻花，肥硕健壮的身子在水田里穿梭。人静静地趴在田坎边，只要你不动声色，要不多久就可看见一条条鲫鱼仰着头，嘴巴一张一合的，或是吃水上浮游的生物，或是露出水面来透一透气。有时也会一动不动地悬浮在水层的中间，巴掌大啊，灰黑的颜色，尾巴都没扇一下，仿佛一伸手就能逮住。然而错了，尽管用极快的速度伸手去抓，手指还未触及水面，那条肥大的鲫鱼身子一摆，瞬间就不见了踪影。可惜得叹息了好半天，直到大人喊吃饭了，才快快回去。

捉鱼不行，接鱼却是不太费力的事。

水稻扬花过后，雨水开始多起来。夏天，明明还是太阳当顶，转瞬间一团乌云飘过来，平地刮起一阵大风，呼呼地把地上的树叶子吹得老高，鸡鸭猫狗也直往家跑，才跑到半路上，暴雨在狂风中说来就来，起先是豆大的雨点，打在人的身上或脸上略显生痛，接着就倾盆而下，十多二十分钟后，山洪出现，由小到大，逐渐从悬崖边滚滚飞泻而下，最后冲进黄中泛青的稻田。

其实从下雨开始，根据过去的经验，就准备起接鱼的工具了。这种工具说穿了就是一个口大腰细尾粗的篾笼，细腰处有倒须，鱼钻进去后出不来。接鱼的篾笼在当时不少家庭都有置备，为的就是在洪水暴涨的时候派上用场。

接鱼的方法是跟父亲学的。先是把田缺口开大，一来是防止稻田的水排泻不畅把田坎胀垮，二来是开大后的缺口可以让田里的鱼顺着水势下到篾笼里成瓮中之鳖。把篾笼的边口陷在田缺口里，不留一丝缝隙，以免鱼儿从缝隙间跑了，还要用石头将篾笼的边口压实，避免大水冲跑篾笼。

夏天里第一拨大水，是鱼儿最多最活跃的时候，往往等不上半个小时，就会有鱼从田里随波逐流下到篾笼里。这个时候，我和父亲就戴着斗笠，披着蓑衣，在稻田边的竹林或大树下静静等候。

一袋烟的功夫，父亲挽起裤腿，下到田里，把篾笼的尾部提起，透过篾笼的缝隙，完全可以看到笼里有多少白翻翻的鲫鱼鲜活的跳跃，为了不让大水把鱼鳞冲脱，父亲会立即解开篾笼尾部的绳子，小心地伸手进去，把一个一个的鱼捉出来，放进腰杆上拴着的笆笼里。捉完了，又用绳索扎紧，继续等鱼下水。

这一系列动作都很简单，后来就照着父亲的样子，学会了开田缺、安篾笼、压缝口、取鱼儿、扎绳索等一道道的工序。

家里的稻田离家有一里许，有时会跑回家中躲会儿雨，估计有鱼了，才戴着斗笠披着蓑衣提个笆笼打着赤脚，信心满满地出门。但落空的时候也是有的，鱼没得，甚至连个螺蛳都没看见，那种失落的心情就像捉到手里的鱼不小心跑了一样。有失落当然也会有惊喜。有一次，正当用绳索捆扎篾笼尾部的时候，一条大鱼突然梭了下来，天啦，还是一条乌棒，而且是一条白乌棒，足足有两尺长，差点喜极而泣。

为了不至于跑脱，就扯开嗓子喊父亲来取。父亲走来一看，也是一脸的喜悦，对我说一声："我娃儿好能干，没跑脱！"这种赞美的奖赏至今还让人回味无穷……

一个夏天总要发那么几回水，而接到的鱼也多少不等，最多的基本上是第一拨水。其种类也不一致，像鲶鱼、草鱼、鲤鱼一类的，虽然少，偶尔也遇到过。有一次接到几条鲤鱼，父亲叫我给大姐送去，大姐当时怀着外甥，父亲说吃了鲤鱼生的细娃要精灵些。

鱼接得多的时候，父亲会选择一些特别鲜活的喂在水缸里，待日后慢慢享用。或者在太阳出来的晴天剖了鱼腹，抹上盐，把它晒成干鱼，然后收藏起来，到了寒冬腊月也有鱼吃。

稻田里的鱼都是土生土长的，不论大小，味道都一样鲜美，那些带着泥土气息的美味，在乡村的炊烟中，慢慢地飘散开去，随着时间的远去，竟也成为一缕无尽的乡愁……

烧碗豆

还在大集体的时候，土地没有下放到户，以一个生产队为单位，所有的社员一律听队长安排，集体出工，集体收工。春播秋收，该播哪块地，该收哪种粮，基本上都是队长一个人说了算，少有打反卦不听话的。只是到了三四月间青黄不接的时候，有些社员家中没有了粮食，日子难熬了，才会厚着脸皮向队长提要求，请队长把还没完全熟透的粮食先收割点分到户，以度饥荒，理由是娃儿妹崽饿得前胸贴后背了，清口水长流。

遇到队长心情好的时候，他会采纳意见。如果心情不好，队长也会动粗口：分个卵！平时不晓得计划，这个时候晓得没吃的了？饿死算毬！

提意见的社员杵了一鼻子灰，知道理由不充分，也只好算毬。回去蜷起脚儿挨饥饿。

但小孩儿就没有那样听话了，其他还好说，肚皮饿了是不会守规矩的。

农历四月末五月初，时近中午的太阳已经有些晒人了，这种太阳把人晒得懒洋洋的。本来早上的稀饭就清汤寡水不见几粒米，上午两泡尿一屙，早已是腹中空空饥肠辘辘。

家里没有吃的，只好到坡上去想办法。趁着大人还没回家，便邀约起近邻的三五个小伙伴，商量着去烧碗豆。

其实这个事情是早已预谋好了的，两天前就看好了对门坡顶上那块土壤薄，又向阳的硬壳碗豆，豆藤差不多都干成索索了，豆荚里的豆子虽不太饱满，但水份完全干透了，也就是说，烧来吃没问题。

说干就干，几个人假装背个背兜去割草，阴悄悄地从无人的毛狗小路勾着头爬到坡顶，看看左右没人，迅速扯几把豆藤放进背兜里，然后跑到一处难以被人发现的崖坡下，找到一处洞穴，既荫凉，又隐蔽。

张三垒灶李四生火，王五放哨刘六刨灰。

豌豆藤是干的，点火就燃。火势虽然凶猛，但好在烟子不大，这样目标就不容易暴露。

　　豆荚在裂火中啪啪炸开，豆子则落入火灰中。十多分钟后，豆藤的明火渐渐熄去，但灰烬是烫的，豆子要在灰烬里多焖一阵才好。有时也能听到豆子裂口的声音，小小的放出一个闷炮，腾起一股细细的灰尘。

　　等待是漫长的，度日如年的感觉，秋水望穿的感觉，心急火燎的感觉，如坐针毡的感觉……要等那灰烬冷下来，在这五月里，在无风无雨的太阳天，在万般饥饿的中午时刻，其难耐的心情是可想而知的。

　　到底还是没等到灰烬完全冷却，几双手就开始痒起来，像鸡脚爪爪一样迫不及待地把灰刨开，金黄的豆子在火灰中隐约显现。小伙伴们顾不得偶尔还有一点火星，伸手就去灰里捡，捡出来拿到嘴边吹一下，就放进嘴里咀嚼、吞咽，不论生熟。

　　这种吃法虽然不卫生，但在人多势众的几双黑手面前，你要穷讲究卫生，那就是和你的嘴过不去，和你的肚子过不去。推让不得客气不得，否则，那些金黄色的豆粒转眼间便进了别人的嘴里。

　　捡得差不多了，再把地上的灰翻来覆去刨几遍，确信已经找不出第二颗，才作罢甘休。

　　豆子有限，而每个人的肚子却深不见底。不要说没吃饱，就是还有十倍于此的碗豆恐怕都吃得下。那年月，每个人肚子的伸缩性都特别大。

　　为了不现形，大伙想出的办法就是，捧些沙子把灰烬掩盖了，跑到蓄水的沙凼里，把花猫一样的嘴洗干净，把衣服裤子上的火灰拍干净，再相互看看，实在没有什么形迹可疑的地方了，才完事走人。

　　但万万没想到的是，螳螂捕蝉，黄雀在后。守山的姜老头从很远的另一面山上发觉了我们的行踪。真是魔高一尺，道高一丈。正当我们往回走的时候，姜老头吼住了我们：跑得脱，马脑壳，和尚跑了庙子还在呢！

　　姜老头头上包根青帕子，穿件毛蓝布长衫，一双圆口布鞋，仿佛一年四季都是那身打扮。其严肃的脸面让人望而生畏。岂止生畏，简直是怕得要死。那时候的我们，身子像筛糠一样发抖，脚杆闪一闪的已迈不开步子。后果是严重的，各家的孩子被大人领了回去，当然一顿打是免不了的，更为严重的是，到了分粮食的时候，每家扣去了5斤碗豆。

2016年7月13日 5:18 于报社

夹黄鳝

如今的黄鳝和泥鳅价格差不多，二三十块钱一斤。泥鳅被称作水中人参，营养价值很高，而黄鳝与泥鳅生活环境几乎相同，饮食习惯也相差无几。在常人看来，吃黄鳝吃泥鳅也就没有两样了。

泥鳅和黄鳝都在水里或水下的稀泥里生存，只是一个短一个长。黄鳝的形状更接近于蛇，在水里梭起走，比蛇更厉害的是可以一下子钻进泥里，并能在泥里穿行。

因此，捕捉黄鳝并不是一件容易的事。

黄鳝体滑，捉在手里不注意会溜走，但专门捉黄鳝的人却有相当高的技巧，他们把手伸进泥巴里，钻几下，扯出来就是一根黄鳝，轻松自如，虽然还在手腕上打丝绞，但从不见从手上滑脱。

我捉黄鳝是用夹子夹的。

父亲制备了一种夹黄鳝的工具，把两块黄竹钉在一起，形状如剪刀，只是刀口处制成一排锯齿，可以像齿轮一样咬合，再滑的黄鳝被这种夹子夹住，也没有跑脱的机会。

一年四季，到了春天的四五月份，天气已经回暖，白天的太阳照了一天之后，田里的水还是温的。黄鳝的习性，会在这些天的夜晚，从泥里钻出来透气，大人说是歇凉，但我一直固执地认为，天气又不是太热，必定不是出来歇凉的，而是透气。

且不去管他是不是歇凉，或者透气，只要能出来就好，出来了就有捕捉的机会。

这个月份，水田的水就 20 公分深浅，除了有一些水草外，基本上清澈见底。

夜晚的月亮挂在高空，天空明净得没有一丝云彩，远处的山，山上的树，甚至树下的道路都依稀可见。这样的天气实在太好了，不冷不热，正是夹黄鳝的好日子。

尽管有明媚的月光，但要看清水里的黄鳝，那还是不行的。所以，仍然需要有一个火把照亮水田。

向日葵杆做火把是最理想的材料，但要把这种东西从去年留到今年，除非有所准备，否则早就进了灶孔，已经把生米煮成了熟饭。

做火把，就砍一截竹子，削了一头的节疤，倒半斤煤油在竹筒里，再揉一团火纸或谷草塞在筒口处。煤油浸过的火纸或谷草会燃出好大一朵火，完全可以把水田两米见方内照得透亮。哪怕那黄鳝只有筷子粗细，也能够看得一清二楚。

夹黄鳝最好还应有一个带倒须的巴笼，黄鳝装进去，才不致让它跑出来。如果没有，提个箩篼也将就，只是不十分保险，因为箩篼没有盖盖，弯腰过度，或者搭一扑爬就惨了，黄鳝跑出来，一下跑个精光，一夜的功夫全部白费。

久晴之后的夜空，月明星稀，这样的日子终于等到了，于是就背了巴笼，拿上竹夹，打个火把下田。

黄鳝怕振动，下脚须轻。在火把的照耀下，可清晰的看见尺把长的青灰的黄鳝躺在泛黄的泥土上睡觉。竹夹对准其腰部，从水面伸下去，一夹，黄鳝梦都没做醒，就被夹住了。无论在夹子上怎样纠缠，大都无济于事，反而被犬牙交错的竹夹咬得更紧。

感觉上，黄鳝已经无法挣脱了，然后腾出一只手来，把屁股后面的巴笼扯到裆前，把黄鳝脑壳那一头对准巴笼，夹子一松，黄鳝就钻了进去。

一沟的水田走下来，巴笼已经有些沉了，但还想着有一两块秧田没去光顾。所以，还想着去碰碰运气。

为了晒秧苗，秧田已经放过水了，稀疏而嫩绿的秧苗的间隙，黄鳝多半都是长伸伸地摆在地上，甚至肚皮朝天。然而，却神不知鬼不觉就被夹了，轻松而撇脱。

一个夜晚，也就三两个钟头，五六斤黄鳝把巴笼装得满满的。长时间在屁股后面吊起，腰杆有些酸痛。摇一摇竹筒里的煤油，燃得也差不多了。

然后回家。

走拢屋，喊大人起来开了门，把一巴笼黄鳝倒进水缸。大人不忘提醒一句：娃儿头，找个簸箕把缸子盖起，不然猫儿去吃谨防被淹死。

好长一个夜晚，瞌睡都睡不着，脑子里惦记的，还是那些大大小小的黄鳝。

第二天，父亲拿了一颗铁钉，把黄鳝的脑壳钉在长凳上，用刀子在黄鳝的肚皮上一划，然后取出肠肝肚腑。

需要说明的是，当时乡间划黄鳝，都是像杀猪一样破肚皮，而不是从背脊上开刀，把骨头也去掉。现在想来，其原因，恐怕一是没有学会划背脊，嫌去骨头麻烦；二是以为那骨头吃了也没有啥子不好的,扔了可惜。

　　我甚至看见有懒人煮整条黄鳝的,或者按在菜板上砍成寸长的节节,倒碗泡菜和水煮了,吃的时候去理肠子,然后连骨带肉,一股脑儿嚼了,吞下肚皮,从没见卡过喉咙。

　　当然了,我父亲还算温和,晓得划开肚皮抠出肠子。不过,他还是没有做到掐头去尾,只是砍成节节后就交给母亲了。

　　母亲的烹饪技术不错,那顿饭自然吃得香甜,何况,半夜的劳动成果已变为现实,心里是何等的舒畅,那完全是可以想象的。

2016 年 7 月 19 日下午 5:50 于报社

捉螃蟹

乡村的溪河和水田，到处都有螃蟹的身影。只要有水的地方，螃蟹都可以活下来。螃蟹的生命力旺盛，繁殖力强大。

凡是生活在水里的东西，自然不怕水淹，当然也不会被淹死，但是离开了水，能够存活下来的，可谓少之又少。然而，螃蟹却是个例外，它不仅可以在水里生活，而且也能在旱地上存在。

这个发现是在一个夏天，有一回在地里刨野地瓜，一只拳头大的螃蟹从茂密的瓜藤里爬出来，扬起一对高高的大脚，左右横行，两个米粒样长条形的眼睛伸出来又缩进去，而且收放自如。那时不知道旱地里的螃蟹吃得吃不得，一阵戏弄之后，干脆就放它走了。究竟它去哪儿呢，跟踪后发现，它竟然爬进了悬崖下的一个洞穴里。因为好奇，就趴着身子埋头向里看，那洞穴又光又滑，不到半米深，却拐了弯。用桑树条子去捅，却怎么也捅不出来。原来，它修筑了一个有着弯道的狡猾的老巢。

比起旱地里的螃蟹，水里的螃蟹更加狡猾，它可以把身子钻进稀泥中躲起，你光着脚杆下到田里，如果恰好挨到它的大脚，就算倒了八辈子的鬼霉。它不仅没跑，反而伸出大脚，举起钳子夹住你的嫩皮细肉不放。夹得你都出血了，甚至眼泪水都痛出来，它都舍不得松一下。

人不上当不精灵。自从挨了夹过后，一般情况下，我是不会轻易去招惹它的，惹不起总躲得起。千万记住，在浑水里摸鱼可以，但去摸螃蟹，犹如摸老虎的屁股，算是找死。

然而，怕是心头怕，自从有一次看到大哥如何捉螃蟹后，也就学到了一些办法。说是捉螃蟹，其实准确一点的话，应该是按螃蟹。对，从上往下朝死里按，而且要对准它的背壳。所谓打蛇要打七寸，螃蟹的七寸就是它的背壳，把背壳按紧了，一是它爬不动跑不了，二是它的两个大脚弯不上来，也就夹不到你的手背。

多数时候，螃蟹喜欢缩在田坎的洞穴和溪流乱石下面的缝隙里。要捉到石头下面的螃蟹，须得把石头搬开才行。溪水漫漫的流着，轻轻地，不动声色地搬开石头，往往可以看见螃蟹一动不动地趴在那里。伸手下去，用食指按住背壳中间，再用拇指和中指捏住背壳的边边，提起来，迅速地塞进巴笼，然后去捉第二只、第三只……运气好的时候，一坨石头下面竟有五六只，肥瘦不一，有公有母。

在一窝有几只螃蟹的时候，下手总要轻而又轻，否则，一旦有所惊动，还没捉完，其余的就会从不同方向爬开，捉得了这只，却捉不到那只，情急之中慌乱之下，手就没有了准确度，往往被那坚硬有力的钳子夹住手指，血珠珠都冒出来了。你想放了它，它倒不领情了，痛得只好一甩，不料扯脱一块肉皮。十指连心，痛得咬牙。在忙着把手指放进嘴里吮的时候，眼睁睁看着那只万恶的瘟伤逃之夭夭。但也有把它捉转来了的，那个火呀，简直要从头顶冒出，于是乎，"叭"的一声摔在石头上，顿时壳壳打得粉碎，全身开花，肉浆迸裂，还有几只脚杆飞溅出老远。

在不流动的水里，螃蟹趴在石缝间会吐泡泡，像鱼卵一样大小的泡泡，数十个挨在一起。根据经验，有只母螃蟹是必然的。果然，捉起来一看，那只硕大的螃蟹怀里抱着数十只崽崽，和绿豆粒差不多大少，但都是变全了的，脚脚爪爪都看得清。有时也会是一包蛋籽籽，金黄金黄的，还要过段时间才孵化。

听说螃蟹可以生吃。大的嚼不烂，像胡豆子大小的，放进嘴里，用力嚼几下，就生吞了。味道有点腥，也有点甜，口感还不错。

多数时候是把捉到的大个螃蟹拿回去煮了吃，煮熟后的螃蟹呈金黄色，剥了壳，吃其肉，连大脚里的肉都不放过。清水煮出来的，可吃出其鲜美的原味。有时也会煮熟后再放点油盐翻炒，直到盐味钻进肉里，出锅后可闻到一股浓香，吃了肉不说，有时把小脚爪爪连壳都嚼起吃了。

大人说，壳壳钙多，吃了脚杆有力，吃了好再去捉。

2016年7月20日 17:50 于报社

捉青蛙

夏天，一只青蛙坐在荷叶上打盹，眼睛是眯起的。池塘的水清澈见底，还有一些小鱼儿在水草中慢慢地游。水草上面，有几颗螺蛳，纹丝不动。天气很燥热，蝉在柳树上有一声无一声地嘶鸣，破嗓子一般，这只叫了那只又来叫。一只蜻蜓幽幽地飞过来，落脚在荷叶的边缘，虽然没有响动，但青蛙却有所觉察，觉察后的第一反应是，睁开眼皮，鼓起一对圆圆的眼睛。但它并不惧怕，看一眼后又闭了眼，自顾打它的瞌睡。其实打瞌睡是假，它在迷惑敌人。果然，当它第二次睁开眼睛的时候，迅猛地纵身一跃，张口就把那只蜻蜓吞了。水都没喝一口，蜻蜓就进了肚皮。这种连惯性的动作瞬间完成，毫不拖泥带水。

这是我在夏日里经常看到的一幕。

屋外面的池塘，我见证了青蛙成长的整个过程，从虫卵到蝌蚪到小如拇指的青蛙，再到成熟过后青皮白肚坐在塘边的石孔里，像菩萨一样蹲着的青壮年。这时，其个体已有拳头大小，并且可以吼叫了。与蝉儿单薄绵长的声音不同，青蛙是叫一声算一声，好半天张一次口，张口即闭，声音吐出去就不管了。所以青蛙的叫声显得清脆，还稍微带一点浑厚。在山沟里，在池塘边，白天，或者夜晚，一片片的蛙声，此起彼伏。

我并不知道青蛙为什么要叫，是不是不叫就不行。但我知道，开始叫的青蛙可以打起来吃了。

青蛙的行动主要以跳为主，也可以爬行，在深水里游动，后脚一蹬一蹬的。说来也怪，青蛙这种水中之物，我从来没看见它在深水中跳起来，为什么呢？后来分析，可能是因为它跳的时候后脚没有抵的，水又太软，根本搭不起力。

我还发觉，比较喜欢跳的动物，前脚都比后脚短，比如袋鼠，比如跳蚤，比如兔子，还有就是现在所说的青蛙。

青蛙在陆地上跳，你莫看它个子不大，速度也不快，但要捉住它，还真不容易。

那么，最好的办法就是打。

找根竹竿或木棍，不要太长，两米左右就够了。人不要走得太近，只要竹竿或木棍够得着，对准了，举起棍子叭的一声打下去，可以看见青蛙脚一蹬，背壳立马朝下，肚皮白翻翻的朝天。走过去捡起来，放进巴笼或者蛇皮口袋，蛇皮口袋必须系住口子，因为青蛙回阳回得快，要不了多久就会醒转来，在人不注意时趁机跑掉，让人怄不尽的酸气。

还有一种时候也让人生气，就是棍子没打准，或者只打准了一个脚趾，青蛙就会本能地再次跳起，连续几跳，一下就栽进水田，咚的一声潜入水底，从此不见了踪影。

在空地上，地势开阔，棍棒能够施展，但在稻田的边角地带，有桑树一类遮挡，不好下手，棍棒也就行不通了。当然，办法还是有的。手上拿坨石头，对准了，猛然出手，用力打去，之所以要"打"，主要是看石头飞出去的速度，如果把石头抛出去，石头还没拢，青蛙早就跑了。我还看到过一坨石头打准一前一后两个青蛙的。其办法是：对准前头一个打，后面那个看到石头要拢了，慌忙往前面一跳，刚好落在第一个青蛙的位置，一石二蛙，这真是运气来了挡都挡不住。

用打的方式捕捉青蛙，虽然有效，但毕竟属于蛮干。大人有力气，手法精准，他们多半采取这种方法。

小儿捕捉青蛙在于乐趣，好多时候以钓的形式去勾引青蛙。青蛙除了吃蜻蜓，它还吃蟋蟀、苍蝇、蚊子、蚯蚓等昆虫，实在找不到这些东西，也有其他食物可以代替。我曾经试过，摘个红海椒掐一节挂在钩上，只要把海椒在青蛙面前一晃一晃的，让它发现，它还以为是个活物在动，跳起脚儿一咬，嘴皮子就挂在钓钩上了，钓钩上有倒刺，无论怎样上窜下跳，都是跑不脱的。

青蛙的肉白净细嫩，尤其是后腿特别诱人，完全是一股一股的肉。胸部和背部有其名无其实，基本上是在肋巴上附着一层肉，根本谈不上厚实，若是瘦的，大概也只能算作一层薄皮。

青蛙的吃法不多。小时候，上了斤数的，大人会摘几根丝瓜一起煎煮。真是一行服一行，过了这么多年，现在的餐厅依然有这种煮法。如果只有一两个青蛙，那是下不了锅的，于是就把青蛙表面抹一点盐，摘两张桑叶包起，再用谷草缠几转，丢在灶孔里烧起吃，其味道，并不比用丝瓜煮起来差，至少，肉要香得多。

2016年7月21日下午5:58于报社

挤油渣

大人从集市上买块猪板油回来，在菜板上切成坨坨，然后倒在锅里猛火煎熬，油坨坨在铁锅里熬出油后开始收缩，收缩后的油渣渐渐发黄。但是，这个时候的油坨坨里仍然裹含着大量的油水，需要用锅铲将里面的油挤压出来。油坨坨经过使劲的挤压后就变成了真正意义上的油渣。

挤油渣，这就是头脑中最初的概念。

到后来，这个概念衍生出了一种变化。也就是一伙人紧紧地排在一起，从这头往那头，或者两头往中间使力挤，人越多越热闹，哪怕挤爆腰都可以。这种游戏和挤压猪油坨坨的余油有类似的地方。所以，我们也叫它挤油渣。

读小学一二年级是在上世纪七十年代中期，那时候生活贫困，缺吃少穿，有钱上学就不错了，哪里还奢望穿好的吃好的。到了冬天雨雪飘飞，身穿一件夹袄两层单裤，破了的胶鞋大脚拇指都露在外头，泥水也可以灌进去。冷了怎么办？那时的老师也可怜，生活比学生好不到哪里去，照样忍饥挨饿，冷起来一样的打摆子。所以，老师不仅同情我们也同情自己，上课上到中途，看到四壁透风的教室里，一个个学生清鼻涕长流，脸都冻青了，这时候就会停下课来，叫孩子们搓搓手，在原地上站起来跳一跳，暖和一下手脚，甚至有时也会改上一节室内体育课，把桌子凳子搬开，留出一块空地，安排大家排队跳绳，老师也会参与其中。

但是，这样的时日毕竟不多，更多取暖的办法就是下课后去挤油渣。

下课的铃声一响，管他课讲完没讲完，老师都会准时下课，决不拖堂。"下课了。"老师的话音一落，学生们就一窝蜂跑出教室。跑出教室做什么？挤油渣！

在教室外拐角的一根石柱头边，不同班级的男同学跑过来。领头的一个紧挨石柱头，其余的一个一个贴紧，有谁吼一声：挤！顿时，一二十个人的队伍前胸贴后背，喊着号子往前拥，前面的人被挤得气都喘不出来，后面的人还在加劲，有小个子本来身体就单薄，前后夹击中感觉身子都挤扁了，实在受不了，便自愿出了队列，再去排在尾巴上，仍然往前挤。有不愿出力等着别人来挤的，有使起毛力挤别人后来又被挤出队伍的，有被挤出队伍后冒火骂人的，有被别人骂了马上出列动手打人的，有被打了说不出口悄悄走人的，有被挤出队伍怀恨在心跑到老师那里去告阴状的，还有站在旁边没去挤反而吆五喝六哗众取宠的……不一而足。

短短的课间十分钟，眨眼间就过去，值周老师敲响了屋檐下的铧铁。要上课了，挤油渣的队伍立即散去。但也有忘了上厕所，此时下体发胀，于是赶忙按着裤裆往厕所跑。解了手回来，到底还是迟到了，老师站在讲台上已经拿起了教棍，正准备指教黑板上的生字，猛然间一个黑影冲到门口，脑壳及身子都伸进了一半，要不是一只手把着门框，差点就栽进了教室。慌忙之中那半个身子立即退到门外，站稳了，喘着粗气喊一声：报告！

老师看一眼，说：进来。

可就在此时，又有学生举手向老师请假，老师问学生啥事。学生说：解手。

原来这个学生是挤了油渣后没去上厕所，现在才感到有了尿意。坐不住了，不得已要请假。

老师说，去嘛，下不为例。接着指到黑板上的生字继续教：厕，厕所的厕；尿，屙尿的尿。

那年月，尤其在寒冷的冬季，我们就靠着挤油渣取暖，身子暖和了，手脚暖和了，课堂上，老师教我们识字、做题，用知识填补着大脑的空白。

在学校，挤油渣是自愿的，快乐的，但是，我也曾遭遇过被别人当油渣挤的经历，也就是站队排轮子割肉。

一个逢场天，父亲带我去赶集，他因为要去办其他事情，就叫我帮着站轮子，因为食品站当天只杀了一头猪，如果割肉的人多了，站到后面的很有可能落空。

临近腊月，这个逢场天来采买东西的可谓人山人海，有帽子被挤脱的，娃儿被挤丢的。而割肉的轮子越站越长，后面的人担心割不到肉，使力往前挤，巴不得把轮子搞乱混到前面。如此一来，我已被混乱的人群挤成一坨没有一滴油水的干油渣了。在父亲办完事赶来把我从人堆里扯出来的时候，我都差点背过气了。父亲大发雷霆：追问是哪个龟儿把我娃儿的鞋子踩脱了！人高马大的父亲声如洪钟，刨开众人冲到卖肉的窗口边一声吼：割一坨！蒋屠户不敢吱声，刀一偏，就把一块厚膘肥肉切给了父亲。

中午吃饭，父亲夹了块巴掌大的肥肉给我并鼓励说：娃儿，吃好点，把块头长大点，今后站轮子才有力气。

可是直到现在，我的块头仍然偏小，靠力气吃饭的地方，从来都不收留我，真是辜负了父亲的一片希望。

2016 年 7 月 22 日 16:12 于报社

赶集市

逢场天去赶集，是多年前很向往的事情。大人去买卖东西，细娃则跟着去看热闹。相邻乡场的集市都间隔着时间，比如甲乡一四七，乙乡二五八，丙乡三六九。错开的目的主要是为了不冲场。当年，日常生活用品和农产品的交易基本上都是在逢场天的集市上进行。所以，到了逢场的日子，小小的乡场人满为患，街道拥挤得水泄不通。

一个乡场赶集的日期是固定的，时间久了，各类商品的交易也就形成了相对固定的地盘。比如：粮食在哪里买卖，蔬菜在哪里买卖，禽蛋在哪里买卖，竹木在哪里买卖，猪儿市场在哪里，烟叶市场在哪里。一说，大家都清楚。

也有些形不成气候的买卖，比如：卖锄把的、卖巴笼的、卖草鞋的、卖菜秧的、卖风箱的、卖铧口的、卖席子的、卖扁担的，这些不常更换的冷背货，不是每个场期都有，所以根本没有自己的市场，想在哪里卖就在哪里卖，有时干脆搁在肩上走起卖。

赶集的人员也极其复杂：猪偏二、牛偏二、猫贩子；看相的、算命的、择期的；惹事的、耍横的、打架的；相亲的、说媒的、断理的；吃饭的、喝酒的、屙尿的；讨口的、要钱的、赌牌的；还有些闲来无事的小混混、专门惹事的老天棒、横冲直撞的二杆子；更有吹牛谈天的壳子客、走南闯北的花椒客、常来常往的摸包客。小小一个集镇，各色人等，悉数登场，吼的吼，闹的闹，挤的挤，把一个尿泡大小的乡场，弄得一个月有十天都在神魂颠倒。

我当时常常跟随大人去赶集市，主要是想看热闹。有时到了中午饿了，大人也会买点零食，比如几颗水果糖、一个饼子、二两瓜子什么的，如果那天的鸡蛋或者小菜卖了个好价钱，大人心情高兴，就带着去国营食店吃碗小面，八分钱一碗，要排队买牌子，自己找座位，有时没有座位了，就端个碗站着将就吃。

集市上人多了太拥挤，大人总会吩咐一遍又一遍莫走丢了。我也曾经看到过走丢了的小娃儿，蹲在街角哭得伤心欲绝的样子，大人找不到细娃，更是急得脸青面黑捶胸顿足。尽管乡场不大，但要在潮水般涌动的人海中去找寻，的确不是一件容易的事情，即使你哭得再凶，也会被那嘈杂的声音掩盖得无声无息。

父母都是属于居家度日很会操持的人，去赶集，也不多耽搁时间，卖了粮食或禽蛋，然后买回肥皂、盐巴、煤油一类的日常生活用品，买卖完毕即回家干活。

有一类无所事事的人，集市上不买不卖，纯粹闲逛，前后左右东张西望，上街下街左顾右盼，直到场散人稀，才去买两绞麻花，蔫妥蔫妥一边吃着一边往回走。这类人家境通常不好，因为游手好闲惯了，没把心思放在种好庄稼和搞好副业上。

还有一类人是每逢赶集必去无疑的。这就是所谓的摸包客。他们挤在人堆里下手，两个手指伸进人家狭窄的表包，轻脚轻手夹出两张票儿，一缩手就抽身往别的地方去了。于是，你卖一个鸡或十几个蛋的钱瞬间就飞了。

摸包客最让人厌恶，所以凡是一经发现被捉住，挨打是百分之百的。随便打，只要没打死，"痛死他龟儿！"这种人犯了众怒，即使没被偷的人都会跑拢去踢几脚。更有人扭住摸包客的手杆质问：老子昨场的钱是不是你偷的？

除了摸包客之外，还有一类人也让人厌恶，那就是流氓。那年头有十八九岁不务正业的青年混混，赶集市的目的主要就是去看街上有没有漂亮的姑娘，一旦发觉，便想方设法挨拢去，挤眉弄眼做些怪相，嘴巴嘘一嘘的吹着口哨，伸手动脚说些二不挂五的坏话，弄得姑娘脸红筋胀又不敢做声。但也有脾气不好的小女子，"叭"地就是一泡口水吐到脸上。尴尬中的小流氓想动手，却被女子后面人高马大的老汉伸手就是一耳光，顺便还教训一句：把你龟儿的嘴巴放干净点！

再有一类人，他们的事情也要在逢场天去完成，那就是相亲。人到了谈婚论嫁的年龄，媒婆两边吹，吹得双方有些心动了，就在媒婆的安排下，约好在某个场期某个地点见面。各自看了对方的脸嘴和高矮，穿着和打扮，行为和举止，谈吐和气质，如果有那么一丁点意思，媒婆马上就会撮合：到食店去坐一坐。说白了就是去吃个饭的意思。

这顿饭不用说当然是男方开钱，从来没听说过女方此时去结账的，女方再有钱都开不得，否则就是犯贱。

除此，一些无事的上了点岁数的人也会花两三分钱要一杯茶，去茶馆坐一坐，摆些无关紧要的龙门阵。当然，牛偏二也会选择在茶馆里谈生意，即使再热的天，他们也习惯穿着长袖衣服,买卖的价钱从来都不在嘴上明说,而是两人的手在袖口里捏来捏去。主人并不清楚那桩交易的实际价格是多少,只知道他们谈成了要收一笔中介费。

乡场的集市往往要下午一两点钟才散场,散场后的一条街瞬时变得空空荡荡的,落寞的情形与上午的喧闹构成强烈的反差。

不过,两天过后,场镇又会形成人声鼎沸的局面,在熙来攘往的人群中,重新做着你来我往的交易。

2016 年 7 月 27 日上午 11:33 于报社

摸螺蛳

螺蛳生活在水田和溪河中，一般说来，水田里的螺蛳个大，有成人的大脚拇指粗细；溪河的螺蛳个小，只有小拇指大。溪河中的螺蛳我们俗称铁螺蛳，意即螺蛳壳壳是铁水铸的，就像孙悟空头上的紧箍咒一样箍死了，无法长。不过这种螺蛳煮熟后肉体也不会缩得太小，至少用筷子可以夹起来。

螺蛳是鸭子的爱物，鸭子笨拙，捕鱼不行，但找螺蛳还行。螺蛳走路不快，更不用说跑了，鸭子的嘴壳成天都在水里夺食，捕捉到螺蛳一类的硬物，含在嘴里把头望着天，一伸一缩之间就把一个完整的螺蛳吞了，嘴里嚼不烂，让它到肚里去消化。

螺蛳除了鸭子爱吃，人同样也爱吃。

到田里或河里去摸螺蛳也就成了我们小时候的一种爱好。如果田里的水是浑的，就不得不把手伸进水里去乱摸，瞎猫碰死耗子一样凭运气，这种摸法收获不大，但有时会摸到几个意想不到的鲫鱼。

如果水清澈透明，螺蛳盯在泥土上可以一眼观尽，伸手即拾，我们称这种方法叫捡螺蛳。一点技巧都不要，只要田里有，基本上是有一个捡一个，多的时候一个中午可以捡十多斤。

河里水深，纯粹靠摸，多的时候一摸一把。到了夏天，我们会主动提出去河里摸螺蛳，其实摸螺蛳是假，洗冷水澡是真，大人即使知道，也不好断定，摸螺蛳和洗澡混杂在一起，一石二鸟。

春秋不冷，可以下田，夏季炎热，可以下河。冬天太冷，螺蛳已入泥不动，也就没有下田下河的必要。不过，冬天如果还有微弱的太阳，那却是螺蛳尤其是蚌壳想露脸的时候。

蚌壳与螺蛳系同类水族，生活习性基本相同，只是在形状上一扁一圆而已。摸螺蛳的时候摸到蚌壳，那算是幸运，因为一个蚌壳的体量可抵好几个螺蛳，大者比成人的巴掌还大。

　　冬天里，在暖阳照耀下，水温有所回升，田里的蚌壳会把它的硬壳张开一条缝。人站在田坎上，几米之外也能看个一清二楚。为了不下田受冷，可以找根尖细的桑树条子，把细的那头对准蚌壳的开口处，一下子伸进去，蚌壳受了惊吓，立即闭紧外壳，这一闭正合人意，它把桑树条子夹得梆紧，人用力一扯，随便好大的蚌壳都能从稀泥里扯出来。到一块水田的四周走一圈，少说也会扯到七八个。但是，用这种办法去扯螺蛳却不行，虽然螺蛳的盖盖也会张开，但毕竟它头顶上的盖盖没有包裹身子的壳壳硬，即使用力闭紧，扯的时候，盖盖往往夹不住桑树尖，一扯，就脱了。只有离身近一点的，可以用锄头去勾，勾上来把稀泥刨开，拣起来，放回篓子。

　　冬天收获到的螺蛳蚌壳数量不大，一家人吃起来还不够塞牙缝。但猫儿喜吃腥，就把螺蛳蚌壳在灶里烧熟，然后把肉切成比米粒还小的粹颗颗，搅拌在稀饭里，猫儿吃了一碗还想吃二碗，饮食吃得多，猫儿有精神，耗子跑得再快，猫儿都撵得上。

　　春夏之季正是摸螺蛳的季节。那个时节螺蛳多，吃螺蛳也就有了很多的机会。通常，我们会把螺蛳煮熟了，用一颗纳鞋底的大针挑壳壳里的肉，肠子顺便一手就掐断，同时除去盖盖。一大锅螺蛳挑出肉来需个把小时，中午坐在屋檐下的荫凉处，虽然不很热，但墨墨蚊多得要命，即使穿了长衣长裤，但脚背又遮不住。所以，这个时候就会让更小的弟弟拿把扇子来扇蚊子。弟弟太小，几分钟不到就打起了瞌睡。吼一声，他睁开眼睛扇几扇，又开始点头啄脑的。

　　洗螺蛳肉是大人的事，人小了洗不干净，吃起来是沙的。做螺蛳肉这道菜是母亲的特长，她可以用泡萝卜泡生姜泡海椒一起煎煮，也可用做粉蒸肉的米面来炒螺蛳。无论哪种做法，都令我们垂涎三尺。

　　顺便要说的是，如果摸到的蚌壳也不少，母亲会分拣出来，用菜刀硬生生的划开，直接取出肉来，去了裙边和肚肠，洗净了，把梁上的腊肉取下来切一小坨。腊肉在淘米水里洗过之后切成片片，再去屋外摘些岩白菜叶子，三种食材和水一起小火炖煮。母亲说，这种汤喝了补阴虚，对身体有好处。味道虽然清淡，但有一股特别的香味。

　　螺蛳蚌壳，肉质的东西毕竟也算一道荤菜，是那个年代除猪肉之外的一种美味佳肴，至今仍然向往。

2016 年 7 日 27 日下午 6:10 于报社

钓大鱼

屋后有口埝塘，不大，但里面有鱼，也不大，十几个鱼凑拢来也不过一斤。那口埝塘几年都没干涸过，但鱼仍然长不大，不知是什么原因。不过，鱼小也没关系，只要有就行。在那里，小时候的我学会了钓鱼。

钓鱼是技术活，而且要有耐心。但我技术不精，耐心也不够，总是拿根鱼竿满塘跑，所以一个上午钓十个鱼都成问题。

有个姓谢的钓鱼高手，他也时常到那塘里去钓，一两分钟就能钓一个。我跑拢去挨着他钓，但鱼仍然不吃我的钩，我问他是怎么回事，他说他在家里是敬了菩萨的。我不信，认为他在逗我。因为有一天我趴在土地菩萨面前作了好多个辑，头都叩肿了，再去钓，手气并不好，和往天仍然差不多。

谢姓钓鱼高手与别人还有一点不同的是，每每挂了蚯蚓，他会提着鱼线把蚯蚓放到嘴边，对准蚯蚓吐泡口水，然后就听见他"日不拢怂猫儿钻灶孔"一类的轻声叨念。我问他念的是啥，他说："口水有药，鱼儿吃了麻不脱"。

我按了他的做法，如法炮制地吐口水和念咒语。然而，那个上午只钓了一个鱼。

后来我想，所谓高手，就是他永远比你高一手，而你只能给他打下手，也好比是厨师与墩子的关系。

有了这种想法，我不再相信钓鱼还要去拜师一类糊弄人的空话。学，是学不会的。因为，教会一个徒弟，就饿死一个师傅。你去学，他并非真的教你。

后来，我有好长一段时间不去钓鱼了。

再后来，也就是读小学四年级的时候，有个同学的父亲田大汉到学校来了解娃儿的学习情况，田大汉是个冲翻天壳子的家伙，他跟几个老师说得口水瀑溅。说的是附近周家沟水库有条大鱼，他亲眼看见那鱼的背脊就像一条反扣在水里的木船，黑湫湫的在水里游动，不晓得有几百上千斤。

我回家把这个消息说给父亲听,意思是要父亲想个办法去弄那条大鱼,发个猛财。父亲听后哈哈大笑说:田大汉那狗日的纯粹是在做梦,分明是一头大牯牛淹了脑壳在洗澡,真有那样大一条鱼,老子把它嚼起来吃了。

尽管我也有些不相信,但心里还是记挂着。万一有呢?

于是我去商量比我小两岁的弟弟,弟弟说,我们瞒着父亲去钓。

我想了好几天,终于想出了一个万全的办法。钓鱼的鱼线用箩索,两挑箩兜的绳子结起来足有二十米长,鱼钩用秤钩代替,鱼饵用一个嫩包谷,外面再包一层青草。绳子的一头系在岸边的一根水青杠树上,那水青杠有锄把粗。天色快黑的时候下钩,半夜睡不着,去看了一次,没啥响动。第二天清晨,我和弟弟又去看。

不看不知道,一看吓一跳。那根水青杠树扯断了,被水下的一个活物拖起在水面上乱跑。我叫弟弟回去喊父亲。我知道凭我弟兄俩是没办法的。

父亲来了。但他也不敢下水,直到那根水青杠被拖到岸边。父亲把水青杠拉过来顺势抓住绳子。他把绳子牢牢地拴在一根碗口大的桉树上,然后吐泡口水在手心窝搓了搓,斗起八字脚往身边拉,我和兄弟也在父亲身后帮着使力。也许那东西早已累了,所以并未费多长时间和花多大力气,拉拢来一看,一头近两米长的草鱼浮出了水面,眼睛象两个玻璃珠子,鱼鳞都有铜钱大。

父子三人费了好大力气把鱼抬回家,乡邻们纷纷跑来看热闹,个个都流露出羡慕的神色。母亲说,见者有份,分点给他们吧。父亲依了母亲的意思,给每位乡邻砍了一坨。

剩余的还有七八十斤,饱餐一顿外,母亲把余下的用盐抹了,摊在两个簸箕里晒成干鱼,做了收藏。

自从周家沟水库被钓起大鱼后,有外地人拿了拦河网来拖,却连鱼虾虾都没见着一个,说来也真是奇怪。

然而,到了第二年热天的时候,田大汉又说他再次看到了一条大鱼,几乎是去年看见的两倍。两倍?我父亲眼睛睁得大大的,打死个舅子不相信世上还有如此大的鱼。

"信不信由你。"田大汉说,他还看见鱼头冲出水面又缩下去时,扯起一个漩涡有脸盆大,要是人在附近,不被喝进去才怪。

田大汉说这话的时候我也在旁。看他的样子,也不像在扯谎。再说,他扯谎哄父亲又起啥子作用呢,去年,母亲起码送了十斤那么大一坨干鱼给他,以示他当初提供的消息准确。

"好嘛，我再试一回。"父亲用我和弟弟钓鱼的方法投放了一个更大的包谷，依然裹了一层厚厚的青草。但十天半月后，鱼闻都没来闻一回。包谷都泡烂了。

父亲为钓这条鱼，守了几个整夜，人都瘦了一圈。

田大汉看见父亲蔫头耷脑的样子。转过身去嘀咕了几声：去年搞到一百二三十斤那么大一条鱼，才送十来斤给老子，不医他才怪！这句话，我是坐在草笼笼里歇凉时听见的。他还说了些不着边际含糊不清的话，慢慢走远了。

2016 年 7 月 28 日 14:16 于报社

乡下家居

老屋

在潼南兴隆场龙圣村一个名叫楼房沟的地方，有一个朝门院子，上世纪六十年代末，我就出生在这个院子里。

如今往上推百余年，我的曾祖父一代很是强盛，不仅人丁兴旺，而且财力富足。有了钱，出手阔绰，在楼房沟中段相中一处宅基地后，就着手造了一座院落。这个地方原本是没有名称的，房子修好后，才被人叫做朝门院子。

院子三面环山，且崖壁陡峭，藤树青绿，唯前面一方无遮无拦，视野开阔，前景远大。右面绝壁下，还有一眼汩汩流淌的清泉，常年不断。整个说来，此地既紧凑、聚气，又不失开放。

最初造屋时，曾祖父几兄弟把前面一方从低洼处垒出两丈多高的堡坎，用的全是四棱四现的条石，两头直抵左右绝壁，临绝壁处又各砌一个拱门，白日敞开，供院内居住人员出入，夜间则关了门洞，一根横杠栓了，仿佛一座坚固的城池，防盗，更防土匪，其安全性能之高，方圆数十里内，别无二处。

但也正因为有了这固若金汤的绝佳之地，两三代人下来，结婚生子，分家立业，却一个都不愿搬出。渐渐地，人口众多，房屋窄小，大人细娃，挨挨擦擦，免不了生出些矛盾，大家庭不和，窝里斗难免，甚至拉帮结派，总想挤兑一些人出去。我祖父膝下，只有父亲和伯父两兄弟，偏偏伯父又很是懦弱，一点都不硬气，父亲一个跳蚤顶不起一床铺盖，在朝门院子一些人的摆弄下，不得不忍气吞声的搬了出去。

搬家之前，须得选好新的住址。有一处名叫烟土的地方，是朝门院子修筑堡坎时取过石材后留下的一个石塘口，说来也巧，当初取材时并无意识，但取材后竟然形成一个太师椅形状的地势，尔后复耕，经过改土面土，有人在那里种过烟草，于是就有了一个约定俗成的称号：烟土。

烟土这地方，离朝门院子不过50来米，依然处于楼房沟中段，从上至下，刘家湾、乌鱼洞、幺磨嘴、核桃湾、野猫湾、假映湾、陈家湾、碾子湾，八个子湾下来的水，都交汇在烟土这个地方。而烟土右面连绵的青山，又把人的视线遮住，只见水来，不见水去。白花花的水象征银子。风水先生说，这个屋基聚财，后人发达，有钱用。我的母亲一惯信奉风水，就选定了这个地方。

我在朝门院子出生后的第三年，全家就搬到了烟土，如今所说的老屋，即在烟土上修建起来的三间瓦房和两间草房。

老屋四周有几个坡，分别是：后头坡、生基坡、抱祖田坡、马道子、对门坡、高坡、矮坡、长坡。

老屋附近分布着大小不一的水田，有塝笋田、小秧田、大秧田、坝坝田、长田、刀把田、过路田、夜禾丘、烂田、大田、潮田、沱田、弯田、浸水田。

离老屋最近的两块田是塝笋田和浸水田。其实我家搬到烟土的时候已经不是田了，因为地势较高，水源不济，就改成了土。听说在我父亲小的时候，一年四季都关着水，老黄了的鲫鱼都有巴掌大，泥鳅黄鳝螃蟹这些更不用说，有的是。从朝门院子一出门，就是塝笋田的当头，搭块石板在田缺口边，田水清花绿亮，可洗衣、洗菜、淘猪草。改成土后，当年那田缺口一带栽了一笼很大的竹子，竹林下尽倒些螺蛳壳壳和煤渣，下脚都要小心些。

浸水田也早已不是水田了，同样的原因改成了土，不过有浸水是事实，在石岩的一处缝隙里，有一小股清泉流出，虽然不大，但终年不干。搬家后，我家在那里挖了一口土井，父亲说，那地方常年出水的道理很简单，因为屋后山坡上有一口凼塘，水就是从那里慢慢浸下来的，如果凼塘干了，下面的水也就枯了。

老屋修好后，父亲在房屋四周栽植了好些杂树和果树，我数得出来的就有桉树、柏树、千丈树、苦楝树、青杠树、桃子树、杏树、枇杷树。栽得最多的是竹子，一笼一笼的，后来都连成片了。

我的老屋就掩映在这绿树翠竹中，如画的风景，一年四季，冬暖夏凉。门外坝边，一条石板铺成的小路，弯弯曲曲的一直通到下面正沟的水田边。过了沟，上几步石梯，就是生产队的公房和晒坝，那是我儿时的乐园。出老屋往左，半分钟，可到朝门院子，再往前走，就通向我读小学的学校李家坡，大约两里路。出门往右，一条小路可到新房子大院，过了新房子，再过一条溪河，三里许，可到乡场，乡场是我读初中的地方。

从三岁开始，我在老屋生活到十八岁，然后考学到县城读书，毕业后在老家的村小教书，还在老屋里陪着母亲住了一个学期。

如今的老屋早已没有人居住，父母已经去世，兄弟姐妹离开老家多年在外，只有逢年过节，回去祭拜祖宗的时候，才在老屋走一走，看一看，看一看那个我们曾经共同拥有的家。

2011 年 6 月 15 日下午于东安大道

堂屋

一丈二的开间，一丈二的进深。

大门是双扇木门，门两边是装板壁头，左右各有一窗，对称着的竖格子木窗。木窗里面上方各钉一颗铁钉，冬天吹冷风，须在屋内挂斗篷或簸箕挡风（挂在外面怕被风吹跑）。门坎近一尺高，巴掌宽。夏日里，可扯伸脚杆在上面睡一场懒觉。室内大门的上方，用几根粗大的篁竹搭了一个搁楼，搁楼上放几挑箩筐、篓子，可用扁担夺上夺下。搁楼一端，又挂了一个提篮，提篮内装着火纸、香蜡、灯草、油碟，但凡节日或祖宗祭日，父亲则取下提篮，把篮里的东西拿出，又一刀一刀的将火纸裁了，在神龛上装上香蜡，点燃，然后虔诚地跪在地上，一大叠纸钱，须一张一张撕开，一张一张烧尽，那些去到阴间的祖宗，通盘请遍了，父亲作揖，叩三个响头，再抬起头来，就叫我们像他那样依次去祭拜。祭拜祖宗时，必须穿好衣服，着长衣长裤，一点不能马虎，即使在酷暑夏日，从早到晚都打个光胴胴的我们，在那一刻，也要翻箱倒柜去把衣服找出穿好。父亲说，不穿好衣服就去拜祖宗，那是对祖宗的不敬，结果肚皮会痛，读书读不得，今后考不上学。在父亲的教导下，我们也很虔诚，而从无数次的祭拜中，我们也记住了那些去世多年的历代祖宗的名字。

堂屋正面的墙壁，神龛之上，贴着马恩列斯毛的画像，那是房屋落成时，周围的人恭贺时送的，每张画像的四角用图钉钉着，时间久了，也生出些锈来。马克思和恩格斯的胡子特别长，尤其是恩格斯。听邻里一个年龄稍长的黑娃说，恩格斯吃饭，须得用一副金钩将胡子钩开，现出嘴来，方可进食。在我的想象里，那金钩可能就像家里钩蚊帐的罩钩，一头挂在耳朵上，一头挂在嘴唇边。想来到底还是不方便，

-171-

因为残汤剩水未免不沾在胡须上，一日三餐之后，还得去清洗，很是麻烦。

　　堂屋的正中，摆放着一张方形的老式木桌和四根高大的长凳，仅此一套家具，就占据了很大的空间。吃饭有固定的位置，父亲永远坐在上方，雷打不动，而且是一个人独树一帜，独占一方。这种权威形象一直笼罩着我们的一生，从来都不敢在他面前造次，家中一切都由父亲说了算，包括母亲都得听他的。父亲的威严，让我们在吃饭的时候从不敢做声，偶尔夹一筷子菜，放在饭碗里，勾着头只管往嘴里刨。一边吃饭，还得一边听他安排当天的活路，饭吃完了，活路也安排清楚了，最后他问一句：记倒没得？如果哪个的声音回答小了，他会火冒三丈。

　　堂屋的一侧，还安放着两张椅子，篾块编制的，并排的靠着。父亲吃了饭，如果活路不是太忙，他会坐在那里抽一杆叶子烟，然后把烟锅巴在鞋底上叩了，再把烟杆别在腰杆上，戴个草帽，拿把锄头或什么的，才大踏步出门。晚上在家时，有了空，他依然坐在椅子上，拿着砖头大小的"宝石花"牌收音机听川剧，而且永远都听不烦，我们只听见密密麻麻的锣鼓声和咿咿呀呀的歌唱，完全不晓得那些内容究竟是些啥子名堂。我们也不敢去问他，也不晓得他自己听懂没听懂。有时听得睡了过去，母亲就轻手轻脚的走过去，给他关了，母亲怕浪费收音机里的干电池，就像父亲听收音机从不点灯，怕浪费煤油一样。多数时候，因为突然间没有了声音，父亲会睁开眼睛说一句：关啥子关。随后又把那开关拧开。那是父亲唯一的休闲娱乐工具，他一生爱好川剧。

　　堂屋向来都是处理家庭大事的地方，我幼小时候受到的一些近乎苛刻的教育都是在堂屋进行的，一旦犯了错误，父亲会让我们毕恭毕敬站在堂屋，面对着坐在椅子上的他，接受询问和训斥，而且有问必答，必须老实。父亲最见不得人扯谎，否则，他会大发雷霆，吼一声：再扯谎老子两耳屎退你的神光！如雷贯耳一般的断喝，早已经把我们惊得魂飞魄散了，而且语无伦次结结巴巴甚至把对的都说成错的。错误犯大了，是要罚跪的，或者不让吃饭，饿得你两眼昏花后长点记性。

　　"堂前教子，枕边教妻。"封建社会的残余思想在读过私塾的父亲脑子里，永远都不会抹去。

　　威严的父亲，高大的堂屋，小时候的记忆历久弥新。也正因为有了父亲当年严厉的教导，不断纠正我们的行为，才使我们兄弟几个如今为人总是遵循着方正的操行，不出格，不逾矩。

　　父亲虽然去世多年，但他的教诲无时无刻不在我们耳边回响。

方正的堂屋,给了我们方正的人格。虽然历经数十年风雨,堂屋至今仍然不坍不塌,仿佛一座丰碑,永远屹立在我们的心中。

2011年6月16日上午于东安大道

窗 屋

我们之所以叫它窗屋,是因为屋子里有一眼谷窗。谷窗占据窗屋三分之一的面积,两面靠墙,俗称巴壁窗,其余两面皆为木板,窗的底板离地约半尺高,可防潮。窗顶与房顶相距约三尺,堆放了一些杂物。整个窗不大,至多装2000斤谷子,却从来都没装满过。

窗门由十来块木板搭配组合,因为不规则,所以顺序不能乱,乱了则装不上,我小时候为此大伤脑筋,总是最后一两块装不进去,急得通通拆了重来,聪明的大哥从学校拿回一截粉笔,依次给每块窗板编上序号,这难题才得以解决。

那窗里除了装谷子,也装麦子、绿豆、黄豆、豌豆、包谷、干红苕块块、苕渣、豆粉、高粱等等。除了谷子是散的外,其余都用布口袋扎成一袋一袋的,零乱的甩在里面。另外,还有一个装猪油的瓦缸,长年陷在谷子里,露半截在外面,腊月里杀一头年猪,就十多斤猪油,全家人要吃一年到头。

那年头,人饥饿,耗子也饥饿。木窗曾被耗子啃穿过,而且是从底板啃穿的,谷子漏在窗底下,后来发现窗底下有谷壳露出来,才晓得这年的口粮遭了损失,那发瘟的耗子竟敢从人的嘴里夺粮食,确实胆大包天。气得脸青面黑的父亲把窗底的漏洞用铁皮钉了,又从街上买回一只黄猫,来对付那万恶不赦的耗子。

窗屋屋顶上,拴两根索子垂下,再套一根竹竿,竹竿上挂着一块一块的腊肉,黄亮黄亮的。春二三月,我们闹着要吃肉的时候,母亲就抱个木梯搭在木窗边沿,小心的爬上去,再扭转身子,明晃晃的菜刀在一块尺多长的腊肉上割来割去,巴掌大一坨腊肉就割了下来,洗净,切成二指大小的块状,和着角儿菜煮一两大碗,兄弟姐妹围着一张桌子,三五几下就抢个精光。那早已生锈的肠子,须得十天半月润滑一下。

为了防止耗子偷肉,母亲在悬着的两根绳索上绑了一些铁篱笆刺。因为这之前,尽管家里有了猫儿，腊肉依然被耗子抠成一个一个的洞。父亲怪猫儿不管事，捉了猫儿指着那竿腊肉吼道：专门买你回来捉耗子，你跟老子却打晃眼，要起你来有啥用！伸手就把猫儿甩出一丈多远。那猫儿吓得一溜烟跑到房顶上蹲起，半天不敢下来。

母亲看不过去，冲着父亲发火道：你怪猫儿做啥，那尖嘴瘟伤（耗子）从绳子上掉下来大起胆子吃，猫儿还不是只有鼓起两个眼睛没办法，那么高，未必它还跳得上去？父亲自知理亏，只好默不作声去做他的活。

我都不知道那年头的耗子为啥那样多，即使是挂在灶孔上熏着的腊肉，如果人不在家烧火煮饭，仍然躲不过那一窝一窝大大小小的耗子。

狡猾无比的耗子，那种尖嘴猴腮的东西，永远都是人们咬牙切齿的痛恨之物！

因为人多屋少，记得窗屋曾经兼作过灶屋，但到底过路不便，后来才把灶拆了。窗屋兼作灶屋的时候，我不过四五岁的样子，幺舅以搭"马马肩"的形式带着他的儿子到我家杀年猪，幺舅一个人就把百余斤的猪杀了，并抱在灶头上刨了。吃了杀猪饭他要连夜回去，母亲给他包了一块肉，用谷草做了个火把，火把就是在窗屋的灶孔里点的火。

我的喉结处至今有一伤疤，也是在这间屋子里留下的。小时候爱玩火，一根竹块从灶孔里扯出来，那头是红的，捏着这头，可以在空中甩成一道弧光，甩啊甩，不小心一下子戳在脖子的嫩肉上，顿时烫脱一块皮，父亲怪二姐烧火没把我招呼住，把他这个宝贝儿子搞个伤疤在显眼处。父亲大为恼火，扯着二姐的耳朵骂道：冬瓜妹崽（二姐小名），死人，二娃子脖子上弄个明伤，今后咋好讨婆娘，老子打死你！二姐挨了一顿打，我则被大哥抱到院子去找当赤脚医生的三爹按在地上打了一针破伤风针。

我喉结处的伤痕，是窗屋留给我永远不灭的记忆。

2011年6月23日下午于东安大道

猪圈屋

猪圈屋是间草房，紧挨着卧房屋，搭的个抹角，俗称马屁股。与堂屋隔壁的灶屋完全一个造型，所以我家的老屋是对称的，即三间瓦房正屋，两头各一间马屁股草房。

猪圈屋养猪，那是理所当然，但还养着鸡。鸡也有鸡圈，只是不大。最早只有两个猪圈，后来改成三个，并且作了扩大。一个板圈，两个地圈。

板圈的模样就像古时候犯人临刑前坐的囚车，只不过大数倍而已。圈下面是一个很深的粪池，屋外则开了一个出粪口，早年那出粪口是用石板封着的，生产队为避免社员偷粪，在封口处还用火纸将缝隙糊了，并在火纸上盖了生产队的公章和生产队长的私章，如不小心弄破了，生产队就会怀疑你偷了公家的粪水，不仅找你说聊斋，过后还要叫你赔损失。但我父亲那时倒也精灵，屋外的出口不去搬动，倒是在屋内一个不显眼的地方搞了一个秘密的洞口，可以从那个暗道里将粪水偷出来，然后挑到自留地里淋私菜，神不知鬼不觉的偷了好多年，直到土地下放到户后，生产队不再管理粪水，才大张旗鼓不再搞偷摸的事。

板圈主要喂笼子猪儿，十多二十斤一个一个的，因为圈是木板搁成，重了不仅会压断木板，而且猪掉进粪坑里会淹死，如此一来，损失就大了。那木板并不规则，全是毛料镶嵌的，每块之间都有缝隙，主要是便于粪水流到粪坑里，但这也有一个毛病，就是猪脚常常卡在缝隙里扯不脱。所以一旦听到猪儿呜嘘嘘的叫，就晓得多半是猪脚被卡起了，为避免受伤，就得赶忙拿了屋头的钢钎爬进圈里去撬猪圈板板，稍有迟疑，猪脚就崴断了。但撬猪圈板板也是一件麻烦的事情，我们小的时候都不敢去，因为弄得不好就被痛慌了的猪咬一口。

在板圈里将笼子猪喂成架子猪后，就要给它们换圈了，换到石板铺成的地圈里。地圈牢实，地面铺的是石板，四周是一人多高的石墩子码成，力气再大的架子猪，无论怎样磨皮擦痒，也不会把石墙拱翻。即使饿慌了将两只前脚搭在墙上，也难得翻出来。

要把架子猪喂肥，必须等到冬天有了红苕才行，平时吃点粗糠野菜的，只长架架不长肉，冬天喂了红苕后，猪的长势一天不同一天。母亲在猪背脊上用手一捏，就晓得膘有好厚，肚皮里有好多板油。然后喜滋滋的说，今年可以过个胖子年了。

另一个较大的地圈是个弯尺形的，一度时期养着母猪，养母猪比养肥猪强一点，只是稍微麻烦些，那刚生下来的猪崽不好侍候，着不得凉也受不得热，否则拉稀屙白痢或者发高烧，牲畜这种东西比不得人，开口只晓得叫，说不得话，一旦病了，就只有请猪儿医生凭感觉去下药，比人还不好医，因为望闻问切那一套完全用不上。如果医生不中用，把猪医死了，你也找不着他，因为他可以说你的猪儿本身都要死不活，针也打了药也吃了，还要怎样？不信你去问。主人晓得问也是白问，死都死了，你去问那个闭口货，它还会开腔？即使没有死，你问它它也不晓得说话，一切都等于零。并且整个乡镇上就一个兽医，他不仅医猪，还兼营阉割，把他得罪了，他不给你阉猪崽，你还真的没办法。他来阉猪的时候，不仅要先打几个糖开水鸡蛋给他吃，过后还要给工钱，有时候，还顺便把猪卵子都一并拿回去自己享用。

我家猪圈屋的另外一个角落里，用石板还围了一个鸡圈。鉴于屋子不大，所以鸡圈也围得很小，十多个鸡公鸡母关在一起，冬天还好，到了夏天，弄不好要烧棚，闷热而死。因此一到夏天，也就不再强行将它们赶进鸡圈去，任它在树子上，在竹林里，或在屋檐下过夜，都一律不去管它。本来到了热天，都是白喂的，基本上不生蛋了。只有到了正二三月，才是鸡母生蛋的黄金季节，那个时候，天天早晨，我们才会趴在鸡圈门洞口去瞅，鸡蛋是白的，一个两个或三个，伸手去拿，够不着，就拿根棍子去刨，刨出来后，欣喜得好像自己生的，赶忙拿去交给大人，大人高兴了，兴许也煮一个给你吃。

大约在我十一二岁的时候，家里人口增多，床铺没有安放之处，父亲想了一个办法，在猪圈屋里搁一张床，那床架在猪圈石墙之上，为了安全，还在床的四角用绳索吊在房子的横梁上。起初很觉新鲜，兄弟几个都要争着去睡那里，但父亲不允许，他对两个兄弟说，半夜三更睡黄昏了，从床上滚到猪圈里，不被猪把你们吃了才怪。兄弟两人受到这一惊吓，自然就不做声了。

大哥整整大我十岁，他按照父亲的吩咐负责照料我。为了防止我像父亲所说的半夜睡黄昏了滚进猪圈，他总是把麻布罩子压在席子底下，并且不准我睡外边。开初那几个晚上，父亲还会半夜点个煤油灯爬上来看我睡得如何，如果睡横了，则把我刨顺。渐渐的，我也适应了那种生活，从不曾从床上滚进猪圈。而且到了后来，还可以摸黑从床上下来，在靠近鸡圈的地方用脚一踹，稳稳当当的找到尿桶的位置，哗啦啦的一泡尿屙完，又摸回床上去，一直睡到太阳晒屁股。

在猪圈屋那间草房里，与猪和鸡同睡了大概两年，直到后来在三间正屋后面接修了三间后屋，才改变了睡觉的地方。

2011年6月25日10：36 于懿心园

第四辑 小镇风情

第四辑　小镇风情

冒 皮

　　荷花镇人喜欢冒皮，打个麻雀也有三斤多。一个干瘦矮小得捏住中间现不出两头的精骨人，却吹嘘自己的本事如何了得，地趟拳、金钟罩、铁沙掌，样样都会。他们手无缚鸡之力，却要在屋门口放个百十来斤重的石锁壮门面，显声威，别人笑话他们曾被吊过鸭儿浮水，被铐过苏秦背剑，但他们无所谓得仿佛没有那回事，他们依然天天早晨去河坝练功，一条红布腰带把肚皮捆成蜂腰，脸红筋涨，气喘吁吁，把一地的河沙踢得满天飞扬。

　　五黄六月，稻田的谷子还没有熟透，他们趁一时的空闲，就在当街的屋檐下，顺手搬个凳子垫在屁股下面，半包香烟一杯茶，然后就开始冒皮，什么牛屎面面当打药，谷草灰灰治肝炎，走江湖闯码头，天上都是脚印，好一阵牛吃竹子屙背篼，让人听得入了神，说的人也说得白泡子翻，初来乍到的外地人，见那屋檐下摇头晃脑口水暴溅者，还以为该同志在扯母猪疯。

　　有道是瞎子会弹琴，聋子会安名，或许冒皮者确实说的是张家坝的麦子多，但听的人偏听成了母猪胯的虱子多，然而更要紧的是那第三者，他们到处去传说本街的某某人死不爱干净，周身长满臭虫，这样一来，一桩口舌是非就有了，追根溯源刨根究底，最终受害的当然是那冒皮者，被泼了一脑壳大粪不说，还被别人扯了衣领提得两脚悬空，末了又被指着鼻子警告：二天再歪起嘴巴乱说，谨防口口被撕到后颈窝去吊起。

　　如果说冒皮者尚能吸取教训倒也罢了，但他们偏偏患着健忘症，第二三天照样去到另一处的屋檐下冒头天的皮，说自己是怎样怎样洗刷了别人，把人家弄得夹起尾巴走了，灰不溜秋的。

　　印象中荷花镇的冒皮者，总有很多的事情值得他们去"冒"，你不用担心他们会一时少了素材缺了故事，他们把陈年的霉谷子烂芝麻拿出来翻晒一番，立即又会增添许多新的光彩。即使记忆的某根神经偶尔断了弦，他们的眼睛也是雪亮的，天上有个麻雀在飞，他们就找到了新的话题：看看，那是一只公麻雀！于是关于公母麻雀的万般区别——比如成色，比如叫声，比如飞行的姿势等，经他们的嘴里说出来，既诙谐又幽默，让人听得捧腹，大笑开怀。

  冒皮者都是一些乐天派，是吃了上顿不管下顿的人，即使肚皮饿成扁豆状，躺在黑夜的板床上身子缩成一颗虾，但只要天一亮，他们就又精神百倍两眼放光。于是荷花镇有了这些鲜活的冒皮者，日子也就显得万般的生动。

1997 年于上和

第四辑　小镇风情

围 观

　　我不知道外地人如何，反正小场人是很喜欢围观的。大凡越是边远闭塞的地方，越对新鲜的事儿感兴趣，而所谓新鲜，可能是外地人见都不愿见的玩意儿。飞机飞过，会有人惊炸炸的指着天上喊："看嘛，扁担那么长！"对那种低空飞行的直升机，小场人头一回看到，所以新鲜。

　　西藏人到小场来，头戴翻皮杂色毛帽，身穿枣红布镶黑边的长衫，脚蹬靴子，腰挂藏刀，一张烟熏火燎的腊肉色脸，嘴里讲着不甚清晰的汉话。小场人见了西藏人，不摆了，呼啦啦的围拢去，蹲的蹲，站的站，个个手里举着钞票，候着轮子等西藏人给他们切虎骨切熊掌，末了还缠着西藏人："把你那瓶瓶的虎尿倒一点点嘛，拿回去好医腰杆痛。"

　　在外地卖不脱的黄牛脚杆骨，没想到却在小场上被抢购一空。于是小场人名声远播，这个涪江岸边的弹丸小镇也名声远播，于是三教九流之客，无不冲着小场而来了。

　　走江湖闯码头的伪气功师，说是青城山某道士的第Ｘ代传人，"嗨"的一声就把卵石击成两块。"了不起啊！"小场人翘起大拇指，围了拢去。下江人背个电喇叭，穿一身花里胡哨的减价货，手舞足蹈地喊："跳楼价呀，跳楼价。"小场人双眼放出便宜的光，也围拢过去。一个耍魔术的扯谎宝儿到小场来，在街面呜嚧呐喊的吼："有钱的捧个钱场，没钱的捧个人场。盯倒走，看倒来，眨左眼莫眨右眼，说变就变啊，不变不上算……本人姓周名围，哄了你Ｘ我周围的先人。"

　　完了，彻底的完了，小场人岂能被随便挖苦了就走得脱路？

　　"打！这种龟儿都不打打哪个！"

　　一人高呼，众人动怒，于是男人伸出了拳头，女人吐起了口水，摆摊的丢了摊位，开店的离了店面，潮水一般，蜂拥而至，里三层外三层，密不透风，刀枪不入——围观者又被围观……

荷花镇的女人

荷花镇的女人很能干，平时跟男人一起抛粮下种，犁田打耙，抢栽抢收。坡上的活路做完了，回家的男人精疲力尽地倒在躺椅上睡瞌睡，女人却车车灯似的在灶屋烧茶做饭。饭吃了猪喂了碗洗了，还要去田里洗一盆衣服，然后再把呼噜呼噜打鼾的男人叫醒，去高坡高岭的田地头锄草。

荷花镇的男人死蔫蔫的，走路打偏偏，即使发点脾气也只是勾起脑壳叽哩咕噜唠叨一阵了事。女人却不同，女人的脾气来了便大声谩骂而且指手划脚，一副得理不让人的样子，末了还指着男人的鼻子尖冒大"老娘打不赢你变个蛋。"男人们被骂得老老实实的，屁都放不出一个，独自一人坐在那里怄气。

荷花镇的女人并非都是依着自家门框狠的角色，出门在外就更是了得。荷花镇的女人都有一张厉害非凡的刀子嘴。如果两个有仇的女人在独田坎上相遇。简直不摆了，各自把脸望在一边，呼的一声擦肩而过，然后回头，毛根直立，唾沫星四溅，一阵破口大骂，然后升级，发生抓扯，扭成一团，又同时滚进田里，被稀泥糊了鼻子和眼睛，直到各自的男人赶来，才把声嘶力竭的女人拉回家。男人好言相劝，叫女人嘴上积点德，女人却骂男人嘴巴被篾条锁了，癞蛤蟆被牛踩死在脚印窝里，气都鼓不起一口，窝囊得不是一般。

荷花镇的女人嘴巴虽然有些闹噪，但她们打心眼里疼爱自家的男人，一年四季，她们把家务活全揽尽，让男人落得轻闲，但久而久之，被娇惯坏了的男人就不晓得天高地厚了。吃粮不管事，天垮下来有人顶起的。隆冬时节，男人冻得不敢出门，把一颗头缩进衣领里，只留两个眼睛在外面转，但仍唏嘘不已，打摆子一样浑身抖得像筛糠，到底没有抵住寒潮的侵袭，雪风灌了肠，肚子里打雷一般吼，上吐下泻，走一步哼一声，急得女人用老南瓜煮糯米稀饭的土办法叫男人吃了一碗又一碗，男人却依旧病秧病秧的，几个月都从床上爬不起来。

　　这些时候，女人就巴心巴肠的侍候在男人的身边，温顺得像一只波斯猫，不会离开男人一步，直到春暖花开，男人的身子硬朗起来，女人的脸上才笑成一朵花。

1999 年于报社

江湖游医

我们常常可以看到一些江湖游医，打着"祖传秘方"的红布幌子，在街市热闹处，把胸膛拍得山响，赌咒发誓说他至少可以医治三种以上的疑难杂症。似乎除了死尸不能还阳外，其余的，只要有一口气，他们便能把你从鬼门关边拉回来。

事实上，如果你仔细考察这些游医，就会发现，他们治病的手段，并非凭着高明的技术和特效的良药，凭的仅是一张巧嘴，他们在此镇吹嘘彼镇的某某某何年何月患了大医院都判了死刑的毛病，而最终找到他，他仅凭了草药摊上的"这味、这味以及这味"几种药，就把别人的病治好了。他们说话的时候眼睛盯着黄皮寡瘦的观众，手指着药摊上那些稀奇古怪的、黑不溜秋的药疙瘩，显出一脸得意。

他们把一分的本事吹成十分的能耐，不由你不相信，于是他拉过你的手腕，按在脏得不见纱线的脉枕上作沉思状地扣住你的腕关节，手指曲成兰花状，然后抬头睁眼，报出一个足够你惊呆半响的病名，接着再给你拣药，直到那药摊上的草药几乎抓遍，下拦天网似的凑成牛药般大小一堆，才让你拿回去熬半锅黄汤喝上几天几夜。

江湖游医多半是些夸口医生，然而"夸口医生"无好药。他们最值钱的大抵就是草药摊上那罐药酒。几条死蛇泡在玻璃瓶中，他说此酒既可内服也可外擦，不论你伤风感冒头晕目眩，还是腰肌劳损无名中毒，都能派上用场，尤其对跌打损伤风湿病一类，更是特效。他倒一点点在手心窝里，朝你痛处一抹，然后几搓几揉几拉几扯，直痛得你歪巴咧嘴他才停了手，再收你十块八块钱。至于见不见效，那就"膏药一张，看各人的熬炼"了。

江湖游医，真让人有些不寒而栗。

1998年于报社

第四辑 小镇风情

慵懒

  荷花镇人慵懒是出名的，早晨的宁静常常是被乡下来收粪水的农民打破。他们天不见亮挑两只木桶进街，湿雾中一声接一声地吆喝：有没有粪倒？第一个过去了，第二个又如是的来。男人在床上踹一下女人的屁股，女人就懒伸伸地从热被窝里爬出来，穿着床边的拖鞋，去屋角将马桶提到阶沿，冲那雾中的人影喊一声：这里。就端起马桶唏里哗啦一阵响，然后赶紧关了门，寒颤颤的跳回床上，连头一起缩进被窝。

  天大亮，两人躺在床上睡不着，就双双鼓起眼睛数屋顶上的瓦沟。一只蚕豆般大小的蜘蛛从房梁上垂丝而下，落在半空，顿一顿，又沿丝而上，两人觉得有趣，就看那蜘蛛往复数十次，时候就过去了半晌。

  女人起床了，把手指伸进蓬乱如鸡窝的头发毛糙地"梳"几下，就到附近买两只大如面盆的锅盔回来，递一面给床上的男人，那男人就饿痨鬼一般三五两下啃完，无数碎渣掉在被窝里，男人把油油的手指在被子上揩几下，然后收腹，提臀，将身子坐直在床上，等待女人把衣服裤子甩过来。

  男人起床后第一件事是上厕所，进厕时嘴里叼一支烟，出厕时嘴里仍然叼一支烟，一只手将皮带捏了，另一只手将裤子的拉链往上提，一边提一边四下里张望，慢条斯理中，就看到街口的某一处有人下棋，男人便凑过去，双手撑了膝盖，身子弯成一株古柏，夹在人缝中，脖子伸得老长，仿佛中生代的一只恐龙，定定的眼珠子落在别人的棋盘上。看得久了，不免心动手痒，于是开始唾沫飞溅的指点，还是感觉不过瘾，就又反客为主，把输家推开，自己蹲到那地上，做了鸿沟这边的对手。三五几盘下来，直杀得太阳移到了中天，听到自家女人长一声短一声地呼唤了，这才从铁桶般的人墙里退出来，人在圈子外，还不忘为自己的接班人提个醒：车一进四马八进七是闷杀哟，不要走输了。

屁颠屁颠跑回去的男人，照例是和女人一阵"乱劈柴"。劈输了的煮午饭，午饭后又是一阵"乱劈柴"，劈输了的洗碗。但女人常常赖账，三打二胜换作五打三胜，五打三胜又换作七打四胜，还是不行，女人就提出和平解决的方案：把碗留到晚上洗。男人毕竟高姿态，点头同意。

男人有睡午觉的习惯，和衣上床去睡了，寂寞的女人便去街上寻三缺一，寻到了，女人便坐下去。冬天下午温暖的阳光在麻将牌的倒伏声中最易逝去，当女人的腰杆坐得微微有些酸胀的时候，男人也便从睡梦中醒来，那时候，西空中硕大如锅盔的太阳也就似坠非坠了。约定的四把也已结束，女人便把衣兜里的钱拿出来数，赢了，抑或输了。

晚上的时光有电视相伴，相声、小品或肥皂剧，有啥看啥，夫妻二人一直可以耐心到"各位观众晚安"，待字幕也已消失，屏幕出现雪花状，声音哧哧哧，一天的日子才算彻底过完。

时光的不见形影，荷花镇人便把明天和今天当作一回事，即使明天早晨屋梁上再也没有一只蜘蛛掉下来，上午的街面上也没有一帮人下棋，甚至三缺一的麻将场合也不在下午寻得着了，晚上也没有肥皂剧可看，但荷花镇人照样可以找到适合他们的消闲方式。周而复始，日出日落。

1996 年于上和

第四辑　小镇风情

小贩

荷花镇的小贩多如牛毛，一年四季，他们走街串巷，遍地吆喝。提竹蓝的卖蘑菇，卖木耳、卖樱桃、卖烧饼；挑担子的卖豆腐、卖凉粉、卖魔芋；背背篼的卖毛桃、卖水杏、卖板栗；挂小簸的卖针头、卖线脑、卖纽扣。职业的习惯，他们卖什么吆喝什么。

这些小本经营的行商，多半是附近乡下的农民，为着油盐的生计，赚点小钱，补贴家用。他们给人以诚实、善良、质朴、厚道的印象。

相反，外地来的小贩多少就让人有些生厌了。

夏天午后，睡眠正酣，远道而来收破烂的小贩转悠到荷花镇来了，他们挑着箩筐，带了盘称，从街头一路吆喝过来：鸡鸭鹅毛兔皮猪鬃哟，废铜废铁烂胶纸哟，塑料凉鞋牙膏皮皮哟……喊得让人心烦。觉被搅醒不说，更让人气恼的是他们常常顺手牵羊，在没有动静的街巷里，看看四周无人，伸手就把屋檐下的衣服摘了去，揉成一团塞在箩筐里的破烂下，又继续的喊：废旧报纸破书本哟……大摇大摆地走了。

真正够吓人的是兜售菜刀的小贩，他们冷不丁走进你的屋里来，一手提一把明晃晃的菜刀问你买不买，大足龙水的，百分之百的正宗，削铁如泥，一把刀在另一把刀上磨来擦去，哐当当作响，泛出一片又一片青光，让你心惊胆颤不寒而栗，你虚火得两腿哆嗦连连摆手，他们却缠着你不走，更把菜刀凑近你的鼻子尖上要你仔细辨认他这龙水菜刀的刀锋和钢火的老嫩。实在不得已了，你只好掏出钱来，价都不讲，连忙打发他一走了事，接着你就去内屋换你早已尿湿的裤子。

常年在荷花镇跑动的小贩们，经济的不宽裕，使他们常常冒着严寒酷暑奔波于生活的拮据中，用小小的物资，换取荷花镇居民一角两角、一元两元的钞票，数年如一日，发不了大财，竟也成为一种职业。

1997 年于上和

酒客

荷花镇人不太注重喝茶，那种慢条斯里的盖碗茶，荷花镇人缺少耐心，所以荷花镇通街没有一家像样的茶馆，但对于酒，荷花镇人却情有独钟。

荷花镇依山而建，房屋错落，门面特多，不足两里小街，竟有副食店近百家，门对门，壁挨壁，都一律的售了酒，好的如茅台、五粮液，孬的也有假冒伪劣的酒精勾兑酒，荷花镇人就喝一种能让腋下生津的瓶装高粱酒，价格便宜，味道正宗。

荷花镇人有一种习惯，他们爱把干某某行当的人叫某某客，比如卖药的叫药客，卖姜的叫姜客，冒皮皮的叫壳子客，当然，喜欢喝酒的就叫酒客了。酒客们不仅喜欢喝，而且善喝能喝，像刘阿春、伍魁，老白干起码在两斤以上，即使喝得面如死灰，也如老僧入定，愈是酒到酣处，愈是寡言少语，少张狂，不蔓不枝，而俗称"酒癫"的独一根和陶元，虽说喝了酒满街吼，动辄打人，但酒量确实大得惊人，他们有一句口头禅：二两也是麻，两斤也是麻。

至于酒量不甚大的一般性酒客，就简直多得如河滩上的卵石了。他们一日不喝憋闷，二日不喝心慌，三日，就无论如何要找个人喝两盅了。你走在街上，悠哉游哉的唱："想当年，老子的队伍……"正摇头晃脑之际，忽然后肩被人一拍，回头一看：酒客——是邀你进馆子的；你深夜起来出门解手，在厕所边被一堆软泥拌一跤，吓出一身冷汗后，定睛一看：还是酒客——喝昏了的；你大白天从街口走过，忽然从深巷子里钻出一人，用手指当尖刀硬硬的抵了你的后腰，问你要钱还是要命，你回过神才明白，这仍然是酒客——还没喝麻的，他在开你的玩笑。

荷花镇不是酒的发源地，荷花镇没有这样辉煌的历史供人炫耀，但荷花镇算得上是酒乡，荷花镇酿酒的历史是悠久的。一方水土养一方人，荷花镇养了这么多酒客，他们从各行各业中走来，凑在一起，高举酒杯，发出共同的祝愿：让我们的友谊，像阴丹布一样，永不褪色；让我们的团结，像卷心白菜一样，越裹越紧……好浓好浓的酒情结，粘稠得浆糊一般，永远也没有化解开来的时候。

尚业街棋人

尚业街有一批嗜棋如命的人,他们一有空闲就跑到清风茶馆来对弈,我当年在茶馆隔壁开一间杂货铺,没有顾客的时候就去观战。

茶馆的老板是一位四十岁不到的女人,她自己不懂棋,但服务很周到,一把铝制小茶壶常常挂在手腕上,茶水掺得滴水不漏。人来了,她笑一笑:"张老师,早啊。"一杯绿茶便递了过去。

约莫上午八九点钟光景,那些下棋的都先后到来,各自分别找了对手,端坐棋盘的两边,便开始了一场场昏天黑地的厮杀。

尚业街这帮下棋的人,有一以贯之的勇猛好斗的作风,年龄不论老少,棋艺不论高低,从来没有过谦让,一旦交手,恨不得一步棋就把对方置于死地。对这种心态,你却找不到半点理由加以指责,因为第一,他没有违犯棋规,第二,他凶悍的内心世界用平静的面部表情遮掩得丝毫不露,你有天大的意见,却打不出半个喷嚏。

多年来,尚业街棋圈一直分不出高低,尽管举办过多次赛事,庄主却都是轮流坐。你去年才夺得冠军,今年就被别人拿走了,短暂的辉煌,根本就无法建立起自己权威的地位,所以谁也不承认谁,各人都自我感觉良好。由此造成的结果是:群龙无首,一盘散沙。

有一年,一位张姓外地商人来到尚业街,在清风茶馆摆起擂台,尽管尚业街人轮番上阵,但终无一人与其匹敌,弄得个个灰头土脸,黯然失色。这一回,尚业街人才多少有点自知之明,晓得自己是井底之蛙。于是将张姓商人聘为教师,管吃管住,在清风茶馆演练达半年之久。半年过后,尚业街下棋者棋艺果然猛进。

按理,尚业街棋人的性情也该冲和淡远一些了,可他们到底是数十年养成的德性,江山易改,本性难移,对弈起来依然是真刀真枪,血落棋盘,梅花点点。

听说，不久前尚业街又举办了一次象棋大赛，是街口一个卖窑货的老板赞助的，名曰"缸钵杯"。为争夺第一名，棋手之间竞争之激烈，前所未有，以致后来棋子竟然超出棋盘上的路线，变为天马行空，落子无常，在人群中乱飞，致使一些人鼻青脸肿，一些人呜嘘呐喊，"缸钵杯"主办人不得不赶快鸣金收兵，棋手也作鸟兽散……

2001 年于报社

第四辑 小镇风情

脾气

　　我总觉得荷花镇人的脾气有点过于干精火旺，男女老少，特别是青壮年，满街里都找不到一副斯文相，他们的脸，都千篇一律的粗糙，让人肃然起敬，敬而远之。表现在手上，就是拳头和巴掌，上下左右，轮翻飞舞，脑子的功能全都运用到手上去了，一切问题简单化。假如去荷花镇，你会发现居委会的人成天都在忙，问他们忙什么，说出来不外乎四个字：家庭纠纷。男人打麻将深夜归来，发现女人把门关得铁紧，本来输了子儿，心里窝着气，喊几声不应，便一脚把门闩踢断了，抽身进屋，从热被窝里把女人拖出来，问三不问四，扯几个旋旋，甩出两记耳光，把隔壁邻居的板壁都震动了。"不打不服！"男的怒吼。"服了是小人养的！"女的回敬。于是两口子立马上演一场国产打斗片，一对一，货真价实玩真格的。屋子里的家什，桌子断了腿，椅子变了形，铁锅也穿了窟窿，直到女的成了乌鸡眼，男的变成刀疤脸，手上无力，嘴里却提劲，一方是"离婚"，一方是"法庭上见"，生命不息，战斗不止。其犟其倔，外地人鲜见。

　　荷花镇、卢望镇和龙河镇是相邻的三个大镇。印象中的卢望镇人有两个特点：一是穷，二是光棍多。他们到荷花镇来，整个脸脏兮兮的，脖颈上挂一面破锣，牵一只瘦猴或者狗，在街上扯一个圈子，让猴或狗演一种伤心的舞蹈，然后要钱，再然后就拐了荷花镇的女人回去做老婆。荷花镇人对此咬牙切齿，见了卢望镇人的影子手就痒。终于寻到了机会，一个马戏团到荷花镇来，被荷花镇人按倒在地，个个被打得拣不起来，后来一问，才知搞错了对象，误把龙河镇人当作卢望镇人了。公安局下来人了，荷花镇人还嘴壳子钢硬："他龙河镇人为什么不事先通报一声说自己不是卢望镇人，脸上又没写起。"都栽水了，脑子都还没转过弯，愤愤的一句："外地人，不都是他妈一回事情！"于是荷花镇人在外地人心目中又有了另一中印象：一点都不讲道理。

有一回我到外地去开会，却遇到另一种情形。饭后无事，我们坐在一起聊天，一位女士问我何许人，我竟半天不敢言"荷花"二字，哪知那位女士却说荷花镇男人可爱，我问她可爱在何处，她说：脾气。原来，她以为荷花镇男人个个都是血性男儿，充满阳刚之美，我本想告诉那位女士：你没尝到荷花镇男人的拳头，你就不晓得锅儿是铁铸的。但我没做声，毕竟，家丑不可外扬。

2000 年于报社

第四辑　小镇风情

媒　婆

青年男女到了恋爱的年龄，尽管双方心仪已久，却不好意思直接说"我爱你"。这个时候，媒婆来了。

男青年显得饿痨饿虾的，又是拱手又是作揖，拜托媒婆搞快点，搞慢了就怕女的"飞"了。女青年却不同，红着一张脸，内心激动得怦怦跳，嘴上却说："这么大的事情，我做不了主，要去问了我妈后再说。"媒婆是何等精灵的人，岂有这些话的意思都听不出来的！明明是：我早就想和他交朋友了，你也不早点来嘛。

接下来，媒婆把该做的工作一步步推向深入。她预先告知男青年，某晚场头坝子有场电影，爱情片。男青年当然懂。电影过后不久，媒婆又把女青年拉到一边，悄声说："别个鞋垫都没得一双，冬天好冷哟。"女青年自然也明白。

双方交往了一段时间，按风俗要吃定婚酒，媒婆便两边张罗，脚板跑得飞，乐此不疲。寒来暑往，过年过节的礼仪自不必说，法定结婚年龄到了，媒婆又去给双方父母作思想工作，父母同意则罢，若不同意，则一脸正色道："要出问题了，晓不晓得！"

双方父母一听，先是吓了一跳，后来一想，既然生米已经煮成了熟饭，搬石头打天啦，万一女娃子肚皮里那坨东西掉了下来，岂不丢人现眼。于是一边骂着自家不争气的东西，一边赶紧择了良辰吉日，杀猪宰羊，把子女的婚事办了。

媒婆吃了喜酒回来，这才松了一口气，庆幸事情没有"黄"，"黄"了岂不被人数落自己手艺孬。

婚后的一段日子，小夫妻倒也过得恩爱，但媒婆心里是清楚的，没有经过三个六月三个冬，原先的山盟海誓空了吹。果然不久，为鸡毛蒜皮的小事，小两口找上门来了，而且把问题说得相当严重：要离婚。媒婆解决这种事情简直是小儿科。先是凶神恶煞地一顿臭骂，骂得小两口低下了头，然后又轻言细语地开导，摆事实、

-193-

讲道理、打比方，直说得小两口脸上露出了笑容，才忙着去厨房做夜饭，夜饭过后，媒婆无论如何坚持打只手电筒送小两口回家，末了再吩咐一句：今后各人好生过日子。

2001年于报社

对 质

　　荷花镇的男人冒皮皮不打草稿，张飞杀岳飞，杀得满天飞，上不沾天下不着地，一切都可以乱来。

　　荷花镇的女人不同，她们的故事取材于荷花镇本地，家长里短，男婚女嫁，丁点大的事情经过她们绘声绘色地描述，便成为仿真度很高的新闻。其完整的情节和真实的细节，根本看不出编造的痕迹。然而弄巧成拙，这种活灵活现有鼻子有眼睛的事情反而授人以柄，留下祸根。

　　荷花镇本来不大，一泡尿就可从街头流到街尾。寒冬腊月里，女人们三三两两织毛衣，纳鞋底，上街走下街，累了，就坐在街沿边晒太阳。一个女人对某个话题开了头，接二连三的便有其他女人接话茬儿，生产故事就像流水线作业，瞬息而成。

　　男女生活作风问题是最为女人们眉飞色舞的，而这些事情又往往涉及别人的隐私。女人们的嘴巴没有多少遮拦，只图说话时快乐，一旦高兴了，就根根底底把别人见不得人的事情和盘托出，完了才知道说漏了嘴，于是打招呼：今天的事情都不要说出去了，哪里听哪里丢。

　　然而坛口好封，人口难封。半天时间不到，就有人把话传到当事人耳朵里去了，这下可好，受气的女人找上门来对质了，怒气冲天，要找编故事的女人说"聊斋"："你个空话婆说我偷人，我偷到哪个，你今天可要把脑壳给我点出来，点不出来老娘就要打尿鞋巴掌！"说话的同时，就把一只鞋子脱下来捏在手上。被质问的女人尽管虚火得不得了，但脸上稳起，整死人不认账了。不认账你把我其奈何哉！因此，"聊斋"她是不说的，反而跳起八丈高，要飞起吃人的样子。只身一人前来问罪的女人，晓得自己一人势单力薄敌不过，于是转身便破口大骂，把对方祖宗三代、嫩儿嫩女都骂遍，还现骂现编，把荷花镇上的青壮年男子也拉来搭上，直往风流韵事上扯：某年某月的某个晚上，月黑风高，黑灯瞎火，你婆娘和某男人……全是些不堪入耳

-195-

的东西，肉都麻了。那些被掺和进去的男人，反而捂着嘴巴咕咕直笑，仿佛自己真的占了别人的便宜，很是快活。只有那戴着瓜皮帽儿，身穿对襟棉袄的"前清遗老"急得把龙头拐杖直往青石板上戳：伤风败俗啊！伤风败俗啊！一声连一声的哀叹！

  荷花镇，一年四季，就这样常常在女人的掺和下，被弄得天翻地覆，永远也找不到几个宁静的日子。

2002年于报社

第五辑 故乡人物

大哥

大哥辞去生产队长的职务跑到重庆兴隆街菜市场去做菜生意，大哥说"公不离婆，称不离砣"。旋即又把大嫂也叫了过去。大哥在重庆三尺见方的摊位上施展他的本领，和做生产队长相比简直游刃有余。去不多久他就说赚了一笔钱，悔恨去得迟了，该自己赚的钱却落进了别人的腰包，可惜得很。大哥身材瘦小，典型的"精骨人"，但精力却出奇地好。他头脑灵活精于计算，又有一张能说会道的嘴，真是一块做生意的好料。

我去看他的时候正是初秋，山城正笼罩在一片茫茫的雾色里，在偌大而喧闹的菜市场，我一眼就认出了那个穿红背心腰杆只有碗口细的大哥，他正向一个买了他菜的胖女人表示客气："嫂子走好明天再来给您优惠。"一张脸都笑烂了。

想起大哥当生产队长时那种愁眉苦脸的样子，家徒四壁，一贫如洗，喂猪猪不长，养蚕蚕发瘟，硬是发不起个家。我在村上教书的时候，他常常深更半夜跑到我那里来借几个油盐钱，或者秧苗要插了找不到肥料钱，粮食下种了还欠着别人的租牛钱没给，扯公脚盖婆脚，司刀令牌都耍尽了，日子依然弄得捉襟见肘无可奈何。后来我托朋友的关系，给他在化工厂找了个临工做，第一个月领到厂里发的一百多块钱，喜得他在县城的烧腊摊上称两斤猪耳朵，买一瓶高粱酒，背个黄布口袋跑几十里山路回来，月光下敲开村小学我那破庙般的寝室房门，两兄弟对着一盏煤油灯，烧腊下白酒，一直喝到天亮。那情景使我感到兄弟间的情谊是多么深厚。化工厂的效益不好后，大哥回了家，再做过半年多的生产对长，然后去村委会辞了职，到重庆做起了这菜生意。

我站在菜市场的门口远远的看着大哥。他的生意很好，很忙碌。我按捺不住弟兄见面的喜悦之情，想有意给他开个玩笑，转过柱头走到他面前的时候，我低了头说："称两斤番茄，要个大的。"

"好呢，番茄两斤！唉，二娃子是你嗦！"大哥发现了我也是喜不自胜，一拳擂在我的胸脯上："你来麻我！"

　　我笑了，大哥也笑了。我拉过四处张望的儿子来，儿子喊着伯伯，大哥伸手就从裤袋里扯出一张百元钞票塞到儿子手里，说："跟你爸爸到动物园去看老虎，还有小猴。"儿子乐不可支地欢跳起来。我们去动物园尽情地玩了两个多钟头，回来的时候天空下起了小雨。去到大哥租住屋子里，大哥已经卖完了菜正准备做饭。没有看见大嫂的影子，我不禁问大哥："大嫂哪去了？"

　　大哥那张微笑的脸突然拉长起来："狗日的婆娘，上前天就不见了，老子邀约了几个兄弟伙去找了大半天，后来听说跟一个开拓儿车的司机跑了。找到了老子要放他的脚筋。"

　　我一听呆了，回过神后便冲大哥吼道："你硬是财迷心窍了，到底是婆娘重要还是两个臭钱重要？啥子时候了，还是生意生意的。"

　　大哥哈哈大笑起来，又一拳擂在我的胸脯上，说："这才是我的好兄弟。你看——"这时候大嫂推门进来了，手里提着一条鱼，高兴得很。我才知道大哥是在和我开玩笑。在大哥面前，我永远是那么傻气而老实。

　　在重庆的那些天，大哥上午卖菜，下午陪我和儿子玩耍，他说他做生意的经历。初涉商海，生意场上的险恶，欺行霸市的地痞作风，拉帮结派的排外习气，以及"黑吃黑"的纠纷斗殴，大哥都一一经历过了，在人地生疏的兴隆街菜市场站稳脚，争得一席之地，实在也不是一件容易的事情。离开重庆的早晨，大哥把我和儿子送到车上，又替我们买了回程的车票。重庆初秋清晨的风，已经有了飕飕的凉意，大哥站在凉风中，一直看着我们的车驶出老远。一种难以割舍的兄弟之情，竟在我的心中荡出丝丝惆怅。

1996 年 7 月 6 日于上和

妻子

　　我那位毛手毛脚动作大套得惊人的妻子说话办事从不拘小节，不久前又得个"大炮"的美名，而且有了相当的知名度。妻子对此雅称很是沾沾自喜得意非常，难以理解的我问她为何这般高兴，她答曰："我丈夫不也跟着出名了吗？"言语间，她"为妻的"极随便地拍了拍我的肩膀，完全是一副居高临下的派头。

　　对于诸如此类极为放肆的动作，我历来采取宽容的态度，好在邻里四舍的人都清楚妻子的脾性，对她那即使有些过火的言语和行为也不甚计较。

　　一次她去抱邻居家的小孩，不小心把小孩的手杆提脱臼了，痛得小孩哭天喊地，妻子对那小孩吼道："脱都脱了，哭啥子嘛哭！"然后抱起小孩就往医院疯跑。回来后我责备她："你怎么搞的嘛，这么不小心。"她却说："当初没想到小娃儿的手杆这么不经提，像豆腐做的。"后来那孩子见了妻子就躲，仿佛老鼠见了猫。

　　大年三十晚上，我提醒妻子说，腊月忌尾，正月忌头，明天是新年第一天，好歹你要稳住莫出差错。她点头称是，一副洗新革面重新做人的样子，可第二天早上一起床，她就把书柜上的花瓶碰下来打个粉碎，略略有点歉疚的她忽而脑子转了个弯，颇具调侃地说："打破一个旧世界，创造一个新世界。"然后捡起地上的碎玻璃片片顺手就甩到门外，并骂一句："闯他妈的鬼了！"

　　一般情况下，我不去招惹我那妻子，她凶起来的时候不亚于一颗炸弹，而且口气大得惊人——要把一应的家私连同我一起搁平。腰杆有三尺二寸粗的她，全然不把我这个风车架架放在眼里。有一回我准备豁出去了，扬起我那曾被妻子戏称为"筷子头上顶个汤圆"的拳头，正准备落下去，可在她一声河东狮吼"你敢！"的震慑下，我那该死的拳头怎么也不听使唤地垂了下来，丢尽了我那张虚汗淋漓的老脸。"老娘不是给你提劲，一推你一个趴扑。"妻子说着，又用鼻子哼了两声，鄙夷不屑地，然后甩门而去。这时候我才意识到"身体是革命的本钱"。

　　一会儿回来，我那妻子就忘了刚才的不快，人还在门外，就大声武气地喊："小马,饭煮熟没得?"让你哭也不是,笑也不是。

说到做饭,我那妻子也真是"黄"得可以。她平时不是把干饭煮成稀饭,就是把饭煮得焦糊。炒菜,她只奉行一条原则——煮熟。别的她就一概不管。家里来了客人,她晓得扬长避短,主动陪客人扯南天盖北网去冲她的翻山壳子,把下厨的任务交给我一个人去赤膊上阵,不知内情的人还以为我这位"贤内助"里里外外都在行,而且口才还不错。有一回我母亲从老远的乡下来,恰巧我出差去了,她怕煮饭现丑,便把母亲带到外面的馆子去美餐了一顿,在母亲那里,她还落了个孝顺媳妇的美名。我多次劝她把煮饭炒菜的技术提高点,可她却说一山不藏二虎,有我就够。

假期中读钱钟书先生的《围城》,看到过这样的话,说男人是女人的职业,没有丈夫就等于失业,所以女人该牢牢捧住男人这个饭碗。我不无得意地翻书给她看,然后阐述男人在家中的核心地位,并且意味深长地暗示她:外面的世界很花哨。但我这位妻子根本就不吃我这一套,她饥笑说:"凭你那副尖嘴猴腮的长相,懒蛤蟆也想吃天鹅肉,白日做梦!"

我看实在气不到她,就决计耍一个花招。

一天上午,妻子正在办公室忙着,我便蹓到她隔壁办公室给想象中的"情人"打电话,声音大到估计她刚好能听见。半个小时后我一出来,果然她就把我叫住,问我背着她给谁打电话了,我假装支支吾吾闪烁其辞,妻子一下就来了火:"好哇,你当我是聋子不是,你搂着自家的老婆去想外头的女人,好大的胆子。从明天起,把一分一厘都交出来,再给老娘把烟戒了!"我知道妻子说话是要算数的,眼看偷鸡不着反倒要蚀把米了,这才慌得赶忙向她陪了笑脸,如此这般语无伦次地解释,说那全是假的。但妻子圆睁大眼柳眉倒竖,"假的,假作真时真亦假,话从你嘴巴说出来,有啥假头——爬!"我知道多说没用,只好灰溜溜往外走,可才走到门边,就听见她在背后咕咕直笑,待我转过头,她再也忍俊不禁了,一阵大笑后,她把桌子上的电话机往我面前一推,又指着隔壁说:"你不知道那边的电话和这边是串在一起的?!你在那边说的时候,怎么没想到我在这边听,你一个人说得还挺带劲嘛。告诉你吧小马,在老娘面前玩把戏,你还嫩了点。"说毕又是一阵大笑,笑后又拍了拍我的肩膀,并不无揶揄地说:"什么时候把你的哑巴情人带回来让我瞧瞧她那光彩照人的小模样如何?美若天仙吧,不然怎么把我的小马迷得如此神魂颠倒呢?"

我妻子的嘴,也不是一盏省油的灯。与此近乎幽默的故事实在不胜枚举,与她斗智也罢斗勇也罢,说出来不怕见笑,吃亏的多半是我。

1995 年 11 月 11 日于上和

田进志

田进志是个水淹到嘴皮都不着急的人。打谷月份，人都忙起火了，但中央人民广播电台十一点钟的评书他照样收听不误，一个砖头大小的收音机挂在拌斗耳朵上甩一甩的，音量开得特别大。讲到精彩处，他索性坐下来听，叫妻子回去煮午饭。两三根烟抽完，直到评书艺人一句"要知后事如何，且听下回分解"，田进志这才意犹未尽地立起身，勾起腰杆将拌斗里的水谷子往箩筐里撮。

"龟儿子是他妈个恍恍，八十岁都不知事！"田进志的老爹气不过，逢人便骂。邻里四周的人也说田进志"确实是他妈个恍恍，没得出息。"

二十年后的今天，田进志和我面对面的坐着聊天。

"记得你刚结婚的时候，家里穷得舀水不上锅，吃了上顿没下顿，但你点都不着急，你的心态似乎特别好。"我说。

"在生活条件很孬的情况下，人想开点好些，不然活起来就太没意思了。"他说。

"当年和你在一个村子里的人，现在都没有你过得好，你有没有想过其中的原因？"我问。

"实事求是地说，他们要比我差点，但客观地讲，我也有我的运气。这里我可以给你讲一个故事：我当初出去挣钱，是到一个工地上提灰桶儿，一年过后我就成了个小包工头，专管手下的十几个泥水匠，还把我妻子叫到工地上来煮饭，但还没煮到两个月，工人们就说我两口子算计着吃了他们的钱，我妻子和他们较上劲了，工人们撇开我妻子不管，反转来把我按在地上一阵暴打，打得我鼻青脸肿口里吐血，还把我的手指整断一根。我妻子气得拖把菜刀开路，要回老家把他的舅子老表等喊到工地上打架，我好说歹说把妻子劝住。等到伤好后，我把妻子记账的本本丢给工人们看，看过之后，那些"毛棒锤"才知道错怪了我们。但我没要他们赔一分钱的汤药钱，后来这帮兄弟成了我的铁哥们。他们一直跟着我共同奋斗，经过二十年的摸爬滚打，我成立了现在这家房地产开发公司。"田进志慢条斯理地喝茶，不紧不

-203-

慢地说话。

  我说:"你一直喜欢听评书,现在还听不听?"

  田进志说:"积习难改,现在也听,只是把听收音机改成了看电视,电视有画面,形象生动得多。"

  说到这里,田进志把手中的遥控板一按,准点准时,中央台的"电视书场"节目又开播了。田进志说:"我们先看节目,等会再聊。"然后就把眼睛落到电视上,不再理我了。

2003 年于报社

刘远成

从部队转业回到农村老家的刘远成太懒了，半年时间都不想下地干活。但他每天早晨总是起床很早，起床后的第一件事就是带着妻子去屋门外的垱塘洗衣服。

在垱塘边的青石板上，两口子搓揉起的肥皂泡子堆起老高，把人的脑壳都遮了。垱塘边淘菜的，洗蚕簸的，滚牛水的，既羡慕又嫉妒："他哥子有退伍费，买得起肥皂，该他玩格。"

刘远成的父亲起初还把儿子媳妇当成宝贝，但逐渐就看不惯了。"树大分叉，儿大分家。"老两口就把小两口分出去了。

刘远成夫妇在新修的房子里没住多久，妻子就说那房子安不得身，到了傍晚，总看见厢房门口有人影子晃动，几次差点把喜脉都吓脱了。不得已，刘远成只好重新选址。"湾湾屋基嘴嘴坟。"稍微懂点风水皮毛的刘远成便自作主张把房屋迁到一个深湾里。

但奇怪的事情依然有。新建的房子屋梁上隔三岔五总有嚓嚓的声音，尤其是黑灯瞎火的时候，听起来更让人发怵。闹鬼吗？搞不懂。刘远成用鸟枪打过几回，仍然镇不住。别人说他妻子看见的所谓人影子，实际上是树影子，屋梁上有响声，是新木料遇高温在裂口。但刘远成的妻子整死人不相信。刘远成无奈，又只好另外搬家。

这样一折腾，刘远成的退伍费用得精光，日子每况愈下，已经到了饭都吃不饱的地步。

"饥寒起盗心。"两口子开始晚上作业。当过兵的刘远成枪法准，他趁着朦胧的夜色，鬼头鬼脑的钻院子，瞄准在瓜棚架上过夜的肥母鸡，二拇指轻轻一抠，汽枪子儿不声不响出去，母鸡便一个倒栽葱跌在地上，刘远成拣起就走。回到家里，妻子也早就把别人地里的包谷，南瓜一类的东西背回了屋。

但时间一长，种种迹象表明两口子手脚不干净。邻里乡亲的钱粮借不到了，各家各户还加强了防备，偷东西已不容易，而且要账的人也接连不断。两口子饿得鸡颈子比鹅颈子还长，更可怜的是两个娃娃，饿得黄皮寡瘦死蔫蔫的。

　　刘远成老丈人是乡上的小干部，听到这些风声后大发雷霆，火冒三丈把两口子喊到家里臭骂了一顿，然后出资给两口子在街上租了一个门面做副食生意，连铺底货的本钱都老丈人出的。但好吃懒做惯了的两口子，做生意也打不走，三五几个月就把店铺搞个光架架，气得刘远成的老丈人捶胸顿足，嘴里只顾喊"爬！爬！爬！爬得越远越好！"

　　刘远成两口子在本地已无法立足，只好拖娃带崽远走他乡自谋生路……数十年后的今天，刘远成老家的人提到刘远成，都是一板腔：他娃最好莫回来。

2003 年于报社

周昌德

周昌德是个五大三粗的汉子，凡事不求人，撑硬头船。他在将自家的草房改造成瓦房时，拒绝别人帮忙。立石柱头是最费力的事，但他两口子坚持用滑轮拉，九根柱子半天时间就立起来了。送公粮挣工分，周昌德大箩筐上加小箩筐，小箩筐上加围席，他一人顶两人，凭力气，他比别人挣的工分多。后来土地承包到户，周昌德凭着旺盛的精力，又开始大造梯田，他把坡儿尖尖上的荒滩石谷子地都砌起田坎，结果田里蓄的水漏得一干二净。周昌德仰天长叹。

垂头丧气的周昌德由此性情大变，两口子常常为些鸡毛蒜皮的小事大打出手，后来干脆分灶吃饭，分铺睡觉，妻子气不过，一怒之下跑到外省去打工。

大儿二儿早过了结婚的年龄，却无人提亲，眼看就要打光棍，于是老大老二先后跑江湖走了。那年，小儿15岁，读初三。

还算争气的小儿子后来考上了中专，周昌德喜得人都快疯了，从此更加省吃俭用，东拉西扯供小儿读完中专。毕业后，参加工作的小儿子接周昌德到单位上去住。时间一长，周昌德住不惯，拼死拼命要回老家。儿子无奈，只好由他自去，每月寄几十元回家。周昌德舍不得用一分，全部放进装谷子的柜子里。几年下来，周昌德竟存了好几千。用这些钱，周昌德从镇上棺材铺里比着自己的身子购回一口棺木，冬天气温低，周昌德干脆就躺在棺材里过夜，只是在盖板上留一条缝透气，感到比在床上睡还舒服。

一日天下大雪，历经多年的老朽房屋不堪积雪重压，轰隆一声塌了，断梁破瓦砸在棺材上，把周昌德吓得魂飞魄散，他卷起铺盖就往小儿子单位上跑。

现在，周昌德经常带起孙子满街走，有时也帮着儿媳买点菜，收拾屋子，还学会了下象棋、打麻将，闲下来也和别人在牌桌子上大声武气的吼："三筒，二万，和了"。只是输的多赢的少，但日子到底比原来滋润了许多。

张国海

张国海因为上课偷玩十点半（一种扑克牌赌博的游戏）被学校勒令退学，十四岁老大不小的，搞农业生产欠缺体力，做生意买卖又没经验，文也文不得，武也武不得，几乎成为一个废人。

山乡野寨的人横不讲理的多，像张国海一般知东不知西的"半截幺把儿"更多。三个一伙，五个一群，长期厮混，到了十七八岁，就开始干起为非作歹的事。

张国海把黑道上的人个个当成英雄，开始与那些烂滚龙称兄道弟，抽烟、喝酒、偷窃、追赶妇女……出道第一次是跟着几个学了几天武术的人去打群架，双方都邀约了十多人，在场口河坝上拳打脚踢，套路没得套路，散打不像散打，后来累得抱的抱头拖的拖脚，衣服裤子扯得稀烂。派出所的民警一声吼，个个吓得躲的躲，藏的藏，路跑得慢的被逮住，其中一个就是张国海。

张国海被拘留出来后向邻里四周吹牛，说顿顿吃的都是鸡鸭鱼肉，吃的好喝的好，警察把他当了个人看。但到底过得如何，他自己心里最明白：差点把肠子都饿断了。有了前车之鉴的张国海感到走黑道行不通，决定金盆洗手重新做人。经过三天三夜仔细思考反复琢磨，然后跑到一个乡农机站花500块钱将一台半新的手扶拖拉机买下来搞运输，买来的当天上午就在当地一所学校的操场上左一拐右一拐练习开车，一阵手忙脚乱之后，张国海认为手艺学到家了，于是就把车子往家里开。"黄棒"开车不但胆子大，而且飞快，不管高崖急弯陡坎，只顾往前冲，大有"老子眯倒眼睛都可以把车子开拢屋"的感觉。当然也就出事了。半途中遇到另一个开着拖拉机的"黄棒"迎面而来，把张国海挤到路边的水库里，车子和人只冒了几个气泡，一下就不见了影子。待张国海几经周折浮出水面，别人早已开车跑了。

运输没搞成，张国海倒先赔了一坨钱。

后来张国海又搞了个砖瓦厂，聘请周围十几个农民给他揉泥巴，泥巴揉得稀烂，烧出的砖瓦却卖不脱。由于长年的烟熏火燎，张国海自己搞得灰头土脸黑不溜秋像个非洲人。形象不好加之口碑又差，一屁股烂账带在身上，今天张三要，明天李四逼，弄得张国海东躲西藏安不得身。到四十岁，张国海才讨了个二癫二癫的寡妇，还好，寡妇给他生了个儿子，儿子乖得十乡八里找不出第二个。张国海彻底心安理得了，整天背着儿子上幼儿园，一口一个幺儿，捏在手里怕捂死，伸开手指又怕飞了，儿子简直就是他的命根。张国海说，我这辈子没指望，就看我儿了。

2003 年于报社

张二娃

　　张二娃是我小学的同班同学。课堂上话多，经常管不住自己的嘴巴。老师转过来在黑板上写字，他就找同桌说话。但他的成绩很好，经常考第一名，所以老师特别喜欢他。

　　张二娃课余时间喜欢吹牛。有些是他道听途说的，有些纯属凭他脑壳发热随便乱编的。比如他说日本鬼子比中国人傻得多，每回打仗，双方打到最后拼刺刀，小日本就抱着枪咿哩哇啦往前冲，哪晓得中国人的枪里还留着一颗子弹，日本人还没跑拢，中国人就把日本人的脑壳打个洞。所以日本人根本没得中国人精灵。我当时很相信这句话，因为我看到的战争片中，凡是中国人和日本人打仗，没有哪一回日本人是打赢了中国人的。他还说中国人的武功也很了不起。一个日本人和一个中国人赤手空拳打架，日本人一拳向中国人肚皮打来，中国人站在那里动都不动，等到日本人的拳头刚刚挨拢中国人的肚脐眼，中国人使力将肚皮一缩，日本人的拳头擂进去就扯不出来了，中国人趁势在日本人的脸上一边一耳光，然后将肚皮一鼓，呼的一声就把日本人耸到半天云上，最后日本人落下来摔在石头上，摔成渣渣。但张二娃说不是每个日本人都没得本事，日本的特务就凶得很。我问他日本特务究竟有多凶。他说一是跑得快，火车都撵不到，跑起来只看到一个影子在晃；二是会土遁，眨个眼睛就钻到泥巴里头去了。我听了吓得站不稳脚。张二娃说你用不着怕，中国的侦察兵还要凶些，跑起来的速度比子弹都快，而且人还会变，想变个啥子就变个啥子。我一听又放心多了。

　　张二娃读到初中二年级就辍学了，原因是家里的房子遭了火烧，无钱再供他上学。我读师范学校的时候，他就跑到重庆去做水果批发生意，听说是用火车皮拉。等到我从学校毕业出来教书到第五年，他已经挣到好几十万。那个暑假他回来看我，简直变得认不出来了，人长得黑蛮黑蛮的，肚皮鼓起皮带都捆不稳。他说他刚去了一趟新马泰,把娃儿弄到肩头上搁起,骑着他的脖子走洲过国,玩不尽的玩意儿。我说如果你钱多得用不完了我们下年到日本去玩一回,我请客你出钱,我们去看看日本人是不是还像当年那样喜欢在鼻梁根下面留一撮毛。张二娃说啥子毛不毛的,自己嘴巴闭紧点,话说出了格,影响两国人民的关系。

2003 年于报社

王先明

十六年前我师范学校毕业去一所乡中学报到，校长外出办事未回，教导主任王先明正坐在寝室外的一棵芭蕉树下闭目养神。我把他叫醒后作了一番自我介绍，并把口袋的烟摸出来递一支过去。王先明反复看了看烟的牌子，又拿近鼻尖嗅了嗅，然后拿出风油精往纸烟上面滴了几滴。在他把烟叼上嘴巴的时候，我连忙把火凑拢去给他点燃，但他吸了一口后就把烟丢在了地上。我当时恨地无缝，那烟是五角钱一包的。

王先明和我一起工作了四年，关系不好不孬。第一个学期期末考试结束那天正好是王先明的生日，他请学校所有的教职员工去吃酒。我们几个单身教师商量过后决定每人送他20块钱。他收钱的时候有点皮笑肉不笑的样子，我们知道他嫌钱送少了。中午他把我们安排在学校伙食团甑子背后的一个角落里，不予理睬。等到其他人酒都喝得差不多了，临近下席的时候，他带着一帮他的哥们儿，每人拿瓶酒来，非要和我们对端，碍于教导主任的情面，我们不得不听从安排，这样，他三五两下就把我们灌得爬起走。不胜酒力的我醉得惨不忍睹，当场就成了一滩软泥。他叫几个学生把我抬到卫生院去输液。医生奚落我说："像是饿死了来投的胎，八辈子没喝过酒，丑死先人。"

王先明是川大的本科毕业生，也是这所学校学历最高的。他说他教初中化学无异于高射炮打蚊子，大材小用。所以他对我们这些学历比他低的人根本看不起。他看不起我们的另一个原因是他比较有钱，他的老婆是街上卖服装的个体户，结婚才一年多家里就置备了彩电冰箱一类的高档电器，另外还有几千块钱的存款。他说在这个场镇上敢和他相比的还没有，包括乡党委书记和乡长。

听说王先明刚教书的时候还是很认真，学生的成绩也不错，但自从当了教导主任后就不一样了。他说当领导的职责主要是搞好管理，是协调各方面的关系。他对校长说学校的外部环境很不安定，他搜集到的情况是有好多二杂二杂的人都想到学校来闹事，学校必须要有一个能力非常强的人才压服得了。他毛遂自荐，说自己愿意去担此重任。校长心想你教导主任主动请缨去管一管当然是好事，于是当时还表扬了他一番。

社交上确实有他的长处，转瞬之间他就和社会上三教九流的人混得滚瓜烂熟，课堂之外的时间基本上都和别人搅在一起，吃饭喝酒，抽烟打牌，提劲打耙，啥子都来。渐渐地，就失去了作为一个教师的本来面目。而且一发不可收拾，把教书当成副业，有时候懒得去上课，就叫学生上自习。学生有意见不敢提，老师看在眼里不做声，后来校长知道了，就找他去谈话。他对校长说，仅仅是一个班的化学嘛，学生成绩下降点没关系，如果整个学校闹成一团糟就麻烦了。

教书的不负责任，学生与他有了对立情绪。有几个平时就比较调皮的，更是和他唱对台戏。王先明急得脸红筋胀拳头都捏出了水想打人，但毕竟自己只有一米五的个儿，身体又单薄，万一惹毛了学生和他对打，自己如果没打赢，岂不把一个教导主任的面子丢失殆尽？左思右想，王先明终于想出了一个自认为绝妙的主意。某一日他把一个捣乱的学生喊到离教室远远的厕所边，一边问情况，一边趁学生不注意的时候，突发暴力，一拳把那名学生打倒在尿槽边，然后转身大步流星地走了。待学生爬起来想发作，却早都不见了王先明的影子。

有了第一次的胜利，王先明过后如法炮制，在他所教的班级里连续打了好几个学生，但这种方式不仅收效甚微，而且引起了学生的强烈不满。几个挨了"冷坨子"的学生私下合计，即使冒着被学校开除的危险，也要出一口气，于是就设下圈套，让一个学生在课堂上和王先明瞎扯，待王先明恼羞成怒动手打人之际，几个人蜂拥而上，把王先明按倒在地并反剪了双手，一个学生改下皮带把他的手腕捆牢，另一个学生解下皮带把脚杆捆牢。几个学生然后规规矩矩的回到各自的座位上做作业，一声不吭。王先明碍于面子，又不敢声张，在地上蹬了无数遍却爬不起来。第二堂历史课，校长走进教室，看到课桌间的过道上躺着一个人，走拢仔细一瞧，顿时惊出一身冷汗，校长连忙问是哪个把王主任搞成这样的。学生一律不开腔。王先明说翻天了翻天了，牛圈门口都没跨出就敢打老师。校长忙叫几个学生去解了皮带，把王主任送回寝室，然后听候处理。

几个学生晓得今后的日子不好过，所以没等校长来找他们，中午的时候背起书包就回了家，从此没再来学校上课。王先明也没再去过问，他清楚事情闹得越大对他越不利。但毕竟好多学生都知道这件事，不久就在场镇上传开了。第二学期，王先明辞去了教导主任的职务，申请调到离乡中学很远的另一所小学去，一直到现在都没回来过一次。

2004年于报社

第五辑 故乡人物

父亲

　　当我真正懂得父亲二字含义的时候，父亲已经去世将近十年了。今天，1997年12月17日，我和我的学生一起做同题作文《父亲》。于是，关于父亲的诸多往事就在脑海里浮现出来。

　　父亲活了六十三岁，这六十三个春秋对于父亲来说，可谓含辛茹苦。父亲才一岁多点，祖母就去世了。农活繁重的祖父便把父亲放在耕作的田地边，父亲在风里雨里摸爬滚打。缺吃少穿的日子，这种贫寒的生活就在父亲幼小的心灵里留下了深刻的印象。父亲在八九岁的时候，祖父节衣缩食，把父亲送进了私塾，懂事的父亲在私塾里非常刻苦，不仅学到了许多知识，而且练就了一手漂亮的毛笔字，至今我偶尔翻开父亲当年的习字本，仍然感慨万千。大学毕业并且经过专门训练的我，毛笔字依然无法望其项背。

　　父亲一生做事严谨，从不马虎。对拖泥带水的我们，父亲看在眼里，形于脸上，他那种威严的气势常常压得我们喘不过气来。我小时候和父亲一起劳动，也只能低了头，默默地不敢说一句话。"认认真真做事，老老实实做人"。父亲的教诲一直鞭策我至今。

　　我的童年比起父亲的童年来说要好得多，但这种优越的生活我们却无法理解为幸福，特别是对父亲那种近乎苛刻的要求我们甚至有些反感。在心底里在行动上我们都没有去亲近父亲的愿望。只有母亲，只有母亲千般的慈爱和百般的呵护，我们才感觉到严冬里还有一缕温暖的阳光。

　　在我早年的记忆里，父亲总是那么不苟言笑。这我知道，他完全是为生活的担子所累，一家七八口人吃饭，大的大，小的小，不周密计划，不精心安排，不躬身劳作，一家人的温饱不会从天而降，所以父亲那时当然没有多少快乐的日子，脸上也就没有那么多的笑容了。

　　姐姐和哥哥渐渐长大后，可以为父亲分担一些农活了。我也开始上学了，这时候，父亲的脸上才时常出现愉快的微笑。他教我们读书，教我们写字，也在寒冬深夜里坐在床上给我们讲故事。我才知道一向威严的父亲，心里其实也有一颗关爱我们的心，只是他表露的方式和母亲不一样罢了。

　　父亲很看重我们的成绩，他经常在劳作后的夜晚乘着月光去小学校的老师那里打听我们学习的情况。每学期的通知书他都要过目，而且认真地写上意见。每当我们捧着奖状或奖品回家时，他总是比我们还高兴，而且这种高兴会持续好多天。

　　初三的学习很紧张，又面临升学的压力，父亲便包揽了一切的家务活，他让我有更充裕的时间，坐在煤油灯下好好温习功课。临近毕业填报志愿时，父亲讲了他对我多年来的希望。父亲说你报中师吧，将来当一名老师，老师多好啊，天晴落雨都在屋里，不晒太阳也不受雨淋，生活安定，一辈子不愁吃不愁穿。这些朴素的语言深深地感动了我，于是我怀着对老师崇敬的心情报考了中师，后来也实现了父亲的愿望。

　　现在想来，如果当初没有父亲对我的教诲，没有在我填报志愿时他那番透彻肺腑的规劝，也许我走的是人生的另一条道路。今天，我有机会和我的学生一起坐在课堂里写这篇关于父亲的作文，我要感谢父亲当年对我的规劝，同时，也算是对父亲去世十周年的纪念吧。

1997 年 12 月 17 日上午于上和

第五辑 故乡人物

钱友瑞

钱友瑞是个癞子。小时候一场湿瘟病，前额和头顶上的毛发脱个精光，人称顶光公社毛边大队。相亲的时候，为蒙蔽女方，就把时间选在冬天，头上戴个黄帽子，帽沿外依然可以看见黑漆漆的头发，所以没引起女方的怀疑，结婚后女人看见他那颗光亮如灯泡的头颅，心生厌恶，却又因为生米煮成了熟饭，只好自认倒霉。

钱友瑞有过短暂的辉煌，在本乡任过几个月的乡长，后来被撤消职务解甲归田。听说他把公家的银元拿回家中，然后放进坛子窖到田里，不料被知情的人点了水，事情败露。也不知当时他采取了怎样的手段，最终把脑壳保住了。回乡后他有些愤世嫉俗，性情变得古怪刁钻，家里家外，让人既恨又怕。

上个世纪七十年代初期，他瞅准了一个管理大队苗圃的轻闲职业。苗圃就在大队小学的旁边，学校厕所的粪水归苗圃使用。调皮的小学生下了课一窝蜂往厕所跑，小个儿的挤不拢边，尿不能入槽。每每下课时分，钱友瑞就蹲在厕所附近不显眼的地方，把情况看个一清二楚。上课铃声响后，学生陆续进入教室，老师清了清嗓子正准备上课，钱友瑞也不打一声招呼，直接把他想教训的学生喊出教室。中午集体放学，他首先站到讲话台上，第一句话就是"贫下中农管理学校"，唬得老师学生不敢开腔。

外面处事霸道不说，在家里更是他一个人说了算。都说皇帝爱长子，百姓爱幺儿。但钱友瑞对幺儿的态度几乎到了非常苛刻的地步，一旦犯了错误，就在地上划碗口大两个圆圈，叫儿子双膝跪在圈里，不等他发话不准起来。老婆来劝说，钱友瑞鼓起核桃般大小两个眼睛问老婆的皮子是不是在发痒。老婆见事不对，大气不敢出响屁不敢放，只好往厨房里钻。这样时间一长，小儿子也养成一种倔强的脾气，凡事对着干，以死相逼。有一天，儿子放学回家晚了，钱友瑞又要对其重罚，儿子一气

-217-

之下把自己箱子里的衣服翻出来，倒上煤油点火烧成灰烬，还和老子扭打成一团往崖下滚。自此之后，父子之间的隔阂越来越深，形成了永远不可调和的矛盾。

　　钱友瑞文化不高，只读过几天私塾，但比起一字不识的乡里人来说，他又算是个有点知识的人，所以说话处处抛文驾雾，咬字眼儿，让人稀里糊涂钻圈套进口袋。有一年夏天，一个钓野鱼的小伙子在他屋外的溪河边垂钓，就因为蹲在他的自留地边踩紧了泥土，这下好了，他缠着小伙子不放，必须要求人家说个清楚。他问小伙子啥叫姜太公钓鱼，小伙子被搞得面红耳赤回答不上，钱友瑞说你连姜太公钓鱼都不晓得还钓啥鱼？又问小伙子是哪里的人。小伙子说家在街上，钱友瑞说你住街上就不得了了是不是？但我这乡坝头的人就不怕街上的人。小伙子忙说不是这个意思。钱友瑞说不是这个意思又是哪个意思？小伙子急了，就说我今天踩了你的自留地你要我赔钱就明说嘛。钱友瑞说你这岂不是在坏我的名声，我哪个时候问到你要钱了，嗯？我姓了一辈子的钱我还缺那两个钱用。不是我要你赔钱，赔钱是你自己说的，你就赔我十万八万，赔不起你就回去把你屋老汉给我搬来——你说你屋老汉叫啥名字？小伙子只好又说自家老子姓甚名谁。钱友瑞听后"唔"了一声说，既然张三兴是你屋老汉，你咋不早说呢？你早点说一声不就屁事没得了，张三兴，我当乡长的时候他穿一件黄夹袄，走路一跛一跛的，还给乡上伙食团担过几天水，他化成灰灰我都认得。要是他来钓鱼我还要请他吃饭。钱有瑞就这样绕来绕去把弯绕够了才放人走路。

　　钱友瑞这副德性一直到了晚年也没改，弄得妻嫌子不爱，儿女们各散四方，眼不见心不烦。现在老婆到幺儿家照管孙子去了，他一个人缩在屋里，走一步哼一声，有时候连饭都搞不到吃，儿女们一年半载来看他一回，拿点钱粮了事。周围的人不仅不同情，反而认为是他年轻时候没积德，老了该受遭罪，自作自受。

2004 年 7 月 17 日于报社

三弟

一

　　四十年前,端午节后第十二天,三弟在楼房沟一个名叫烟土的屋子出生了。房子是新修的,壁头都还没夹好,有凉飕飕的风吹来,不热,也不冷。接生婆是乡下一个普通农户,我们叫她幺表婆,那时候幺表婆的男人还在,但已经得了肺结核,做不得重活。为了找点零用钱,幺表婆学了接生的手艺。母亲发作的时间来得突然,又在深夜,来不及去乡场上的医院,父亲就在地坝边用力咳了一声,清了清嗓子,扯开喉咙就喊:"幺表娘,我婆娘怕是要生了咯,麻烦你过来剪一哈要不要得?"

　　幺表婆其实只带了一把剪刀,还是放在裤儿荷包的。她进屋不到十分钟,三弟就降生了。母亲生三弟是最轻松的,生下来后也很好带,尽管五黄六月欠缺吃的,母亲奶水略显不足,但三弟仍然长势良好,一天不同一天。

　　八岁的时候,三弟还没上学。他白天捡狗粪,晚上去给大姐搭伴。三弟做事一向执著,从不见异思迁。他捡狗粪,总是天天和一个姓陈的伙伴一起,早晨一次,上午一次,下午一次,他童年要好的伙伴几乎就此一人。我当时也捡狗粪,却是四个人吆约在一起,尽做些偷工减料的事,背了大人的眼睛就贪玩好耍,打扑克,滚铁环,斗鸡,打水鸭子,打碑,砍蹦钱。但三弟却实在得多,粪筐捡满了,老老实实的提回来倒在粪坑里,不声不响又出去。寒冬腊月,雨打风吹,脚指拇冷得像针锥,我缩在屋里不出去,但三弟照样满坡跑,两个耳朵吹得通红,他咬着牙不叫一声苦。父亲经常夸三弟做事沉着,说我是个恍恍。

　　管他恍也罢,懒也罢,只要好耍,挨顿骂也是不要紧的,我的性格生来就是这样。而三弟又是个经不得表扬的人,只要有人给他"粉"起,他心里比什么都快乐。这也许是他与生俱来的性格。因为我清楚的记得，在他大约三岁的时候，有一次母亲叫我去把后门关了，免得冷风吹进屋，但三弟争着要自己去关，我偏不让，三两步跑去一推就把门关了，三弟却哭闹着不依不饶，最后，母亲不得不去把那扇门打开，让三弟重新去关上。母亲对三弟说："我三娃儿乖。"三弟偎在母亲的怀里，心里乐滋滋的。

我心里想，那完全是充假行式。

三弟给大姐搭伴是每晚风雨不改的事。大姐家离我们只有四根田坎，一里路。那时大姐夫在外地粮站工作，平时很少回家，大姐白天做工分，我的外甥无人看照，就放在我们家里给她带，晚上又给她送回去。三弟说是晚上去给大姐搭伴，实际上就是去带人。这一带就是三年。三弟七岁了，本应该上学读书，但考虑到外甥太小，父亲叫三弟晚一年上学，三弟也没什么怨言，直到八岁才上小学，整整耽误了一年的上学时间。

三弟从上学读书以来，成绩一直很好，总是班里前三名，小学毕业进入初中，到初三的时候，因为成绩优秀，表现突出，全班选举他担任班长，升学考试前，他被评为全县三好学生。这个荣誉，竟然起到了至关重要的作用，因为县三好学生在升学中可加10分，说来真是太巧了，预考和正考，三弟五科总成绩加上10分后，两次都是刚好上线，不多一分也不少一分。真是天遂人愿，既减少了他重读初三给家里带来的负担，更重要的是顺利考上师范学校，脱离了农村的苦海，吃上了令无数人羡慕的皇粮，对他的一生也是一个重要的转折。

虽然我比他早一年考上师范学校，但比起他来，自觉逊色得多，因为我是复习了两年后才考上的。师范学校三年，我和他在同一所学校共读了两年。在他上学的第二年，也就是我毕业的那一年国庆节，学校放三天假，他一个人独自回家突击农忙，为年迈的父母分担一些体力活，我则跑到几个同学家里去玩，三天过后回校，三弟告诉我，家里红苕要挖，田土要犁，麦子要点，粪水要往坡上担，堆积如山的农活，忙得父母起早摸黑披星戴月，人都瘦了一大圈，你却一个人跑出去耍，乐以忘忧的，父母都埋怨死了，看你后头怎么回去交待？

想来也是，三天国庆，耍是耍了，玩得开心，过得愉快，但到底在家里最需要帮忙的时候，却独自一人远走他乡不回家，实在惭愧。

师范学校三年，一晃就过了。我毕业后分到老家的村小学教书，一年后，借调到乡中学。三弟毕业，也分到我第一年教书的村小，接了我的班，教小学五年级。

他以校为家，吃住都在那间破旧的办公室里，他能耐住寂寞，不像我，有一个学期跑回家去住，吃母亲的现成饭。

村小学条件的艰苦我是领略过的，无水，无电，买米买菜要去三里外的街上。天晴一身灰，雨后一身泥。热天汗流浃背，冬天屋不遮风。更为恼火的是，一到夜里，形单影只，连个说话的人都没有。而且乡间二杆子、杂瘪以及盗贼一类杂七杂八的人又多，偷盗、抢劫、要挟、肇事、无理取闹等等，都得去应对。记得三弟教书的第二学期开学，收了学生几百块钱的学费，当时保管在办公室里。家中有金银，隔壁有等称，世上没有不透风的墙。学校附近的几个杂瘪就动了心思打起主意。晚上看到兄弟办公室的灯灭了，就在窗子的缝隙处窥探，借着模模糊糊的月光，三弟发觉有些异样，立刻明白遇到几个想钱的了，那可是全班30几个学生的学费啊，怎么丢得？于是拿着那坨钞票夺门而出，高一脚低一脚飞也似的往大哥家里跑，而身后的黑影却时隐时现，气喘吁吁的三弟把钱交给大哥，说一声有贼，就瘫坐在地上。大哥拿杆鸟枪出门朝天放了一枪，才把几个盗贼镇住。于是有惊无险，一夜无事。

虽然钱没有丢，但这件事情过后，三弟做事时时小心，处处谨慎，从不敢疏忽大意。这习惯，他一直保持至今。

一年后，三弟凭着教书认真负责的态度，以及班平成绩在全乡数一数二的业绩，被校长点名从村小调去了中心小学。中心小学也是三弟考上师范学校时读初中的学校，从那时的学生到现在的教师，和他共事的，很多人与他既有同事关系，又有师生关系。所以，他的人缘还不错。

正因为有了较好的人缘，也就有不少的热心人给他介绍朋友。从恋爱之初到结婚安家，以至后来弃教从商，大起大落的人生命运，经历的坎坷和挫折可谓不计其数。这一切，从初始的选择就注定了他以后的走向。

最初的那个女朋友是他初中的同班同学，初中毕业时没考上，复习一年后才升上学。三弟教书时，她还在师范学校读书，这位同学未来的工作单位无疑也是如今的中心小学，因为当时中师生的分配基本遵从回原籍的原则。这当然是一件大好的事情，不少人羡慕都来不及。给他介绍朋友那位老师总结了五点好处：一、都有工作，吃国家供应，比一工一农强，因为工作之余不再回乡下做农活，疲于奔命；二、子女的户口得以天然解决，因为子女属母，母亲吃供应，子女照样吃供应，长大后还安排工作；三、夫妻同一个单位，不花精力伤透脑筋的调动，早晚作息时间一致，便于生活安排；四、文化程度相同，又都是教师，共同语言自然较多，遇事有话说，好沟通；五、对今后子女的教育有好处，书香门弟之家，从小耳濡目染，守规矩，好学习，孬死了都有几成。

可以说，这些想法无一不正确，三弟也听进去了。但到底缘份由天注定，有心栽花花不发。三弟与他那位初中同班同学交往了两三个月，终因一些不愉快的小事告吹。

结下来他与本村在街上学医的一个女子开始了恋爱，如胶似漆的过了一段时间后匆忙结了婚。结婚没办宴席，没举行仪式，比较时髦的出去走了一转。三弟美其名曰响应党的号召：一切从节约出发，婚事从简。从简倒是从简了，花钱也没花啥子钱，可就是没有听从双方老人"还是应该办一台"的意见，过后惹得两边都叽哩咕噜的说空话，一边说"儿都带得起，我酒席办不起才是怪事。"另一边说"既然养得大女子，我也办得起陪嫁。"其实双方都在争面子。

正因为老的不愉快，自然也就牵扯到小两口的日常生活，夫妻二人都去劝，但就是按不熄火，焦人。偏偏三弟又是个急性子，三五两句说走了火，一下子得罪了岳父母，岳父母过后半年都不来上门。

从结婚开始，三弟婚后的生活基本上都不平静，而是过得波澜起伏，冷暖交织，就像一根抛物线，曲曲折折，弯弯拐拐，向前延伸着，曲鳝滚沙一般。

空闲时三弟和我坐下来摆谈，一说到结婚该不该办酒席，我总是不无感慨地又半开玩笑说：到底是听党的话，还是听爸妈的话？一方面，党的恩情比海深，另一方面，母亲生了我的身。一篮茄子一篮豇豆，两篮（难）啊！

二

自从三弟结婚后，三弟媳妇就不再跟师学医了，问她啥原因，她说学会了。三弟一听，心里倒也高兴，就谋划着在街上开一家诊所，而开诊所至少要做个中药橱，需要大量的木料，生料不行，必须要干料。干料岳父母家里有，却不好开口。

三弟媳壮着胆子回去和父母商量，说拿钱买。到底是亲生骨肉，父母表态说一分钱不要，要多少用多少。

学校一放暑假，三弟就请了木匠，在岳父母家花了整整一个月的时间做了一个中药橱，自己买来几桶清漆漆得橱柜放光。西药柜是铝合金夹玻璃做的，做起来简单得多。

假期中又租好了房子，找人帮忙把药橱搬到了街上，一间诊所兼药店基本上就像样了。三弟不懂药品，起初连药都认不到几种，更不消说药物的功效了。三弟媳就列出一大串清单，第一次，两人到遂宁去进回了基本的药物品种，又分别装进药橱的隔子里，西药归西药，中药归中药。

说开业就开业了，并没看什么日期选择黄道吉日，也没放鞭炮大张其势，就在一个逢场天里，拉开诊所折叠木门亮出屋里的摆设，乡里人一看就明白是家药店。

油盐场，尽是些本地人，三五两天就见一回面，面目熟悉，名字清楚，甚至你的父母是谁，你的兄弟姐妹你的三亲六戚有哪些都是清楚的。更何况有母亲，有大姐和二姐她们在店内店外张罗着，说某某的药店开张了，跟某某老中医学的徒弟，手艺不消说，价格也合理，刚开始嘛，有点利润就行。有一搭无一搭的拉些看病不看病的人说话，总之气氛就这样起来了。三弟中午放学回来，母亲说，你开药店，全街都嘈动了，都晓得你开了个药店，"新修的官茅厕都要打三天拥堂"，忙不过来。

人多事多，里里外外，进进出出。当天一直忙到下午两点，中午饭都还没吃成，母亲就到对面食店去端了几碗小面，各人稀里糊涂一吃了事。

没想到开张第一天，生意就如此之好。以后的几个逢场天，场场如此。三弟媳只好去请了个坐堂医生，专门摸脉看病，自己则只负责拿药收钱。一个月后一算，比三弟的工资高几倍。两口子的眼睛都笑眯了。

有了这样诱人的效益，一个学期过后，三弟与学校签了停薪留职的合同，也到店里来打下手，从而留住了更多的病人，一来减少了病人等待的时间，二来三弟是教师出身，基本的道德水准让人信得过。其实教师的账算得是最精的，做生意可以说是勿须指点，更何况三弟是教数学的，只有把别人荷包里的钱算到自己荷包里。收了别人的钱，话还说得相当好听。不过话说回来，总要医得到毛病才赚得到钱，这一点，三弟媳妇是再清楚不过的，所以她请坐堂医生的时候，是经过再三考虑的。那医生虽然面目不咱样，穿的衣服都是拖一块掉一块的，但在当地却是有很高的声望，普通的凉寒感冒自不用说，医疑难杂症的确是一把好手。三弟除了给坐堂医生基本工资外，还另外根据处方多少提成，处方越多，提成越多，双方都有赚头，几个人你唱我和，打伙求财，两年下来，三弟就赚足了家底，很是有点得意忘形。

除了逢场天，其余时间里，三弟媳一个人就能应对，三弟无事，就到街对面去打台球，打饿了回来，三弟媳已弄好了饭菜，有现成的饭吃，那日子过得啊，神仙都不如。在学校教师还在为拖欠工资发愁时，他说他已经把坨坨鱼都吃伤了。哪晓

-223-

得那话不经意传到老师那里了，老师心生忌妒，就在校长面前去拱弄，搞得校长不好搁平，要求三弟回校上课。过了一段自由自在的生活，而且收入又高，哪还想回校上课呢。于是三弟费了一番周折才摆平回去教书的事情。从此以后，三弟再不敢说吃得好玩得好一类的话，随时摆出一副装穷叫苦的样子。只有在我面前要说实话：老子一个月赚的钱，要敌教书一学期。

我当时在一所区中学教书，工资加上奖金一个月也不过400多元。假期里带着老婆儿子回老家到三弟那里去耍，他那生活的确过得滋润，冰箱里的鸡鸭鱼肉都塞满了。三弟说他补药炖鸡又吃伤了，鸡肉没得味，大不了喝口汤。我劝他关了门说话，壳子翻天的谨防把风声又漏了出去，一条小街，小肚鸡肠的人有，害红眼病的人更有。他说那是当然，可是从他的表情里，却有一种"发"了的感觉，内心总也掩饰不住。对于三弟来说，自幼出生寒门，有钱的日子不多，一下子手头有了这么多的票子，要他不喜行于色，实在太难。

妻子要上班，玩几天就要回去，儿子却是个好吃狗，不想走了，假期无事，我就带着儿子住在三弟那里，可以打麻将、捅台球、看电视，吃的更有各种卤菜、大豆炖猪脚、磨芋烧鸭子、土豆烧肥肠、木耳炒肉片，五花八门啥都吃尽了，一箱又一箱的啤酒往屋里抬，逢场天，又约来乡头的大姐夫二姐夫，划拳打马，胡吃海喝，搞得昏天黑地，不知东南西北。

看看一个假期就要结束了，我和儿子两人都吃得头肥耳胖的，那边，妻子想看儿子，又催促着我们回去。回去时，三弟给我装了好大一包补药。

三弟继续做他的生意，而且雄心越来越大，把原先的门面扩大不说，另外又请了一个坐堂医生。大姐看到三弟开药店有赚头，就把初中毕业后没升上学，在家无事可做的外甥女喊来跟三弟媳拜师学艺。当徒弟，起初当然是打杂，煮饭、洗衣、抹屋扫地、端茶递水，空闲下来，才有机会对着药橱辨认那千百种中西药，医生开的处方尤其难认，鬼画桃符一般，就像认天书。逐渐有了一点基础后，就试着按处方给病人捡药。每天一早一晚，三弟媳也给外甥女讲一些看病用药的基本常识。外甥女文化程度不高，脑袋也不是太灵活，加之生性胆小，打针又怕打到别人的坐骨神经。三弟媳是过来人，看得出来外甥女并不是一块学医的料，就劝说她不要学医为好，干脆就打点杂，逢场天到街上来一趟，每个月开两三百块钱的工资。但大姐当时却有一肚子的气，私底下埋怨说，自己的亲舅母都不愿意真心实意的教，比外人都不如。三弟知道后，也气不打一处来，在大姐面前发了一些牢骚，两姐弟好长一段时间心里都存在一坨解不开的疙瘩。

但考虑到外甥女在家里成天做农活,也不是办法,大姐忍着让外甥女在三弟的药店里干了一年多时间,直到后来交了朋友,自己心甘情愿不学为止。

有其他人来向三弟媳学医,三弟媳怎么也不愿教了,心想自家的人都不好说话,更何况外人。所以过后一直没有收过徒弟。

除了逢场天外,三弟在药店里几乎没有事做,时间久了,也有些无聊,自幼闲不住的他,就想把剩余时间利用起来搞点别的赚钱。先后就做起了牌匾和打火机生意,牌匾做好后挂一些在药店的墙壁上,金晃晃的满屋生辉。乡下之众,逢年过节,生朝满月送礼,几十块钱拿不出手,买一块精致的牌匾倒也还像样,那几年,乡村里送牌匾成为一种时尚,所以在场镇上独家经营的三弟在这一项目上又狠赚了一把。一次性的打火机是他外出进药时偶尔发现的商机,设备简单,技术性不强,好操作,成本两三角钱一个,零售却能卖到一元。成品做好后,三弟又不完全满足于零售了,就跑到附近几个乡场去联系批发,不久销路打开,竟然供不应求。

此时,三弟一家基本的收入有了四个方面:看病、卖药、卖牌匾、销售打火机,那是他在学校教书工资的六七倍。随着三弟家庭收入的逐步提高,家里买起了收录机、洗衣机、冰箱、彩电等高档家具。有了钱,三弟也给他岳父母买些烟酒和补品送去,渐渐地,原先与岳父母颇为紧张的关系也得到了改善,他岳父也常从县城下来耍玩,而且一呆就是好几天。因为岳父也喜好烟酒,而抽烟喝酒也是三弟的喜爱,有了知音,两人无事闲吹,从此打屁吹得火燃,常常深更半夜了,还坐在饭桌上醉醺醺的你递一支烟给我,我递一支烟给你,酒瓶子东倒西歪了,地上烟蒂到处都是。三弟媳半夜起来上厕所,伸个脑壳进门一看,说一声:莫把老汉灌醉了,然后又回屋睡觉去。

然而两人谈兴未尽,说来说去就说远了,一个说拿工资稳当,旱涝保收,一个说工资顶个屁用,够不上卡牙缝。拿了几十年工资的岳父,仿佛被人看不起了,于是教训女婿说,到我这把年纪你就晓得天高地厚,女婿却说,我到你那把年纪比你的钱多得多。这样你一句我一句的各自陈述自己的观点,搞得面红耳赤收不了场。天刚刚亮,气得吹胡子的岳父赶起班车就回县城了。

晓得是酒喝多了,酒醒后三弟很后悔,等几天生意忙空了,又带了烟酒茶去到县城赔不是。岳父看到女婿提着大包小包的东西,一张脸笑得比什么都灿烂,赶紧接了东西,然后进到厨房弄出几个好菜,两人又开始喝酒抽烟,天南海北的越吹越远。岳父说县城条件好,做事方便,三弟说,乡下空气好,不得毛病。说来说去,观点又开始不一致，中间又没得一个裁判，两人各说各的道理，陈词滥调，反复争论，重复哆嗦，一夜到亮，分不出个高下。三弟说要赶班车回去料理生意，岳父就气粗粗的说：那就不送了。

过不了许久，三弟又会提着东西去县城他岳父的家，赔了不是后又闲吹。来来往往，上上下下。他们父子，一直到现在，关系都是如此。

三弟媳妇对三弟说了万百十回，叫他不要和自己的父亲争高下，但三弟仍然是个打不死的黄昏蛇，至今德性不改。

三

三弟与三弟媳结婚后面临一个最大的问题就是子女的户口不好解决。三弟虽然属城镇居民户口，但三弟媳的户口尚在农村，根据当时的政策，子女属母，所以如果生了子女，子女的户口天然就在农村，吃不上供应，长大后如考不上学，还得回乡种地。当初三弟交朋友的时候，一家人劝他交个吃供应的，就是这个道理。都说错过了村就没有了店，然而事情的转机却往往出乎人的预料，就在三弟生意做得风声水起的时候，全县要招一批计生专干，三弟岳父认为女子有一个固定的职业才好，生意毕竟不是长久之计，政策一变，说不定哪天就不准你做了，你能搬石头打天？所以在岳父的一手操作下，三弟媳妇自己一点都没费力，就被安排到另外一个乡场的计生服务站去工作，虽然是个半边碗，没立马转正，但听说今后是会转正的，目前只是不吃供应粮，但有工资领。

三弟媳想脚踏两只船，一方面生意不丢，另一方面又去上班。这样过了一个多月，实在感到两头跑起来也太累，心理上就产生了矛盾，究竟要工作呢还是要生意？回来与三弟商量，三弟思来想去，最后断然作出决定：工作不要了，做一辈子生意。三弟媳说，今后就不要怪这个那个。她想把三弟的屎尿抽干净，封住嘴，勉得往后埋怨。

在做生意的同时，三弟看到学校的在职教师都在利用业余时间读函授挣文凭，他也不甘寂寞，报名参加了法律自考。两年后，他顺利地拿到了专科文凭。乡场上都晓得他是学法律的，于是三亲六戚或左邻右舍有什么扯筋弄绊的事都来找他，写个手续呀，或者询问打这个官司打不打得赢呀等等。

乡场上一个被人称作天棒锤的张二娃开了一个餐馆，为人霸道，由于生意经营得不好，请的厨师走了一个又一个，却拖欠着别人的工资不给，其中一个是三弟媳娘家的亲戚，这位亲戚来找三弟，三弟仗义执言并用法律上的条文去和张二娃论理，张二娃起初不信邪，后来晓得打官司会输起王家沱，不得不一分不少给了这个亲戚的工资。三弟由此看到了法律的威力和自身的价值，所以不久之后就决定去考律师，同时也是防备今后万一哪天生意做垮了，或者没教书了，还可以此谋生。然而事与愿违。通过几个月的准备，满怀自信的三弟去参加考试，分数揭晓，却仅仅差了2分，甚是可惜。

律师从此与他无缘。

而事与愿违的事情还多。就在考律师后不久，他读师范学校时候的一个同班同学告诉他一个消息，说县检察院要对外招考一部分工作人员，其中一个条件是法律专业毕业，这真是一个难得的机会。三弟又卯足劲在家里复习了一段时间。开考的时候，三弟媳恰恰处于临产期，三弟想，一天的考试时间，考了就回来，应该并无大碍，于是清早起来就乘班车去县城，然而车子开出不到三公里，竟然想起没带身份证。待到跑回家拿身份证时，三弟媳已经躺在了卫生院的产床上快要生了。作为一个男人，妻子生小孩，天大的事情不可能不守候在身边。

考检察院，又由此与他擦肩而过。

三弟一声叹息。罢了罢了，就好好做生意赚点钱吧。从此不再想精想怪。

三弟媳的手艺渐渐做开了，有时会去到乡下很远的地方出诊，三弟没事的时候就陪着她去，因为时间晚了要走夜路，一个女子家毕竟怕黑胆小。在下乡的机会中，三弟廉价淘到上百个银元，起初认不到真假，只晓得轮起拿着银元放到嘴边去吹，然后听有没有金属的响声。后来听人说，袁大脑壳是睁眼值钱闭眼不值钱。究竟哪种值钱，为弄个清楚，三弟跑到四川简阳一个专门收购银元的地方去打听。于是就背个黄布口袋，装了那百十个银元乘兴而去。可不曾料到的是，那里却是一个骗子窝窝，几个起了逮猫心肠的壮汉想对三弟玩手段，性质几乎近于抢夺。三弟见势不对，说上个厕所再说，趁机遛出房门直往大街上奔跑。他想，光天化日下总不可能活抢人。这样，惊吓之中总算摆脱了那几个人的纠缠，银元没有损失。回来后一说起这些事，不无摇头感叹：狗日的外头比屋头还不清净，复杂得很。

既然走捷径想赚点轻松钱并不容易，也就只有老实一点找点本份钱。可自从有了小孩，事情就多了起来，如果自己成天陷在家庭锁事中，时间耽搁得太多，不免影响生意。所以，三弟决定把母亲接到街上来，给他料理一些家务，自己则可抽身出来做他的打火机，因为周边几个场镇的需求量还在增大，自己供应不上，一度时期差点被外地客商把生意夺去。

三弟回家给母亲讲明了道理，母亲也乐意上街，于是拣了些贵重东西带走，其余不值钱的，把大门拉拢来，一把锁锁了就走人。

母亲上了街，买菜、煮饭、洗衣、带人，家中杂七杂八的事情，一个人全包了。三弟媳安心盘她的药店，或者下乡出诊，三弟则把精力投入到做打火机和牌匾的生意上。打火机虽然利润高，销路好，但组装起来也费时，因为零部件有21个，加上充气的环节，也就有22道工序。作为民用的普通液化气质量达不到灌装打火机的要求，须得从遂宁的专卖店里去拿货，当时对易燃易爆物品的管理还不是太严，可以把气灌放在客车上带回来，30多块钱一灌气，可充满几万个打火机。90年代中期，家中还没有座机，更不用说传呼和手机了，所以发出去的货卖完没卖完，全凭估计，不过时间长了，基本上也能估计准确。

三弟一旦做起事来特别卖命，除了吃饭上厕所，白天的时间从没停过手，有时晚上还会加几个小时的班。这样一来，原先联系的那几个乡场的商店已经卖不通了，而家中的存货就码了半间屋子，存得最多的时候，有20多万个打火机，货倒是足了，但也存在着隐患，因为热天温度高，弄不好发生爆炸。三弟就打算停了做打火机而改做牌匾，因为牌匾存放上没问题，其主要的销量也在下半年。

事也有些凑巧，就在充完最后一个打火机准备停止生产后，灌里还有少量的气没用完，三弟想把气灌叫人带到遂宁去退了，为安全起见，他把气灌阀门拧开，放去那点剩余的气体，却没有注意到那气体一冲出来竟对准了煤油灯，顿时形成一条火龙，而屋里到处都是做了牌匾后的木料残渣，一旦燃起来把房子烧了，那可就惹出了大事，情急之下，他赶紧勾着头去拧那气灌的阀门，不料却把眉毛和前额上的头发烧得焦糊。头发眉毛烧了还长得起来，关键是大半边脸也被烧伤，一开始看上去像猴子屁股一样红，而且疼痛难忍。三弟媳连忙用药水给他涂抹，以防溃烂。

三弟开初还不以为然，觉得一点皮面伤，大不了痛几天，吃点药擦点药，要不了多久就没事了。哪晓得问题并不那样简单，待表面那层硬壳脱落后，脸上红一块白一块，新旧皮肤颜色大不相同，比长了铜元癣还不如，完全成了一张花脸，要多有到了黑灯瞎火的晚上才出去透一透气。过了大概半个月，皮肤颜色仍然不见好转。实在有些焦人，要是今后一辈子都像这个样子也就惨然了，三弟不得不跑到县医院去找烧伤科，烧伤科那个年轻的值班医生说，必须植皮，别无二法。三弟问植皮要好多钱。得到的答复是至少七八万，而且县级医院还不行，须得成都一类的大医院才行。三弟一听，转身就走，心想要那么大一笔钱，老子三四年的生意怕是白做了，难看就难看，又没伤到大脑，只要神志清楚，再说，婆娘都讨了，娃儿也有了，还有啥头!

　　话是这么说，不过心里还是有些郁闷，毕竟两块脸见不得人。

　　烂船就当烂船划吧，死马当作活马医。想横了，管他哪个土医生说的土单方，他都不妨一试。有一次去遂宁进药，一个开三轮车的看到三弟的模样，问了原因后，深表同情，就告诉他说自己几年前也遭了这样烧伤，是一个专治烧伤的民间医生治好的。三弟问了那医生的地址，也没抱太大的希望，顺便去找了那个医生，医生只开了几道吃药，另外有一瓶黄黑黄黑的药水，说是他的祖传秘方，花钱不多，只收了10多块钱。拿回来一天擦两次，几天后又脱了一层皮，脱皮后的脸面竟然肤色沉着，比起原来的反差小多了。有了效果，三弟后来又去拿了一回药，擦完后再过了三四个月，皮肤基本上就恢复了正常，如果不挨拢去仔细看，根本就看不出有什么问题。

　　七八万块钱也是医，几十块钱也是医，没想到俗话说的小小单方医大病，这世上的事情，你会说得清楚?

四

　　由于做打火机存在着危险，因为有两道程序都与液化气有关，一是充气，二是试火，充气的时候常常有气体外溢，像雾一样在屋子里瞬间又消失，稍有不慎遇到火星，引起爆炸或燃烧是难以避免的，试火的时候本来就照着一盏煤油灯，如果打火机漏气，随时都会让人提心吊胆。人总有疏忽大意的时候，危险随时都会发生。自从上次被火烧伤后，三弟媳无论如何也不准三弟做打火机了：钱能挣得完吗，要钱不要命了? 你不害怕我还害怕呢。

　　从此三弟放弃了做打火机的项目，然而又做什么呢，年纪轻轻总不能坐在家中吃闲饭吧。在没有找到更好的事情的时候，三弟就拿着三弟媳的医书来看，熟悉着性能，辨别其形状。三弟本来就是记性和悟性都不差的人，只一两个月的时间基本上可以把常用的中药的名称和形状都能对上号，有了这点基础，三弟也想出了适合自己的挣钱门路，那就是去上花药。

　　而一个乡的医生毕竟不多，用药量也不大。三弟决定到县城去租房，以县城为中心向其他乡镇辐射，这个想法没有得到三弟媳的完全赞成，原因是已经开起的药店本来就有钱赚了，到嘴边的肥肉不吃，却去另起灶炉干别的，没有把握的仗打起来并不放心。所以三弟媳说，要做你去做，我就守着这个店。三弟向来倔强，只身一人到城里找好了房子。考虑到做这种买卖也应有合格的手续，而自己巴掌大的一张纸都没有，所以不敢明目张胆的大干，平时都是紧锁了房门，外人一般不准进入。而且租房子的时候也想到了这一点，房子是租在城乡结合部一个偏僻的山腰上的。房子租了，就去进药，开始图方便，进药一般都去遂宁，而遂宁的药一般来源于成都，按常理推断，成都的药应该比遂宁低，所以，三弟又一人直接去成都五块石中药市场。到了市场一看，果然如想象中一样，不仅品种繁多，价格也比遂宁便宜不少。

　　进药是一件辛苦的事情，一脚一手都靠自己，既怕丢失，又怕别人吃诈，因为市场上吵架打架的事天天都在发生，有时候问了药价，还价后，不买还不行，遇到这种情况，不服气的人也有，于是一开始双方是争论，逐渐就升级到争吵。药摊上的主儿认为自己是坐摊，晓得强龙斗不过地头蛇的道理，所以都很放肆，吵不到三两句就会动手，而一旦动起手来，附近摊位上的同伙都会走拢来，假装劝架，实则把你抱住，让你动弹不得，白白的让人瞎打一气，遭人医闷鸡，被打得鼻青脸肿的去找保安，保安却是人精，他哪会帮一个素不相识的外地人说话。所以保安明明知道谁对谁错，却只是叫各人协商解决，来一套软打整。最后，不得不受一肚皮的窝囊气，在几个锭子都捏出水的大汉面前，规规矩矩花高价买了人家的药了事。三弟虽然没有与摊主发生过这类事情，但他是看着别人上过当的，所以处处小心，询价还价都注意着分寸。

　　上世纪90年代的成都，治安状况的确不是很好。请三轮车拉药、请人搬药上车、问路去住旅馆，乃至到食店吃饭，遇到敲诈勒索是常有的事。人在江湖飘，难免不挨刀。麻烦的事情总会不期而至，或多或少，或大或小而已。城市是别人的，地盘是别人的，各人只有好自为之。为了不吃眼前亏，有时不得不多花两个钱，去财免灾。

　　看的多了，听的多了，亲身经历的多了，三弟也就清楚了钱的来之不易，所以一改先前大手大脚花钱的习惯，逐渐开始把钱捏紧起来。生意做得越久，手里捏得越紧，习惯成自然，到后来，竟然不知不觉变成一个捏钻脑壳，铁公鸡，一毛不拔。

　　除了对别人，三弟自己的生活方式也简单到常人难以理解的地步。有时忙于生意，一个人的饭不好煮，又舍不得吃食店，想吃肉了，就从市场上割半把斤肥肉回来，砍成坨坨，和米一起煮成稀饭，放点盐，菜都不要，一顿没吃完二顿热了接着吃。衣服，从来都是到地摊上去捡便宜货，价格不超过百元，而且灰色黑色居多，经脏，洗起来也方便。

　　三弟到了城里后，除了到成都进药外，其余时间就是往各乡镇联系业务，联系好了，拿着计划回来，称了药，还要送药，从早忙到晚，多数时间都在客车上度过。

三弟媳一个人在乡场上经营她的药店，因为母亲与三弟媳相处的时间久了，难免不发生磕碰，就找了借口回到了乡下。小孩没有人照看，一个人忙不过来，好在三弟岳父母在城里空闲着，就接了外甥去城里上幼儿园，管吃管住。三弟有时去看一下，问问一些情况，也只是手长衣袖短，没有更多的时间去照料，大不了买点东西到岳父家去，有时连饭都顾不上吃就走了。

从幼儿园到小学毕业，三弟的小孩倒也争气，不调皮，不捣蛋，凡事听说听讲，读书认真踏实，每期考试在班里都是数一数二，各种奖状贴了半壁墙。

岳父母时常叫三弟小两口挣得到钱的时候卯足劲挣，说是娃儿今后读书用钱的地方多得很，而且买房子、结媳妇、带孙子、生病吃药，等等一切，到处都要用钱，现在不存两个，到时候穷困潦倒，四个荷包一样重，别人吃干饭你吃稀饭，只有鼓起两个眼睛把别人望倒。

"今后来看娃儿，也莫买啥东西，我们老两口有退休工资，都是生不带来死不带去的。"对岳父母的吩咐，三弟虽然感激，却也出货当作进货收，以后去岳父家，居然就打个甩手，自己还带张嘴巴，饭后抹了嘴巴上的油水又去忙生意。三弟媳问三弟：毬钱不舍，死爱闹热，自己一个娃儿丢在那里，你还跑去白吃白喝，好意思？

三弟以后去的时间就不多了，去了不买东西也不好，买东西又舍不得花那两个钱。甚至有时岳父母叫他去吃饭，三弟也懒得去，渐渐地，养成了这样的习惯，一家兄弟姐妹聚在一起吃个饭，喊他白吃白喝他都懒得走路，时间一长，大家晓得了他的德性，很多时候干脆就不用喊了，因为十回有九回都是喊起又不来。不仅如此，同学聚会，朋友做生，他都一概拒绝。少来往，多做事，基本成了三弟的信条。

三弟如今有车有房，生活富足，家底殷实，却依然在外奔波，风里来，雨里去，成天不知疲倦地劳累着。在我们的眼里，他天马行空，特立独行，即使有了空余时间，也很少与兄弟姐妹往来，而是一个人开了车，从东到西，从南到北，去看他感兴趣的外面的世界。

三弟自幼踏实，这些年来又在生意场上摸爬滚打，是不是已经看清了世间人情冷暖，物事变化，或者他的性格，在历经风雨后已趋于淡定，在他的眼里，人生，须得如此走下去，才是对的？

2011年8月25日凌晨6：18于懿心园

第六辑　问答实录

答儿子问

问：我才 15 岁多一点，就比起你高出好长一截，不知是什么原因？

答：一是你吃得好，二是你玩得好，三是你又没怎么操心。这几点你都占齐了，如果你都还不肯长，你也就太对不起人了。我像你这样大的时候，只有三泡水牛屎高，并且身体瘦得像根火柴棍棍，走路风都吹得倒。分析其中的原因，主要是生活孬，活路多，加之为讨要那两个学费，常常被骂得狗血淋头，人都愁死了。莫说长，只要不倒起长就好得很了。

问：我经常听见妈妈说你长得要多难看就有多难看，那么，妈妈当年为什么会嫁给你？

答：这个你就不懂了。她说我难看，其实是说我好看，妈妈是女人，女人的话你要正起听，反起想。如果我都算难看的话，世上比我难看的人更多。我周身除了肚脐眼之外，找不到一个结疤，而且五官齐全，走路也比较伸展——就凭你说，老汉我会难看到哪里去！

问：我也不说你好看不好看。我只想问的是，刚才你说对妈妈的话要正起听，反起想，前天你给妈妈买了一件衣服回来，妈妈说："老公，你好好哟。"按你的想法，妈妈的意思就应该是：老公，你好孬哟？

答：我说你娃儿横竖和我对着整。这个问题你拿来问我，我又去问哪一个？如果我都把这个问题说清楚了，我怕早都当联合国秘书长去了。你问点别的要不要得？

问：上面要求学校不补课，学校仍然要补，你也非要我去不可，你是怎么想的？

答：实话跟你说，这个问题不好回答。你尽是拿些刁钻古怪的问题问我，拿些尖尖鞋子给我穿。我说该补，得罪上面，我说不该补，又得罪学校。你让我好生为难。这样吧，今后补课，去与不去，你自己选择，我给你充分的自主权。

问：一个同学无缘无故跑来打我一坨，转身又跑了，你说我是追过去打回来，还是算了？

答：他打你？他怎么不跑来打我！他又没癫。俗话说，一个巴掌拍不响，狗打架为一坨骨头。你今天没惹他，昨天总惹了他，昨天没惹他，前天总惹了他。你给我说这些，想为日后打架开脱自己的责任是不是？你尾巴还没翘，我就晓得你要屙屎。你在我面前少来这一套！

问：吃烟、喝酒、打牌、上网。你说这是四害，叫我莫去沾染，但你的瘾为什么比哪个都大？

答：对任何事情都要辨正的看待，要有所区别。比如，你平时给同学讲解他不懂的问题，老师会表扬你，但你考试的时候给同学说答案，老师就说你违纪了。此一时，彼一时，道理大不一样。所谓泥鳅黄鳝不能扯成一样长。你和我比，莫把你的早饭米比脱了。

问：你说你曾经当过老师，对教育人不仅有一整套，而且有两整套、三整套的办法。如果我今后用你现在教育我这些方法去教育我的子女，不知效果如何？

答：走到哪个坡，才唱哪个歌。你现在还嫩，黄瓜都没起蒂蒂。事物是发展的，到时候根据情况看嘛。你的脑壳比我的脑壳灵活得多，效果好就用，效果不好你还可以创新。今天晚上都十点多了，各人早点去睡瞌睡，不然明天早晨上自习又不晓得起床。

2006年3月22日于新闻中心

答母亲问

问：几年没回老家了，那几间房子都怕淋烂了吧？昨天晚上做个梦，梦见神龛上那个观音菩萨也被偷走了，不晓得现在这些人怎么这样不要脸？

答：我晓得那个观音菩萨你是拿一撮箕谷子换来的，放到壁头上起码供了十年。现在人走屋空，乡间贼娃子又多，进门不见东西，风都要抓一把走的，更何况那样大一个石膏像。尽管让他拿去吧，到时候肚皮痛了，他会乖乖的放回来。

问：我看你们现在的生活比过去的地主还好，一个个吃得头肥耳胖的，你的钱是从哪里来的？

答：你一问这个问题我就晓得你是怕我乱拿了国家的钱，今后脱不了手。我给你说，在这个问题上你大放心小放心，因为我一个小小的办事员，想贪污都没得资格，想受贿也没有人送。家里的所有开销，都是我和你媳妇两个人的工资。我两人都好吃不好穿，因为小时候是饿起肚皮长大的。现在天天顿顿都有肥肉吃，你说长胖不长胖？

问：儿媳妇胖得像个冬瓜，眼睛都胖眯了。她每天晚上去跳拉丁舞减肥，你也不管一管？跳舞那个东西，男女混杂在一起，万一哪天被别人裹起跑了，你娃怕是要急得哭天无路。

答：你去管她，搞烦了，她恐怕还跑得快点。啥子事情都靠自己自觉，几十岁的人了，还不晓得轻重！何况，她是长脚的，我总不可能找根索索把她拴在裤腰带上。

问：我孙儿生性好动，调皮捣蛋搞惯了，三五几天犯点错误算啥子，人不千翻不精灵，他长大了自然就改了。未必你小时候不是一样的天天撩风惹祸，不是打烂别人家的煤油缸缸，就是打烂家里的盐巴罐罐？

答：恳请你老人家，在他面前你千万莫揭我的老底。你的话多，几句话就说漏了嘴，他抓住我的把柄就抵我的黄，我没有了一点威信，还怎样去教育他？到时候管不住，

-237-

他和我跳高高，没有办法了，我只有请你老人家出面。

问：你说啥子？你请我出面，我说你跟老子是梦不知天，我都是活几年要钻土的人了，难道我死了你敢把我从土里撬出来给你管人？你生得了嘛就管得了嘛，世上还有你这样不中用的人？再这样说，老子给你一磕钻！

答：你老人家息怒，我是说得耍的。你都这把年纪了，头发都老白了，我哪里敢劳烦你做事。就像你生得了我就管得了我一样，我生得了你孙儿当然我也管得了他，这个你不用担心，千万不用担心。他敢跳，我就抽他的脚筋。

问：我究竟还有几年满80岁？我身上都有哪些毛病？

你身上的毛病，前年我带你到中医院作了彻底的检查，一共有五个毛病，它们是：心脏病、肩周炎、支气管炎、风湿关节炎和静脉曲张。

从父亲当年手抄的家谱上记载，你还有6年满80。但时间不是问题，你的心理年龄现在至多不过50岁，所以你还要活30年才满80岁，离百年去逝还有50年。你现在放心好了，好好活，幸福的日子还在后头。

2006年6月22日于新闻中心

答同学问

问：你小学时候给人的印象是：剃个光头，穿双布鞋，两个脚趾露在外头，全班最矮，流清鼻涕，一截裤腰带吊在裆前，不喜说话，像个闷孙。这个印象不知是否准确？

答：不完全准确。剃光头也只有小学一年级的第一个学期，是我父亲的主意，他认为头发留长了吃血。以后多半是母亲每隔半月直截用剪刀剪，犁土一样，沟壑纵横，其发型俗称"马啃脑壳"。穿鞋子的时间比较少，除了冬天三个月，其余多半是打光脚板。至于裤腰带吊一截在裆前，恐怕也只有偶尔几回，不是经常性的。不喜说话大概是本性，但也不是整死个舅子不开腔，或者三天不放一个响屁的那种人。

问：你的智商不高，表面上看起来还有点傻，听别人说个事情，脑壳半天都反映不过来，但你读书的成绩一向不错，上完小学，好象你是免试进的初中？

答：智商不高的人，要想通过读书跳出农门，只有靠刻苦，就是俗话说的"死整"，说得好听点也叫勤奋。正因为花了不少的心血，所以我在小学的成绩一直很好。临近毕业的时候，听到可以免试直接去乡里读初中的消息，"感觉好象飞"。但后来却痛悔不已，因为比我成绩差的人考上区中学，每个月能吃十几斤米的供应。所以我除了智商不高之外，而且还很倒霉。

问：听说你后来还遇到几件更倒霉的事，能不能简单的给我们说一说？

答：只说三件。第一件是1984年中考志愿没填对，填中师则考上，但我填的中专，差了三分，冤枉再去复读了一年初三。第二件是1985年中考，突发高烧，吃了医生开的西药，反而浑身无力，嗜睡，眼睛用棍棍都撑不开，坚持把那几堂试考完，人已拖不起脚，是几个同学轮流背回来的。第三件是中师毕业时才知自己早被划为定向生，从而被分配到全县最偏远的一个村小去任教，死蔫死蔫的，差点打单身。

问：有的同学读书的时候就开始偷着交朋友，你为什么当时不下手？

我生性胆小，《中师生守则》第六条明确规定不准谈恋爱，万一因此被学校开除，岂不是十多年的书就白读了。再一个就是心里虽然有想法，但我爱的人对我熟视无睹，爱我的人却又惨不忍睹。如此两不将就，一晃，就毕业了。你说，这有啥办法？

问：如果我现在找你交朋友，你有什么想法？

答：我觉得你是和我在开玩笑，纯粹是在逗我玩。退一万步说，你真有这个心，我却没有这个胆，原因是我老婆比当年的《中师生守则》厉害得多。除非你去把她摆平，否则我是不敢轻举妄动的。因为胆小的人一辈子都胆小。

答姐姐问

问：你读了十多年的书，最后有了自己的工作，现在过着"吃得饱，睡得着，没得蚊子咬脑壳。"的生活，你还有什么不满足的？

答：人的心窝子难得填平。联合国秘书长那个位置我都想去坐，可惜心比天高，命比纸薄，混了多年，我还是白丁一个，往人堆里一站，周围都是局长处长科长一类带"长"字号的。我是什么，我充其量是个"家长"，但这个家长也只能管老婆和娃儿两个人，权力小得只有眼屎点儿大。即使如此，这两个人我还管不住，一个要跟我吵，一个要跟我跳。你说，我一天烦恼不烦恼。

问：都说无官一身轻，你以为头上顶个乌纱帽就安逸得很？世上只有千年的百姓，没得千年的官。爬得越高，跌下来越痛。我劝你最好莫去东想西想了，你说呢？

答：你的劝告让我心里醋酸醋酸的。不过我还是乐意接受，原因是我接受也罢不接受也好，现实已经如此。因为我一没水平二没能力，三没关系四没钞票，哪一样我都不占，如果我都还不识相，眼睛盯住上层建筑不放，还要一味的去硬钻，岂不真正成了一只想吃天鹅肉的抱鸡母。

问：既然不再想去当官了，那么你今后还有些什么想法？

答：首先把自己的本职工作做好，然后利用业余时间搞点其他的，比如补锑锅，配钥匙，钓乌棒，捉雀儿，捏泥人，塑菩萨，练气功，开夜车（之所以选择夜晚去开车，一是因为我晚上经常失眠，睡不着觉，可以把时间充分利用起来；二是我相信夜车都开好了，大白天开车更会游刃有余，哪里都敢去。做事先难后易，反其道而行之，与普通人相比，还能充分显示出自己不落俗套）。

问：你都几十岁的人了，做些事情还这样不正经，想法上也是稀奇古怪的，你不怕领导、同事说你是个癫儿？

答：八小时之内我在认真工作，八小时之外我在精心生活。生活的内容是宽泛的，人生的道路是自己先择的。我既不作奸也不犯科，甚至比起那些成天斗地主打麻将搞赌博的人来说，哪点都觉得不为过。

问：你的文化比我高，说话一套一套的，不像我，一天书都没读，睁眼瞎一个，上了场合，吓得说话不成句数，放屁不成个数。现在你有本事了，你晓不晓得你的本事从哪里来的？

答：我晓得为我读书你作出了牺牲。不过当年父亲有一个观点：女子带大了是别人屋头的人，读再多的书有都没有用。那个年代的人有这种想法，其实也是出于无奈，你想，一家人连吃的都没得，总不可能把嘴巴拉拢来缝起吧。当时他心头急，做事欠公平，你也应该多理解他老人家，他如今在阴间骨头都敲得鼓响了，未必你还去把他挖出来倒问他的过失！

问：照你这样说来，你倒心安理得？

答：心安理得？肯定不会！昨天晚上我梦见自己买彩票中了500万元，钱一领回来我就分100万给你。你整死个舅子说不要，把我急得呀，汗水四颗四颗滴……

问：那我最后要没有呢？

答：没有。因为我害怕把你也急得汗水长流，100万块钱是小事，把你急病了，我岂不对不起你吗？所以我赶忙伸手把钱拿回来放进自己荷包，出门放小跑一样回家了。

2007年4月7日于书院街

答哥哥问

问：今天兄弟媳妇打电话来投诉我，说你经常半夜三更都不回家，在外面和女的混在一起，她要找你离婚，究竟有没有这回事？

答：她是讨赏搞惯了的人。芝麻大的事情说得比天还大。昨天晚上一个女同学过生日，吃饭后回来晚了点。她问我在外面找了好多女的。我喝了二两老白干，说话口无遮拦，就开玩笑说："家中红旗不倒，外面彩旗飘飘。"她信以为真，找我撕了一晚上的皮，直到天都大亮了还纠缠不休，急得我冒书呆子酸，对她说："即使人有百口，口有百舌，舌如巧簧，我又怎能将那些鸟事说个清楚道个明白？乌乎，哀哉！请夫人息怒，为夫的不再和你理论，上班去了。"你看，我前脚一走，她就给你去了电话，让你好操心。

问：我听说你经常在外面喝酒，常常喝得"左脚靠右脚，尾巴扇脑壳。"到时候落得个酒精肝可不得了？

答：酒是个害人的东西，我不是不晓得。平时在家里，我基本上是滴酒不沾，但有几种情况却又推脱不了，比如请人帮忙办事后，你请人家吃饭，难道酒都不多敬别人两杯？再笨的人恐怕都会懂得。和领导们坐一张桌子吃饭，你不主动挨个敬他们的酒，未必还等他们来给你敬酒？世上绝对没有那样不知事的人。和朋友吃饭，他们都喝酒，唯独你一个人不喝，他们会骂你不耿直，你今后冷死了，他们暖都不暖你。好比一泡屎屙到房子上，连狗都没结交到一个，一个人活到那种份上，可不可悲？

问：你说酒有些时候不得不喝，这也罢了，但烟你总可以不抽吧？

答：俗话说，男人不抽烟，走路打偏偏。这话虽有些夸张，但就我个人而言，抽都抽上瘾了，何必非要戒嘛。一个人总应该有点爱好，才不至于活得那么僵硬，活得那么老木老懂的。再说，国家都在造烟，我不抽，别人照样抽，抽了的人，还可以给国家创点税收。

问：我比你整整大 10 岁，看上去比你还年轻，不说别的，单是你那两根头发，都快落光了，你自己不保重你的身体，还和我顶嘴，我说你是翠雀儿死在田坎上，嘴壳子梆硬。说你是好的，我不说你，哪个还来说你？

答：说到头发，我给你说，我本想梳个光光头，可惜两根癞毛不争气。但我也可以负责任地告诉你，我完全有能力用梳子一刮，搞个"地方支持中央"，虽然欲盖弥彰，但也终不至于从表面上一看，是他妈个"顶光公社毛边大队"。你担心我身体不好，其实你看错了，我是属于那种"白天风都吹得倒，夜晚狗都撵不到"的角色，并不是你想象的"烟灰"一个。实话对你说，我的精神好得很。

问：精神好是个好事情，精神好了未必你还想去生二胎三胎？瓜娃子，我劝你千万不要皮子招痒，工作单位的人，违犯了计划生育政策，谨防饭碗除脱。扯到耳朵给你说，听到没有？

答：不用你担心，政策我是哪辈人都搞懂了的，我要是敢和国家跳高高，生个二胎三胎去搁起——除非我是个猪。

答兄弟问

问：你我同胞兄弟，都从苦寒日子中长大，按理说勤俭节约是我们终生信守的信条，但我发觉你现在的生活越来越奢侈，两口子的工资每月用得裸零精光，有时还倒差一截，四处拉海账，长此以往，你怕硬是要搞得四个荷包一样重？

答：四个荷包都装一千万，它同样叫做一样重。我怕啥子，钱那个东西，生不带来死不带去，我相信用了它会再来的，用不着着急。

问：用了会来？它从哪里来？天上不落地上不生。它无缘无故就跑到你荷包来了？我晓得你是个死猪不怕开水烫的人，水淹齐嘴皮都不着急，这是你一贯的性格，不过你说得再潇洒，你为什么钱用完了要跑到我这儿来借呢？

答：我借钱是有目的的。说实话，我比你精灵得多。我把借到的钱拿来买补品吃，把身体养得好好的（因为钱是别人的，身体是自己的）。身体好了，肯定会多活些岁数，岁数活得越大，从国家领到的工资就越多。我既打你的主意，又打国家的主意，还神不知鬼不觉的。有人说我阴险，我就阴险到这些地方。

问：你已经说穿了，你还阴险个啥。我要是阴险到哪一天不借钱给你了，你把我其奈何哉？

答：我奈何不了你，我就不奈何你，未必我不晓得去奈何别人。都像你那样卖老实屁眼，人类社会都不晓得进步了。

问：我发觉你现在的德性完全像个市井无赖，什么道德沦丧，什么信誉危机，什么感情冷漠等等，放到你身上，好像都很恰当？

答：我正找不到癞子擦痒，你就惹我来啰嗦。你敢如此放肆地挖苦讽刺和打击我！如果你继续对我进行人格上的侮辱，我马上起诉你，把你告上法庭。官司打赢了，我还会获得一笔钱，然后又拿这笔钱去买补品吃。我有的是办法。

问：算你哥子凶，你真的是比川芎还凶，我惹不起你，但我总躲得起你，我不和你说了，未必你敢把我拉来杀血？

答：不说了？想走就走？给你说实话，除了凶，我还高，我比高老庄还高。不是吹牛，没得金刚钻，哪敢划玻璃，我是毬钱不带也敢去吃炒菜的人。所以我奉劝你：千万莫惹我！

问：我没搞懂的是，你一个干筋筋瘦壳壳，矮小得捏住中间现不出两头的人，怎么冲得来好像能够"上管天，下管地，中间还能管空气"？

答：你搞不懂的事情多得很，你都把世上的事情搞懂了，那我还来做啥子！不过你要搞个啥子名堂，我一眼都可以把你看穿——我这双眼睛就像戴了"穿山镜"一样。

问：我估计你活到八十岁都可能还是个老冲棒，如果德性不改，我也估计你肯定会遇到不少麻烦，比如：撞尖角石、穿尖尖鞋、碰墙壁、被人黑打、杵一鼻子灰、出了派出所又进派出所等等。我说的话你信不信？

答：不信则无。

问：我劝你还是把思想上的偏差纠正一下为好。回想过去，小时候我们穿连裆裤，感情甚笃，长大了却不能一个鼻孔出气，也不晓得咋回事？

答：咋回事？我说你搞不懂你就是搞不懂！说穿了，如果你把钱多借点给我，屁事都没得。

2007年4月18日于新闻中心

答妹妹问

问：我总觉得今年做事不太顺。比如，开春的时候，我想尽一切办法，终于把谷种播下了，但到栽秧的时候，田里头的缝缝开起寸多宽，秧苗没插下去，大春当然颗粒无收。住在农村的人，你说心头焦不焦？

答：这是普遍现象，又不只你一家。你心焦也不起作用。生活有困难，我下半年补贴你几百块钱，拿回去买几百斤米，把灾年渡过去就好了。

问：你拿钱给我，嫂嫂晓得了她不找你闹？你从小生性胆小，她吼一声就吓得你缩在屋角角，像个耗子一样不敢动。再说，你一天工作忙，事情多，饭量又小，身体也差，哪还经得起折腾？

答：家庭都需要忍让，我尽量避免和她起冲突，我也会想出好办法来，比如我拿了500块钱给你，你就说我只给了你50块，然后我大大方方的给她的妹妹100块钱，她不知究里，心头还高兴得很哩。

问：你到底多读了两天书，比我的脑壳精明得多。但这样一来，不晓得你要存好久的私房钱才得行？我真有些于心不忍。

答：感谢国家近年给我们长了工资，也感谢单位领导常常给我们发福利，从而让我有了更多的机会背着老婆存下更多的私房钱，为周济我自己的亲戚有了十分广阔的回旋余地。有了钱，社会和谐，家庭更和谐。对此，我有深刻的体会。

问：你支持了我，当妹妹的也不会忘记。农村出产的东西不多，但喂点鸡鸭一类的养牲是没有问题的，我现在的小鸡都有半把斤了，我一点混合饲料都没喂，是真正的土鸡。下半年长大了，我捉几个给你送来。顺便问一句：你要鸡公还是鸡母？是杀了打整好还是直截给你捉活的来？

答：我公的母的都不要。我给你说，前几天一个朋友从外地出差回来送我一只

-247-

良种鸡，你猜都猜不到有好大——58斤！简直吓你一跳，鸡眼睛都有葡萄大，尾巴立起来有一人多高，我杀了来烫毛，水都烧了几锅。过后砍成几坨放在冰箱里，现在才吃一坨。你哪天空了进城来，我送你一坨拿回去炖，香气都会飘过一条沟。

　　问：哥哥你又像小时候那样逗我耍来了，父亲在的时候，经常说你虽然胆子小是小了些，但有时候也日天冒古的，说些话笑人得很，你硬是一点忧愁都没得？

　　答：生活好了，吃饱了不得饿，摆点笑龙门阵，别的没得啥子，主要是为了帮助消化。

2007年7月2日下午于新闻中心

答妻子问

问：耍朋友的时候，你特别殷勤，现在怎么变了？

答：恋爱中的人都是傻子，或者"一半清醒一半醉"。我清醒的时候晓得自己是在挣表现，陶醉的时候应该说是一种真情的流露。

问：很多时候给你买衣服，你都找理由拒绝，不知是什么原因？

答：我认为冬天不寒身夏天不热体就够了，为衣服所累，太不值得。

问：我经常说你抽烟既花钱又伤身，但你仍然要抽，戒起来很困难吗？

答：不是。应该说是压力不够。如果我没有钱了，买不起烟，或者医生说再抽烟就活不久了，我会戒掉的。

问：你的身体很瘦，长到30岁了还只有百来斤，我这么胖，站在一起你不觉得太不相称了吗？

答：胖了难得减肥。相不相称应该是别人说了算，但别人又不到我锅儿来舀饭，管他的。

问：假如你到现在还没讨到老婆，你有什么想法？

答：一般情况下不太可能。但如果真如你所说，我会到处去找，说不定某天就碰到了至今也没有找到老公的你。

问：你喜欢看书，几近"书呆"，是不是认为"书中自有颜如玉"？

答：像你迷恋电视一样，其实是为了过瘾。

问：你有时显得一本正经，有时又很随意，这是你性格的双重性吗？

答：我表里不太如一，外面西装革履，说不定里面内裤都穿反了。

问：你对耙耳朵一词的含义是怎样理解的？

答：这是一种美誉，一种殊荣。能够在老婆的擀面杖面前把一张脸笑得稀烂，这需要具备多么深厚的涵养。这种人，我佩服。

问：母亲、妻子和儿子，在你心目中谁最重要？

答：一样重要，如果在危难时刻，非要一个人作出牺牲的话，那么我首选我自己。

问：再过几十年，我们都进入老年状态，你预料一下，我们今后的境况怎么样？

答：前不见古人，后不见来者。

2001 年于报社

问妹夫

问：妹妹嫁给你已有十年，十年来你们的生活状况仍然没有多少变化，而且还新增了两千块钱的贷款，我认为和你这个一家之主是有很大关系的，你认为呢？

答：对这个，我有自知之明，我应该作检讨，但我只是一个小学文化程度，我不晓得在你面前怎么把检讨作得更深刻一些。

问：据我所知，你连小学都没毕业，检讨作不深刻，这在情理之中，但你怎么成天还去关心国际油价的上涨、飞毛腿导弹究竟能够打多远这样一些与你身份极不相称的问题呢？

答：这完全是业余爱好。我晓得我的主业是担粪淋红苕，吆牛犁水田，抛粮下种，春播秋收。农活做累了，我就和邻居漫无边际地谈论一些国际国内的大事，但这并不影响我们的夫妻感情。

问：说到夫妻感情，我听说前不久你们两口子还打了一架，到底有不有这回事？

答：一日夫妻百日恩。十年来我汗毛都没动她一根，但前天我实在是忍无可忍了，脑中突然想到毛主席那句"枪杆子里面出政权"的至理名言，我也顺便来了一句："毛锭子上头见分晓！"于是我蹲好马步，规范好动作，但等我一锭子冲出去的时候，你妹妹早都跑到一丈开外的地方去了。人没打到，我却落得个出手打人的恶名，实在有些冤枉。

问：那又为什么发生这样的冲突呢？

答：说出来还真有点不好意思。但你实在要问，我也不妨直说。隔壁张豆花，人长得很漂亮，要人才有人才，要身材有身材。更主要的是，她总是一副含情脉脉的样子，眼睛能够放出一种温柔的电光，把持不住的男人好多都栽过水。那天我们在厢房转角处，她一不小心碰到我怀里，还险些摔倒，我顺势拉了她一把，不巧被你妹妹撞见，这下子你妹妹"春雷一声震天下"，一骂张豆花是个偷人婆娘，二骂张豆花男人是个尖脑壳，三骂我是个大嫖客。骂得一个大院子几十户人都来看稀奇，眼看无法收场，我就来了个武术套路中一个比较简单的动作——马步冲拳。前面说过，你妹妹是跑开了的，没伤到她任何地方。那天打架的情况就是这样的。

  问：事情过去了，既往不咎，你也少去灯晃。我想问一下，你家今年的粮食生产情况怎样？

  答：向哥哥作个简单的汇报，通过我和你妹妹共同努力，可以负责任地告诉你：吃得拢。

  问：肥猪喂了几头。

  答：一个都没得。

  问：大人细娃想吃肉了咋办？

  答：一是我首先带头不吃肉，绷紧头皮硬撑。二是对她们母女俩进行艰苦朴素的传统美德教育。我提出的口号是：油荤不要紧，只要感情真。

  问：其效果如何？

  答：收效不是很大？

  问：那又怎么解决呢？

  答：实在感到肠子都快生锈了，家头闹得凶，就去割二两肉回来。

  问：钱呢？

  答：主要靠借。

  问：向谁借？

  答：说出来又扯到张豆花，我多数时间是向她借的，她男人在外头打工，手头比较宽裕。

  问：经常和张豆花来往，我妹子岂有不吃醋的？自己没搞富裕，要想处理好家庭关系，我送你九个字：长期性，复杂性，艰巨性。你拿出你关心国家大事的脑壳好生想一下，看我的话有没有道理？

  答：哥哥说话哪能没有道理的，完全可以说是真理，还闪光哩。

2007年8月26日上午于水井湾

问妻子

问：结婚十多年，你一直掌管着家里的经济，到现在我都不晓得我们有几万元存款？

答：麻将里头去找嘛，想要几万就有几万。

问：给你商量正经事情，你却扯到半边麦子坡去做啥嘛。我想在存款中拿点零头，拿点须须去搞点事业。你给我作个参考，看我是不是这块材料？

答：一句话给你批死，就凭你十多年来对家庭收支不闻不问的习惯，我就可以断言，不论你去搞啥子，你都是一副栽栽相。

问：也莫把一个人看扁了。函授的时候，我读的就是经济管理专业，毕业证红朗朗的。对经营方面的事，不能说我连一点谱谱都摸不到？

答：你那个函授，我不是不晓得，每次都是临到考试了才去领课本，考场上全部照抄，有一次还是我去帮你考的。你自己摸到第三颗扣子说话，你那文凭的水份有多重！

问：这些话哪能拿出来说呢？别人晓得了我函授几年没喝进一滴墨水，仅仅获得一纸文凭而已，你叫我今后怎么到社会上去混？怎么在单位上处？

答：莫说了。男人在社会上混不下去，在单位上又处不好关系，这还叫啥男人！

问：话莫扯远了。实话给你说，老婆，我想抽点钱去喂个母猪，今年国家的政策特别优惠，给补贴不说，还要给母猪买保险。根据市场行情，我估计赚点钱做家庭的零用开支应该是没有问题的。地点我都选好了，就在楼脚那两间废弃的破瓦房里。你看是喂一两个好，还是多喂几个好？

答：喂半个我都没得精力，你鬼精神好你自己去喂。一个蛇钻屁眼都懒得扯的人，你把猪喂肥了我手板心煎鱼给你吃。

问：你应该相信我还是有一点能耐的，不能说我屙屎打田都不肥了吧。我现在

-253-

考虑的是挣到第一笔钱后怎么用,是从上到下给你整一套衣服,还是买一套化妆品?是带你出国到新马泰去走一遭,还是就在本国玩一盘?

答:我给你出一个主意包你满意,那就是喂猪挣到钱后,对老婆、前妻、二奶、情人、保姆、恋人等一干人统统进行重新洗牌。要玩就玩点新鲜时髦的,玩点刺激的。人在花下死,做鬼也风流。

问:那样一来,岂不玩完了。连你都玩得不在了,我去喂那两个猪还有啥意思?

答:说白了,一个本科大学生,文凭虽然有点用,毕竟国家承认学历;讨个老婆虽然不是如花似玉,到底还在银行工作;生个儿子虽然有点调皮,毕竟也是带茶壶嘴嘴的。你还有啥子不满足的?我说你是想钱想疯了!再说,一个大男人家,想个办法都没得点气魄,喂猪,还在楼底下的破瓦房里,你不怕深更半夜猪儿吼起叫?你还要不要一幢楼的人睡觉?喂猪,我说你才是个猪!

问:照你这样说来,我这个想法就搞不成了噢?

答:你喜欢搞你去搞啥,你没看见我这张脸把你都喜欢青了。说你脑壳方,你说你脑壳不方;说你脑壳有乓乓,你说你脑壳没得乓乓。我看你脑壳里头装的全是一副猪脑水!

2007 年 10 月 25 日于东安大道

第七辑 记录在案

记录在案（一）

——写在《家乡人》第四期出刊之夜

吃泡汤

2004年9月29日，《家乡人》第四期出刊了，按约定俗成的惯例，诗歌沙龙的成员在晚上是要聚一聚的。下午彭勇打来电话，通知聚会的地点，这个地点让我感到陌生，说了半天，我只晓得个大概位置。他说你走到附近问问哪家在卖泡汤你就进去，保证不会错，馆子是新开的，全城只此一家。

搁了电话不到五分钟，杨碁又来电话把聚会的地点依然说得含含糊糊的，要我晚上到一个名字叫什么"宴"的地方去，我问她说那个饭馆未必你也不熟悉，她说你都不熟悉我怎么熟悉。听口气她带着笑。我说算了吧我各人自己去找，找到了我再细细的跟你说。她说那就感谢了。接着她又"麻烦"我去通知徐晓芬，说徐晓芬的电话她已经记不清楚了。"麻烦你哈，马编。"说完把电话一下子就挂断了，没有了商量的余地，我仿佛感到她飞也似地跑了。一种把困难留给别人的感觉。

徐晓芬那头的电话从"喂你好"开始，到很客气的"谢谢"结束。中间有一段非常谦虚的话，归结起来就是不好意思再来了。我说晓芬你不要客气，你的文章写得那么漂亮，你不来我们就少了一个向你学习的机会，你无论如何要来，而且今天晚上吃泡汤，特别美容。徐晓芬后来去了，而且比我还去得早。

根据约定的时间，大约六点钟左右，我找到了那条背街小巷，那时曾中泉也刚到，他也还没有找到具体的地方。真是一叶障目不见泰山。眼前的"渝香宴"招牌被一辆很大的东风车遮挡得干干净净。此时李贵华从体育馆打来电话，说他的时间已经抽滕出来，现在就可以乘车下来。我反复地把吃泡汤的地点向他说了两遍，想来他是第一个得到如此细致通知的人，再找不到地方就没有理由了。

我径直走进那个让人困惑的小店。外间的几张圆桌已经被人围满，用生意火爆来形容完全不过分，闹哄哄的声音就像集贸市场的一角。男的女的老的少的，局长科长职员，不分党内党外，穿得好的穿得孬的，并无高低贵贱之别，家人团聚海吃，朋友请客吆喝，贩夫走卒互不相识，要了菜围在一桌，龙门阵打伙摆，菜钱各给各。一律的吃得面红耳赤，热汗淋漓。店堂老板和服务员穿梭其间，端茶递水，被众多的食客支来唤去，忙得头晕脑胀。好不容易逮住那个收钱的女老板，带我们敲开一个雅间的门，几个家伙早已落坐其间，正眉飞色舞地谈论诗歌。陈默、唐虎泉、彭勇、杨莙、徐晓芬，加上此时进来的我和曾中泉，一共七人，依次坐了位置。不久，黄化斌和李贵华也到来。

大家对永川交流过来的诗刊《大风》表示出极大的兴趣，《大风》不仅装帧精美，极具大家气派，而且内容丰富，质量上乘，不少名家也在此登台亮相，一本民刊办到如此水平，实在难得。粗略的浏览《大风》后，彭勇把那一捆刚从印刷厂取回来的《家乡人》分发给大家，这本大十六开的诗刊凝聚着诗友们的心血，从去年到现在已经出到第四期，期期都有特色，期期都有创新，但刊物却始终保持着自己的风格。"儿子是自己的乖"。不知其他诗友以为如何？饭前不能细细的研读，翻开诗刊的第一首诗便是唐虎泉的《有时》，其中第四节这样写："有时我觉得年轻／还可以去爱一位少女／这个想法刚一闪念／仿佛听见了骂声一片／闯入了舆论的枪林弹雨"。我为他的敢想敢写而惊叹，他的画家的血液里流淌着的是浪漫的激情，坦率而真挚，一点也不遮掩。

正当我想把自己的看法说一下的时候，一个女服务员用脚踹开门，双手端着一个很大的汤盆进来，说："泡汤来了。"服务员的汤盆还没放稳，接下来的一句就是："喝啥酒？"众人的眼睛都在看盆子里的内容，服务员于是又补问了一句："请问各位喝啥酒？"彭勇抬起头来对服务员简单说了一句："白酒啤酒都拿来。"服务员又问啥白酒啥啤酒。彭勇说："涪江大曲和山城啤酒。"服务员再问："涪江大曲要大瓶还是小瓶？""小瓶的。""山城啤酒有老山城新山城还有山城520，请问先生你们喝哪种山城？""山城520。"服务员说："先生你们啤酒就喝蓝剑吧，价钱是一样的。""我们喝惯了山城啤酒的口味。""蓝剑啤酒也不错，换个口味还新鲜些。""妹儿你不要啰嗦，我们这个时候只想吃泡汤。"大家一阵笑，服务员也笑，就转身去了。

等服务员把酒拿来的时候,大家已经品偿到了泡汤的味道,一致的意见是:好吃。这是一种久违的极浓极浓的乡村风味。其实在吃的时候,我就记住了这泡汤的组成:滑肉、猪肝、香菇、黄花、耳子、葱花、生姜、花椒、白扣、食盐、味精以及熬干的肥肉片。我甚至想象出厨师制作这道菜品的一般过程:薄而小的肥肉片快熬尽油的时候,锅里开始冒出青烟来,这时厨师把一瓢水倒进锅里,滚烫的油锅哧的一声升起一片蒸汽。他在蒸汽里/朦胧了自己的脸面/我看到他在锅边/尽情地舞蹈/尺多高的白帽/晃来晃去/手里那把铁勺/在锅沿边啄弄/一些调味生活的佐料/抖入锅中/而后 熬成一锅泡汤/供我们品尝。月工资八百,三点钟睡觉,九点钟起床。过后问到这个厨师,他其实很辛苦。

酒到半酣,菜有余热。此时唐玮和陈晓才姗姗而来,她们说处理了一些要紧事情后赶来坐一坐,有一些对不起大家的感觉,于是就挨个敬大家的酒。席间打胡乱说,荤素相间,笑声一片。王谢冬找到新的话题,要为唐虎泉那首诗歌再碰一杯,黄化斌更是推波助澜,鼓动大家为唐虎泉那份"复杂"的心情而喝,席间再次掀起高潮,情不自禁,有人高呼:服务员再拿酒来。

那晚宴吃了多长时间,已经记不清楚。出得门来,天空无星无月,街道灯火辉煌。彭勇说,喝茶去。

在漫谷喝茶

漫谷茶楼在天龙后街,那是一个清静的所在,我们已经去过数次,主顾彼此间很熟悉。女老板问过我们多少人,就径直去开了一间大屋。诗友中有几个是抽烟的,吞云吐雾实在污染空气,会让女同胞们受不了,于是自觉的拉开窗帘推开窗子。

服务小妹给每人端来一杯清茶,然后退出去,顺便带上了房门。

闲话少说,书归正传。彭勇提出今晚聚会的主题:一、请杨莙谈谈新疆之行的见闻;二、再请杨莙谈谈编辑这期诗刊的感受;三、各位诗友对这几期诗刊的看法;四、讨论《家乡人》创刊一周年之际举行诗歌朗诵会的事宜。

杨莙对新疆之行的见闻避而不谈,她说她已经写在她的文章里了,读后便知。对于编辑这期诗刊,杨莙说感到麻烦和恼火。她说她从来都没编过,一点经验都没有,抓不到套头,对于电脑打字虽然是好几年前都学会了的,但编排却没做过,弄过去弄过来花了不少时间,点点儿大个事情都要搞半天。

黄化斌接过话题说杨莙虽然费了力，自己这头却轻松了许多，往回编辑《家乡人》都是统稿人直接将原稿交给他，如此一来，他就要找人打印和编排，事情多而杂，几期做过来，就有些伤神的感觉。黄化斌的体会我是理解的，因为长期做编辑工作，其中的甘苦和辛酸我都尝过。大家对黄化斌付出的劳动都给予充分的肯定，由此又想到了唐虎泉，《家乡人》每期的封面都是他设计，其独特的创意令诗歌圈内的我们佩服不已，但表现在嘴上却有意和他过不去，说他第四期封面那个渔翁担的鱼不符合生活实际，一头两个，另一头三个，担起来肯定是翘的。有诗友替唐虎泉挣面子，说三个鱼那头挂鱼的绳索上渔翁搭了一只手，那是在用力往上提，所以左右两边的重量就一样了。大家笑，唐虎泉也笑。都知道相互之间是说起来耍的，取笑而已。

　　关于对已出的四期诗刊的看法，诗友们都有一个共同的认识，就是还没有对作品的评论，那么找谁来评呢？大家就推举陈默和李贵华作为下期的诗评者，两人都推辞不干，找出一些不是理由的理由。大家知道，陈默写诗，李贵华写杂文，在各自的领域都是高手，不写，说写不好一类的话，完全是谦虚而已，哄得了别人，却哄不了在座各位。实在拗不过，最后只得应承了下来。

　　对于《家乡人》出刊一周年诗歌朗诵纪念活动，大家都谈了一些意见和想法，因为临时说起，都没来得及作深入细致的考虑，此一问题就留待下次聚会时定夺。

　　和每次聚会一样，大家谈诗谈文，从古代到现代，从国外到国内，从别人到自己，谈写诗作文的感受，谈创作的体会和得失，一杯清茶，半包香烟，说不完的话题，道不尽的想法，在轻松而愉快的气氛中，时间飞逝，有人提出：散了吗？散了！于是在门口一一握手道别，挥手说再见，朝各自回家的方向，消失。

记录在案（二）

——写在《家乡人》第八期组稿之夜

最初的想法，诗歌沙龙自办刊物《家乡人》以季刊的方式，主要刊载沙龙成员的作品，供交流探讨。从 2003 年冬季出刊到 2005 年的夏季，夏季号出刊过后，因为成员中个别人工作调动等原因，暂时搁了下来。从而成员之间交流的时间少了，相互间写作的状况也不甚清楚。短短几个月，心里那种对诗歌无法割舍的感情，竟使人惆怅和不安起来。这恐怕是诗歌写作者的一种"诟病"，一种深入骨子里的情结吧。于是，就有三五几个人小聚在一起，谈了些想法，提了些意见，认为应该重新组建一支队伍，把心爱的事业继续下去。最后一共确定了十人：陈默、黄化斌、彭勇、杨莙、王谢冬、陈秋雁、黎婷、唐虎泉、曾中泉、马孝义。召集人则由陈默、黄化斌、彭勇三人担任，主持人采取轮流的形式，一人负责一期。

2005 年很快就要过去了，年末岁尾，上班的人时间更为紧迫，于是推举退休在家的曾中泉主持第八期《家乡人》的编辑工作。编印之前，作一次聚会，商讨一些工作。

聚会的地点是每次颇费思考的事情，因为不仅仅是找一个地方吃饭的问题，大家觉得，所选的地方总应该有点文化氛围，或者比较新鲜一点的才好。然而，一个弹丸小城，很多的去处，大家都耳熟能详。要找一个新颖的地方，也不是一件容易的事情。

12 月 8 日，一个名叫谷满仓的餐饮店开业了。谷满仓，这是一个俗中带雅的名字，它坐落在江北新城夏露街与金佛大道之间的一条横街上。8 日下午，我下班途经那里，见过那店名的招牌，感觉行书字体颇有特色，匾额不大，落款自然更小，而且又在匆忙之间，也就不曾注意到其书写者为何人。然而巧妙的是，那晚与书画界的几个朋友在老城一个地方吃饭，偶尔谈及，得知书写者，乃本县书家，此时就坐在我身边的刘圣禄先生。圣禄与我读过同一所师范学校，高我三级，他毕业我进校，当属我师兄。由于对书法的爱好，我与他数年来有些接触。晚饭后回家，他邀我第二日晚上与他一起到谷满仓吃饭，说那开店的老板是他的学生，亦是我的同乡。既然如此，我也就应答得很爽快。

回去后倒头便睡，第二天早晨起床看时间，只见手机的屏幕剩下一块白板，没有电了。要充电已经来不及，只好将充电器放入包里，赶紧出门，乘车去民政局开一个会。上午黄化斌找我多次，却一直无法联系，后来电话打到家中，我人又在外面。幸好中午回单位，途中遇到曾中泉，告知晚上聚会一事，地点恰恰也在谷满仓。

下午在单位一边赶着写稿，一边充电，稿子没写完，就接到沙龙成员一个二个的电话，说的都是聚会的事情："地点谷满仓，时间五点半。"

我上班的地点离谷满仓很近，步行只需几分钟，所以稿子写完之后还处理了一些杂事。五点半差五分抵达那里，早有书画界的几位朋友先到，在棋盘上面开始厮杀。但见对弈双方推兵进马，顺炮出车。表面风平浪静，默不作声，实则胸中波澜，硝烟弥漫。观看者目光紧盯棋盘，手里捏把冷汗，心中既为弱势者叫苦不迭，口里又大气不敢出，他们扼守"观棋不语真君子"的古训。其情状，呆若木鸡，噤若寒蝉，仿佛老僧入定。我想，这其实应该是一种境界，非数年潜心修炼而无法达到。

相反，诗歌沙龙的成员到来之后，则很是"干燥"，人还没走到桌边，就叫服务小妹倒茶来，茶倒了，又安排去拿扑克，说要打升级。打起牌来，却又一点规矩不要，自己的牌都没看清楚，眼睛老是瞟别人手上的牌。一支烟衔在嘴里，已经湿了半截，竟忘记了从嘴里取下来，却又去端茶杯，半寸长的烟灰落进茶水后，赶忙叫服务小妹换杯茶来。看的人哼小调，使眼色，递点子，游走于牌桌四方。出牌的人运筹帷幄，看牌的人指点江山。

同一个大厅，书画人士那边静默无声，诗歌沙龙成员这里喧哗一片。

牌瘾过足了，烟蒂丢了一地，扑克散乱，一片狼藉之中站起身来，晃眼一看，四周墙壁悬挂着字画若干，遂感到这里还算比较高雅的地方，何必如此狂躁喧闹。

几个人阴悄悄地去到预定的雅间，落座，喝茶，抽烟。但几分钟过去了，竟不见服务员拿菜谱来，于是就有人高声呼唤："服务员把菜谱拿来我们点菜"。末了还牢骚一句："狗日新开张的食店，服务员没经过训练，都不知道点菜！"

服务员听到喊声后立即拿了菜谱来，一桌人看来看去，却拿不定主意吃什么好，不想吃鸡的说鸡肉卡牙缝，不想吃鸭的说鸭子没得肉，不想吃鱼的说中午才吃了，不想吃羊肉的说羊肉膻味太浓，弄来弄去，后来则只有一人点一个菜凑成一桌。

沙龙的十位成员，当日只有黎婷和陈秋雁因事未来，其余八人，悉数到齐。尽管几人早已烂熟，说话处事随意至极，但必要的礼节也还得讲究。本期的主持人曾中泉，不善饮酒，但他依然举杯邀请众人，恳请诸位早早交稿，支持他的工作。中泉在报社做过数年编辑，深知巧妇难为无米之炊的道理，只要一人滞后交稿，则无法通盘加以考虑。几人之中，数他年龄最大，但他依然热心此事，实属难能可贵。更难能可贵的是，他是一个不可多得的全才，就写作而言，诗歌、小说、散文、填词、作曲，可谓无所不能，近日两首歌曲，就获得全国两项大奖。

中泉来了兴致，还要举杯与众人单喝，饮到王谢冬处，性格爽快的王谢冬叫了暂停，她说她有一首诗要朗诵。众人于是诧异，在开席之前，王谢冬姗姗来迟，问她哪里去了，她坦白说去了发廊，理弄了一下头发，然后再来参加晚上的聚会，大家还开了些"女为悦己者容"一类的玩笑。而她此时又别出心裁，搁了酒杯，要朗诵诗！

但见王谢冬从衣袋里摸出一张纸来，眼睛盯着唐虎泉。说唐老师这次去山东领国画大奖，坐的是高级轿车，吃的是山珍海味，见的是画界名流，而且顺便一路挥毫，还挣了些外快，实在是风光无比，自己心里有些感触，就写了一首诗送给唐老师，诗歌的题目是《赠唐兄》。

大家匪夷所思，王谢冬口中称老师，怎么写起诗来又是唐兄？王谢冬解释说称老师表示尊敬，认为是兄长，心里感觉要亲切些。众人一笑。她大声朗诵道："你飘逸的长发像天上的云"，大家点头，"你睿智的眼睛是黑夜的星"，大家又点头。可是念到后面，竟冒出一句："你就是画中那一只秃鹰"。大家噗哧一口笑出声来，都说要不得要不得，刚才还有飘逸的头发，现在一下子脑壳就秃了，再秃也没秃得这么快，前后矛盾，最好把"秃"字改为"雄"字，虎泉本男性，"雄"字更妥贴。

陈默说沙龙里女诗人给男同胞写诗是第一次，王谢冬是第一个，偏偏她又写给画家虎泉，让人生出好些想法，也让我们心情复杂，至少，你们两人该喝一杯。胆大的王谢冬说，不管你们有啥想法，也不管你们心情有多复杂，反正我无所谓。其语不仅回答众人，更是挑战虎泉。只见虎泉嘿嘿一笑，将飘逸的长发向后一甩，说："我老婆基本上不读诗歌，王谢冬写了，我老婆也不晓得，我当然也不怕。"一桌人顿时大笑不止，差点把酒杯都碰到地上。

更有趣的是，书画界的朋友过来敬酒，其中一人认得彭勇，却认不得王谢冬，而彭勇和王谢冬的座位紧挨一处,那位朋友以为王谢冬就是彭勇的"那一位",于是举杯邀二人,祝他们恩爱。把人都笑死了。

过后两边的人过去过来,你敬我一杯,我敬你一杯,扯一些闲语,说一些笑话。酒足饭饱之后,大家也有了归家之意。中泉去结账,杨莙则到吧台去要了两个气球,她说给女儿带回去。人在外,心在家,杨莙的女儿我们都没有见过,其爱女之情,令人感动。

那一夜,彭勇驱车送我和曾中泉、王谢冬、杨莙回老城各自的家。因为用稿在即,彭勇打算回家后将所写诗稿连夜发到我的电子邮箱里,并电话通知我。我当即同意,说一定在家中等候。我回到家里,打开电脑,浏览着网上的新闻。大概有了一些酒意,看着看着,竟靠了床头睡去,手机铃声响时,方才记起彭勇嘱咐的事情,遂起床接了电话,表示立即查收。

彭勇那一组写北京的诗歌,一共十首,我读了两遍,总体感觉甚好,不过有几处认为还可以商榷,本想打电话去谈谈自己的想法,但考虑到已是深夜,也就作罢。

2005 年 12 月 11 日夜于书院坡

记录在案（三）

听芸徽说事

时间，2005年12月23日，《家乡人》第八期出刊之夜；地点，江北新城同昇大酒楼。

与以往不同的是，当晚将新到一位客人，系彭勇介绍，名曰蒋芸徽，在座诗友有闻其名不见其人者，亦有不闻其名亦不见其人者。据彭勇说，芸徽兄乃天鸟纳百利公司经理，从事就业培训和劳务输出，现又兼营房地产开发，但十多二十年来，一直酷爱写作，酷爱读诗写诗，他很想加入到我们诗歌沙龙这个圈子中来。

芸徽到底是商海中人，整天繁忙着事务，晚饭之前，催请了数次，但仍抽不脱身。及至暮色四合，华灯初上，才驱车匆匆赶来。进屋则拱手作揖，连声道歉，说有点小事处理，耽搁了大家的时间。众人推他去坐上首，但芸徽谦虚着摆手退步，万般推却。因为是第一次见面，芸徽毕竟应算客人，所以大家还是把他推到了上首的位置，与彭勇挨邻而坐。彭勇倡议大家共同举杯，欢迎芸徽的到来，随后又将诗友逐一介绍给芸徽。芸徽手握酒瓶，为诗友们满杯斟酒，一一回敬。喝酒谈话之间，不断有人来催他。原来他因事宴请客人，为赴诗友之约，亦将宴席订在同一酒楼，他想利用有限的时间，就近处理更多的事情。

23日是星期五，第二三天不上班，晚上再多耽搁一点时间也无妨，所以黄化斌邀请大家晚饭后到他的"家乡茶楼"去坐坐。到了茶楼，或喝茶，或唱歌，或跳舞，或聊天，各行其便。

芸徽和我们一起喝茶聊天，谈话中才知道他是潼南师范学校78级学生，在座的陈默和我也在同一所学校读过书，陈默83级，我85级。听芸徽说，毕业后的他在玉溪一所中学教过七年书，后转行干起了现在的事业。在师范学校读书的时候就开始写作，并有作品在云南的《边疆文艺》上发表，他描绘了第一次发表文章以及收到稿费时欣喜若狂的情形。教书的几年及至现在，自己对写作都从没放弃过，尽管现在从事的职业仿佛与写作风马牛不相及，但毕竟那是青少年时期形成的爱好，似乎已经根深蒂固了，难舍的情结伴随到今天，想丢也丢不掉。

　　文人贫穷的是金钱，富有的是精神。《家乡人》出了八期，所需的每一分钱都是诗友们自掏腰包，印刷的质量虽说不高，但刊物办到现在的模样，也算已经很不错了。对于我们办刊经费的捉襟见肘，芸徽似乎有所觉察。当晚，他主动提出可以给我们一点资金上的支持，把刊物办得更好一些。他还提出也可以出去走一走，与周边区县的文朋诗友们交流交流，相互学习，取长补短，共同提高。至于具体的方案，他说他没有这个时间去考虑，而且考虑恐怕也不会很周全。他的意思是，请诗歌沙龙的成员们商讨一个可行的方案，他作资金上的援助。

　　芸徽开办了天鸟纳百利公司，有了自己的网站。为了把《家乡人》里的诗歌以及沙龙成员的作品推出去，他说他还可以为《家乡人》专门建个网页，让更多的人知道，在潼南这块文化相对比较落后的地方，依然有那么一群不甘寂寞，埋头耕耘的写作者和文化精神的传承者。

　　芸徽是搏击商海的成功者，但不用说，他的一分一厘，都凝聚着自己的汗水和心血。我们深深知道，一位成功者的背后，都会有许多酸甜苦辣的故事。我们不及细问，他也没有提及。对于他提出为诗歌沙龙办点实事的想法，我们无不为之感动，同时，对他不计个人利益，为文化事业无私奉献的精神，我们也深深钦佩。

2005 年 12 月 30 日

观虎泉作画

　　唐虎泉君，潼南知名画家，一头长发，飘逸潇洒，有名士风度。诗，文，画，样样俱佳。现供职于县文化馆。

　　文化馆虽简陋无比，但此处藏龙卧虎。在二楼走廊尽头，有一间十多平方米的三角形屋子。新楼落成分房办公，单位嫌丑，职工嫌孬，虎泉君却不嫌其窄。又因那间屋子紧邻厕所，如厕之近，近在咫尺，实在是方便。还因那屋子偏处一隅，听不见喧哗之声，亦不受过路人等干扰，实乃一理想之地。虎泉主动请求到那旮旯里头去办公。领导求之不得，虎泉却心下窃喜，如获至宝，于是据为己有，长期占用，金不羡，银不换，享用至今。

　　那屋子置画案一张，立柜两个。立柜陈旧如古董，漆块斑驳脱落，面目老气横秋，且长期关闭，密不示人，只有少数知情者，晓得那里头藏着虎泉的画作精品，可值万千银两。小偷不知，如果知道，恐怕早被盗窃一空。因屋子狭小，故画案不大，只有画斗方写尺幅，方可一用。虎泉乃随意之人，凡事不拘小节，所以画案更是随意，半截堆了纸笔墨砚，横七竖八，零乱不堪，一张画毡糊满墨迹污水，更有那满地画稿，皆为他自己不满意者。其实那丢弃之作，当中也不乏上乘佳品，只是他自己要求甚高，稍有不称心，则弃之不要。倘若有收藏爱好者，卷了那些作品回去好生保管，他日定会获得一笔不菲的收入。我虽有此想法，但终因皮薄面浅，不好意思开口，仿佛开口即有做贼之嫌。另外，在我看来，一个对自己负责任的画家，他是不愿意将带有瑕疵的画作流于世面的。

　　2006年元旦将至的某一日下午，应约交一幅书法给他办一个展览，其时他正闷在屋子里画他的枯树老鹰，墨稿大的轮廓已成，他还在画局部的松枝，画架立在墙壁处，手里握支毛笔，眼睛盯着画面，进一步又退两步，观看，揣摩，思索，然后再上前两步，落笔纸上，大胆，肯定，干脆而利落。心中有了数，则不见拖泥带水。我看见的是松枝苍劲有力，老鹰顾盼生情，山崖奇崛险峻，云天高远空濛。我自知目力不够，鉴赏水平太低，无法抵达虎泉君的内心深处，不知他对一幅画究竟有怎样真正意义的理解。但就我看到的这种表象而言，也足以让我惊奇而赞叹了，我不得要领的看法，不敢以溢美之词随便去赞颂，因为华而不实的虚妄之词，会让一个真正的高手见笑。

　　虎泉君擅长的是花鸟画和山水画。其山水画我倘可用浑厚质朴一类的词句去概括，他的那些写意花鸟就让我如读天书了，让我良莠不辨，黑白混淆。然而，他在国内获奖的作品又以花鸟画居多，从而也印证了我对国画认识的浅陋而不是自己故作谦虚。虎泉君的写意花鸟画更是高深莫测，我看不懂的地方太多。

　　但虎泉君其人却并非深奥高古。他性格坦率，说话直截，待人诚恳。不恃才傲物，不鄙薄后学。所以书画界许多人愿与他为友，或切磋，或请教，都喜欢到他那里去，无烟，无茶，站着，坐着，空谈而已，写字作画而已。

　　当日又有一人抱画而来，请虎泉君看看，虎泉君展开看了，好的说好，孬的说孬。用笔，用墨，染色，构图，一一指教，并提笔修改。边改边说，其语言通俗明白。"这块石头都要倒了，我给你扳正。""这几棵树子画小了，不成比例。""画水的线条不大胆，用笔漂浮。""墨色过渡不自然，用色太鲜，应弱化。""这几块云是脏的，你用的是宿墨，宿墨非大家不能用好，今后要慎用。""这里是流水出来的地方，是个气口，你却把它堵死了，但画已定型，我也改不了了。"我听到这里，心里发笑，我原先以为像虎泉君这样的重量级人物，对于画，他是无所不能的，人定胜天嘛，然而，他先生也有"改不了了"的时候！言为心声，一句实话，不遮掩，不避短，其胸襟之坦荡，尤可鉴也。

2006 年 1 月 3 日

记中泉编刊

2005 年 12 月初，中泉着手编《家乡人》第八期。

先生性子慢。说话慢，走路慢，做事更慢。我与他共事五年，潜心学他的脾气，不仅没学会，反而弄得我脾气更加暴躁。

中泉的电脑买了数年，而且早已安了宽带，可以上网，可以聊天，但他对电脑的功能只是略知一二，水平停留在初学阶段，至今每分钟仍然只能敲打三两个汉字，建不成邮箱，发不成信件，稿子用手写，写好之后就往打字店跑，交了打印费，再花冤枉钱，买几张邮票，把稿子寄往外地。不久前写了两首新歌，按此种笨拙的办法操作，居然也获了银奖铜奖。

我问他平时写的文章留底稿没有，他说没留，我说你完全可以拿个 U 盘叫打字员给你拷起，再拿回来存在电脑里，稳当得很。他说想来也是，你不说我还没想起。

鉴于他对电脑的茫然，在编这期《家乡人》的时候，我给他出主意，叫沙龙成员的稿子都往我的邮箱里寄，到时候收齐后一并转给他。起初大家叫他编的时候，他唯唯诺诺，半天不敢答应，这下一听，心头顿时有了底气。于是端个酒杯满桌人都碰遍，说些有望大家支持的话。别人都喝干了，他自己还剩大半杯。"喝急酒我不行，我慢点。"说了就把话扯到另一边去了。

眼看到了 12 月中旬，除了他自己的稿子外，我这里差不多都收齐了。我催他来拿稿，他说下午四点钟过来，我心想等他四点钟从老城过来，我都快下班了，于是叫他把时间安排早点。他答应了，但答应是答应了，他到了新城后，却又去办另一件事，把时间耽搁了许多。我在办公室一直等到接近五点，他才提个包包推门进来，先是递支烟给我抽，独自又喝了半杯水，才把 U 盘交给我，让我把内容拷到他的盘上，他拿回去再作处理。

　　回去过后，他忙于私事，无暇顾及编刊之事，几天后不见响动，我打电话去问他，他说离月底还有几天，来得及。

　　就在他认为时间还比较宽裕的时候，一件意外的事情差点弄得他手足无措。那天他有了空闲，把U盘拿到黄化斌那里去编排，黄化斌正有一首诗将作小小的改动，在改动的过程中，不小心却把里面的内容删除得一干二净。黄化斌打电话来，问我是否还有底稿。幸好我当初作了准备，将内容另外作了保存，但我那时正下乡采访，一时不能回来。就叫中泉晚上到我家里来，抽夜晚的时间帮他在编排校对上作些处理。

　　晚饭后我在家中等他，可一直等到九点过后，中泉才来敲我的门，依然是一个包包夹在腋下，慢条斯理地说他编刊的事。他说自己还有两篇稿子要打，打印的价格他都清楚，只是那编排费太高，问了几个地方，每页收费都在五块钱以上，算下来光排版费都要一百多块，他还在托人满城打听，找熟人，看有没有更便宜的地方。

　　叙述这件事情，中泉又游离中心，说些与之无关的空事，长麻吊线，拖泥带水，眼看时间快到十点了，我害怕他就这样一直说到天亮，他可以彻夜不眠，我第二天一早还要下乡，所以就打住他的话语，到里屋去开电脑，中泉才意犹未尽地起身跟我进去。

　　那电脑实在是太捉弄人了，早不出事晚不出事，半天却无法启动，急得我拖开桌子到处检查线路，在确定不是线路的问题后，我想起了那个修理工曾经说过的话：机器受了潮，一样的启动不起来。我把烤火炉拿来加温，恨不得把机子都烤糊。

　　大约又折腾了半个小时，机器才终于启动。把中泉那两页稿子打了，又初步编排了刊物的目录，再把所有的诗稿作了校对，时间就到了第二日凌晨，送走了中泉，我得抓紧时间睡觉。

　　过后的几天，依然出了一些变故，虽然经过多方努力，中泉找到了比较便宜的打印店，但拿去的磁盘却无法找开，他找我的时候，我仍然有事在外。他说不知是我的电脑有问题，还是他的U盘有问题。其中的原因我也不清楚，我说只有等到我回来后再作处理，中泉在电话里不慌不忙地说"要得"。水淹齐嘴皮了，他都不着急。

　　后来他编印那期刊物的具体事情我就不得而知了，等到出刊聚会的那天晚上，他有母鸡生出一个鸡蛋的感觉，翻开那本油墨飘香的第八期《家乡人》时笑着说：编刊其实还是很有乐趣的。

2006 年 1 月 5 日

解读阿勇和他的诗歌

阿勇的诗集《生命的履痕》出版了，这是一件令人高兴的事情。他嘱我在其诗集首发仪式上作个发言，我欣然应许。

第一次认识阿勇，是十五年前的一个春夜。我以书法爱好者的身份去参加一次书法活动。恰巧，他也在活动会上，通过一番自我介绍后，我们从此相识。那时候我不知道阿勇也写诗，只知道他的书法获过市里的大奖，在潼南书法圈内已小有名气。在以后好长一段时间的交往中，我们也只是谈论些有关书法创作的得失体会，很少论及诗歌。1994年，他在做警察的同时，兼做《潼南公安》报的责任编辑，那时候我在一所中学教书，他来信向我约稿，我寄去了一篇散文《南方之旅》，很快就在报上刊登了。过后数次相见，他都对此文赞赏有加，喜悦之情溢于言表，我知道这是文学路上兄长的关怀和厚爱，是对我写作的莫大鞭策和鼓励。也就是在他编辑这张《潼南公安》报上，我才开始零星读到他写的一些诗歌和散文，数量不多，但却耐人寻味。

1998年，我到潼南报社工作，当过一段时间的副刊编辑，为了把《涪江潮》文艺副刊进一步办好，须得有县内广大作者的大力支持，于是我向阿勇等一些文朋诗友约稿，但阿勇的来稿却很少，催急了，他就交一些书法作品供我选用，那个时候我不知道他正处于诗歌创作的苦闷期，他在通向诗歌巅峰的台阶上徘徊不前，内心的苦痛到了极点，但他又无法与诗歌割舍，诗歌已成了他生命中不可缺少的一部分。寂寞难熬的日子，他在斗室里静坐、吸烟、看书、思考。正如他在《等待的夜晚》中所写："许多的夜晚／就这样过去了／在我翻动书页的声音中过去了／在我沉思的烟雾中过去了／独自凭窗／凝望秋夜星空默默无言。"诗人等待灵感的到来，等待诗歌女神的钟情，他等得好苦好累。但在孤寂的长夜中，他没有放弃对诗歌的信念，"白炽灯似一朵盛开的雪莲／传递着那温热的慰安／我将孤寂陷进破旧的藤椅里／

但思念却慢慢涌入我的笔管／台历预示／明天将是一个温馨重逢的日子"。

　　凭着对诗歌坚定的信念，在苦苦的等待过后，朋友阿勇终于走出了那段彷徨苦闷的日子，他又重新拿起了笔，于是有了诸如《大码头》《潼南往事》《我的一九五八》等佳构文章。

　　从上个世纪八十年代初期至今，阿勇在充满荆棘和坎坷的创作道路上孜孜不倦，默默以求，以极大的毅力坚守着诗歌这片圣洁的园地，前前后后、断断续续写下了不少具有鲜明时代特色和浓郁生活气息的作品。

　　于是，阿勇想到了出书。他想把这多年来用心血和汗水凝成的文字集结在一起，总结过去，展望未来，以新的姿态投入新的创作。勿庸置疑，阿勇的想法是对的。

　　作为警察的阿勇，他的生活态度是严谨的，作为诗人的阿勇，他的创作态度依然是严谨的。在他选编自己这本诗集时，他删去了许多应时应景的作品，也删去了自认为略显稚嫩的篇章，宁缺勿滥，去粗取精，一删再删，一直删到只剩下150个页码74首诗作为止，可以说，这本薄薄的诗集，凝结的全是阿勇诗歌的精华。

　　诗集出版后，阿勇第一时间来电相告并以书相赠，其情真意切令人感动。我怀揣诗集，捧读再三，整整一个夜晚，都沉浸在阿勇那些感人腑肺的文字中，穿行在他饱含深情的诗行里。辗转反侧，夜不能眠。从阿勇的诗歌中，我读到了他人生旅途中留下的深深浅浅的脚印。

　　阿勇的童年是苦涩的，在那个缺衣少吃的年代，只有那诱人的嫩葫豆诱惑他的胃口，然而，他却被这种食物中毒不浅，他写道："一九六五年的嫩葫豆／散发着青绿的诱惑／在与我七岁的舌头和牙齿／亲密接触之后／一种叫做青青酸的病毒／在我血液里兴风作浪／我的舌头／还留着一种沁人心脾的微甜／一种前所未有的痛楚／却让我的童年刻骨铭心……／当年的嫩葫豆／在穿越三十年的岁月风雨之后／仍然是我生命中不能承受的疼痛"（《一九六五年的嫩葫豆》）。

　　童年才过，灾难又一次降临到他的少年乃至青年时代，他辍学了，原因是响应上山下乡的号召，他在《凝望》中写道："站在村口／常常把对岸的中学校园凝望／一种长满苔痕的迷惘／悄悄爬在心壁上／别了，郁郁葱葱的中学时代／别了，如梦如幻的青春时光／像一个弃儿／我们已被时代遗忘／谁能理解我们这一代人心中／对知识的渴望。"

　　阿勇告别学校，去到乡下，用信念的犁，默默地耕耘他的岁月。到了恋爱的年龄，阿勇回到了城里，在这个充满青春梦幻般的季节，阿勇仍然抒写他不能承受的生命之重，他在爱情诗《一起走过的日子》中写道："那个皎洁的夏夜／树影婆娑月光如水／你喃喃地对我说／你用生命爱着我／ 我知道／世上爱的表白有千万种／许许多多的山盟海誓／都化作了随风而逝的泡沫／ 不知为什么／你的那句耳语般的话语／竟让我感到／生命不能承受之重……对于恋人以生命相爱，阿勇感到的是生命不能承受之重，表现出了诗人震撼人心的责任意识，其品质何其高贵！

　　诗人阿勇，正如他自己所言，他常怀悲悯之心，抒写世间情物，既有对假恶丑的鞭挞，也有对真善美的追求，在他《橄榄风景》辑中，更多地体现出的是一名警察侠骨柔肠的情怀。他写出了对祖国和人民的忠诚，也写出了自己的社会良知和责任。我们看到了一名警察和一位诗人的和谐统一。

　　在阿勇诗集面世的今天，我怀着由衷的心情写了上面这些文字，由于我对阿勇的诗歌是第一次集中阅读，既有时间的仓促，来不及细细品味，也存在个人认识的偏差，所言所语，肯定有不恰当的地方，望阿勇指正。

2003 年 12 月 5 日下午

黄化斌印象

黄化斌的诗集《警察与浪漫》即将出版，他寄来了他的诗稿，嘱我写一篇读后感之类的文章，起初我答应了，以为写出来之后，只是小圈子内的几位文朋诗友看一看，相互交流而已。但后来听说他要将文章收入书中，我顿感不安起来，想推辞不写了。因为在我的想法里，只有好的文章才能为他的诗集锦上添花，自己说不清道不明的几个粗浅的文字，或者对其诗歌不得要领的剖析，放到那本集子的后面，岂不成了狗尾续貂？而化斌的诗作是要留传于世的，一旦我那黑字印在白纸上，想抹都抹不掉了，到那时，既伤害作者的感情，又败坏读者的胃口，恐怕会成为永久的遗憾。

但是，化斌是我多年的朋友，对朋友的嘱托不去尽力为之，心中便凭添一分内疚与不安。于是，在挥汗如雨的夏夜，我一遍又一遍地品读化斌的诗歌，沿着他的想象，去感受他的心路历程，去体会他作为警察的酸甜苦辣。这些时候，常常被他那简洁明了的句子而感动。然而，想把那种感动诉诸文字，笔力不济的我，却又何其艰难。因为在我的心中，完全充满了对这本集子里每一首诗歌的崇敬，以致于崇敬得迟迟不敢下笔，也不知从何下笔了。

常言说，文如其人，诗如其人。不敢对化斌的诗歌妄加评论，我想，何不从诗歌的另一面，写写"化斌其人"。在过从甚密的文朋诗友中，化斌在我心中的印象无疑是深刻的。

化斌是警察，业余写诗，其公务的繁忙自不待言，他所从事的工作与诗歌也没有必然的联系。严肃的警察和浪漫的诗人这两个角色，他竟能融合得如此完美。这是化斌的独特和让人刮目相看的地方。单就写作而言，除了写诗，他也写小说，写散文，写报告文学。因为工作的缘故，前些年他还写了不少优秀的案例通讯。他是写作的多面手，能够驾驭不同体裁和题材的文章。长到中篇，短到三五句的小诗，不说字字珠玑，倒也涉笔成趣，经久耐读。这是化斌让人敬佩的地方。

在众多的体裁中，化斌偏爱着诗歌。记得在《圣洁的初吻》出版后不久，他对我说，他准备静下心来写几十首反映警察生活的诗。同题材的诗写几十首，谈何容易？他说他总题都想好了，叫《警察与浪漫》，我以为这是一个严肃的警察在我面前开的一个浪漫的玩笑，所以并未怎样往心里去。之后见面，偶尔一次我问及此事，他说还在写。几天前他打电话给我，说已经把编排好的书稿发到了我的电子邮箱里了，我才感到这个浪漫的诗人其实是一个严肃的警察。办事认真，说话算数。

化斌写诗，题材广泛，文思敏捷，出手快速，八小时之外伏案家中，挥一挥笔，两三首即出，尔后稍作改动，即为好诗。朋友作画、儿子生病、绿荫散步、夜晚观月、溪边垂钓、湖泊泛舟；女人、年龄、小狗、溪河、蝴蝶、马路、歌曲、鲜花、石头、等等一切，皆可入其诗歌，写来得心应手，读来清新明了。在写作警察题材诗歌的同时，其他诗歌也频频出手，而且出手又响亮非凡。

化斌谈诗，兴味盎然，尤其谈到自己比较满意的诗歌，更是口若悬河，眉飞色舞。他甚至逐字逐句不厌其烦地解读，他想倾其所有，把自己的快乐毫无保留地让朋友分享。此时的化斌，童真毕现，可亲可爱。就在他得意忘形的时候，有朋友故意与他作对，说他的诗一文不值，而且把他的诗断章取义，当众高声朗诵，弄出不少笑话。就在大家爽朗大笑的时候，陶醉在自己诗歌里的化斌猛然醒来，也跟着众人笑个不停，其开心的程度比捉弄他的人更甚。

客观地说，化斌是一个很谦虚的人。他谈他的创作体会，谈他自己对某首诗歌的理解，总是深入浅出，很有见地，从来没有高深莫测的理论，没有故弄玄虚和矫揉造作，就像他的诗歌一样保持着质朴的风格。他坦率的个性，处处显示出一个真正的诗人的可爱形象。

化斌对诗歌写作的执著，几近痴迷，二十余年沉浸其间，矢志不渝。在诗歌倍受冷落的时候，不少人见异思迁，不少人销声匿迹。但化斌坚持着，虽然，内心也是寂寞的。不同的是，孤灯陪伴的夜晚，他在寂寞里坚守，阅读或者思考，他在寂寞里蓄势。无数个阴郁的日子，他努力地寻找诗歌灿烂的阳光……终于，他看到了东方的曙色，看到了绚丽的朝霞。

2003 年，几位聚居县城的诗友筹备成立诗歌沙龙，化斌是积极的倡导者之一，他的热情让人深受感动，短短时间，就聚集了一批诗歌写作者。谈诗作文，气氛热烈，写诗的情绪被调动起来，个个青春焕发，佳作迭出。为了真正达到探讨交流的目的，随后又创办《家乡人》诗歌民刊，在办刊经验和经费都不足的情况下，化斌绞尽脑汁，勇挑重担，出资出力，使《家乡人》创刊号顺利面世。从那时到现在，《家乡人》

已出刊七期，尽管每期轮流主编，春夏秋冬各出一期，但每期从编排到付印，无不凝聚着化斌的心血。

我与化斌相识，始于1989年县里的一次文艺创作会。其时我们正值年少青春，彼此做着文学美梦，共同憧憬着前途未来，爱好志趣相投，观点看法一致，因诗结缘，遂成为朋友。过后数年，我从学校到了报社，交往由此更加密切。他来稿，我编辑。消息、通讯、诗歌、散文，他源源不断送来，阅读、删改、排版、校对，我大刀阔斧选编。见面忙时，他则一句话："照顾了"，我也一句话："感谢支持"。他去忙他的，我去做我的，没有闲话，转身就不见了身影。周末或假期，有了空闲，来了兴致，则邀几位文友小聚，吃酒喝茶，吹牛聊天，四五个小时不散。

化斌吃苦耐劳，勤于笔耕，多才多艺，亦诗亦文。稿子全国各地到处开花，集子出了一本又一本。目前，他的创作势头正旺，创作热情空前高涨。《警察与浪漫》尚未付梓，听说又有了出版下一本书的计划，其创作实力可见一斑。懒惰如我者，也就只能望其项背了。

2005年7月10日

陈默印象

我从一九八五年进入潼南师范学校读书认识陈默,到现在已经二十多年了。前晚他邀请几个朋友一起聚会,谈到他的两本诗集已经出版,一本是《光的影子》,一本是《让时间慢下来》。他请我和其他几位文朋诗友为他的诗歌写点评论文字,说是三五几天后一家报社要用稿。我深感时间紧迫,恐怕难以完成任务,心里不免惶惶,就再三推托,但最终没有推掉。

陈默与我的家庭背景大体相近,自幼生活在农村,上世纪八十年代初期的农村生活,艰辛而不富裕,农家子弟渴望走出寒门吃上"皇粮",那是一生的梦想,而实现这个梦想的捷径就只有埋头读书,然后升学。

陈默愿望的实现,是一九八三年,他以优异的成绩考入潼南师范学校。再过了两年,我也进入了该校读书。师校的学制是三年,说起来,我和他在这所学校其实只共读了一年,同校不同级。一年里,他不认识我,我却认识他,因为,他那时在校内已小有名气。

师校当时办有一份油印文学小报《绿园》,他是编辑之一,经常有文章在上面刊登,于是记住了他的名字。

有一天中午,在师校教学楼走廊的入口处,我看到众多的同学拥堵着朝墙壁上的玻璃橱窗张望,我也挤拢去一看,原来是陈默的一篇文章在《重庆日报》上刊登了。八十年代崇尚文学的青年可谓多如牛毛,有着作家梦想的学生不乏其人,但潼南师校建校多年来,在省市级报刊上发表文章的学生可谓凤毛麟角。陈默的名气于是一下就大了。

在校一年,我与陈默没有单独接触过。毕业后,陈默分配去了一所乡中学教书。

在从事教学工作之余,他一直没有放弃写作,我在不少报刊上陆续读到他的一些诗歌,也读到经他辅导的学生的习作。他在任教的学校里成立了草籽文学社,依然以油印小报的形式刊登学生的优秀作文，他呕心沥血，哺桃育李，乐此不疲。

陈默的诗歌创作一直没有间断，县文化馆办的《潼南文艺报》曾经用一个整版刊登过他的诗歌，这在当时，无疑是很大的例外了，因为全县仅此一张文艺报，还是双月刊，能够拿出珍贵的版面为其个人开辟专版，可见二十余岁的陈默在潼南诗歌界举足轻重的位置。

不仅如此，那期报纸一并刊登的还有他的一幅肖像速写，这幅肖像是一位知名画家特地为他而作的，其简洁的线条惟妙惟肖地勾勒出这位崭露头角的青年诗人的形象：沉静而消瘦。

一九八八年，全县举办首届文学大奖赛，陈默应邀为获奖的诗歌作点评，他的一篇千字短文与部分获奖作者的作品一同在报上刊出，我惊叹于他对诗歌独到的见解，更惊叹于他言简意赅的表达，更令人惊奇的是，他不露声色的行文风格和不加雕琢的语言，似乎远远超出了他那个年龄的水平，尽管从那时到现在，那是我读到的陈默评论诗歌的唯一一篇文章，但我依然佩服他不凡的写作能力。

时隔二十多年后的今天，他一下子推出两本诗集，从诗集的序言中，我读到了诗人万龙生和梁平先生对其诗歌的评价。陈默诗歌的价值，在这两篇序言中都有精准的评判，我也就没有必要再去品头论足，说东道西了。

我读书的习惯，是常常先读书的序言和后记。在陈默的两篇后记中，我读出的是"文如其人"这几个字的真实涵义。印象中的陈默是个为人处事低调而不事张扬的人，他的一举手一投足，或者与你坐下来吃茶说话，你都能体会到他性格的内敛，他的不愠不火与收放自如。我从没见过他有什么刻意为之的地方，但他又总能做到恰到好处。这两篇精致的短文，依然像他的诗一样：清丽，淡雅，如水，如月，如菊。

揣测陈默的诗歌，一定不是"做"出来的，而是像春蚕吐丝一样慢慢"吐"出来的，一缕一缕，一字一句，从容不迫，轻轻地，悄悄地，不经意间，就出来了，如词之小令，或画之小品，玲珑小巧，让人生爱。甚至也可想象陈默写诗的状态：静静地坐在窗前，默默地思考，心无旁骛了，然后伏案，不缓不急，在笔端就流出一行一行的文字；如果是电脑写作，推想他搭在键盘上的手，也不会是十指翻飞，一片哗然，而是不慌不忙，井然有序，一敲一击，那屏幕上就跳出了一个一个的文字，排列起来，每一句都不长，每一节就那么几行，适可而止，然后就收尾了。余下的，让你慢慢回味。

这样的诗歌写作状态是令我推崇备至的，非高手不能修炼到这种程度。

上世纪八十年代乃至九十年代初期，县内的文学氛围是很浓厚的，由文化馆主办的《潼南文艺报》，在经费举步维艰的情况下，每两个月也基本上能做到定时出刊，可以说，《潼南文艺报》为潼南的文学爱好者提供了一个相当了不起的平台，如今很多活跃在县内外的写作者不少是从那里起步的，包括陈默。那时县里每年要召开一次文学艺术创作总结表彰会，我和陈默就是在那一年一度的会上逐步加深了解的。

陈默在乡中学教了几年语文后，就调到县里的教育主管部门，然后又调，再调，最后就到了如今的县政府办公室，一直都与文字打交道，不厌其烦。在锁事繁多的工作中，他仍然挤出时间来写诗作文，实属不易。更不易的是，在周末或节假日，应文朋诗友相邀，他也能抽身出来，与大家相聚，仅就一杯清茶，或者一杯薄酒而已。这是一种情怀。

我和他相聚过不知多少次，只要一忆及学生时代，他都会提及当年《潼南文艺报》的一位编辑，那是带他走上文学之路的引路人，他没法忘怀。其情之真，其意之浓，言谈之间还能描述出诸多感人的细节，从而让我看到陈默对有恩于他的人的敬重和感念之情。

陈默于我，他是学长。关于他对我的关心，也可用一桩往事来说明。

一九九八年，我暂离教育岗位出外谋事，当时的通讯并不像现在这么发达，我一无传呼二无手机。他打电话到学校找我，方知我已外出数月。焦急的他多方打听到我夫人在县城工作的单位，然后告诉我夫人说城里某个单位需要一个办公室工作人员，他认为我有写作基础，可以胜任此项工作，不仅如此，从区乡到城里，还可改变我的工作环境。虽然后来因为各种原因，最终我没有去到那个部门工作，但我对他的那片赤诚之心，那片对学弟的关爱之情，内心一直充满感激。

类似的事情还有很多，这里不再一一赘述。

看到陈默的两本诗集出版了，我向这位学长表示真心的祝贺。考虑到报社索稿在即，时间仓促，来不及细想，就信笔而书，我行我素，草就了这篇小文，也算是对陈默的交待吧。

2009 年 7 月 12 日上午匆草

用心用情的写作

杨君的散文结集出版了。多年来，她那些散落在报刊上的文字，现在找到了如意的家。

我一直关注她的散文，欣赏她的散文，从十多年前到现在。她为文的用心、用情，在众多的写作者中，并不多见。正因为用心的虔诚，用情的专一，所以，读她的文章，总感觉简约节制，情真意切，才情并茂。

开篇的序言，读得让人心痛。一段情，一段爱，在无可奈何中随风飘逝。两年了，不是为了忘却，而是为了纪念。她把那些刻骨铭心的日子，浓缩在一篇凄美的短文中。把最不能忘怀的点滴之情，以及生命最不能承受之痛，全都写尽了。情到深处，着墨成文，怕是泪已千行了吧。

如果全书的文字都如此痛彻心扉，即使再坚强的男儿，也会在悲伤的情绪里，无语凝噎。

然而，无法不再悲伤。因为，那些不敢去听的歌，毕竟听了。那些不愿去想的事，却总是夜夜袭来。歌声和往事拂不去啊。所以，文字比歌还忧伤。

千山阻隔，万里相思。最远的你是我最近的爱。与心爱的人相识、相知、相恋、相爱，结婚后又两地分居，从而就有了无数的相见和离别，在风中，在雨中，经历的一幕幕，至今回忆起来，也是爱意切切，思念深深。可以去车站接他，但不去送他。这些文字，杨君是很用情的，但是，生活中抵达她内心的深爱，又怎一个"情"字了得！

偏爱的，还有杨君写美食的一组文章。杨君是一个热爱生活、懂得生活的人。民以食为天，更何况，那是美食啊。所以，在她的笔下，常人见惯不怪的菜品，她却写得香气扑鼻，滋味十足。甚至你会感觉每个文字都是香的，整篇文章就是一碟美好的佳肴。如果一个字一个字去琢磨，去咀嚼。最后，竟然就不知是在读其文，还是在品其味了。

美食美文。一个懂得生活的人，又善于将美好生活诉诸文字，让读者享受其间的快乐。这是不是杨君给读者的一种奉献呢？送人鲜花，手留余香。想必杨君也会在香气袭人的写作中得到快乐吧。

时光流逝，岁月无痕。只有从记忆深处沉淀下来并挥之不去的，才是一些美好的事物。充满快乐的童年，无知无畏的少年，青涩的学生时代，与同龄人的经历何等相似。偷看电视，偷读闲书，捣鸟窝，捉迷藏，打泥仗，爬树子，罚站讲台……一切皆成往事。但往事并不如烟，现在回想起来，提笔作文，依然可复现那段青春岁月，花样年华。让人回味再三，感慨不已。

回忆是美好的，把美好的回忆写成一组美好的散文，杨君无疑是成功的。

仁者乐山，智者乐水。能够游历名山大川，饱览锦绣山河，从来都是令人为之向往的。杨君也不例外。

古人失意即写诗，今人失意则旅游。而杨君的旅游，既非失意，也非得意。她实际上是在不经意之间就去了某个地方，然后回来，回来即写得一些游山玩水的篇章，写景状物中，不见流光溢彩的华丽，却有一些诗意的句子，点缀其间。不仅如此，在行文深处，还有着对人生的，命运的，甚至历史的思索，从而增强了文章的沧桑和厚重。它是有别于一般的游记散文的。

杨君是一个重感情的人。平静的外表，看不出她丰富的内心情感，只有读了她的文章，才可发现那浓得化不开的真情。单就她的家庭，她写祖父祖母，外公外婆，父亲母亲，姐姐妹妹，还有她可亲可爱的女儿。读罢掩卷，始知她时常怀着一颗对长辈感恩之心，对姐妹感激之情，对女儿舐犊之爱。人世间，亲情，友情，爱情，总是让杨君眼里泛潮，心起波澜。一个有着丰富感情的人，生活在感情丰富的家庭里。杨君是幸福的。

好动，更喜静。这是杨君生活的另一面。在快节奏生活的今天，她也追求安静闲适的生活。琐碎的俗务之后，可站在窗前，看闲云野鹤，听涪江流水，或者，在静寂的深夜，半卧于床，柔和的灯光下，捧一本书，闲读。直到半夜风起，雨来，便拧熄了灯，勿须用眼，只用心，就可听见雨滴蕉叶的声音。

滚滚红尘，人淡如菊，静卧夜阑，闲听花开，那是怎样的一种人生境界？

"一个闲时可听听音乐、写写字的人，对生活，心存感恩。"

这就是杨君。

春风沉醉的晚上

昨晚在电脑里看别人的博客，正入迷的时候，朋友阿勇打来电话说，有一位朋友想见见我。我问是谁，阿勇在电话另一头说，见了面你就知道了。但我明明听到阿勇在低声的笑：给他留个神秘感。

本来生活在这个小城数年，城市的街道再也熟悉不过，阿勇却细心地吩咐从哪条街哪条路再往前走多少米，在哪个单位门前，又是在几路公共汽车终点站的对面，说他们在等我。如此细致的说了半天，他生怕我弄不明白。

阿勇的关心一直以来都是那样到位。

出了家门，我朝阿勇吩咐的地点走去，一路上我就在猜测那位要见我的朋友究竟是谁。在脑海里一阵搜索，竟然就想到了张总，一位名叫张显华的兄长。因为，自己近来在博客里写过一些文章，这位潼南籍在成都工作的博友甚是关心，想必是这位离家多年在外的老乡回潼南了。

果然如此。在朦胧的夜色中，我看到街对面树丛下的两个人，其中一个正是阿勇，另一个稍矮的，虽不能完全看清他的面容，但依稀从博客上的照片与站在风中的他对上了号：正是张总。

见面的第一句话。张总说："兄弟好像比原来瘦多了。""兄弟"二字一出口，突然间让我感到一种莫名的感动和温暖，仿佛一股扑面的春风在这柔和灯光下的夜晚荡漾开来。

"张总好。"握着他的手，我自感眼里有一些潮湿。

阿勇提意去茶楼坐坐。在淳香茶楼里选定了位置，我们就在氤氲的茶水中畅谈一些欢快的事情。

认真说来，我与张总以前并不曾交往，偶有一两次见面而已，第一次是早年墨缘书社一次活动会上，其实印象也已不是很深刻，因为时间已经过去23年之久。近的一次也已有六七年了，是在阿勇诗集的首发仪式上，但那天文朋诗友太多，咫尺之间也不曾面对面交谈，一些事情也就淡忘了。

　　印象中张总是搞书法的，他的书法在我脑海里一直有很深的记忆，行书草书居多，有一种显山露水极具个性的张扬，风骨卓然外现，挺拔硬朗。但他的文章却见得不多。数月之前我开通了博客，于是见到了他一些关于回忆往事的数篇散文，从他的字里行间中我读到了他丰富的阅历，其中一些也是我所经历的，亲切熟悉的细节竟让我感动，他的晓畅明白，行云流水一般的叙事风格，也是我推崇备至的。于是就在博客中有了一些对话，无声的，无息的，却是心与心贴得很近的交流，两三个月了吧，一直保持着这样的情怀。

　　他下过乡，当过兵，经过商，在商海里沉浮数年，而今在成都一个公司任董事长，比一般的人都发展得好，文人经商，他算得上一个成功人士。业余，他依然没放弃他的爱好，唱歌、弹琴、写字、作文，我羡慕着他的精力和才情。

　　对于我来说，他是一位兄长，他的丰富学识和经历都是很令我佩服的，然而，他却那样谦虚，还真诚地向我讨教写作的知识，这着实让我汗颜，在这位多才多艺的兄长面前，我能说什么呢？

　　题外之话吧，就谈了许多与写作不相关连的题外之话。但仍然欢畅。

　　室外灯火辉煌，室外歌声飞扬。尽管这天细雨霏霏，春寒料峭，但我们在温暖的室内却坐了两个小时。那是一种久违的感觉，一种多年来不曾度过的、亲切的晚上。

　　这个晚上春风沉醉，这个晚上令人难以忘怀。

　　感谢张总，感谢你从老远的成都回来，让我们有了这次真正意义上的第一次见面。

2010 年 3 月 25 日清晨

清风拂来 翰墨飘香

周林，字清风。却不知怎地，突然就想起"清风不识字，何故乱翻书"一句来。但清风周林是识字的，而且识的是世人多不认得的篆字，篆字又分两种：大篆和小篆。其笔画，曲里拐弯，扭捏作态，"一个篆字找不到一笔是伸直的"。周林恰恰就喜欢这个，"宁向曲中取，不向直中求"，与他为人的态度反其道而行之。

周林不仅识得篆字，而且写得一手好篆字。孔乙己曾经说过，"回"字有四种写法，写好了，今后当掌柜的时候有用。但周林不屑，因为他的"福"字、"寿"字均有一百种以上的写法，他篆写的"百福图"、"百寿图"，或许为他当上潼南书画协会的主席起过一定的作用。因为一个字要写得花样百出，毕竟不是一件容易的事情。但圈子里也有不服气的赵某，花了三天三夜，挨个挨个去数那百寿图里的"寿"字，数来数去，却只有九十九个，于是去责问主席，怎么差一个"寿"字呢？对这有意奚落的突然袭击，周林心头也在打鼓，究竟有没有一百个"寿"字，鬼才晓得。但主席毕竟是主席，脑壳一转，两个眼珠子往上翻了翻："我说你娃墨墨蚊过路看到了，大牯牛过路却没有看到，你眼前组合成的这个大字，不是个"寿"是个啥啊？言毕，顺便口占一首打油诗送人：先生本姓赵，心头有点傲；寿字认不倒，以为是个啥。

对于周林其人，有朋友戏称：一天只做三件事，喝茶吹牛写篆字。

如今从工作岗位上退下来的周林，除了坐在书斋里舞文弄墨外，一刻也闲不下来，总是应了别人的邀请，东奔西跑，行踪不定，走一路写一路，墨迹满天飞。因其性格豁达，为人大方，别人索字，他有求必应，甚至主动把裤儿衣裳都脱给别人的样子。所以圈内圈外，周林都颇受人喜欢。

周林的篆字，是有自己独特风格的，是化成了灰都晓得是他写的那种样范，不妨叫作清风体吧。因清风体篆字而获得的奖杯和各种证书不计其数。有人写他的小传就有这样的表述：大大小小的获奖证书汗牛充栋，用大谷箩筐可以装一挑。简直吓人一跳！

更吓人的是他的那些荣誉称号。最大的一个是：国际著名书法家；最小的一个是：潼南书画协会主席。中间不大不小的，连起来起码绕地球万分之一圈。

都说周主席东西多，的确不假。

第八辑 南来北往

養人禽畜来北社

西北纪行

荒凉

　　从咸阳到延安，行程数百公里，即使中途不耽搁，乘车也需五、六个小时。四月八日午后一时，我们从咸阳出发，途经铜川、黄陵、洛川、富县、甘泉等县，八时许，天已黑，遂抵延安。

　　起初一个多小时的车程，但见公路沿线麦苗青葱，菜花金黄，农民住家多砖瓦房，错落，零乱，矮小。偶见斑驳泥墙瓦房杂陈其间。愈往北走，愈觉荒凉，已经不见人，亦不见鸡狗。天上无飞鸟，地面无走兽。没有活物，四周寂然一片。

　　此时，天空下着小雨，当地气象台报道，气温十二度。同行二十来人坐在车里，或依或靠，均蜷缩了身子，抵御着天气的奇寒。谁也没料到，一场突如其来的春雨带来的骤然降温，让人如此尴尬。

　　车子在高速路上飞驰，左右两旁的柳树直往后退，天高地阔，无边无际，其情其景，与川渝之地青山绿水大相径庭，以往不曾见过的这异域特色，竟使人生出颇多的感慨，这方水土确实质朴，厚重，并且大气。

　　车过铜川，小雨渐停，透过玻窗，始见山峦出现，不高，无石，一堆黄土而已。随车不断前行，眼前景物逐渐发生变化，麦苗菜花不见了，树木房屋不见了，突兀在眼前的，尽是深沟纵壑的黄土高坡，那些在电影电视中见到的画面，蓦然之间就来到了自己的身边，近在咫尺，触手可及。

　　沿途所见，数百里荒无人烟，数百里没有水源。时令已是暮春，而荒山野岭上，有的也只是些零星散乱的枯枝败叶，在这满目苍凉的春日，料想再过数月，也不会有绿荫遍地的局面。我的心逐渐沉重而悲凉。

　　自然环境如此险恶，穷山瘦水，上天不荫及这方百姓，他们吃什么？他们穿什么？

他们想的又是什么？祖祖辈辈扎根于斯，繁衍生息于斯的农民，他们听天由命么？然而，他们不听天由命又该怎么办呢？我的脑子一片混乱。

富县，一个听起来让人有些心动的地方，却那样名不副实，一条浅浅的溪河，水宽三尺，水深寸余。低矮的楼房，高不过五层，且红砖裸露，门窗蒙灰，仿佛乡间茅棚灶屋走出的妇人，从头至脚，毫不清爽。巴掌大小的地面，更多的是简陋的平房，横七竖八，错乱杂陈，岁月久远，不堪回首。其规模，更似一个乡场。

唯有一条公路穿城而过，柏油路面宽阔平坦，偶有豪华小车，大巴小巴去来，此时方感觉一丝现代文明的气息。

此地稍作停留，有一报童驻足车窗外，微胖，黝黑，双眼盯着车内，久而不去。我推开玻窗，他怯怯的说一声：买报？我递过钱，买了两份。那天是星期五，一个我记得很准确的日子，他却没有去上学。他是辍学了吗？车子已经启动，我走了，他仍在原地，久久凝视着我们远去的车子。

华山

华山之险，天下尽知，一部电影《智取华山》更是让人记忆犹新。

华山海拔并不算太高，但陡峭笔直的山崖刀砍斧削似的，在深沟峡谷里抬头仰望，头顶上只看见巴掌大一片蓝天。

自古华山一条路，如今却有两条路可以上山，除智取华山小路外，新添一条索道，号称亚洲第一索。亚洲何其大，而华山索道排名榜首，夺得桂冠，也算颇有名气了。

问当地人为何不沿小道而上，却偏要花数十元钱去坐那索道。得到的回答是，来回要走两天。这种说法事后证实虽然略有夸张，但初初一听，的确也是骇人听闻，因为导游给我们的时间只有三个小时。自己花了钱，还得听从导游安排，所谓人在江湖，身不由己。

大家乘坐索道而上。在上滑的空中俯视谷底，但见那停车场里车子小得就像桌上的麻将，行人如蚁，公路似带，有同行者吓得面如死灰，闭目不敢出大气。

华山北峰海拔 1600 余米，索道几乎可以通达其巅峰。从北峰去东南西峰，有人工开凿的石梯小道在山际间蜿蜒盘曲，七弯八拐，时隐时现。在华山论剑处拍照留影，但见返回的游人个个面色潮红，虚汗淋漓。

如果仅仅凭借索道上得北峰，从而高山仰止，停步不前，那么又怎能真正领略华山的风光呢。所以,任何人的心里,无不把登上最高峰作为终极目标。可是,爬山毕竟需要的是体力、毅力,有时还需要智力。遗憾的是,我当日感冒甚重,头重脚轻,周身乏力,在悬崖边手握铁链,弓身前行,不出数米,就感到两腿颤抖,身子飘浮,仿佛坠入雾里云中,不禁头晕目眩,胆怯而手心直冒冷汗了。

尽管如此,倒也硬起头皮,眼盯脚面,小心翼翼,趋地而走。但坚持不到两分钟,已明显感到心跳加速,心里发虚,而且幻觉陡生。我实在不敢再走了。

我无高血压,但有恐高症。字典云:症,病也。爬华山,始知身体已不健康。

远眺南峰,心生畏惧,回头看妻,她竟泰然自若,遂与她合影一张,然后摆手摇头,独自看她肥胖着身体,沿梯攀越,逐级而上。至高处,她对席地而坐的我,挥挥手,自豪而去。

谁说巾帼不如男,至少我的妻子,我不及也。

然后一个人独自下山,兴味索然,郁郁寡欢,老早就闷在车里,闭目胡思乱想,竟为妻子的安全担忧起来。她虽有胆量,但缺体力,做事果敢,行为却又粗疏。有爬不上云梯而中道返回的朋友,言及前途之险要,更使我忧心如焚,后悔当初没极力劝阻,让她一意孤行。我深知每前行一步,就多一分危险,而且上山容易下山难,面对万丈深渊,稍不留心,就会一失足成千古恨啊。

在悲天悯人的感伤中,在寂寞难耐的等待里,妻子到底回来了,春风满面,毫发无损,左手拿根煮红苕,右手递给我两个熟鸡蛋,说:"你的胆子也太小了嘛。"

导游

米脂婆姨绥德汉。陕西是一个出美女的地方。

这次带领我们的导游就是一个生着鹅蛋形脸蛋的漂亮妹子,身材高挑,皮肤白皙,说一口流利的普通话。她姓李,我们称她李导。她陪同我们度过了四天的旅程。

她说她中学以前在四川宜宾生活,后随父亲迁回西安,读了大学,毕业后在西安一家旅游公司工作。

她的诚恳和坦率给我们留下了美好的印象。凡是我们想了解的,她都给我们以真实的答复,比如她的工作、生活、婚姻、父母、姊妹等等一切,她都无话不说。她说她的基本工资1000元,如果游客购物,商场会给她提成,每月总体收入有4000元左右。我们问到司机的收入,她当着司机的面,也毫不隐瞒的说,基础定的是400元，每跑一公里加两角，一个月下来，也有三四千元。她还提醒我们，如果购物，要注意方法。一些商场的东西往往标价很高，可按一折或两折还价。

　　毕竟上过大学，她有着丰富的文化底蕴和较高的学识修养，尤其是历史知识，更是让人叹服。西安是历史文化名城，十三朝古都，如果仅仅把那些教科书上耳熟能详的知识介绍给一群文化人，那岂不成了白开水一杯。

　　古语说女子无才便是德，其实大谬不然。在我们的心目中，才情十足的李导，不是更可人吗？丹山碧水的巴蜀孕育过她的过去，粗犷豪放的陕北浸润着她的现在，两种地域文化的交叉，她从中吸取了丰富的营养。

　　尽管她的工作是为我们服务，但她仍然和我们融合得亲密无间，在车上，她和我们一起欢乐，一起说笑，一起瞌睡后醒来说荤段子，让劳顿的旅途充满笑声。在景点与景点之间长长的旅程里，实在耐不住寂寞了，我们便请她唱歌。她唱四川民歌，也唱陕北信天游。我们乐了，她更乐。她说她的嗓音不好，唱歌跑调，请大家多多包涵。车到铜川加油站，路旁有一厕所，她邀车内女士跟她一起到厕所去唱歌。女士小便名曰唱歌，那是一个多么生动形象的比喻，让人想到那声音该是何等婉转悠扬。古诗云：此曲只应天上有，人间能得几回闻。李导实在是太幽默可爱了。

　　前面说过，李导的普通话是标准的。而川渝之客操普通话，总是南腔北调，椒盐味十足。"天不怕地不怕，就怕重庆人说普通话。"关于普通话，李导又讲了一个小故事。她说，一位陕北老大爷到北京旅游，早上进餐时她冲服务员喊："小姐，我要摸你（馍哩）"。小姐感到莫名其妙。老大爷又补充道："白摸你（白馍哩）！"小姐柳眉倒竖，杏眼圆睁，说："头发都白了，还这么老不正经。想随便白摸，妄想！"然后拂袖而去。

　　一车人大笑。

　　4月11日，西安机场道别，我们争着和李导一一握手，李导笑容可掬，落落大方。此时，她仍然不失幽默地说：重庆的朋友啊，你们都喜欢白摸。

　　我们笑笑，挥挥手，作别李导，手留余温。

饮食

　　吃、住、行、游、购、娱。旅游的六大环节。

　　参团旅游，吃住包干，定点进餐，一切由导游说了算。中午晚上两顿正餐，均八菜一汤，吃饭不要钱，茶水免费，如要提高伙食标准，则自己掏腰包。

4月8日中午12点。我们的第一顿饭安排在咸阳机场附近的一家中餐馆，这次出游的二十余人，绝大多数是第一次到北方。北方的饮食到底与重庆有何差别，大家都想了解一二。那天中午，服务员依次端盘上桌，有馒头（当地称馍馍）、面条、回锅肉、红烧豆腐、红烧鸡肉、红烧鲤鱼、青椒肉片、白菜、蕃茄蛋汤。以后几天数顿饮食，馒头面条无一缺少。公正地说，当地的面食比重庆好吃，听说是因为小麦的生长期特别长的缘故，究竟此说有无根据，未去考究。

重庆人的饮食习惯以麻辣著称，而此地菜品虽有麻辣味，但不及重庆地道。不过吃起来还基本符合口味。前几年去海南，特地向餐厅的厨师打招呼多放点海椒，端出来的菜看上去红得耀眼，但吃起来感到全是伪劣产品，一点都不辣。

当天晚上在延安就餐，由于天气降温，周身寒冷，加之旅途疲劳，都说喝点酒驱寒解困。就拿了一瓶延安本地白酒，八个大男人小酌了两三杯，没想到我自己竟栽在那两口酒上，本来头天有点感冒，酒一下肚，不仅没治愈，反而病情加重，晚上回到宾馆，头昏脑胀发高烧，半夜起来解手，一头撞在墙壁上，额头差点撞个青包。

记忆最深的是那天晚上的羊肉汤，其味道之鲜美纯正，简直无法言表，我平生以来第一次尝到那么正宗的羊肉汤，吃了一钵又叫服务员来了第二钵，最后喝个碗底朝天，恨不得连碗都一起吞下。喝汤的时侯，就联想起在陕北的黄土高原上，那些头缠毛巾，手握长鞭，把羊群赶得漫山遍野的汉子，他们用歌声和青草放牧群羊的情景，那是多么美丽壮阔的场面。

羊肉好吃，肉汤好喝，然而，过后总结，我那顿羊肉汤吃得也太不是时候了。羊肉，乃滋补食品。身体虚弱，吃不得补药。我竟把这种近乎普通的民间常识置于脑后。何况更佐以白酒，这就无异于干柴遇到烈火了。我那受过风寒的躯体，哪里经得住这么猛烈的攻势。病在延安，恐怕也是情理之中的事了。

然而，人生在世，吃穿二字。所以，小老百姓依然把吃的事情看得很重要。在华山脚下的那一顿午餐，不期遇到主厨的小伙子是重庆人，一时情绪激动，而且饮食合味，就管不住自己的嘴巴了，于是又大吃海喝一顿。他乡遇故人，何等亲切。那小伙子特地给我们炒了几个地道的家乡菜不说，在他力所能及的范围内，还单独炒了两个荤菜免费送给我们。事情虽小，而真情毕现。在遥远的异地，让我们感到无比的温馨。

华清池

  没去西安之前,一直以为华清池就是一个澡堂,有倾国倾城之貌的杨贵妃就经常去那堂子里沐浴。唐代诗人白居易描绘贵妃出浴的媚妩姿态:"春寒赐浴华清池,温泉水滑洗凝脂。侍儿扶起娇无力,始是新承恩泽时。"《长恨歌》又云:"回眸一笑百媚生,六宫粉黛无颜色"。以贵妃美貌之名,由此及彼,遂记住了华清池的名字。

  然而亲临此地,方知华清池其实是一座皇家园林,有九龙湖、唐御汤遗址、西安事变旧址、唐梨园等。当年杨贵妃沐浴的地方名曰海棠汤,亦作贵妃池,现在遗址尚存。遥想久远的盛唐,温泉之水在池中泛一层轻纱般的薄雾,丰腴之躯的贵妃美人沐浴池中,水波潋滟,恰似一朵开放的莲花。物是人非的今天,那情景仍然勾起多少人不尽的遐想。肉体凡胎的唐玄宗,又怎能抵御那温柔馨香的诱惑,难怪他爱江山,更爱美人了。

  为满足今人一睹杨贵妃惊世骇俗之美,如今在九龙湖里,立有一尊杨贵妃汉白玉雕像,仿其入浴之情状,卓约风姿,身披袭地轻纱,半裸了身子,盈盈步入水中。此雕像离湖岸丈余,可远观,不可亵玩焉。游人多以贵妃雕像为背景,拍照留影。

  华清池以唐玄宗与杨贵妃的传奇爱情故事和震惊中外的西安事变而广为世人关注。

  1936年12月12日,国民党爱国将领张学良、杨虎城在华清池发动兵谏,兵谏部队在五间厅外与蒋介石卫队发生激战,蒋介石闻枪声仓惶由五间厅其卧室翻窗越墙而出,由卫兵扶掖上山。天亮后,被搜山部队在山腰处发现,送至西安。

  西安事变及其和平解决成为时局转换枢纽,国共合作的全民族统一抗日战线形成了。华清池也因承载这一段历史而名载史册。

  现在的华清池五间厅,依然保持着1936年10月、12月蒋介石两次下榻此处的原貌,卧室、会客室、办公室,七十年前的条件,看上去倒也简陋,墙壁和玻窗上因兵谏留下的弹孔,现在还清晰可见。12日凌晨的那场枪战何其激烈,还算蒋介石命大,要是被一粒子弹射中身亡,中国的历史恐怕又有所改变了。

  走马观花华清池,看那旖旎秀丽的山水风光、自然造化的天然温泉,也就可以想象历代帝王为何如此钟爱这块风水宝地了。

骊山山腰处的兵谏亭我们没去，唐梨园陈列馆我们没去。听导游说，以唐梨园为代表的唐乐舞是我国歌舞艺术史上的鼎盛时期，国力强盛、经济繁荣、外来文化的交流融合，以及玄宗和贵妃的歌舞造诣，使华清宫内云集了各地乐舞艺人，呈现出百花争妍、多姿多彩的繁盛局面。"骊宫高处入青云，仙乐风飘处处闻。缓歌慢舞凝丝竹，尽日君王看不足。"看不足的是君王，区区如我们的小老百姓，又怎能欣赏得到霓裳羽衣的盛唐歌舞呢？

延安

4月10日清晨，一大早我就醒了，简单洗漱后，就坐在茶几边记录头天的见闻。妻子历来睡眠不好，稍有响动就会惊醒。此时她睁眼看看天色已亮，就从床上坐起来，问我感觉如何。因为昨夜我感冒加重，突发高烧，她起来给我拿药倒水，吃药后我就一夜睡到天亮。我说现在仍感到头脑有点发晕，不过无大碍。

同行的其他几位还未起床，妻子提议出去走一走，看看延安的街市。昨夜抵达延安，天已黑尽，刚进城时，恰逢停电，满城一片漆黑，以至于延安街市的面貌，也就一无所见。

我们把行李放在宾馆，出门下楼，从大厅来到院中，顿感屋内屋外两重天，冷风扑面，寒气逼人。于是退回大厅静坐，等待导游安排吃早饭。

枣园、杨家岭、延安军事博物馆、宝塔山是当天上午既定的参观地。到枣园的时候是上午8点钟。门口边的铺面早已打开，店主招呼着买大枣。陕北大枣在全国都是出名的，女同胞有天生购物的习惯，顿时围拢去东摸西摸，间或丢一颗到嘴里尝味道，于是称道那大枣确实不同一般，价格也便宜，一个个都想带几箱回去，却又找不到搁放之处，白吃了几颗后就跟着导游跑了。

在枣园和杨家岭，我们参观了革命先辈居住的窑洞，以及他们在延安期间指挥革命的图片展示。我原先以为窑洞里面一定宽敞，完全可以挖成如现代楼房的套间，客厅、厨房、卧室、书房，想怎么摆布就怎么造屋，地盘有的是，人力又不缺，更何况那是中共中央的首脑机关所在地，窑洞理应造得像样一些，然而，让我没有想到的是，那屋子的狭窄和陈设的简单，竟然与平民窟无异，一部手摇电话，一张办公桌，几个破破烂烂的沙发，一张木床，摧枯拉朽，几欲散架。就在这种极其恶劣的环境里，我们的前辈们却指挥了全国人民艰苦卓绝的抗日战争，最终取得了抗战的胜利，这在全人类的战争史上，都应该算是个奇迹！

中国共产党是伟大的党，光荣的党，正确的党。此时我才体会到，这不是一句口号，这是千真万确的真理。

在延安，除却象征性标志建筑延安宝塔留在记忆深处外，小学课本《杨家岭的早晨》中，杨家岭的地名还记忆颇深。现在看上去，那倒像一条深沟。中国共产党第七次全国代表大会和延安文艺座谈会的会址依然保持了原来的风貌。我们在那里重温了入党誓词，经受了一次革命的洗礼。

延安，那是革命的圣地，也曾经是中国革命的心脏，那曾经让一代又一代人神往的地方，我们只作了短暂的停留，在延河大桥上，我们以宝塔山为背景，摄影留作永久的纪念。

兵马俑

秦兵马俑遗址位于西安市临潼区，号称世界"第八大奇迹"。上个世纪七十年代中后期，根据国务院决定，在遗址基础上建立起了一座规模宏大的秦始皇兵马俑博物馆。1979年10月1日，博物馆正式向观众开放。

据说，兵马俑的发现，与临潼区西杨村村民杨志发有关。当时的西杨村尚属穷乡僻壤，处处乱石堆积，荒草遍野。我国西北地区历来干旱少雨，西杨村也不例外。村民为了解决人畜饮水困难，就在村中四处寻地打井。杨志发打的那口井，水没打出来，他却意外地发现了一些陶俑碎片和古代的青铜兵器。考古专家闻讯赶来，顿时眼仁都绿了，其激动的心情不亚于哥伦布发现新大陆。他们认为，此地文物古迹发掘出来，肯定震惊世界。后来的事实的确证明了专家们卓越的眼光。

听导游说，更为有趣的是秦始皇帝陵前后修了39年时间，而杨志发发现秦代陶俑也是在自己39岁的时候，而且在后来出土的陶俑中，竟有一个与杨志发的相貌极为相似。现在，杨志发在博物馆里像明星一样坐在大厅，穿着干净整洁的服装，略带几分儒雅，握着手中的笔，挥洒自如地签名售书。络绎不绝的游客，都争相去目睹这位有着传奇色彩人物的面貌。

秦俑在我国雕塑艺术上已经趋于成熟。三座兵马俑坑里的秦俑布局整齐、宏伟壮观、气势磅礴，人物神情各异、生动传神，虽然没有战场上厮杀的场面，却看得见三军集结待命，跃跃欲战的瞬间。强烈的艺术冲击力，不仅给人以视觉上的满足，而且更多的是留下了想象力充分驰骋的空间。

秦俑以"大、多、精、美"的特色卓立于世界雕塑艺术之林。8000多件陶俑陶马组成不同的阵形,浩浩荡荡,威风肃杀地站立在20000平方米的坑中;每件陶俑陶马,大到体态结构,小到毛发须眉,都经过精雕细刻,人物形象栩栩如生。

陶俑陶马都是用手一件件雕塑的,所用泥土为当地的黄土,经过淘洗去掉杂质后再加适量的石英砂调和而成。泥胎经过精雕细刻,阴干后送入陶窑中焙烧,出窑后再一件件绘上色彩。据考证,陶俑陶马的制作者分别来自宫廷制陶作坊和民间私营制陶作坊。他们在制作风格上略有差异,不过正是这种差异,才使秦俑多了几分社会写实的色彩。

如今,在博物馆周围的商店里,都有陶俑出售,大小不一,价格不等,当然都不是真品,完全是今人仿秦俑而作,以满足游人对文物收藏的愿望,花少许的钱,就可以带几个回去送人,或者自己保存。

壶口瀑布

壶口瀑布本来是这次行程中安排的一个景点,但导游给我们建议说最好不去了,因为前两天下雨,听说从延安去壶口瀑布的途中有一段路塌方,头天有人去了,不得不中途返回,耽搁时间不说,而且很危险。但壶口瀑布对我们的吸引力远远超过导游对我们的担忧。所以我们都坚持一定要去。不到长城非好汉,不到黄河心不甘。

导游无法说服我们,就催促我们把时间抓紧,所以延安城的几个景点,我们就只能走马观花。离开延安的时候,一位陕北汉子跑到车上来为我们唱起了信天游,声音高亢、雄浑,鼻音浓重。我们在车上和他一起照了像,给了他几块钱的"出场费",然后驱车直奔壶口瀑布。

柯受良当年骑摩托车飞越黄河,选址就在那儿,飞越黄河的那天下午,中央电视台现场直播其盛况,我在家中看了几个小时,那宏大而惊心动魄的场面至今还记忆犹新。

4月上旬的季节,黄河水势不大。并非节假日,壶口下游两边河滩上的游人却不少。我们都穿了很单薄的衣服,人在河滩上一站,从上游随水裹挟而来的冷风吹得人颤栗不止,更兼那瀑布击起浪花,经风吹起的水雾数十米外飞溅,扑到脸面,落入颈中,虽不刺骨,倒也寒气逼人。

"君不见黄河之水天上来,奔流到海不复回。"那是何等壮阔的场面。壶口瀑布,顾名思义，形象生动。但见上游河床平坦，水面宽阔，而一到此处，河水则骤然收拢，从一平放的天然水壶口处倾泻而下，一落深壑，轰鸣作响，白浪翻天，漩窝阵阵，然后咆哮着，怒吼着，如脱缰野马，一路滚滚而去。

  黄河九曲十八弯，不乏浑厚，不乏朴拙，不乏大气，这已经足够体现黄河的气魄了，没想到大自然又在其中游地段，鬼斧神工地造出这一绝世惊叹的大瀑布来，让华夏儿女顿生荡气回肠的感慨！

  我看见所有的游人都被那恢宏壮观的场面感染了，他们高喊着，呼叫着，手舞足蹈地在河床的滩地上奔跑，按捺不住内心的激动和喜悦，几近癫狂。那种与生俱来的率真本性，在母亲黄河面前，此时此刻，表露无遗。

  尽管腾空而起的水雾像飘飞的细雨，又被狂乱的冷风吹得人眼朦胧，但那燃烧起来的激情怎么也无法消退。许多人举起相机，按动快门，拍下了一幅幅波澜壮阔的画面。有胆大者，竟冒了危险，在河岸边突兀的乱石上，爬上爬下，或蹲或立，选取不同角度，从不同的侧面，为同伴留下他们激动的瞬间。

  毕竟壶口风大，逗留久了害怕着凉，并且下午还要赶时间奔赴西安，所以导游又催促我们快到附近的小店去吃午饭。有几个意犹未尽，趁饭店炒菜的间隙，还到外面去观望了好一阵才回来。

  黄河壶口瀑布，它给人的是博大的胸怀和恢宏的气度，有一种大的境界。如果联想到做人，我想，我们都应该如此吧。

西安

  西安是中国历史文化名城和七大古都之一，有着深厚的文化底蕴和历史积淀，名胜古迹众多。然而，从西安回来，西安在我头脑里却没有一个整体的印象，有的只是一点零星的记忆。因为这次出游，时间太紧，以致于我们没有更多的机会在西安停留。匆匆而去，又匆匆而返。

  11日下午从壶口瀑布乘车抵达西安的时候，已是灯火辉煌的夜晚。夜晚的西安，除了灯火，还是灯火，即使往来穿梭的汽车，也开亮了前灯和后灯，把街道照得如同白昼。

  客观地说，西安的夜景比不上重庆，因为重庆这座山城的地势造就了楼房修建的高低错落，那夜景也就显出了远近高低的层次。而西安地处渭河平原中部，地势平坦，广阔无边，夜晚置身城中的某一处，举目四望，却被周围的楼房挡住了目光，没有看清西安的全貌，要去描述西安这座城，也就未免成为井底之蛙了。

　　印象较深的是古城墙，西安的古城墙是全国保存得最完好的。古时候的居民喜欢筑城而居，主要是从战略防御的角度考虑的。在战争频繁的过去，坚固的防线可以御敌于城外，城内的居民也就有了安身立命的地方。在科技发达的今天，再高再厚的城墙，城市也失去了固若金汤的含义。但是，西安选择的是保留而不是拆除，说明西安人对历史文化的重视，也说明他们非同一般的远见卓识。

　　西安的大雁塔我们没有走近它，四周用高高的围墙把它与繁华隔开了，我们只在雁北广场远远地看了看它的面貌，感觉是古老的。然而越是古老，也就越显得厚重，呈现出的是一种历经岁月的沧桑。雁北广场是现在修的，实际上已经够宽的了，听说还要扩展。场内植名花异草，也塑古代文化名人塑像。一部铜质线装书摊开在平台上，繁体的文字从上到下，从右至左，读完之后，你却翻不开这本厚书的另一页。在博大精深的中国文化里，我想，我们所掌握或了解到的，恐怕也至多不过一页罢了。这是不是雕塑的喻意所在呢？

　　还应一提的是，中午和晚上在西安一家饭店里吃饭，都有年轻的女士向客人们推销字画，字画的水平在内行的眼里不是太高。看样子，她们都不是字画的作者，但她们肯定是书法绘画的爱好者，不然，她们对作品的理解也就不会有那么深透了。她们站在饭厅的显要位置，一卷一卷的打开，逐一介绍完后，又一卷一卷的收拢。动作从容，态度大方，对于客人，根本没有一点纠缠的味道。但从她们的目光中，可以看出一种期盼。两顿饭，没有看见一个人买她们一幅画，或者一幅字。她们依然微笑着，用口袋装好，然后转身款款而去。

　　作为一个匆匆的过客，我没来得及去领会西安或者西安人的精神，但我对西安的印象是良好的，尽管这种印象或许很肤浅，很表层。但在有着厚重历史文化的西安和有着高素质的西安人面前，我都会永远显得肤浅和表层。这不是谦虚，这是我的实话。

2005年4月

北京纪行

气 候

  北京的气候与重庆不一样，我们在未去北京之前，从中央电视台的天气预报中了解到当地的气温大约在 2—16 度之间，所以，带队的领导提醒大家至少要预备一件毛衣，防止早晚被冻。但也有人不以为然，认为只是昼夜温差大而已，白天 16 度的气温是温暖的，夜间再冷，也已经进入了房间，可以盖上厚厚的棉被抵御风寒。这种大而化之的推断后来让不少人上当。

  北京的气候是干燥的，但干燥的程度我们仍然估计不足，而且风大，在低温的早晚，如果不吹风还好，可那干冷的风没有哪一天间断过，吹在脸上和手上，竟然寒彻刺骨，有一股钻心的疼痛。导游知道重庆的气候比较温湿，我们多少会有些不适应，于是根据她的经验，提醒我们要多喝水，出门可以擦一点护肤霜。我们都按照导游善意的提醒去做了，但依然感觉口干舌燥，嘴唇干裂起壳。所以旅游车上，我们总是预备着矿泉水，下车游览景点，也常常是水不离手。

  听说游览北京最好的时间应当是每年的十月份左右，三四月份有时会遇到沙尘暴，但我们去的那几天，根本没见到什么风沙，只是有几位细心的女士感觉头发滞涩，怀疑是风沙所致，然后去问导游，导游说这种猜测是对的。

  除却去来的旅途，算起来我们呆在北京的时间也不过四天，但这四天里，每天早晨起床洗漱，都发觉鼻涕中带着些许血丝，第一天我感到诧异，问及同行各位，他们的情况居然一样，原来是气候原因所致，于是放心下来。

  初到北京的第一天晚上，住进市区内的华泰宾馆，三星级，装修并不漂亮，也算不上豪华，但却宽敞。卫生间、厨房、会客室、起居室等等一应俱全，俨然一套数口之家的住房。北京寸土寸金，这样大的房间，岂不浪费？在慨叹之时，顺便去拉开玻璃窗想透一透气，不料第一层拉开后，竟然还有第二层，于是想到北京冬天的气候恐怕的确寒冷，房间供了暖气之后，为保证热量不散失，双层门窗起到了很好的保暖作用。

待到拉开第二层玻璃窗，才真正领略到北京夜晚冷风的厉害，简直像刀子一样割脸，钻进衣领，前胸后背都凉透了。本想临窗看一看北京的夜景，却害怕受了风寒，遂关了窗子，缩回屋去。

想想那个时候已经是阳历三月的末梢，在重庆，早已春暖花开，气候温和，而此时的北京，相对于重庆来说，似乎还处在冬天的尾声。过后几天，我发现北京夜晚的街头，行人特别稀少，来来往往的都是些车辆。即使在很繁华的地段，迎面而来的，也只是一阵一阵呼啸的寒风，而不是行人。

北京不是一座休闲的城市，虽说市民也有很多的闲情逸致，但在这春寒料峭时节，尤其在这样的夜晚，他们都不愿意携妻带子，漫步街头，去欣赏那斑斓的夜色。毕竟，三月的北京还冷。

长 城

从北京出发，汽车向北，70多公里后，可到八达岭长城。居庸关雄居在高山峡谷之中，地势险要，气势雄伟，真可谓一夫当关，万夫莫开。听说过去只有一条小路通过关隘，而今一条宽阔平坦的公路在险峰下的谷底顺山而去，无数的车辆往来穿梭。

我们是3月27日下午去八达岭长城的，在停车场下了车，看见许多游人在买帽子围巾，据说谷底的风不算大，到了山上，根本受不了，我们都是第一次去登长城，到底山上冷到什么程度，心里都不清楚，所以也就宁可信其有，不可信其无。妻子叫我去买手套，我顺便为岳父买了一个帽子，那帽子只留着眼睛和嘴巴三个洞。戴在头上与蒙面大盗没有两样，但非常顶用，可将颈子一并遮住，可少买一条围巾。那摊主想卖高价，一口咬定要25元，我回头走了，摊主又叫我转去，最后花15元买到手了，岂料妻子已为岳父买了围巾。那帽子也就只有我自己戴了。

上山坐滑车，车票30元，可达第三个烽火台，眼看最高处的第五个烽火台已遥遥在望，我们仍然爬行了半个多小时。长城上面的风果然很大，有同行者的旅游帽被狂风吹脱，掉进下面的枯枝败叶中，再也捡不回来。我在上行的途中，走得有些腿软，疲惫之中想坐下来歇口气，于是从兜里摸出一支烟来点上，但还没吸上两口，就遇到一个戴红袖笼的巡逻员走过来，叫我把打火机交出去，并叫我把烟灭了。"这是一级防火区，怎么能抽烟呢？"巡逻员把我批评了一顿，幸运的是他没罚我的款。

　　长城的最高点，立着一块石碑，上书"好汉坡"三字，顿时想起毛主席诗词中的一句话："不到长城非好汉"。于是心里顿感自豪，今生有幸到长城一游，也该算是一条好汉了。

　　此时登高远望，但见长城在崇山峻岭中如巨龙般蜿蜒起伏，翻爬滚动，那磅礴的气势，令人叹为观止，金灿灿的阳光把漫山遍野照得辉煌透亮，在这条巨龙的脊背上，眺望那高天上的流云，我们有了腾空的感觉，一股莫名的兴奋，使我们情不自禁地高举双臂，大声呼喊："长城——我爱你——"那洪亮的声音，在长城的上空响彻云霄，在苍茫的大地间来回飘荡，飘荡，直至消失在天地相接的远方……

　　众多的游人仿佛受到我们的感染，也纷纷摘下帽子，在手中挥舞，向同伴展示自己先一步登上巅峰的自豪。

　　游兴未尽，但时间不待，我们只能怀着不舍的心情往回走。下了长城，坐到车上，在回城的路上，我的心静了。我想，长城作为中华民族极具代表性的伟大杰作，它凝聚了我国古代劳动人民许许多多的智慧、汗水和心血，在当时，它是重要的军事防御工程，起到了不可磨灭的作用，然而，它的修建，又使多少人历尽艰辛，吃尽苦头，孟姜女哭长城的故事，至今听起来仍然是那么凄凉。我在想，我们在翻看历史正面的同时，是否也应该去看看历史的反面？

购　物

　　参团旅游，购物是一个少不了的环节，你不想买，但导游会耐着性子带你去，根本就由不得你。因为现在旅游行业竞争激烈，团费太低，不靠从游客购物中提成，导游实在是难以为继。比如说我们这次去北京，向旅行社只交 1500 元，去来乘飞机，机票打折后 880 元，剩余的 620 元，包含着 5 天的伙食和住宿，每天还要乘坐旅游大巴。在消费偏高的北京，实在有些无法想象。导游也是人，他要生存，所以他带你去购物，从某种角度上讲，你也完全可以理解。

　　尽管如此，购物却会花去大量的时间，游客的心中多少有些怨言，所以我们提议说是不是就不去了，每人给导游一点小费，但导游说违反规定的事她是坚决不会做的。由此也可看出，北京的导游做事讲原则，赚钱就赚在明处，不违规。

24日上午，在藏医大厦，我们在门外等了大约一个小时，门外的车辆排着队，我们想先进去应付一下就出来，但不行。导游和里面的人衔接好了之后，通知我们再进去，听解说员口若悬河的讲解，然后又到一间小屋，他再次把国内外许多名人到此看病拿药的事说得活灵活现，他好像不是劝你买药，他想说明的是这种药的奇特功效，完全是为你的健康着想，你起初不动的心这时动了。于是两名教授走了进来，当场给你把脉。我们同行的一位男士立时被诊断为肾虚，满屋人顿时哄堂大笑，说这位男士恰恰是生了二胎的，功能一点都不差。那教授一脸严肃，指责我们对肾虚的理解有错误。

27日下午，导游又带我们去买烫伤药，浙江团的一位粗壮汉子好象中午喝了二两酒，屁股一挨板凳就冲那讲解员发难："我有两个问题想问，一是你有没有药师资格证？二是你的药有没有准字号？"讲解员显得颇不耐烦，对这两个问题根本不予回答，他把一条铁链子烧得通红，然后握着铁链子一勒，手显然被烫伤，一个工作人员拿出一瓶药膏，抠一坨帮他往患处上涂。有去过海南的游客说，游海南的时候也有人像这样表演，但讲解员说，他们总部在北京，海南是分部。当日没有一个人买这种药，倒是一位女士出来在大厅里买了两包炖鸡的补药。十来块钱，经济实惠。

28日去景山公园，本想先去看看崇祯皇帝上吊的地方，导游却带我们去买貔貅，一只汉白玉雕成的貔貅在展厅里被一块金丝绒遮住，讲解员叫我们先不要乱动，她先给我们讲了一大通风水，举的例子有鼻有眼，使你觉得古代文化在没揭去面纱时是多么的神秘莫测，而后才叫我们去摸貔貅，从头到脚，再到屁股，而且不能乱了章法。古书上记载的貔貅，说它是一种猛兽，究竟啥模样，有什么作用，均不祥。而解说员说它是能给人带来财运的吉祥动物。比如"请"（不能说"买"）个貔貅回去放在荷包里去打麻将，包赢不输，有人提出疑问，如果打麻将的四个人都带上貔貅，哪个赢又哪个输呢？讲解员的脑子倒也灵活，她情急生智，说别人带小的你就带大的，别人带一个你就带两个，以大欺小，以多胜少，道理很简单嘛。她如此推理，我们觉得也还顺理成章。于是同行中有喜好打麻将的两三人，每人花一两百元，买得拇指大小的一个貔貅，揣进兜里，准备拿回去试试运气。花钱不多，图个欢喜。

上 当

一个人的气质是装不出来的,特别是我们操"川普"的,一开口就露馅儿。所以严格说来,我们无疑都是些土包子。而土包子进城,上当自然是免不了的。更何况走进北京那样的大都市。

不到广州不晓得钱少,不到北京不晓得官小。我们既不是当官的,也不是有钱的。所以到了北京,那地位的卑微也就自不待言。官小倒还不要紧,因为不存在找人办事,唯有那钱少,却让人放不开手脚。北京虽然算不得消费特别高的城市,但比起重庆来,比起重庆的潼南来,那种消费的确是有天壤之别的。比如说牛肉面,潼南的牛肉面二两卖两块五,北京却卖七块。我敢说,一个潼南人退休后跑到北京去住,那他肯定活不下来。

正因为如此,想到今后不可能去北京长住,所以在北京短暂的几天中,总应该吃好、耍好、住好,当买的东西还得买,这或许是一个普通人最基本的想法。于是,上当也就接着而来。

早听说王府井的小吃很出名。25日下午回来就去逛王府井大街。附近卖小吃的街道,摊位一个紧挨一个,起码有200米长,诱人的香味弥漫了整条大街。但走进去一看价格,简直吓人一跳,一碗凉粉要卖6元,给我们活抢人的感觉。妻子和我从这头走到那头,一一看了价钱。羊杂、驴打滚、糖耳朵、烤肉串等,都是七八元到十五六元,在一个烤大海螺的小摊上,我看见那价格是5元一串。摊主眨了一下眼睛,轻声说,买一串送一串。于是烤了两串,味道的确不错,我和妻子吃得满嘴油污。但最后付钱,才发觉先前看花了眼,明明那价目表上是15元一串,始知吃了眼睛亏,只好如数给钱。

北京的工艺品当数景泰蓝出名。导游带我们去参观了景泰蓝制作的全部流程。那种繁复的环节和精细的制作,我们为之惊叹。想着去了一趟北京,总该带点纪念品回去,于是花了一个多小时的时间精挑细选,一共买了五个手镯,总共550元。可第二天听一位朋友说,她在临街叫卖的小贩那里,以每个10元的价格,也买到了同样的东西。

有了前车之鉴,做事也就格外小心。27日从十三陵回来的途中,导游又带我们到一个很大的土产商店，同行的很多人都争着去买北京烤鸭，在已经选购好了的时候，幸而又得到一位朋友的提醒，他说那前不巴村后不着店的地方，肯定是赚游人的钱，其价格也不会比城内商店便宜。于是把提在手里的货物又放回了原处。后来回到市区，晚饭后三四人邀约出去，顶着凛冽的狂风，到处询问打听，终于找到就近的一个超市，同样净重的鸭子，每个可以少16元，一时心下狂喜，买了八只回去。

当晚被冷风冻得打颤，遂与同行的陈先生买得一瓶二锅头，到宾馆里就着三两份卤菜喝起了小酒，谈天说地，及至半夜。那酒56度，烈性，喝干最后一滴，我已有了十分的醉意，最后只得在妻子的搀扶下，才上楼去到自己的房间，倒床即睡。两眼朦胧，北京城顿时在脑中旋转。买北京的烤鸭没上当，没想到却上了北京二锅头的当。

性 格

了解北京人的性格是从导游开始的，24日下午7点，我们的飞机抵达首都国际机场，和接团的导游联系上后，她把我们带到了旅游车上。这个导游貌不出众，长相一般，穿着也很随便，一头不长不短的头发，没烫，也没染，皮肤黝黑，个子不高，略略偏胖，看样子既不成熟也不幼稚。就这样一个没有一点特色的北京妹儿，与漂亮根本不沾边。

按理说，一个相貌没有优势的女人说话处事都不会太高调，但这个导游却相反。她在接团之前已经清楚了我们的身份，上车一落座，就拿起话筒，例行公事地欢迎重庆的朋友游览北京，接下来就毫不客气地表达一个意思：尽管你们是新闻记者，接触报纸、电视和网络的时间比一般的人多，对北京了解的程度可能也会深一些。"但比起我来，也就未必然了。"此话一出口，我们略略有些诧异。我们给了钱，她来给我们服务，说话却这样不客气。所以我们的心里有点不舒服。

车到华泰宾馆，她指挥司机进院后向左拐，但宾馆的大门却在右边，我们顿时找到了"报复"的机会，嘲笑她对北京熟悉到连一个宾馆的大门朝东朝西都不晓得。她却反唇相讥："这么大一个北京城，哪比得你们一个小县。"

这个从小在北京长大的导游确实优越感太强。

25日晚，在一家外表装修还算华丽的中小型餐馆吃饭，走进去看了才知道，与我们小县城街边的普通食店差不多，而且人满为患，闹哄哄的连说话都听不清楚，我们在门外干等了半个小时，服务员才腾出两张桌子，我们赶快去挤占了位置，好久过后才上了两个菜，服务员连碗筷都不拿来，催了两三次后，一个服务员表情冷漠地拿来一把筷子，往桌子上一甩，就走了。我们当中一位略带讥讽地说："如果小妹儿上菜的时候也甩，不把汤水甩出来，就算手艺好。那服务员不吭一声气，转身又去拿碗，一个铁碗从消毒柜里掉到地上，她退一步，踩到了碗边，顺手捡起来，洗都不洗一下，又放了进去。

28日上午在景山公园听一位女士讲风水（主要目的是为随后向我们推销貔貅作铺垫），对那种极其浅显的道理我们很不耐烦，就说着笑着去看那些图片。其中一个工作人员训斥我们不认真聆听老师的讲解，"闹什么，你们都懂了吗？"她以为我们是白痴。她不仅要挣你的钱，还要你听她的话。似乎有点霸道。

再有就是25日在王府井附近的街道买小吃，我在左边的摊位上买了羊肉串，然后走到右边的摊位，这个摊主斜了一眼左边，拿一把羊肉串在手上，一脸的鄙视："是他的多还是我的多？"他这种鄙视既是对我，也是对邻里的摊主。但他们彼此之间却没为生意而吵闹争执，依然各卖各的，实在是怪事。要是在重庆，恐怕早都打起来了。

面　貌

三五几天的行程，要把北京的面貌说清楚无疑是困难的，一些支离破碎的印象，拼凑起来，也就略略有个大概。

按导游的说法，如果以简单的地域划分，北京的东面比如朝阳区，做生意的人较多，商贸发达，税收占全国的3%，西面是官员居住的地方，南面最穷，农民人口比例大，北面则以文化、教育为主。导游的这种说法是否准确，没去考究。

24日抵达北京的当晚，在华泰宾馆附近的街道去逛了逛，看到的是穿梭的车辆，而街头的行人极少，路灯昏暗，色调单一，即使是大型商店，外面也没安装华丽的灯饰，所以北京街头的夜景并不是我们想象中的灯火辉煌，色彩斑斓。听说北京电力供应紧张，为节约用电，根本就不去玩那些花架子，把有限的资源拿去装点城市，做些表面文章。由此也可以看出北京人的性格并不张扬，北京市民的想法都比较切合实际。

北京是一座平原城市，地域广阔，楼房可以向四面八方扩张，相对其它城市而言，建房有它优越的自然条件，所以北京的楼房总体来说都建得不高，几十层的楼房并不是太多。三环以内的老式建筑不少，按照城市规划，须得修旧复旧，尽量保留古都的原始风貌。北京文化底蕴深厚，有着悠久的历史文明，可圈可点的人文景观和自然景观比比皆是，如果不顾客观规律发展，一切统统推倒重建，那毕竟不是一种明智的选择。

　　北京所处的地理位置决定了水资源的匮乏，它既没有大江大河，也不临海，加之北方干旱少雨的气候，只要雨季没有到来，北京的天空都是晴朗的。所以北京的水很金贵，我们在北京的街头没有见到洒水车，却看到有吸尘车在街道上游走，北京风沙大，天上落下来的沙尘如果用水冲洗，或许是对水的一种浪费。这是我们的猜测。正因为缺水，所以北京市民节约水的意识特别强烈，我们所见到的护城河、昆明湖、北海等几处有水的地方，一律是碧波荡漾，一尘不染。

　　三月的北京还没有多少春天的迹象，除却公园，市内鲜见花草。繁花盛开，绿树成荫的局面只能凭借我们丰富的想象。只是在恭王府外的柳荫街，看到风中飘舞的柳枝上发出了密密细细的柳叶。北京街头巷尾见到最多的是杨树和槐树，都落光了叶子，剩些光秃秃的枝条，不见南方城市喜欢种植的比如梧桐这类阔叶树，梧桐喜雨，不耐旱，虽然形状比杨槐好看，但归根到底不适于在北方生长。

　　真正说来，北京算是规划得比较好的城市，街道横平竖直，宽阔平坦，房屋建筑井然有序，作为古都，的确有王者风范和气魄。

恭王府

　　恭王府是现今保存的清代规模最大最完整的王府，占地100多亩，由府邸和花园两部分组成。

　　恭王府最早的主人是清代大学士和珅，后来还居住过和珅的儿子丰绅殷德、乾隆第十七子庆郡王、道光皇帝第六子恭亲王奕䜣、恭亲王次子载滢。和珅自幼家贫，后来凭着个人的才华和乾隆的宠爱发迹，最辉煌的时候，集清政府军政、外交、文化、教育、考试选拔大权于一身。乾隆皇帝把自己的小女儿嫁给和珅的儿子，和珅和乾隆结为亲家。因为位高权重以及和乾隆的这层特殊关系，所以和珅胆大妄为，大量聚敛钱财，以致达到富可敌国的地步。到嘉庆四年倒台的时候，从其府中搜出的白银多达8亿多两，相当于当时全国10多年的税收。和珅在18世纪可称得上世界首富。

　　3月25日下午我们去参观恭王府，进了恭王府花园的大门，导游介绍说右边那排房子就是当年和珅珍藏金银珠宝的地方，那窗子开得特别高，而且每间房屋的窗子开得不同样，和珅根据窗子的不同而分门别类去堆放他那些宝贝。听说和珅不仅喜爱钱财，而且也喜欢美人，一生有 28 个女人经常在他身边，其中还有 6 个洋女人。由此可见和珅的生活作风也是极其腐化堕落的。

为迎接 2008 年奥运会在北京召开，当日恭王府府邸正在维修，对游人不开放，所以我们只能去看花园。恭王府花园富丽雅致，景色幽深，一直被传为是《红楼梦》中的大观园。里面的"福"字碑、西洋门和大戏楼被称为恭王府三绝。

西洋门并不高大，拱形，汉白玉做成，完全是欧式建筑风格，由恭亲王设计兴建，它是清王朝向西方开放国门的佐证，寓意引进西方科学技术，唤醒神州古国，拯救清政府的封建统治。

"福"字碑上的"福"乃康熙皇帝手书，巧妙的是一个字却暗藏了"多、子、寿、田"四字。听说康熙一生题字只有三个，除此"福"字外，就只有故宫交泰殿内的"无为"两字。乾隆皇帝留于后世的字太多，所以民间有乾隆的字一文不值，康熙的字一字值千金的说法。"福"字本来是康熙为孝庄皇太后题写的，后来又怎么跑到和珅花园的秘云洞里了呢，一说是和珅偷回去的，另一说是乾隆赐给他的。

恭王府内的大戏楼经过多次维修，至今仍然保持原始风貌。因为建造合理，音响效果特别好，当年唱戏，在室内放置几口大缸，更有余音绕梁的效果。我们去的那天，也坐进去听了几分钟的戏，还同时品着老北京的盖碗茶，真正去体会了一回做达官贵人的感觉。

恭王府这片古老的建筑，随着《宰相刘罗锅》《铁齿铜牙纪晓岚》等电视剧的播出，很多游人都冲着和珅而去。和珅作为中国古代最大的贪官，其命也短，仅仅活了 49 岁，而且被勒令自缢，这恐怕在他聚敛钱财的时候是怎么都没想到的吧。多行不义必自毙，此话不假。

逸闻趣事

崇祯皇帝在位十七年，后来吊死在煤山。为什么选择上吊的死法，实乃命中注定：一个高僧给他拆字，崇祯皇帝随便说了个口字，说话的同时却从脖子下的衣襟里扯出一条手巾来揩汗水，僧人一见，遂摇头叹息。因上口下巾，乃一"吊"字。僧人断定，崇祯皇帝必自缢身亡，后果然应验。

慈禧太后生活起居特别讲究，对自己的身体更会保养。单是吃，也是花样百出，听说每餐要叫宫庭的厨师弄几十道菜，一些拿来看，一些拿来闻，一些拿来吃。仅仅吃豆芽，也会把厨师搞得手忙脚乱，因为她吃豆芽要吃空心的，须得用锈花针把一根一根的豆芽掏空,有时还要叫厨师把肉浆之类灌进去再炒,炒好后端一盘去,她或许就吃个三五两根。

在颐和园乐寿堂的庭院里,有一块巨大的石头。传说有次乾隆皇帝从西陵祭祖回来,在路边看到这块奇特的巨石,心下甚爱之,叫人限期把石头运回来。但那时候乐寿堂的院墙都修好了,石头太大,必须拆了门才搬得进去,皇太后当时不允许,聪明的刘罗锅从中调和,说这石头形似灵芝,象征人寿年丰,皇基永固,放置庭院中再合适不过。于是皇太后应允,这块石头得以进驻园中,乾隆赐名曰:青芝岫。

在京城看演出,戏台上一女子力大无比,功夫十分了得,身子躺在地上,双腿笔直朝天,四个和尚抬出一口大缸,举过头顶,然后放到女子脚板上,女子把大缸玩得团团转。为增其看点,又邀一壮汉钻进缸里,此时重量加码,但女子仍然脸不红筋不涨,两只脚轮翻顶缸,收放自如,左旋右转,把那壮汉搞得眼花缭乱。邻座一观看的男子鄙夷不屑:"这种婆娘送给我我都不要。"我侧头看着他表示不解,他补充说:"她要是蹬我下床,稍一用力,我就会从窗子飞出去。"

从恭王府出来,急着找厕所解手。我在前,妻子在后,进了公厕大门,并未去看那标识,根据男左女右的惯例,就无意识地往左拐,一个女子伸手把我拉退了两步:"你搞错了啥!"我抬头看那墙上穿着短裙的女人标识,顿觉尴尬,为掩饰自己那副呆相,立马作镇定状:"我是把我老婆带到门口边就转来,她不识字。"那女子冲我笑一笑:"我还以为你想去客串。"

补 遗

一个300万相数的相机,巴掌大小,不能调焦距,是个傻瓜。但我比相机还傻,向朋友借的时候,他把主要的功能都给我说了,而且告诉我可以照110张。在北京的第一天,照了30多张,相机显示已满。晚上回到宾馆,卧在床上调试功能,一下子把当天的记录删得裸里精光,懊悔得早饭都吃不进。去问同行的朋友,朋友也搞不懂,所以在北京期间,总共只照得12张照片,因为少,也就显得尤其珍贵。

在故宫看到一黑人,肤色如锅底,只有牙齿是白的。有对比才有鉴别,心中顿生自豪感,遂跑拢去邀请黑朋友合影留念,一个去了又去二个,满足了我们所有一行人的愿望后,这位友善的外国朋友才和我们分手,我们操着有限而生硬的两个英语单词——"闪客友,拜拜!"以此表示我们发自内心的感谢。

24日是我们同去的一位朋友的生日,我们为他敬酒祝寿,北京二锅头喝了一瓶又一瓶,最后喝得个个面红耳赤,舌头打卷。这位朋友昂首挺胸,他说今生有了这次北京之行足矣,回去还可以在别人面前冒皮皮:"要过生日就到北京去,在小县城请客有啥意思!"这天凑巧也是我母亲的生日,所以我的心情更复杂一些,我为没能陪着母亲度过她的生日而沮丧。酒后人散,我独自在北京的街头行走了许久,却无法以言语表达对母亲的祝福。后来在北京给母亲买了一个景泰蓝手镯,算是对母亲,也是对我自己内心的一点安慰。

去参观圆明园遗址公园的途中,车过清华、北大校园,心中的仰慕之情油然而生,这世界一流的名牌大学,我们也只能与其擦肩而过,没能进去,失之交臂。如果有来生,那么来生是否有缘?我问我自己,却没有答案。我看见一车文凭不高的人都在沉默。

沉默过后的爆发是在参观圆明园回来的车上。在圆明园的废墟上,我们没有看到更多的外国人,于是问导游:"那些外国人呢?"导游说:"他们还好意思来吗?""打倒列强!""为国雪耻!"我们竟在电瓶车上喊起了口号,一点不掩饰内心的想法。我们在想,如果这些强盗胆敢再犯,我们起码给他下脱几个零件。说话算话。

人民大会堂休会期间对游人开放,我们买了门票过了安检,西装革履风度翩翩地走进会场,选定位置坐下,在虚拟的一场全国大型会议上聆听党和国家领导人作重要讲话,过了一把"我到北京人民大会堂去开了一次会"的干瘾。出了大门沿台阶往下走,又叫同伴"咔嚓咔嚓"反复照相,装成繁忙得没有时间回答记者提问的样子。后来看到那些照片,感到甚为滑稽。总结失败的原因,归纳起来主要在于:风度和气质不够。

阆中古城游

10月6日,时值国庆大假,我与潼城黄建国、周林、杨君、刘圣禄、唐虎泉、曾中泉、彭勇诸好友共8人,同往古城阆中一日游。

是日清晨,散居小城各地诸君,按头天电话要求,聚集于城内墨缘堂,待黄建国随后驱车而至,几人便次第上车入座,车子直奔阆中。

随行几人中,女士唯一者杨君,上车后选定了靠窗的位置。刘圣禄眼尖,"随便"拣了一个座位,紧临杨君而坐。杨君乃小城一才女,名闻圈内外。刘圣禄写字作文自成一格,且诙谐幽默。众人于是怂恿刘圣禄说点东西提提神。刘圣禄拿目光看杨君,杨君笑而不答,意即无所谓,刘圣禄会其意,就接二连三的讲了几个段子:

饱学之士曾中泉虽然没去过阆中,但对阆中的自然人文、山川风物、历史沿革等了然于胸。曾经在县志办工作过7年的他,介绍起历史来更是言简意赅脉络清晰。在众人的要求下,曾中泉对阆中作了如下介绍:

川北阆中,又名浪苑,建县2000多年,八十年代即为国务院批准的全国历史文化名城。阆中风水特别好,一条嘉陵江,三面环绕古城,风水大师袁天罡居住此地数年研习风水,著有《推背图》一书,至今仍然畅销。在城北锦屏山上建有观星楼,历史上阆中名人落下闳,长期在此观察天象,对天文历法有杰出的贡献。而到此寓居的名流如杜甫、陆游、张澜、丰子恺等更是数不胜数,碑文、题刻随处可见。

阆中最辉煌的时候曾作过四川省临时省会,其时政治、经济、文化极为繁荣,如今阆中的丝绸和保宁醋仍在海内外享有盛名。今人游览阆中,多半冲着明清古建筑而去,至今仍有几十处民居古院保留完好。贡院、张飞庙、中天楼等名胜古迹都值得一看。

听着曾中泉的介绍,车内几人竟然对阆中有了一种神往的感觉。曾中泉余兴未尽,还继续说着让人馋涎欲滴的阆中名吃:张飞牛肉、川北凉粉、锭子锅盔……听得众人喉结上下,直吞口水。坐在副驾驶位上的周林杜撰说还有那阆中女子何等漂亮:瓜子脸、柳叶眉、樱桃嘴……弄得司机黄建国想入非非,一下子把车也开错了,岔道忘了分路,往前走了一百多米才发觉不对头,但公路中间有隔离带,车子调不了头,只好把车慢慢倒回来,然后改道上路。

上午11时许,车抵阆中,来不及在城里逗留,直接就过了嘉陵江大桥,爬上锦屏山。在山门外,唐虎泉去排队购票,周林等几人则站在停车场过烟瘾,因为山上植被茂盛,景区严禁烟火。几人喷云吐雾中,周林看见一位维持秩序的警察满脸严肃,说话生硬,态度极不友好。当兵出身的周林在工商、市政、政法等部门都呆过,走洲过国,走南闯北,哪里都去过。

待唐虎泉买了门票来散发,几个人烟也抽完了,周林的龙门阵也摆完了。于是按图索骥,根据门票背面的线路,逐个景点参观。飞仙楼、观星楼、亚洲第一长廊、落下闳广场、莲花池、碑林都逐一走了个遍。动物园没去,小娃儿耍的地方,而且收费要5元。

游览锦屏山,印象稍稍深一点的,就是站在观星楼上,可俯瞰阆中古城全景,临江那片密密麻麻的瓦房,青灰一色,整齐而不零乱,错落而有节制。江里有一两只摩托艇,小巧灵活,辟波斩浪,速度飞快,所过之处,击起的水浪剪刀状分开,越扩越大,越扩越开,最后在沿江两岸渐渐消逝。如果给那跑起来的摩托艇打个形象的比喻,是否可叫做水中战斗机?然而阆苑十景中,此景不在其列。

观星楼总共三层,秋风中立于楼上回廊,蓝天白云下,环顾四周,但见古城周围山峦起伏,青峰如黛,尤其是锦屏山后那开阔地上,竟独独冒出一个山包包,从上到下被绿色覆盖着,象陷了半截在地里的一颗绿壳壳鸭蛋,那形状让人少见多怪,我问"占卜不懂,风水略知一二"的刘圣禄有何见解?他却给了我一个说了等于没说的答案,仅四个字:不同凡响。

快到中午一点,众人饥肠辘辘,饿得虚汗直冒,彭勇建议下山找个农家乐,最好临江。锦屏山下,嘉陵江边,舒适宽敞的农家乐倒是有一家。几人兴致勃勃走进去,却个个蔫头耷脑走出来。原因是,此店人满为患,而且菜都卖完了。退而求其次,有人建议随便找家饭馆算了,但彭勇说,生意不好的地方,很有可能吃到头天剩下的饭菜,不如过河去老城。众人一看,老城滨江路一带,花花绿绿的遮阳伞铺了好大一片。根根经验,那必定是卖吃的无疑。

到了滨江路,找好了停车的位置,几个人一下车,服务员把几个饿痨鬼看得一清二楚,热情得又是抹桌子又是端板凳,并高声呼唤别的服务员拿菜单来。她以为这几副颜色至少要吃个千儿八百,从中赚个安逸。哪晓得大家的意见都统一到只点几个菜填饱肚子了事,那服务员脸色顿时晴转阴,拿了菜单回去半天不上菜。刘圣禄说直辖市的走到这里来受窝囊气,不吃了,换个地方。话音才落,一盘张飞牛肉就端了来，20块钱，只有薄得透亮的几块片片，吃了不够塞牙缝。再喊，又端来几个小馒头，尖尖上还涂了点胭脂红，样子乖巧诱人，放在嘴里一嚼，和老木菌没有区别。一钵土鸡汤，清汤寡水不说，那味道还有点怪异，汤面上漂浮着几个泡红海椒，筷子伸进去，又捞出几块酸萝卜几块泡生姜，以老鸭汤的煮法炖鸡，味道大变，不禁让人怀疑那厨师是不是脑壳有包。唯有家常豆腐合味，叫服务员再来一盘，可是饭都吃完了也没端上来。不得不结账走人，说是下午饿了就去吃碗牛肉面。

阆中古城的街道横七竖八，宽窄不等，却一律的青石铺地。一个中年汉子开个三轮拉客，他问我们要不要坐车游览，每人20元，可坐3人，把古城游遍。但我们拒绝了，都认为坐车有如走马观花，没有意思。

在中天楼附近，一位装扮成张飞的大汉，身高一米八几，脸面涂得黑如锅底，身穿铠甲，脚蹬皂靴，与其合影，收费2元，那张飞虽身材魁梧，却并不圆睁环眼，而是面带微笑，亲切可人，与游人照像完毕，还客气的说一声：谢谢，慢走。与三国时候的语气不甚吻合，我们笑一笑，往前走不多远，又见另一个张飞坐在街边穿双皮鞋，翘起二郎腿看别人打麻将，当日天气炎热，他早已解开了铠甲，坦胸露乳，一杆丈八蛇矛搁在半边。众人都说，此张飞比彼张飞更为潇洒，好笑。

几十处民居古院我们无法一一走遍，就选择了大大小小几家看了看，有气势宏大的，有精巧别致的，都一律让人感到这些保存完好的明清建筑非同凡响的艺术特色。在一家开着旅馆的回族人家里，我对那几张挂着蚊帐的老式木床产生了浓厚兴趣，于是邀请杨箐女士与我一起坐到一张雕刻精美的木床上，想去体会那古典的爱情和洞房花烛夜无比美妙的时光。杨箐会意，与我一起坐到了床沿上。彭勇和唐虎泉争着为我们按下了快门，那弥足珍贵的瞬间，让人回味再三。

古城的景点名胜甚多，但我觉得最有意思的地方还是贡院，它再现了中国科举考试的每一个环节，从千里迢迢赶考，到最后金榜题名，莘莘学子寒窗苦读的艰辛，以及功成名就的辉煌，都可一览无尽。学而优则仕，中国封建社会通过科举考试选拔官员的方式，早已成为历史，其利弊自不待言。我去参观贡院的时候，有若干人等穿着清代服装正模拟考试场景，有一个情景记忆颇深，公布考试成绩时，那朝廷命官一脸严肃，将惊堂木往案上重重一拍，高声吼道："考试作弊者张三，取消录取资格，再着三十廷杖，然后发配四川汶川唐家山堰塞湖挖堰塘三年；状元李四，披红挂彩，到成都骑高头大马游街三天，玩安逸后赴开封府上任。"一阵锣鼓喧天后，仪式结束。我走到台上去一看，那状元文凭在案上放了好大一叠，除了名字未填外，落款的时间是二〇〇九年某月某日，我打算花几块钱买一张回去作个纪念，却未能如愿。因那官员对我说，他卖了文凭，皇帝不仅要杀他的头，而且要灭门九族，所以不敢造次。想到人命关天，我实在不好为难那位老兄，只好作罢，然后像落榜的考生一样悻悻而去。

张飞庙的门票收得贵，进去后却又没什么值得可看的，占地也不大，馒头状的一个土墓，实在与"百万军中取上将首级如探囊取物"的显赫名声委实不相符合，这位镇守阆中七年的地方长官，在我的感觉里，似乎没有得到应有的待遇。而且太不公平的是，阆中以张飞命名的牛肉却卖得特别火爆，商贩赚肥了腰包，张桓侯祠却又那么清冷地孤立于闹市之外，目睹其景，让人感慨万分。

产于阆中的保宁醋有着上千年的历史，新近研究出的保健醋还有降血脂的功效，一行8人有的买醋，有的买牛肉，大包小包的采购齐了，时候也已近黄昏，于是驱车往回走。因为鉴于午餐的不如意，大家都一致认为路途中找个地方将就吃一顿算了。

说来那天的运气也真是不太好，沿途找了几处吃的，都不满意，最后在西充县城的几条街上逛荡了几遍，都因为众口难调而辗转街头，有人说吃二两牛肉面也罢，吃了早点回去睡瞌睡。不过最终定下来的，却去了一个卖鸭脖的小店吃卤菜喝稀饭。点了几盘卤菜端上桌来，唐虎泉拣一片放到嘴里，咀嚼半天却嚼不烂，仿佛把牙齿都要扯脱的感觉，其他几人不信，都试了一下，果然如此，于是叫那老板娘过来，几个斯文人，并不说"绵得很，赶快换一盘！"那些生硬而霸道的语言，而是吩咐她拿到高压锅去回炉。无酒不成席，有了佐酒的菜，没有酒自然不行。于是又叫那老板娘打半斤三元酒来，岂料从那酒壶里倒酒出来，顺便还倒出一只苍蝇，黑黑的醉死在酒里，又不得不要求老板娘再换了酒。那半盆稀饭是酒喝完后端上桌的，曾中泉第一个往碗里舀，不料又牵扯出一根尺多长的头发，老板娘过来看了，把桌上几人扫了一遍，唯有杨碧和唐虎泉不好说，因为只有他们两人的头发可达到这种程度。"不可能是我们自己人扯根头发放在里面吧！"刘圣禄看出了老板娘的意思，于是先发制人。老板娘也不去争是谁的头发，只是笑着说："其实头发的蛋白质含量很高，比稀饭更有营养。"刘圣禄听了老板娘回避问题的这句机智语言，顿时消了些怒气，就顺了老板娘的话说："吃了也无大碍？"

农历八月十七这个夜晚，酒足饭饱后，我们抓紧时间往回赶，只见一轮圆月高悬天空，星星隐退了，天上偶尔有一丝云彩，薄薄的，淡淡的。汽车在高速路上飞奔，可清晰地看到道旁树一棵棵向后退。多年来一直生活在城里，少有时间行走在月朗星稀的乡下，众人都被这美好的夜色所感染，一路说笑着，一个时辰不到，不知不觉就回到了潼城。然后各自归家，一一消逝在星光下的夜色中。

2009年10月

第九辑 生活叙事

为了温馨的爱

起风了,江南岸对面的灯火已渐渐模糊。他行走在北街的水泥地面上,太疲惫不堪了。

迎面又走过几个街口,眼前正亮着灯光。三角店——做花、烫发、洗染。他走进去,坐在长凳上,感到一阵轻松。

"请稍等一会儿。"女店主在忙碌中很客气地打着招呼。

他打量了一下这间小屋。这是一间从两排别侧着的房子交接处剩下的空地上支撑起来的瓦舍,形状如它的名字。屋子很窄,也简陋,但却收拾得井井有条。墙上一字儿挂着一排书。他随手取下一本,翻开扉页——《爱,永恒的主题》。

他的思绪立即被这无声的题目牵走了,到了那个伸手不见五指的夜晚,至今想起来,他的心还在颤栗。他觉得多不该啊,就为那么一点风言风雨,他疑她不贞,打了她,那夜她出走了,一同肚里已三月的孩子,十年了,永远也没回来。

他从此饱尝了失去爱的家庭的悲哀,他后悔了,很伤心地蒙住被子流泪,不知几回在梦中叨念着雪华的名字,他也梦见过他未见过面的儿子,如他小时候一样活泼可爱。

他到处打听她的下落,他要找回失去的她,让爱回归。

窗外,正下着淅淅沥沥的小雨,无数的雨脚像根根银丝,密密麻麻地缝合天地。要是也能缝合心原,他想。

"妈妈,我给爸爸送伞去。"一位十来岁的男孩从隔壁探出头来向着女店主喊,"妈妈,伞呢?"

一股暖流涌遍全身,他分明感到这个家庭充满的无比温馨的爱,他用手背擦了擦有点润湿的眼睛。

"来吧。"女店主向他示意,"人手少,让你久等。"啊,好温柔的声音,他真想仔细看看她的脸，一股热水缓缓地流下来，他赶紧低下了头，闭上眼睛。

"是南方来的吧，听你的口音。"女店主手在忙，却不愿冷了来客，"隔壁有家旅店，过会儿你可以住那儿去。"

这时一个戴眼镜的男子牵着那个十来岁的男孩进来了，撑伞的手还夹着一叠作业本。

她停下手中的活，递过一条热毛巾："别着凉了，带孩子早点睡吧。"

男子顺从地进了里屋，一会儿又听到对孩子说话的声音："别忘了叫妈妈吃药，开水在这儿。"

也只有真正失去过爱的人才能体会到这种小家庭如诗如画一般甜蜜的生活情趣，这种相敬如宾的夫妻关系。

建立这样的小家庭不容易啊，他感动得几乎要流泪了。

他坐在沙发转椅上，目光落到镜中，他感到自己苍老了许多，岁月不等人啊，过早的白发都已丝丝渗出，哪里还去找十年前那个英俊青年的模样。

她放下背靠，并轻轻按了一下他的肩，他会意地躺下仰起脸让她修面，目光却移到镜片上那张略带鹅黄色的执照上——雪华。他的心颤了一下，脑中立即闪现过一个疑点：难道会是她？他于是有从镜中着力看了看她的脸，啊，不错，的确是她，除眼角多添了几丝鱼尾纹外，仍是那么年轻、端庄、漂亮而大方。那是一张多么熟悉的脸！

他心中一阵酸楚，但终没让泪水流出来。

"擦把脸吧，外出人不太方便。"他站起来的时候，她说。

他接过热气腾腾的毛巾，使劲地擦着那无声的泪和那张抽畜的脸。然后拎起他的包，转身走出了那个低矮的门坎。

"天晚了，隔壁有家旅店。"她再次提醒他，完全出于对外出人一片诚挚的关怀。

"哦，我要回南方去。"他回头看了看这间小屋——一个难得建立起来的温馨的家庭。身影消失在一片夜色中……

1990 年于龙项乡中学

南方之旅

就这样我去了南方,已经记不起是第几次给妻子讲述这个故事了,每一次,妻子都是将头靠在我的肩上,在故事行将结束的时候,送给我那个让人消魂的唇吻,然后说,一切都是缘分。

是的,我相信一切都来自缘分。无论如何我都没有料到那次南方之行,会在一个普普通通的小镇上,给我安排一次短暂的停留,爱的初始到归宿,这一人生最难忘的时光,都缘于我的那次南方之旅。

南方的天空在我的印象中总是晴朗的,就像愉快的心空那样一片湛蓝,阳光灿烂,明媚动人。也就在那样一个风和日丽的日子,我打算结束我的南方之行,告别南国也许是人生中最后一次愉快的旅行。留念的途中,我猛然记起了儿时一位名叫山山的朋友曾写信告诉过我她就在这南方的一个小镇上工作。不知为什么,我的心里立即涌起了决定去看一看他的念头。

十多年前,她随父母一起举家南迁,后来考中了市内一所邮电学校,由于她优异的成绩在那所学校连续几届毕业生中都是少见的,学校准备让她留校,但她申请一定要回到父母工作的这个小镇上来,原因是她说她从来没离开过父母。

工作不久她就写信给我,叫我有机会去她那儿玩,当时我想我怎么会跑到天隔一方的她那儿去呢。可是如今,倒还真应了她早日的盛情之约。

我把沉沉的背包挂在肩上,帽沿拉得低低的,把初夏灼热的太阳隔得远远的。一些操着南方口音的人讲着陌生而又新鲜的语言,却让人感到一种亲切,一种详和。在一家百货商店的门边,我向一位抽着烟的老人打听到邮电所在小镇的东头。叩响二楼第三间的房门,我猜想着开门的这位女孩会以怎样的表情看我,然后恍然大悟一般热情地把我让进她的居室。可好久之后,里面并没有动静,我试着推了推门,原来门没有上锁。山山出去了。

还没有来得及放下背包,就听见清晰的足音自楼梯拾级而上,儿时的得意之情又从心底泛起。站在门的背后,我悄然等待着时机的到来。

门慢慢地开了,她是侧着身子进来的。

"啊!"我的心里惊奇得差点发出了声,那一头从肩上滑落的秀发,那黑色短袖下垂露无余的嫩如鲜藕的玉臂……

我还是下意识地将双手从她的发际间拢过去,蒙住了她的双眼。

"是山山呗,还有什么让人猜不着的。"

我惊呆了,被我蒙住眼的这位女孩竟不是山山!

一种犯罪的感觉陡然而生,我这童心未泯自作聪明的东西!此时我真是恨地无缝,我不知道我当时的脸是何等的尴尬难堪。

我该怎么办?我该怎么办?

终于,我情急生智,一侧身闪出了房门,然后逃之夭夭。

事隔三月,南方的天空也许该是晴空高远,凉风习习了,而那明白真像后的女孩是否初始依然,早把那些吃惊忘却于脑后呢,而负疚在心却又不敢声张的我却夜夜为之失眠。

或许是性格使然,我的怀旧的情绪总是很浓很浓,怕是我这一生中无论如何也无法摆脱对那位南方女孩歉意的情感了。总是寻找一种赎罪的机会,而真的这种机会到来时,我又未必有那份勇气向她说明自己为什么有那次愚蠢的举动,原因是:她会原谅我吗?

可是世上的事情总是发生在预料之外。

有一天突然收到山山的来信,她说她如果没有猜错的话,那次蒙住眼睛的一定是我。他相信那是一场误会,完全是由于儿时的两小无猜心地纯真的缘故导致的一个啼笑皆非面红心跳却又很有趣味的故事。"漆霞原谅了你,要知道她是一位善解人意的女孩。"山山的信中这样写道,"她和我都欢迎你第二次来玩,不要有什么不安。"

我终于打消心头沉郁多日的顾虑。为山山的聪明更为漆霞的宽容所感动。

我决定再次去南方。

后来的故事便掺进很多缠绵的情意,在无数次的接触和意味深长的书信往来中,那位名叫漆霞的女孩竟喜欢上了我这位傻气十足而又相貌平平的男孩。

我在给妻子讲述这个故事的时候,她常常羞涩地红着一张脸陶醉在往事的回忆中,从她浅浅的微笑和睫毛下一对晶亮的眼睛里,我再次看到了青春的美丽。

是的,一切都来自缘分。

1993年5月26日于龙项乡中学

防盗门

当他喊来四位彪形大汉用各种不同的铁锤和长短不一的钢棒把门弄开后,她已经气绝身亡了。

正如某些拙劣的小说家虚构的故事情节一样,中午时候他回家,和他同住一个单元的制门厂杨厂长的夫人交给他一封信,夫人说:"你妻子叫我亲手交给你。"末了夫人又问:"我看你妻子早上情绪不好,你们是不是又吵架了?"他点点头,随后拆开信封,信的内容简单得只有几个字:我走了,你好自为之。

他一下感到事态的严重。就风风火火跑上楼,钥匙插进锁孔,反反复复旋转了好多遍都打不开。又唤了几声卢敏的名字,屋内仍然没有动静。

"该死的防盗门!"他诅咒着往楼下跑。

等他叫来人,费了不少的力撬开防盗门后,妻子已悬在了吊扇的铁钩上。

他奔过去把妻子抱下来,用手挨近妻子的鼻孔,已经晚了。"要是早十分钟,她是有救的。"他沮丧地坐在床沿上说。

在屋的人都深信不疑,因为他是市内一位颇具权威的医生。

整幢楼的人都来了,看到他那副不无惋惜的样子,都深表同情。有的女人开始抹眼泪了。

这时,防盗门厂杨厂长从人群中走出来,不无动情地来到死者身边,说:"是我对不起你,卢敏……是我害了你。"

大家一下子被弄懵了,屋子里顿时噤若寒蝉。还是思维敏捷的杨厂长夫人反应快:"你疯了,你说些什么?"然后拉起杨厂长的胳膊就往外走。

人们心领神会,一个个知趣地离开了这是非之地。

出于对杨厂长夫妇一贯的好感,大家都没有把此事声张出去,倒是杨厂长逢人便讲,是自己害了卢敏。这就让人难以理喻了,像杨厂长这样聪明绝顶的人,怎么自己捉个虱子到自己头上去呢？这不，才几天时间，大街小巷就传遍了杨厂长与卢敏的桃色新闻。

　　奇怪的是杨厂长却异常的冷静，对疯传的流言仿佛一概不知，每天仍然镇定自若地去经营他那个自承包以来一直不景气的制门厂。

　　有一天，一位外地来的先生找杨厂长看样定货，杨厂长把那位先生带到产品展销门市上一一看过之后，杨厂长指着那种与卢敏家同种型号的防盗门说："这将是我们厂最后一批货，前不久，我的一位朋友的妻子就因为这种门质量有问题而出了人命——那天里面没反锁，外面却打不开……"

1994年于上和

代课

　　村长喝醉了酒,从学校的坟包上摔下去。那个时候,恰巧代课教师刘二在土边剪桑枝,刘二忙丢了剪子去扶村长起来,刘二说村长你醉了?村长摇摇头说:没……没醉。然后拿了眼睛往上看,就看到了那个坟包,村长说,日他个鬼。刘二心头笑笑,把村长摔脱的一只皮鞋拣过来,给村长穿上。

　　村长好酒,周围都出名。小镇上的酒馆,村长场场都要去吃请。村长妻子经常黑起两块脸骂村长,龟儿子终究要死在那两罐马尿上。但村长照吃不误,三六九醉,是铁定的规律。只有一四七二五八,村长的头脑清醒,头脑清醒的村长就找刘二,村长说,刘二啊,又有人要求到村上代课了。刘二就赶忙递过烟去,说,村长,明场我请客,老地方。村长笑了,拍拍刘二的肩膀说,你我两个,还有啥说头。

　　刘二摸准了村长的脾气,总是十天半月就请村长喝一回酒,所以在村小代课,那位置一直是刘二占着,别人没法争去。刘二觉得酒确实是个好东西,至少,于他和村长是这样。

　　但刘二至少有两个月没请村长喝酒了,刘二是怕村长的老婆。上次刘二买了菜和村长一起去酒馆喝酒,刘二并没劝,是村长自己喝醉的,刘二扶着村长回去的时候,村长老婆堆起一脸的牛肉,一把将村长从刘二的肩膀上拉过去,推倒在椅子上。村长老婆冲刘二骂道:代点课都缺德,下回再把村长灌醉,老娘要得罪人。刘二自然很知趣。

　　这回,刘二是怎么也不敢把村长扶回去了,尽管村长不是喝刘二的酒醉的。但刘二知道,村长老婆很横。所以刘二说,村长,去我家歇歇吧,醒了再回去。村长大着舌头说,要……要得。一路上,刘二扶着左脚靠右脚的村长,几次差点把刘二挤下水田。刘二累出一身汗。

　　村长躺在刘二的床上,还不到两分钟,村长老婆就从垭口那边翻过来,径直走进刘二的屋，村长老婆看见床上醉成一堆烂泥的村长，就开始哭骂，说刘二不是东西，不把村长当人，要想再代课，没门！村长老婆还甩刘二的东西：锄头、扁担、箩筐和碗。刘二急了，没有办法，只得给村长老婆下跪，刘二说，下次再不敢让村长醉了。村长老婆还不依，又骂了些很难听的话，刘二都忍了。

　　待村长老婆走后，刘二去屋里给村长盖好了被子，然后靠在自家的门框上，望着小学校阳光灿烂的地方出神，刘二想，还有半年，或者一年，自己也该转正了吧。刘二的眼泪就流下来。

1996 年于上和

祖宗

明万历年间,方氏族中出了一位名人,方氏族谱如是记载:方传立,瞿南府淮安里孟昌人氏,生于万历三年正月初八日,进士,官至瞿南府知府。

方传立无疑是方氏族中显赫至极的人物。据方家后世子孙方庄德说,方家祖籍当属现今湖南,后搬迁入川。入川时,带来一尊铜铸镀金的人物塑像,很是精致雄威。方传立入川后建了一方院落,居中高堂设了神龛,将塑像供奉其上。每日早晚,必燃香叩拜,甚是虔诚。这尊塑像,乃方家鼻祖。

方家入川后,凭着智慧和勤劳,渐渐有了殷实的家底,在当地富甲一方,几代人下来,更是颇具名门望族之势。赖家风所传,方氏族中子孙无不对那尊铜铸镀金的老祖宗奉为至尊。

却说这位祖宗塑像,在方氏家族史上竟数次蒙难。清顺治十七年(1660年),时近秋天的某日下午,一位云游的僧人路经此地,方氏族长见那僧人仙风道骨,便邀至堂中饮茶小叙。那僧人满腹经纶,言语与方氏族长很是投机,谈话间不觉天色已晚,族长便留僧人歇宿。时至夜半,僧人被一梦惊醒,睁开眼,但见高堂内异彩纷呈,满屋生辉,僧人甚感诧异,遂披衣下床,想去那堂中看个究竟,不料到得堂前,竟一切复归自然,回屋后,不到一刻,高堂内再次放出异彩来,且夺目非常。僧人猜测,这堂中肯定有甚宝物。后终于发觉,光辉起至那尊塑像,僧人于是大喜,遂取了塑像,披星戴月,悄然遁去。第二日清晨,方氏族长唤僧人用餐,才发觉僧人已不辞而别。神龛上那位祖宗也不见了踪影。方氏族长慌忙布置人马,兵分五路,去追寻那僧人。三天以后,各路人马回来,禀报族长:僧人与那位祖宗均不知下落。族长听罢,捶胸顿足,于是一病不起,两月之后,便抑郁而终。

众议推举方归田做了新族长。方归田发誓要找回失去的祖宗,以雪族耻。到底功夫不负有心人,经过三年零六个月的明察暗访,终于打听到当年那位僧人的行踪。

方归田绞尽脑汁，独自一人去了五百里之外的灵通寺，在一个月黑风高的夜晚，神不知鬼不觉地，从灵通寺侧旁镇山宝塔第七层塔上取回了那位祖宗。

方归田本想在神龛上装几道机关，以防再遇不测，但又觉得供奉祖宗的地方暗伏一片杀机，似有对祖宗不敬，所以也就没有把心头的想法说出来，依然把历经劫难后的祖宗放在原位，只是小心谨慎了许多。

说来也怪，自从祖宗经过这番波折后，方氏一族便从此家道中落，每况愈下。

到了康熙十九年（1680年），这年恰逢蜀中大旱，庄稼颗粒无收。方氏家族一百来号人，均携儿带女外逃谋生，家中只剩些老弱病残者守屋。族长方归田更不敢大意，就把那位祖宗用红绸包了，放在阁楼的隐蔽之处妥善安置，外人一概不知。

过了半年，重病缠身的方归田已知自己在世之日不多，身边又找不到一位合适的人能守住这位祖宗，于是就把妻子叫到床前，如此这般吩咐了一番。方归田去世后不久，妻子也相继去世。一年后方家的人陆续回来，见族长夫妇已死，祖宗也不知去向，实在无案可查，也就不了了之。

后川东一带流窜一伙盗墓贼，来无踪去无影，可谓神出鬼没。方氏家族那位祖宗，若不是遇到盗墓的，不知还会在方归田的墓窟里沉睡多少年。当盗墓贼掘开方归田坟墓时，竟见棺木里的死尸红光满面，衣冠整洁，与活人无异。盗墓贼见此情状，吓得魂飞魄散，惊叫一声，夺路而逃。方归田儿子方怀山赶去墓地，发现棺材里除了一副人的骨架外，还有一尊铜铸镀金的塑像，辉煌锃亮。方怀山悄悄拿回家，躲在屋里琢磨了几天后，竟发现塑像身首可以拆卸，拆开之后，塑像身子里头各存有两张黄裱纸，拼在一起，乃一张密令，字迹依稀可辨：……方传立蓄意谋反日久，查据确凿，速逮。

方怀山顿惊一身冷汗，万没料到祖上曾有如此险招灭门九族的历史，遂将黄裱纸付之一炬。不料奇迹就在此时发生：那黄裱纸经火一烧，竟显出一幅图来，方怀山定睛一看，乃一幅藏宝图，正待要记下那几个要害之处时，黄裱纸却化作了灰烬。方怀山摇头叹息了半日，又不敢声张，只得把拆卸后的塑像重新装好，然后凭着一点零星的记忆，背负行囊，去了瞿南府一带的深山寻宝。但一年后传回来的消息说：方怀山疯了。

1995年10月于上和

第九辑　生活叙事

白日克建房记

　　潼南撤县设区的消息，白日克是在重庆电视台的晚间新闻节目中看到的。虽然民间传闻已久，但直到现在才终于得到证实。

　　在重庆生活了二十多年，白日克还从来没有像今天这样兴奋过，打了鸡血似的，从客厅走到卧室，又从卧室走到阳台。如此反复不停的举动，让儿子白时克感到老头子行为有些异样，便问了一句："老汉，你怎么了？"

　　吃晚饭的时候，白日克发话了："看到没得，潼南设区了？我看是不是把解放碑那套房子卖了，回潼南乡头去修。"

　　白日克老婆没做声，儿媳妇低着头吃饭，白时克也不开腔，四岁的孙子白分克自顾自玩他的玩具。

　　白日克的话向来说一不二，表面上是在征求意见，其实没有商量的余地。

　　第二天，儿子白时克开车送白日克回了潼南，稍事休息后，父子二人马不停蹄的在梓潼、双江、柏梓、太安等镇街的公路沿线作了为期三天的考察。考察的内容包括：房屋的样式、装修的风格、建房的造价、工期的长短、审批的手续等。一切心中有了数之后，白日克决定：建一栋小型别墅。

　　事情决定下来后，白时克回重庆去了，呆久了害怕耽误生意。

　　白日克一个人留在潼南乡下，吃住在舅子家。舅子问："白日克，你重庆的房子都还没卖脱，启动资金从哪里来？"

　　白日克说："我给白分克存了几万块读书的钱，可以暂时挪来用。"

　　舅子又问："修好了你有几个时候回来坐？"白日克说："现在寒暑假可带孙儿回来住，过几年，就和你妹儿回来养老。"

　　"哦。"舅子打个抿笑。

　　客观地说，修房造屋并不是一件简单的事情，何况白日克一个人"包打包唱"，所有的计划和安排，都是自己说了算。

　　白日克没读几天书，只有高小文化程度，但他晓得统筹兼顾的道理。在准建证办下来之前，建房的材料都预备得差不多了。这些都是在流火的三伏天完成的。只身穿条短裤的白日克，几天时间就被红火大太阳晒成了一尊"灶神菩萨"，黑不说，周身还脱皮，热水一洗，斑斑驳驳的像得了白癜风。白时克来潼南看到这情景，说："老汉，这些力气活就少做些嘛。"

　　白日克说："变了泥鳅就不怕泥巴糊眼睛。"白时克心疼老汉，到城里去买了10余平方米的活动板房来安装，让白日克在吃人的秋老虎天气中有个遮荫的地方。

　　不料暑热一过，秋后又来了阴雨，绵扯扯的半天不放晴。如此下去岂不误了工期？急火攻心的白日克突然心血来潮，立马去扯了几十丈塑料篷布，搭起一个硕大无比的帐篷，仿佛遮盖了半边天，让所有施工人员及闲杂人等一律罩在篷布之下，滴水不漏。

　　另外值得一提的是，在整个房屋建造过程中，所有的工匠手上没有一张图纸，这完全由白日克口头表述，图纸就在白日克的大脑中装着，他画不出来但说得出来，工匠按他的吩咐行事。还有，白日克计算长度采用的数据不用"米"，他不习惯通行的国际标准，喜欢以丈尺寸为长度计量单位，比如白日克说："中对中，开间一丈二，进深二丈八。"工匠都是听得懂的。

　　白日克还有一些与众不同的地方，他在厨房的设计上，采取旧时农村的样式，打一口柴灶，曲尺形的灶面挖三个圆孔，大号直径一尺八，放铁锅，用来煮饭炒菜，二号三号孔依次缩小，可放置大小两个铞锅，分别用来炖汤和温水。又在墙壁上打个洞，让余烟往外跑，进入砌在屋外的烟囱，室内既清洁又不失美观。既然打的是柴灶，当然也就配制了风箱，设置了灰槽，预备了烧火的坐凳、掏灶的火钳……

　　再说房屋的装修。白日克在一楼堂屋正中的墙壁上，特地找老木匠定制了一个柏木神龛，厚重沉稳，端庄大气；尔后又找阴阳先生，择了黄道吉日，将诸神及祖宗请到神龛的相应位置，以求平安顺遂。这一切，都完全按照农村的风俗习惯行事。二楼的装修，则紧跟时代潮流，装了会客室、娱乐厅、健身房、储藏室等等。三楼是夹层，层高不过五尺，屋顶是现浇的，盖琉璃瓦，既隔热又防漏。蓄水池设置在屋面楼梯间之上，池子的上面又盖琉璃瓦，形成一间独立的小房子，高出三楼一半。白日克说："要是在水池屋顶插一面红旗，你看，三顿煮饭的时候，那边炊烟袅袅，这边红旗飘飘，还是有些看头的。"

在装修室内的同时，屋外钻了水井，修了车位，围了菜园，挖了鱼塘，建了鸡舍。

房屋建成后，照例办了一台落成喜宴，白日克也按"八项规定"的要求，厉行勤俭节约，不搞铺张浪费，不大宴宾客，只请了建房的一班人马和自家弟兄姐妹。

喜宴简朴而热闹，从中午延续到晚上，客走人散后，白日克醉眼朦胧的站在神龛前作了一个辑，默许了几个愿望，然后牵着孙子白分克的手说："小孙，你将来给我生个重孙，爷爷这就把名字给取好了，就叫白秒克。"

孙子白分克说："要得，爷爷。"

白日克看到小孙如此听话，好像说生就可以生一样，完全沉浸在无比的喜悦中。

那天晚上，白日克和小孙睡在同一张床上，没一会儿，就鼾声如雷。

2015 年于报社

那年那月

1

  大哥还没出世就不守本分，六个月的时候就在母亲的肚皮里伸脚动手，弄得母亲坐卧不宁，十个月了，他又死皮赖脸的不出来，母亲的肚皮鼓得像个吹胀的皮球，父亲以为是对双胞胎，把一只猫儿都杀了炖给母亲吃。在那个缺衣少吃的年代，是不得已的事情。父亲谎称山上的野兔实在太多，他的运气又太好了，一个窝就逮到两只，只是炖肉的手艺差，没把味道搞纯正，该放两块生姜。母亲信以为真，因为父亲平时从来不煮饭，兔肉汤喝起来味道有点像猫尿，似乎也在情理之中。

  吃过猫肉后的母亲脸上多少有些光泽，精神也好多了，母亲自嘲说自己怕是得了饿痨病，沾点荤腥大不一样，心里好受得多。父亲说那是当然，怀胎妇嘛，营养要跟得上，过几天我到山上再去转一转，看还能不能逮几只。

  万没想到母亲倒把父亲的话记得很牢，她一直等着父亲再去逮兔子。但怪来怪去都该怪大哥，他把母亲吃进去的猫肉营养吸收得干干净净。不到一个星期母亲又犯病了，喉咙发痒，清口水长流，她只想吃兔肉。

  母亲把父亲唤到床边，尽管是夫妻，但母亲还是不好意思开口，几次话都到嘴边了又咽回去。母亲也知道，兔子那东西长着四条腿，跑得飞快，不是想逮就逮得到的，要吃兔肉实在有些难为父亲。父亲看出了母亲的心思，爽快地说，有啥大不了的，不就是几只兔子嘛，我这就出去转转。

  父亲回来的时候已经是深夜，腋下夹着一只猫。母亲轻微的鼾声从屋里传出来，父亲没敢惊动母亲，他轻脚轻手地走进厨房，然后关紧了门。父亲划亮火柴，点亮油灯，把猫放到地上，锋利的小刀从猫的下颌划到胯部，然后刀子就在皮肉之间穿来穿去，几下子就把猫的皮剥了。父亲把猫肉炖熟给母亲端去，母亲还没醒，父亲摇了摇母亲的肩膀说，快起来打牙祭，兔肉炖熟了。母亲没有动，嘴里也没出声，父亲再摇了几下，母亲仍然如此，父亲搁下碗筷，把油灯凑近母亲的脸，只见母亲一脸蜡黄，头发湿漉漉的散在枕头上，父亲揭开被子，被子被鲜红的血水浸湿了一大片。母亲的胯下躺着大哥，大哥就像一只蜷缩的兔子，周身血糊糊的，眯着双眼。父亲赶忙去叫院子里的伯母，父亲对伯母说，大嫂你搞快点，你兄弟媳妇娃儿都生出来了，现在人事不醒。伯母是个接生婆，也是大队的赤脚医生，她的药箱里随时都预备着药物和器械。伯母过来给母亲打了止血针，把大哥从被窝里拖出来，用温水洗了。父亲从衣柜里翻出母亲的旧衣，把大哥严严实实地包成一团。这时候母亲醒了过来，微微睁开了眼睛，母亲没有一丝力气，说话的声音弱得无法听清。伯母对父亲说，快去砍竹子绑滑竿，必须送县医院才行，挨久了要出事。父亲摸黑去竹林里砍了两根簧竹，又叫来伯父和三表公，三个男人迅速地把躺椅绑在竹竿上，然后连夜把母亲和大哥抬往县城。

县医院急诊室的医生关了门在桌上打瞌睡，焦躁的父亲使劲擂着门，进门的时候把一只痰盂都踩翻了。父亲拉着医生的手说，医生你快救救这娘儿俩的命！说完话父亲坐在桌边的凳子上，一口一口的喘粗气，汗水从额头上冒出来，黄豆粒般大小，父亲感到心里一阵吃紧，眼前一下子模糊起来，四周的屋子开始转动，父亲紧紧咬住牙，双手抓住医生办公桌的桌沿，但是终于没有挺住，他从凳子上滑下来，瘫在地上，全身软了，失去了知觉。

父亲醒来的时候已经是第二天中午，他开始隐隐约约地听到有鸟的叫声，父亲尽力睁眼，但是眼皮又沉又痛，作了很多次努力后，眼睛才睁开一条缝。父亲看见了窗外的阳光和一棵高大的槐树，槐树上几只麻雀跳来跳去，一片树叶从树上飘下来，落在阳台上，经风一吹，又飘进了屋子。父亲想看看那片树叶落在地上的位置，但自己却无力翻动身子，父亲唯一的力气就是稍微能偏一下头。这时候父亲就看见了母亲，也看见了大哥，母子俩睡熟了，似乎已经进入了梦乡，母亲的脸显得很安祥，但依然疲惫、苍白，没有多少血色。

昨晚走得匆忙，钱没带足，母亲委托伯父回家找钱去了。医院里的三表公被医生支来唤去，一会儿楼上一会儿楼下，像个无头的苍蝇，把医院都跑遍了。护士有时候进来量量体温，接着又回到另一间屋子将温度记录在案。父亲的病来得快，好得也快，只打了两针，吃了点药就基本上恢复了过来。又过了几天，医生到病房来对父亲说，娘儿俩也没有多大的问题了，住在医院里费用高，可以开一些药回去，在家里慢慢疗养。父亲要求医生让娘儿俩再住几天，但医生已经将另一位病人领了进来，其无动于衷的表情堵住了父亲想说的话。父亲知道医院的病床紧张，一切只能听从安排。

2

　　回家后，母亲的身体一直不能恢复，奶水黄而少，大哥常常含着奶头吮不出奶水而嚎啕大哭。幸好父亲的身子一天天硬朗起来，他不厌其烦地照料月子里的母亲，端茶递水，洗衣煮饭，历尽他作为丈夫的责任。

　　那年月生活艰难，没有更多的钱买好东西给母亲补充营养，母亲的奶水严重不足。父亲只好用米浆代替乳汁喂养大哥。六岁的大姐用她稚嫩的双手伸进刺骨的冷水中把大米反复揉搓，直到米粒在水中消失，大姐年幼的光阴就在指缝中一天天逝去，学校的钟声和孩子的读书声一遍又一遍地在山间响起，山风把这种声音清晰地传递过来，大姐默默地揉搓，日复一日地干着这种单调的活路。父亲做了工分回来，在中午和傍晚的间隙里，挑水挑粪，三分自留地里的蔬菜补充着一家人的生活，懂事的大姐代替母亲承担了所有的家务。满月后的母亲也出工了。大姐一个人料理着大哥的吃喝拉撒。在隆冬的深夜里，啼哭的大哥彻夜不眠，父亲用破烂的棉袄裹着大哥在油灯昏暗的屋子里来回踱步，但大哥一松手就哭，弄得一家人筋疲力尽，毫无办法的母亲急得蒙着被子流泪，大伯听不下去了，就半夜跑过来对父亲说，你不是读过书吗，写个符吧。猛然醒悟的父亲把大哥递给伯父，从陈旧的柜子里翻出纸笔墨，一张黄纸铺在饭桌上，父亲沉思了一阵，然后落笔纸上：小儿夜哭，请君诵读，若是不哭，谢君万福。父亲拿着这张符，跑了几里山路，把它贴在大路边的一棵树上，又默默地对着黄裱纸，双手合十，深深鞠躬。

　　上天有眼，大哥不再啼哭得那么厉害了。为了使白天劳累的母亲晚上得到休息，父亲编了一只特大的箩筐，从草树上扯下一抱谷草垫在筐底，又找来几块烂棉絮铺上，父亲把大哥放在窝里，用夹衣将大哥盖得严严实实的，大哥只剩一张脸露在外面，父亲用粗糙的手挨挨大哥的脸，大哥眨眨眼睛，张着小嘴笑出了声。父亲的心情好多了，他坐在椅子上一支一支的抽叶子烟，浓浓的烟雾背后，父亲沉浸在无尽的喜悦中。深夜里，静下来的时候，父亲思考着往后的日子怎么过。母亲月子里生病住院以及杂七杂八的零用，已经在生产队出纳那里借了五十元钱，单靠挣工分，恐怕是难以还清的。父亲坐在椅子上苦思冥想，一连几天都没想出个头绪。有天中午伯父端来一碗凉粉，母亲把凉粉装在三个小碗里，把装得多一点的端给父亲。母亲吃凉粉的时候忽然有所醒悟地对父亲说，窖里不是还有些红苕吗？磨点苕粉去卖吧，说不定还能挣点钱。父亲想了想，觉得主意还不错，于是第二天就去县城了解红苕和苕粉的价格，回来后一算，每斤红苕磨成苕粉去卖，至少要赚三分钱。三分钱可不算少，挣一天的工分才值一角呢。就这样，父亲开始做磨苕粉的准备了。父亲找来一个罐头盒，把空盒展开后，又用钉子密密麻麻地钻了许多的小眼，然后把铁皮固定在木框上，一块简易的磨板就制成了。滤架、滤帕和水缸都是现成的。父亲来到苕窖边，先把一捆捆芭茅抱到旁边。遮盖苕窖的石板很重，父亲用力抠住石板的边沿，一点一点地移开，窖里的红苕金黄灿烂，一股热气扑面而来。父亲在窖里捡，母亲在上面接。父亲说，捡五挑吧，五挑红苕可以磨六十多斤苕粉，剩下的今年冬天吃和明年做苕种都够了，如果天气好，还可用卖了苕粉的钱再买红苕来磨。

　　白天要挣工分，只有晚上才有时间。冬天的夜晚异常寒冷，即使关紧了门，冷风和雾气也常常从门缝中钻进来。父亲把右手臂从袖筒里抽出来，虽然右手灵活了许多，但来回不停的运动仍然不能使手臂暖和，母亲就把大哥垫屁股的一块尿布裹在父亲的手臂上。

　　父亲磨完一筐红苕，鸡也叫头遍了，此时，母亲和大姐才把头天父亲磨的红苕过滤干净。

　　第二天，大姐把缸里的粉水舀尽，把沉淀在缸底的苕粉铲出来放在簸箕里，掰成一块一块的，均匀地散开。太阳出来，雾气散尽，大姐一边哄着大哥入睡，一边用捶破的一截竹子吆麻雀，听到响声的麻雀刚落到簸箕的边沿就吓得噗噗乱飞。

　　第一批苕粉晒干后，父亲挑到城去卖了换回了盐巴、煤油、和两棵白菜。白菜在我们乡下没有人种，地里常年只有青菜、萝卜、油皮菜一类的东西。父亲把一棵白菜留下来自己吃，另一棵送给了伯父。

3

　　旧历年过后，地里的活路不多，生产队安排社员做一天歇一天。父亲想到春雨到来的时间已不是很久，房前屋后的排水沟也该疏通了，特别是屋后的阴沟，几乎被风化的沙石填平。去年春天忘了掏，雨水一来，水就往屋里灌，过后好久屋里都

-331-

是湿的，下不得脚，一堵土墙泡软后，至今还歪斜着要倒不倒的。有了上次的教训，父亲决定提早把阴沟里的沙石掏挖干净。

仓屋后面的屋檐下堆满了柴禾。为了码放方便，父亲当年用石板铺在水沟上面，铺了石板的那一段也就成了暗沟。前几年掏泥，总是先搬了柴禾，撬开石板，疏通水沟后，再将柴禾复原。

这次掏沟的时候，父亲发现那阴沟里塞满了谷壳。父亲慌忙回到屋里打开木仓，仓里不多的谷子竟然漏去一小半，仓底露出茶杯大小两个洞口。父亲用锄头在离地一尺多高的仓底一掏，掏出来的全是谷壳、烂布和零碎的稻草。父亲傻了眼，半天回不过神来。

没想到数月来从口里省下的粮食却装进了老鼠的肚皮。粮食没有了，春荒难度啊，一家人都焦急不已。母亲说，借钱买吧，一家四口人总不能把嘴巴缝起过日子。

到哪里去借呢？想到的第一个就是在重庆工作的二舅，二舅每个月有三十多元工资，虽然也拖带着两个娃儿，但日子总比我们好过些。于是父亲去信给二舅说了家里的遭遇，极力倾诉家里的困难。十多天后，二舅的钱寄到了乡场，总共二十元。这二十元钱给一家人带来了新的希望。

父亲把钱全部拿去买回了大米，全家每天控制在两斤以内，其余用苕渣和小菜打补充。两个月后，土里的油皮菜吃光了，柜里的苕渣也只剩几十斤，眼看又快断炊，父亲不得不向左邻右舍求助。

"春天借小麦，秋后还大米，一斤抵一斤"。父亲去给家里稍微富裕一点的三表公商量后说出了自己的想法。三表公是个财不露白的人，他怕树大招风，叫父亲晚上去他家，不要让别人看见。父亲是分两次去的，每次都把黑布口袋藏在衣服里，趁着点点星光，捡荒山小路，做贼一般隐蔽。

第二次去的时候，三表公留父亲吃夜饭，并叫父亲不要坐在屋子外面，外面让人看见了影响不好。父亲就坐在三表公堂屋的门背后，一盏昏暗的油灯放在饭桌上，三表公和父亲在屋里说一些无关紧要的事情，父亲从不问他家的存粮存款，父亲知道这些话题难免让三表公尴尬。三表公富裕的原因完全是因为祖传的手艺，全家老小一共六口人全是篾匠，一年四季打席子、打簸箕、编箩筐卖，全公社就他家的篾货做得精细。尽管一年有不少收入，但三表公却节俭到几近吝啬的程度。初夏麦收时节，社员收工回家后，他一个人戴顶草帽，在烈日下遍地寻找散落的麦穗，有些颗粒难以捡起，他就捉几个鸡放到地里，待鸡找吃干净后再捉回家关进笼子里，只拿水喂。陈年的苞谷、高粱、绿豆关在仓里，有的起了虫吊吊，又不好拿到外面去晾晒，他生怕被别人看见。三表公知道父亲是守信用的人，不会把借粮的事说出去，所以他才松口借点粮食给父亲。

三表婆把很稀的莴笋叶稀饭煮熟后端到桌子上，叫父亲吃饱，父亲就着半碗泡萝卜吃了两碗，推说已经饱了。到别家借粮，哪好意思大吃一通呢？三表公也不劝，叫父亲在堂屋坐着，自己一个人去到里屋，用父亲的黑布口袋装了一袋小麦，先称好了，再提出来当着父亲的面重新称一次。三表公吹熄了灯，到屋外去望了望，证实外面的确没有人后，才让父亲轻手轻脚出去。月亮已经隐入了云层，没有一丝光亮，父亲扛着一袋小麦在山路上摸爬，完全凭着白天的记忆一步一步趔着走，荆棘丛生的小路夹着一些乱石，父亲差点几次摔倒，一次又一次的恐吓，父亲的脊背直冒冷汗，五十斤粮食不算重，但父亲回屋时，捆在腰间的帕子都能拧出水来。

母亲和大姐高兴不已，想到至少到今年麦收时节全家的生活可以勉强度过了，秋收后虽说要还大米，那倒是后面的事。父亲对母亲说，借来的粮食必需算计着吃，这可是难得的细粮，除了大米之外还有什么比小麦更好的呢？

如果把小麦和大米一起煮，大米煮烂了，小麦还是硬的。所以母亲决定把小麦和苕渣混在一起磨成面粉煮糊糊吃，这样干清一致，可以喝到碗底朝天，又一点不浪费。农村柴禾不缺，母亲叫大姐在灶前扯风箱塞柴烧火，自己站在灶后用锅铲翻炒小麦和苕渣，炒后的小麦苕渣有股扑鼻的香味。

于是家里那副石磨在春天的三四月就夜夜不停地转动。一提起推磨，大姐的眼泪就在眼眶里团团转。推磨常常在夜晚，刚炒好的小麦烫得不能用手抓，大姐只好用饭勺舀，舀多舀少靠估计，舀多了磨出来粗，少了虽说面细，可半夜都磨不完，脚杆都站硬了，又有嗡嗡的蚊虫叮咬，想坐着舀吧，人又没有磨子高。最恼火的是没有月光的黑夜，磨面是最困难的，因为没钱打煤油，根本不可能花那么长的时间点油灯。大姐只能凭借石磨转动的声音来判断磨眼所处的位置，然后迅速将小麦和苕渣舀进磨眼里，然而，弄不好就会被磨杆打掉饭勺，麦子散在地上，浪费掉这种来之不易的粮食，父亲会因此大发脾气。大姐虽小，但家中除了她不来帮忙就没有别人，母亲要照料大哥，还要剁猪草。所以磨面常常是大姐参与。

麦黄麦黄，饿断饥肠。青黄不接的春二三月，空空的肚子总是饥肠辘辘地响，一日三餐，只有进食后那一阵，肚皮里才有一点饱的感觉。每天到了中午快收工时，社员们一个个都撑着锄把懒散地晒太阳，实在没有力气再做下去，坡顶上收工的铧铁敲响后，山道上的男男女女就扛了锄头往家走，然后，各家各户的房屋就冒出炊烟。狗也饿了，躺在屋檐下的阴凉处眯缝了眼睛打盹儿。

即使如此，父亲还会把仅剩的一点力气用出来，做点不太费力的手头活路。晒坝里长了野草，他一棵一棵地拔掉，或者把猪狗踩出的脚印铲平，打整后的晒坝让太阳晒着，准备晒干后堆放收割回来的豌豆麦子。

4

生产队上午下午做什么活路，都是提前半天安排，以作业组为单位，哪个组锄草，哪个组挑粪，哪个组挖土，或者妇女做什么，男劳力做什么，一律听从队长安排，并且根据劳动的轻重和效果记工分。父亲担任生产队的记分员，那是一种权力也是一种荣誉，整个生产队能识字、能计算的人不是很多。不识字的人对自己的工分只有靠脑子记，他们可以回忆某月某日做的什么活路，得的多少工分，他们不时要求父亲把工分簿翻出来与他们的记忆相对照，父亲的账总是不差分毫。大多数的人都相信父亲。父亲记工分，出工比较晚，回屋也较晚，去早了没有多少作用，因为社员们挖地多少亩分，收割粮食多少面积，没到收工的时候无法确定。生产队的土地散得宽，要走完几个作业组的劳动地点也要花不少时间。父亲平时比其他社员轻松些，但下雨天不出工时，还要在家里算账。这样权衡相比，这项工作也没有强到哪里去，但也有少数人眼红着父亲活路的轻巧，他们往往看到问题的一个方面，说父亲偷了不少懒，好多时间都在种自己的自留地，父亲同别人吵过，从此也就和别人结下了仇恨。同院的幺公意见就特别大，常常为鸡毛蒜皮的小事小题大做，他仗着自己是老辈子，在家族中有着绝对的权威，认为骂也好打也好，他都该。父亲其实是个温和的人，但一个人的忍耐是有限度的，到了忍无可忍的时候，他也不再安守本分了，有好几次把幺公数落得开不起腔，脸红筋胀的幺公想出手打人，但父亲人高马大的身子，幺公根本不是对手，幺公只好咬牙切齿的把怨恨埋在心里，他想着终有一日要把父亲弄得人不人鬼不鬼的。

这个愿望后来终于实现了，他让父亲在众人面前难堪了一回。事情的缘由并不复杂。当时生产队规定各家各户的人粪可作自留地用肥，猪粪归集体支配。为避免猪粪被社员偷去，队里统一制了封条，把每家每户的出粪口用条石盖上，并在接缝处贴了封条，偷粪就成了一件不容易的事情。父亲动了一些脑筋，他把木猪圈底板上的铁钉撬了，做成两块活动的板子，随时可以抽取。这样，并不动屋外的封条，关着房门就可以把粪水舀出。因为猪吃的野菜有些根茎不能消化，淋在土里会现形，所以父亲专门编了一个筲箕，偷粪的时候就把筲箕放在粪桶上面进行过滤。父亲把一挑挑过滤后的猪粪水倒进人粪池里，混合后再挑去淋自留地里的庄稼。有了充足的粪水，地里的庄稼总是长得很茂盛。幺公看见那些疯长的庄稼眼红不已，就暗地里观察父亲几天内挑了多少粪水到地里，觉得人口那么少，人粪人尿又那么多，那是万不可能的，于是就处处监视着父亲的行动。有一天父亲淋完自留地的海椒回来，幺公便去查看有没有猪粪，但是没有，失望的幺公找不到证据，接下来又想出一个歪主意，他把自己猪圈里的猪粪铲出来，弄一些有野菜根茎的埋到我家自留地的菜窝里。第二天，他找来队长，当着父亲的面指着地里的猪草节节说，这些不是从天上掉下来的吧。父亲并没想到这是幺公做的手脚，而是认为自己没有过滤干净造成的，只好承认自己偷了猪粪。在随后召开的社员大会上，父亲作了检讨，逼迫说出了自己偷粪的手段。父亲面对众多的熟人心里很不是滋味。队长提出立即查看所有社员的自留地，结果查下来，除了队长和幺公自留地里没有猪粪外，其余的地里都有猪粪。

既然偷粪的人那么多，那么法不治众，这回查出来的就算了。队长在会上强调，说以后偷粪一定不轻饶，每十天查一次，查到一次扣十分工分。

5

由于去年冬天以来一直没下雨，正沟里的冬水田积水不多，开春过后更是滴雨未下，春旱造成今年的秧苗特别坏，大块大块的水田翻犁转来，却找不到秧苗插，此时此刻，天上不落地下不生，这可是一件伤透脑筋的事情。全队最着急的是队长，但队长想来想去也想不出一个好办法，于是就召集社员们开会，集思广益。有几个社员提出到外面去偷，集体偷集体，不存在个人脸上不光彩，料想也犯不了多大的王法。队长心想这个办法虽然有违原则，但也是一条出路。于是就点头默认。

踩点的工作是安排父亲去做的。父亲在家里分析了邻近几个生产队的状况，认为同样处于受灾区，不用去看，肯定都没有好的秧苗，况且兔子不吃窝边草，要偷就偷远处的，偷附近的秧苗还容易让人找到蛛丝马迹。父亲知道离本队四十里外的红旗公社有个向阳水库，他冬天卖苕粉的时候路过那里，水库的水还蓄得满满的，推测那里受干旱的影响应该不会太大，秧苗不会少。

父亲用一天的时间把红旗水库附近的几个生产队都走遍了,那些地方果然秧苗青绿,大块大块的长得比想象的好得多。父亲把育秧的田块全部记在心里,回来向队长报告了这一消息。第二天上午,队长发号施令,安排妇女下午扯田坎上的胡豆,晚上煮起让男人吃饱,男劳力下午呆在家里,做出夜工的准备工作。队长特别强调,所做一切,必须保密,谁走漏了风声拿谁是问,妇女嘴巴多,各家的男人必须管住。全队七十二户人,总共抽调五十人去,按偷的多少回来记工分。出发的时间定在后半夜,在公房晒坝集中,然后一起出发。队长宣布的纪律是:不准说话,不准咳嗽,不准点灯,天亮以前务必赶回来。

所有去偷秧的人都由父亲带路,一律抄荒山野岭的毛狗小路走,目的是避免狗叫被人发觉。三个小时后,二十号人都到了红旗水库的堤坝上。父亲指点了几块育秧水田的位置,三位组长各自带领本组社员奔赴各自的田块。大家轻手轻脚,不出一点声响,周围的住户都在睡梦中。一切神不知鬼不觉,天亮之前大家都满载而归。在公房的晒坝里,父亲对每个人的秧头作了清点。队长要求大家继续发扬吃苦耐劳的精神,现在回去躺会儿瞌睡,叫女人赶快煮早饭,吃了早饭后男女们都一起下田插秧,免得夜长梦多,生出后患。

早饭后,男劳力和部分会插秧的妇女都到齐了,尽管好多人觉没睡好,眼睛红红的,但精神还算可以。队长就高兴地对大家说,县电影放映队昨天到了我们公社,我今天去请他们晚上来放一场电影慰劳慰劳大家。社员一听,个个欢呼雀跃。一位妇女提出放两场,队长说只要有片子,到时候请他们多提一部来就是。

6

队长去了公社,其余的人去插秧。快到上午收工的时候,队长回来了,队长站在田坎上告诉大家,晚上放映的事落实了,两部影片分别是《渡江侦察记》和《打击侵略者》。说完就下田和大家一起插秧。有社员建议说,干脆一不做二不休,今天上午一口气栽完,栽完后回家吃午饭,下午就不出工了,昨晚的疲劳还没消除,干脆在屋里痛痛快快睡一觉,晚上好看电影。队长说当然可以,于是把社员的建议立即变成自己的主张,向大家作了宣布。

得知晚上放电影的消息,午饭后就有许多人去抢占公房晒坝的有利位置。放映员老赵下午挂好银幕后就到队长家吃夜饭去了。队长把供应的栽秧酒拿出来,又叫老婆多弄了几个菜，老赵就着嫩胡豆炒油皮菜下酒，老赵本来酒量不大，但队长兴致高，喝了一杯又劝第二杯。队长之所以这样热情，一是想到老赵是县城里来的客人，稀客，理所当然应该好好招待；二是今年缺秧的事情也解决了，高兴该喝点酒，于是你来我往，两个人就把一斤白酒喝完了。队长还要去拿酒，老赵就连连摆手说不行了，喝多了放不成电影，得罪观众不说，影响也不好，回去要挨批评。队长也就不再劝了，叫老婆舀稀饭来，各自吃了两碗。

天还没黑，离放映的时间还早，队长叫老婆泡两杯茶，一杯递给老赵，一杯自己喝。有几个小娃儿等得不耐烦了，就跑到队长门外，看到队长还在和老赵闲聊。队长说小娃儿各人去公房，等会儿电影就开始了。茶盅里的茶喝了一半，老赵说，走吧，东西搁在坝子里，弄烂了不好办。

公房晒坝早已人满为患，连周围的桑树上都爬满了人。队长作了例行讲话。他对着话筒噗噗地吹了两口气，听到声音可以送出去了，就说：社员同志们，请大家安静点，安静点，今天晚上，县电影队的老赵给我们带来了两部影片，两部影片都很精彩，等会儿你们好好看。有电影看虽然是件好事，但你们家里要留人守屋，注意防火防盗，来看电影的，大人要管好自己的小娃儿，放映时要保持场内安静，不要高声喧哗，不要东窜西窜，散场时不要拥挤，不要踩坏庄稼。

这时候，场子里仍然闹哄哄的，像一锅煮沸的开水，没有人把队长的话当成一回事，说话的人仍然说，小娃儿一边跑一边撒尿，沟岔里也还有人打着电筒朝公房走来。队长说，不再等了吧老赵。老赵就启动了开关，放映开始，全场这才安静下来。

第一部影片还没有结束的时候出了点毛病，就是发电机送不过来电，其他人都不懂技术，老赵叫人帮他打电筒，自己逐一检查，发觉是机子上的一颗螺丝钉松了，接触不好，螺丝钉拧紧后，电就送过来了。那晚的电影放了将近四个小时。电影结束时已经是深夜一点了。

7

第二天早晨起床最早的是三表公，他每天按时去周家坡坡顶敲铧铁，收工出工一天六次。队里给他买了口钟，他时间掌握得很准。头天晚上电影结束的时候，队长就在喇叭里作了宣布，说明天早上可以睡觉，吃了早饭再出工，但这件事竟让三表公给忘了，所以他一大早仍然朝坡上走，但走到半路上又想起了这件事，可这时回去也睡不着觉了，于是索性就朝桑树溪去打望。桑树溪有三表公的两块自留地，自留地里的茗种已经长出墨绿色的叶子，完全遮住了土面，在露水浸润下长得嫩生生的。当年选自留地的时候，三表公就看中了这两块地，天再旱，桑树溪都没干裂过口。只要溪里有水，他的庄稼就不会被干死，别人地里的庄稼干成了草索索，三表公地里的玉米杆上还绕着青枝绿叶的豇豆藤，一挂一挂的豇豆煞是逗人喜爱。三表公那两分水田也靠在河边，田土在一处，做活路方便，一早一晚打望，把几块地都可以走完，哪里要浇水了，哪里要施肥了，都一目了然。只是靠河边这几块地离家稍远点，当时选地都没有人和他争，一般人都把自留地选在离家近的地方，三表公选的这几块地，大家都认为选远了，没有眼光。但三表公看中的是水源，本地十年九旱的状况又不是不晓得，只是秋冬里划地的时候所有的人都没有考虑到这一点。等到后来旱象严重时才发觉这几块地的好处，但已经来不及了，于是又都说三表公表面老实，其实心头有数。生产队有几块秧田选在河边一带，几年来都没有受到旱灾，今年春旱严重，队里其它地方的秧田都干得开了口，秧子都扯不脱，但这几块田的秧苗却长得青翠欲滴。三表公一边走一边回忆着这些事，脚底却一下打滑，差点跌倒在地上。三表公看看脚下，是一块稀泥，昨夜又没有下雨，怎么眼前这截田坎被踩得稀烂呢？三表公看看前面桥头那地方，一下子吃惊了，那里的秧苗呢？怎么一晚就不见了？那是一亩三分地的秧苗，队长不是昨天中午还在说，等一两天，让秧苗晒晒太阳，长老一点再扯来栽吗？这可是生产队留下的最好秧苗。三表公小跑似的过去，发觉被别人偷了，还有几个秧头散在田里，一些忙天慌地被扯断的叶子也浮在浑浊的水面上。三表公来不及细想，气喘吁吁地跑到周家坡顶，铁锤雨点般地落在铧铁上，那不是出工的敲法，也不是收工的敲法，三表公敲得零乱而急促，完全乱了章法。还在熟睡的人们被敲醒了，恍恍惚惚的弄不懂这钟声怎么敲起来不对头，而且敲了好几分钟不停，这就怪了，于是都起床开门，三表公一边敲还一边扯破嗓子喊，看看山下没有多少响动，三表公又飞也似地往公房跑，公房历来都是生产队集中的地方，开会，分粮食，大家都会往这里聚集，这里也是全队位置的中心。

队长已经来到了公房，向迎面跑来的三表公问道："啥事那么慌张？"三表公喘着粗气说："秧子，桑树溪边那一亩多秧子全被人偷走了。"晒坝里的社员一听，个个都惊愕了，大家带着惊疑不定的神情去桑树溪边看了一回，秧子确实被人偷了。所有的人都在考虑一个问题：是哪里来的毛贼？队长坐在地上抽闷烟，一言不发，其余的人也就蔫头耷脑的不开腔。一杆烟抽完，队长说，查一查吧。三表公这时主动说他可以去查。队长说多去两个,这样吧,三个组长都去。三个组长和三表公合计后,就顺着地上滴落的泥水寻去,两三里路后,在黄家垭口就与本队前天晚上往返的那条路重复了,新旧泥点一直延伸到了红旗水库。水库附近的几块田里,男女几十号人插秧插得正欢呢。三表公他们几个坐在树林里不好出去,呆了一阵后,回来把摸到的情况向队长说了,队长就召集社员们开会,商量这事咋办。扯来扯去,最终的结果是算了,因为好多社员都说,你偷他的他偷你的,弄出来还是自己这方先偷呢,打官司都打不赢。

再到别的地方去偷秧看来也不是办法。可田里需要秧苗,队长绞尽脑汁也想不出一个好办法,于是只好宣布近段时间把田里剩下的秧苗扯来栽了,缺秧栽的田块等着麦收后栽红苕,红苕地里间种绿豆。社员们说也只好如此,这是唯一的办法了。

8

队里的活路安排得很紧凑。男人栽秧,女人收麦,坡上田里的工作同时进行。这些时候,只是队里的耕牛累得不行,开春后的水田一百来亩全部翻犁了一遍,气还没歇均匀,紧接着又是麦收后的两百多亩坡地,双抢时节人畜都累,年年到了这些时候,全队的人都是早出晚归,甚至为了抢时间,有时还犁夜土,只要天气晴朗晚上有月光,晚饭后就把队里的几头耕牛牵出来,每头牛犁过一亩多地后才又牵回去。犁出的土地等着第二天打苕厢。耕牛不足,人力有剩,稍没安排恰当就会窝工,出活少,如遇天下大雨,置备的苕厢不够栽苕,又得等到下一次落大雨后才能栽,然而大雨什么时候来,却没有定准,遇到雨水少,红苕就极有可能栽不下去,加之今年田块里也要栽苕,所以队长抓得更紧,专门安排了几名妇女割草,必须满足牛的草料,牛吃饱了才有力气。

没日没夜的干了好多天,牛已经疲乏得不行,竹条都打断了,牛却走不动,打一条子走几步,牛屁股都打出血印子了,却还是拖不起脚。队长家那头牛犁到第十天的时候,已经疲乏得在牛圈里拉不出来,口吐白沫,喘着粗气,草不吃,水不喝。这头牛已经是十多年的老牛了,公社兽医站的蒋医生背个药箱来看,药都不开,说不行了,花钱也是白花,医不好,然后背起药箱就转去。再过了两天,这头牛连头都抬不起来。

既然如此,队长就只好叫人去把队里的谢吉平喊来。谢吉平个是杀猪匠,年头岁末他是最忙的，杀猪的手艺不错。起初他并没学杀牛，五年前杀第一头牛的时候用的是杀猪刀，刀口锋利，但长度不够，连刀把都捅进去了，也没有杀断喉，痛晕了的牛竟然七八条汉子也没按住，一下子翻身起来，撒开蹄子疯跑，颈下血水喷射，幸好场上的人跑开得快，大人小孩才没被牛踩伤。那头被激怒的牛跑上了山道，像醉汉一样一歪一斜，最后踩虚了脚，从悬崖边跌到沟底，惨烈地摔死。

吓出一身冷汗的谢吉平发誓不再杀牛，但没过两年又重新开戒，因为乡村里有一条不成文的定规，杀牛者可得牛头。一个牛头起码五十斤，不仅可以剔下好几斤牛肉，还可以熬一大锅汤，实在是诱惑太大。谢吉平不愿意杀牛，后来有几头病牛就被邻近生产队的屠户杀了，好处也被别人占了。谢吉平老婆心里很不是滋味，就骂谢吉平变了泥鳅怕泥巴糊眼睛，猪都杀得，牛又有啥杀不得。于是谢吉平就专门制了一把杀牛刀，比普通的杀猪刀长两三寸，专门等着有机会的时候试试牛刀。

谢吉平有一套杀猪时专门穿的劳动布衣服，厚厚的衣服上打了好几个补丁，从衣领到袖口以致裤脚，整套衣服布满了污脏的油渍。到队长家里来杀牛的时候，谢吉平脚上踩一双烂胶鞋，背兜里放着刨子、砍刀、挺杆、铁钩等一系列必备的工具。职业的习惯使谢吉平一看到病牛就来了精神。谢吉平说畜牲在死之前都必需放血，否则肉不好看也不好吃。他在队长的牛圈里转了几圈，觉得牛圈太小有碍手脚。队长说你随便捅一刀把血放了不就行了。但谢吉平说没有几个人把牛按住，万一爬起来伤人，人往哪里跑？于是队长就找几个人来把牛的四个脚捆了，拉的拉抬的抬，费了不少力才把牛从圈里弄到屋外的坝子上。队长从家里端出一只大木盆，舀两瓢凉水，又加了一把盐，把木盆塞到牛脖子下，专门等谢吉平下手。谢吉平叫人把牛角扳住，自己趴在牛脖子后边，一尺多长的屠刀从牛的咽喉处捅进去，那头老牛只长长的叫了一声，并未作怎样的挣扎，一股污红的血水就喷了出来。

观看杀牛的社员一直都没有离开，他们都等着中午分牛肉。队长说，每户分两斤吧，肠肝肚肺和骨头按人头平分，剩下的牛肉派几个社员挑到县城去卖了。队里本来耕牛少，可用卖了的钱买头娃娃牛回来养着。等着分肉的人一听都有点失望，有几户社员厚着脸皮对队长说，娃儿们都眼睁睁的盼着吃牛肉，两斤肉拿回去还不够塞牙缝呢。队长说，有几户超支户不会要，你们要得多的可以自己去调剂。

父亲照着工分簿名册点名，全队登记下来果然有十多户不要，这样分摊下来，每户都基本上能满足自己的要求，另外还分得一些牛血、牛肠和牛骨头之类。剩下的牛肉一过称，足足三百斤。

队长安排父亲、三表公和谢吉平第二天一大早挑往县城，队长说他自己也一块儿去。

9

六月的天气已经开始发热。考虑到时间放长了肉的颜色不好看，队长叫社员将牛肉装进箩篼，用绳索将箩篼吊进村口那眼废弃的水井里。水井三年前就不冒水了，到现在也没有填，当初水旺的时候，一年四季都没有干过，全院十来户人吃水用水绰绰有余，可自从四年前一场大旱过后，水就枯了，没有水后，院里就用一块石板将井口盖住，以免人畜不慎掉进井里。这些年来，从来没有人去翻开过，那井是二十年前打的，深不见底。队长说井里温度底，肉不会变坏。社员们又担心肉放进去被人偷，队长看出了人们的心思，当面将井口盖住后，又用纸条将井口贴了五六张封条，叫大家放心好了，谁也莫想去偷。井离他家近，他负责防备。

父亲去年冬天多次去过县城卖苕粉，对县城的情况比较了解。父亲说挑着担子进城，起码走三个小时，如果去迟了，集市上摆摊没有位置，而几个小时一过，赶集的人走了，肉根本卖不脱。经父亲这么一说，队长就决定凌晨三点钟出发。

深夜三点的时候，几个人都准时到了，队长当众撕了封皮，几个人拉着绳索将肉提了上来，那肉果然新鲜着，像刚杀出来一样，箩筐里还冒着冷气。

因为时间掌握得准，走到县城天刚亮，几个人就在街边的食店吃了早饭。父亲晓得卖肉的市场在河边，就叫大家早点去占个位置。市场上还有来得更早的，有几个卖肉的摊子已经摆满了猪肉，猪内脏之类一律挂在路边的柳树上，还滴着血水。那些被占去的位置都是每场固定的摊位，远乡十里的乡里人偶尔去摆摊，只得找块没人占的空地。队长把口袋里的胶布拿出来铺在地上，叫大家把牛肉捡出来码放在一起。

好多到市场上买菜的人都过来看，问价钱。有人怀疑是死牛肉。队长说，哪里是死牛肉，队里一头老牛，吃草不长膘，犁田没力气，就把它杀了，连夜担到城里，放心好了，肉绝对是新鲜的。父亲他们几个人也跟着附和，众口一词。

初夏时节的牛肉赶不上冬天好卖，价格相应低一些。坐了大约一个时辰，只有人来问价格，却没有人下手买，队长说，把价格降低一点，不怕没人要。赶集的人逐渐多了起来，父亲他们几个又开始吆喝，这吆喝声就吸引了好多人过来。队长看到有效果，也拉开喉咙喊起来。乡里人野气，不像城里人那样斯文。那一喧嚷，不明就里的人还以为是在耍把戏，都朝这边涌过来。开始有人买了，谢吉平操刀，父亲算账，队长收钱，三表公一边吆喝一边防备肉被人顺手牵羊偷去。

牛肉的价钱比猪肉高不了多少，加之几个人卖力的叫屈吆喝，猪肉摊上的人就坐冷板凳了，绿眉绿眼的望着这边，心里老大不快。队长看出些苗头，就叫几个人不要吼了。这时市管会的几个人走了过来，领头的一个木着脸，冲着父亲他们几个人说，卖牛肉的，你们的证明？队长说卖肉要啥证明？领头的说不要证明谁知道你们的肉是偷来的还是抢来的？队长说，我们卖肉，哪里想到还要开证明，就这点肉了，我们卖了就走。领头的说，说得好听，卖了就走，没有证明，还在街上吆五喝六的，扰乱市场秩序——把地上这些肉统统收起，全部没收了。

领头的后面跟着的几个人一听，就要上来拿地上的肉。谢吉平急了，把手上的砍刀在半空中扬了扬说，哪个龟儿子敢伸手过来，老子就把他的手指剁了。走上来的那几个人赶忙把手缩了回去。

队长心想万一出了事怎么办。谢吉平那家伙性急，杀猪杀牛都不手抖，要是失手伤了人岂不闯祸，于是立即把谢吉平推到一边。

谢吉平也是个倔犟人，队长的话不听了，一把砍刀握在手里不松，并在空中晃来晃去，市管会的几个人有点虚火。队长趁势对领头的说，我们确实不懂规矩，不晓得卖肉要开证明，我们承认罚款，罚点款行不行？领头的找到了台阶下，就撕了几张罚款单。队长交了两块钱息事宁人。谢吉平嘴里还在嚷，说惹毛了要白刀子进去红刀子出来。领头的看了谢吉平一眼，然后又移开目光对队长说，各人把自己的人招呼好。说完转身就走了。

其他几个猪肉摊主装着没听见，就各卖各的肉，井水不犯河水，互不相干的样子。

下午两点钟，集市上的人散得差不多了，地上还有几斤下脚肉卖不出去，队长说算了，大家今天也辛苦了，剩下的拿到馆子里去加工，煮了慢慢吃。

10

离肉市不远的桥头有一家馆子，前面临街，后面靠河，河坝上几根木柱子撑着两间破旧瓦屋，屋内几个人吃完饭后正敞开衣服吹河风。父亲他们几个人来到饭馆，大堂里已经没有食客，开馆子的老板夫妇坐在屋子里打盹，街沿的灶台布满了烟熏火燎的灰尘和油污，灶堂里的煤还没熄灭，一只鼎锅装着半锅水，水面上浮着几滴油星。老板被脚步声弄醒了，立即睁开眼站起来打招呼。父亲把牛肉拿出来说明了来意，老板娘有点迟疑，队长说还烧一个血旺和一个肥肠，外加一个素汤，单独算钱。夫妇俩马上笑逐颜开说可以，问坐大堂还是坐后面吊脚楼的小间。父亲说后面凉快，就坐后面吧。

吊脚楼比外面的大堂低，须下几步梯子，父亲把箩筐扁担放在木楼的角落处。老板娘端来几盅开水放在方桌上，转身就去烧牛肉。老板已经捅燃了火，谢吉平不放心，用手捂着嘴凑近队长耳边说，我到外面大堂里去守着煮，队长会意地点了点头。

老板看那牛肉全是褴褴吊吊的，建议加几个土豆红烧算了。谢吉平看到屋角还有几个莴笋头，就说那几个莴笋头也可烧在牛肉里，就自个拿了刀去剥皮，一边剥一边催促老板把火烧大点，说已经饿得前胸贴后背了。老板说可以先烧血旺，烧熟后你们边吃边等，烧牛肉的时间用得长，时间短了烧不好。谢吉平说烧不好不要紧，大家都有牙齿嚼得烂，即使嚼不烂吞到肚里也能消化。谢吉平的喉咙似乎要伸出手来，看着锅里冒出的热气在灶头弥散，香气扑进鼻孔，一次又一次禁不住口水直往肚里吞。迫不及待的谢吉平充当起服务员的角色，拿了一张抹布叫三表公赶快把桌子擦干净，自己则从橱柜里端出一大叠碗盘，在水龙头下哗啦啦地冲洗起来。老板娘看到大股大股的放水，连忙喊水要放小点。谢吉平一下子回过神来，明白城里人用水是要给钱的，不像在乡下，缸里的水用完了，到井里去挑几桶就是，从不和钱沾边，哪像城里人站要站钱坐要坐钱，吃水要给水费。

老板娘已经将牛肉翻铲了好几次，估计火候差不多了，就把两根手指头伸进牛肉里，又迅速的抽出来放进嘴里吮了吮。谢吉平惊叹着老板娘的手指没被烫坏，但想到这些开食店的人恐怕都是一个样子，尝盐味搞惯了，指头早已失去了知觉，或许那本来就是厨师尝味最标准的做法。老板娘从案桌上拿过一个瓷盆，开始舀锅里的牛肉。谢吉平就在外屋高声吩咐父亲他们摆好碗筷，说牛肉马上端来了。老板问谢吉平要不要酒，谢吉平就传话问队长，说老板娘认为菜这么好，应该喝点酒才对，队长你看喝不喝？表面上在问，实质上加进了自己的意思。队长走出来，看见牛肉装了将近半盆，一层红油浮在上面，色泽鲜艳，汤汁浓稠，盆里拇指大小一坨一坨的牛肉冒在油汤上面。队长当即来了兴致，说打它两斤高粱白酒来。队长自己把那盆牛肉端进了里屋，就像在自己家里端菜上桌一样，竟忘记了在食店里吃饭有老板服务。老板用竹提子在酒缸里舀了两提子白酒端到木楼来，说如果酒不够就喊一声。

谢吉平从盆里夹一坨牛肉放进嘴里，来不及嚼，就烫得舌头发木，于是赶紧往肚里吞，却一直从喉咙烫下去，几乎烫到肚脐眼，痛得钻心，差点把眼泪都痛出来了。队长说慢慢吃，牛肉装在盆子里飞不了。谢吉平有些尴尬，说自己在家里吃饭最怕的就是烫，饭菜都是老婆端在桌上凉一会儿才吃。队长说猪油炒菜凉了你吃后不拉稀？谢吉平说卵的个拉稀，两个月前猪油就吃完了，还有啥猪油炒菜，好久都是白锅放盐炒。队长说你一年到头给别人杀么多猪，别人送你的猪肉你也吃完了？谢吉平说，我那婆娘是个吃粮不留种的人，有了肉就大吃大喝，二三月一过，梁上挂的肉一块不剩，现在娃儿妹崽肠子都生锈了。谢吉平又说，队长你看是不是把这肉舀点回去给婆娘儿女吃，你我几个在这里敞开肚皮整，想起家里人就难过，带点回去让他们也尝尝城里的红烧牛肉是个啥滋味。队长说带点回去当然好，只是这汤汤水水的怎么好拿？谢吉平说队长你着啥急，办法我早就想好了，把上午铺地的胶布撕几块洗了，每人包一包回去，滴水不漏。说着起身就去把屋角的胶布拿来，对着窗户反复的照看，看有没有沙眼。队长就叫老板娘拿把菜刀来，将铺地的胶纸划成几块，再拿到水龙头下去冲洗干净。老板娘说温度高了要把胶纸烫坏。队长说那就麻烦老板娘再给我们拿几个碗来，队长等老板娘把碗拿出来，然后将碗一一摆放在桌子上，自己掌勺，将盆里的牛肉分在碗里，叫其余几个人先端了，剩下一碗是自己的，和乡里分柴草一样。一大盆牛肉舀去几碗后就剩些土豆坨坨和汤水。谢吉平说干脆把盆里的东西也分到各人碗里吃，免得都把筷子往盆里伸，吃多吃少有意见。队长又依了谢吉平的意见，每人连汤带菜又分得一碗。老板娘撤了瓷盆，把肥肠、血旺和素菜汤推到桌子中间。一大碗酒挨着喝，一人一口。三表公不擅长喝酒，两口酒一下肚，脸红得像关公。就推辞不再喝了，说喝多了走不稳路。谢吉平的兴致正高，说怎么不喝呢，不喝你还不是要出钱，那样你岂不是太吃亏了。三表公说吃亏吃在明处，就算我请你们喝酒。谢吉平说那怎么行，你几两酒就想做个人情，算盘打得精呢。三表公说，我的算盘打得再精，也比不上你把小算盘都打立起来了，当初你是杀猪的，生产队要杀牛的时候，叫你动刀子，你却整死个舅子不干，说杀牛拉命债，还说跟师傅学的就是杀猪，没学过杀牛，你给生产队出难题，目的就是要队长松口把牛头送给你，另外还给你补贴两个劳动日的工分。你资格都摆够了，还捞到不少好处，这些年你是牛脑壳吃烧了心，在外面还装穷叫苦的说五黄六月婆娘儿女的肠子都锈断了，这些话哪个相信？谢吉平说你扯那么远干啥，你肥得屁股冒油了，出门在外故意穿得襟襟吊吊的，生怕别人把你屋里的老腊肉老陈粮抢去了，钱粮再多也是你的嘛,跟你借还要看你肯不肯,哪个又敢去你屋里抢,那可是犯法的事,何必每天把老腊肉盖在干饭下面吃,烙油煎粑时把锅盖盖得严严实实的,俗话说,家中有金银,隔壁有等称,哪个不晓得你春天借小麦出去,秋天收大米回来的事,这些年你才是黄狗掉进粪坑里——搞肥了的。

　　队长看见谢吉平还要往下说,搞得三表公大不愉快,于是立即制止,叫大家不说了不说了,喝酒喝酒。谢吉平端起碗一仰脖子,把剩下的半碗酒一饮而尽。谢吉平说,队长,今天吃也是吃,不吃也算是吃了一回,反正回去社员都会说你我几个到城里里进了馆子,吃了香的喝了辣的,恶名是洗不脱了,干脆还打碗酒来,我们把酒瘾过足算了,他三表公不喝酒就多吃点菜嘛,说毕就往三表公碗里夹血旺、肥肠。三表公反而被弄得不好意思起来,赶忙将谢吉平的手按住。谢吉平说不要客气,日后我还想和你打亲家呢,我幺妹崽早都相中了你家二娃子德胜,你也不要再装猫吃象了,今天队长也在场,我就请队长做媒,把话说现,把藏着的事实公开。

　　三表公对此事一点不清楚,不过今天在桌子上一说倒也觉得是个好事情。谢吉平两口子模样不像个啥,那幺妹崽却是远近闻名的一枝花,而且温顺、贤淑,嘴巴也很甜,逢人一脸笑,张口就是娘呀叔的,很讨人喜欢。谢吉平大妹崽出嫁后,幺妹崽就顶着家里的半边天,洗衣煮饭,操持家务很是能干。谢吉平老婆是个气管炎,一年有半年都躺在床上,平时也只能干点轻活,倒是那幺妹崽把家给撑起了。三表公心里高兴起来,说今天吃馆子加菜的钱他开了,菜不够再加。其余几个还有啥说的,都一起跟着乐起来,说笑着叫老板打酒来。

11

　　几个人在桌子上吃得正欢,猛然间听到天边几声闷雷。队长转头向天边望去,才发觉已经变天了,太阳也不知啥时不见了,队长搁下碗筷摇晃着身子走到窗边,把头从窗口伸出去,就看见头顶上已经起了乌云,而且大风也已经来了,远处的树子开始不停地摇晃。队长叫大家赶快把桌上的菜吃了,酒不能喝就不再喝,各人把碗里的牛肉打好包收起,不赶快起身恐怕就回不去了。大家一阵手忙脚乱,把各自的箩筐扁担收拾停妥,正准备结账出门,那黄豆般大小的雨点就落下来了,接着又是几个闪电,几声响雷,随后大雨就哗啦啦地下起来。

　　老板娘的木楼低矮,伸手就可以摸到屋顶的瓦片,那雨点落在上面响声特别大,在屋里说话也要放大嗓门才能听见。

  一些地方漏雨了，老板夫妇忙着架梯子在屋里仰着头刨瓦片，还把盆子缸缸等找来接雨，父亲他们几个人也来帮忙，把屋里怕雨淋的东西搬开，整个屋子弄得乱七八糟的。一会儿盆里的水又满了，一会儿起初不漏的地方又开始漏起来，五六个人都忙不过来，那雨大得连街对面的店铺都看不清楚，人简直不敢出门。幸好老板当街的门槛高，不然也将像其他铺面一样，街上的积水汹涌着往屋里流。父亲尿急了，人不敢出去，就往木楼的窗口边跑，在窗口边放根凳子站在上面，一泡尿向窗外撒去，父亲看看那楼下的小溪，水已经涨了两三尺，老板楼下的柴草早已被大水冲走，从上游冲下来的杂物漂了一河面。老板到木楼上来看了看，忙请父亲他们帮着把楼上的东西往大堂里搬，东西搬完，水也涨了上来，楼板不到一分钟时间就被水浸湿，水还在往上涨，蚂蚁、虫子、老鼠都在水面上挣扎。再往上涨五尺，老板的大堂也将被淹。雨还是瓢泼似地下，根本没有停的迹象。老板已开始着急，因为大堂的东西再也找不到搁放了，老板的居家是全城最低的地段，要想搬到别的高地段也不现实，因为雨大得无法让人透气，再说万一水涨不到大堂来，岂不是白费力气，在无计可施的情况下，也只有在屋里干等。老板是城里的居民，祖辈生活了四代，他说他从记事起就从没遇到过这么大的雨水。屋子里已经很暗，老板看了看表说已经下了两个多钟头了，如果再下两个钟头，全城有一半的居民恐怕都会被淹。父亲他们几个也知道今天无论如何也只有在城里过夜了，而老板的屋里是无法安铺的，那么只好在天黑之前去另寻旅馆，于是父亲他们几个向老板结清了伙食费。老板说，出门人在外不方便，如果找不到旅馆就回来将就住一夜，晚上可以把凉板搁在长板凳上睡，只是不晓得水还往不往上涨。其实父亲他们也想到了这种情况，万一水淹到老板的大堂了，那时满街黑灯瞎火的，闯出去又找不到方向，怕是连性命都保不住，所以不管怎样都应在天黑之前离开这里，他们还劝老板夫妇最好也提前离开，东西事小人命事大，即使家私被冲走了，只要人安全就行。然而老板夫妇还是暂时不愿离开，他们终究舍不得自己的东西。父亲他们看出了老板夫妇的心思，也就不好再多劝。每个人就把箩筐重起，反扣在头上，一手提了扁担，一手提了胶布包着的牛肉，趟着雨水往县城高处方向走。正街有一段低处已经无法通行了，父亲他们就穿过一条小巷往半坡上去。队长记得在山上县中学附近有一家国营旅馆，建议大家到那里去住，再涨多大的水恐怕都不会淹到那上面去，晚上也好睡个安稳觉。

12

　　虽然全城下着暴雨,但在这傍晚时分,也有昏黄的路灯亮着。队长已经远远的看到那家旅馆的招牌了,父亲他们几个径直的往前走,刚走到一个小巷时,忽然从巷子里走出一个人来,穿着一件灰衣服,撑着一把洋布撑花,队长晃眼看了一下,觉得好生面熟,一刹那,队长回过神来,那不是县放映队的老赵吗?于是禁不住叫了一声老赵。老赵转过身来仔细一看,也认出了是队长,就握住队长的手感到意外地问,你们怎么在这里?队长简单地说了一下情况,老赵说你们等一等,我去去就来,老赵指了指路边的厕所。两分钟后,老赵就转来了。老赵说,住啥子旅馆,浪费钱,全部都到我那里去住,床铺没有可以打地铺。队长说算了,麻烦你多不好意思。谢吉平用手指戳了一下队长的背壳插嘴说,如果老赵不嫌弃我们农村人,我们也就不客气了,老实说,我们还在找旅馆,要是前面那家旅馆住满了人,我们还不知道又往哪里去呢。队长看出其它几个人也有同样的意思,就说恭敬不如从命吧老赵,只是今晚要挤一下你了。老赵说关系不大,走吧。于是就跟着老赵拐了两个巷子,在一棵大梧桐树旁,老赵说上二楼就到了,小心点,楼梯间的路灯坏了,还没来得及换,有点黑。队长说,我们把箩筐扁担放在树下,免得占你的屋。老赵说也可以,我先上去把门打开。等老赵一转身,谢吉平悄声对队长说,我们这几包牛肉我看就不要拿上去了,放在箩筐里用胶布盖住,再重上箩筐,雨淋不湿,别人也不会怀疑几个烂箩筐下还有好东西。队长点头说你谢吉平脑壳还精灵嘛。这时候老赵已经拉亮了阳台上的灯,招呼下面的人上去。

　　父亲他们进了老赵的屋,老赵老婆端来一盅开水叫大家喝,又问大家吃过夜饭没有。队长说中午吃了还没饿,晚上可以不吃。老赵说那怎么要得,走到我这里来连稀饭都不招待一顿,传出去岂不把我的名声坏了。于是就笑着安排老婆去煮一锅绿豆稀饭。老赵老婆就一个人进了厨房。

　　等到老赵老婆把稀饭煮熟,父亲他们也感觉肚子确实饿了。饭桌上摆了几个菜,桌边的矮凳上放着一盆稀饭。老赵的老婆还在忙着炒最后一个小菜,碳圆炉子上铁锅里的油嗞嗞地响,还冒着青烟。队长叫老赵的老婆快来坐,菜不要炒了,老赵的老婆说这是最后一个菜了,你们先吃着,我们是早都吃过了的。老赵把厨房里的碗筷拿出来,招呼大家快坐,自己也提根凳子坐拢来陪着吃。父亲他们就说些极羡慕城里人生活的恭维话。老赵说城里和农村各有各的好处,住城里也有很多艰难之处,供应的粮食都是有限的，米面油盐都要用钱卖，农村好歹有土地，可以自给自足。父亲说农村比城里差远了，农民脸朝黄土背朝天，天晴落雨都在坡上，一遇天干水旱，不要说吃饭，就连杂粮小菜都吃不饱，特别是度春荒，好多人家里一天只吃两顿饭，晚上一家老小只得蜷着脚儿睡瞌睡，好不容易挨到天亮，还要饿着肚皮去出早工。谢吉平说像你老赵这样的城里人简直是前世修来的福，恐怕你前世念经的时候我们都在打瞌睡，投胎转世的时候天老爷当然就把你安排在城里，却把我们一脚踢到农村，想来我们这辈子受苦受难也是罪有应得。老赵笑着说吃饭吃饭，你把神灵得罪了不怕杀猪杀牛时剑走偏锋，两三刀杀不死猪牛，坏了你的手艺。谢吉平说那是空事，都说屠户杀牲口造孽，到死的时候眼睛鼓起牛卵子大却落不了那口气，要把旺子盆盆放到床前，所以屠户都不是正常死亡而是被吓死的，但我才不信那个邪，人早晚都有一死，死后到了阴曹地府，我就提块肥肉送给阎王老爷，说不定他还给我安个好位子，搞个官来当当什么的，等我在阴间把逍遥日子过够了，下辈子投胎我就睁起眼睛盯着像你老赵这样的城里人，我下辈子岂不快活得多。

　　大家就这样你一言我一语边吃饭边聊天，不知不觉就把一盆稀饭舀个底朝天，桌上几个碗里的菜也吃个精光。在外屋铺地铺的老赵老婆听到饭盆响，连忙跑过来问大家饭吃饱没有，没有吃饱再去煮，因为一锅只能煮那么多。谢吉平说吃是吃饱了，但如果再煮一盆也吃得下。老赵老婆说那我又去煮一盆。队长连连摆手说算了，开玩笑的，吃多了得下膈食病不好医。

　　老赵老婆就收拾了碗筷到厨房去洗涮，顺便在另一口锅里给大家烧洗脸水。碗筷洗完，洗脸水也烧烫了，老赵老婆把洗脸水端出来叫大家洗脸，然后让老赵陪大家说话，自己则到隔壁邻居家里去借宿。

　　大家劳累了一天，确实感到有些疲倦，倒头下去，不久就睡熟了。

13

　　第二天早晨天一亮，队长就把大家叫起来，说应该收拾东西回去了，队里打好的十几亩苕厢，昨天一场大雨肯定淋透了，要回去安排社员们抢时间栽红苕。老赵起床后再三挽留，说吃了早饭后再走不迟，但队长执意要求要走，说时间紧迫，容不得再耽搁，于是就下楼挑起箩筐向老赵告别。

　　走出县城的青石板街道后，完全是狭窄弯曲的泥泞小路，为了赶时间，队长带头小跑似的往家赶。出乎意料的是，走了不到二十里，路面竟干起来，队长向迎面而来的一位赶路人问前面是不是没有下雨，那人说连雨的影子都没有见到。大家就焦心起来，说天老爷不照应，红苕只有等到下次落雨再栽了。谢吉平说早晓得该在老赵屋头把早饭吃了再走，现在前不挨村后不着店，连口水都找不到喝，肚皮也饿扁了，走路都没有力气。大家垂头丧气的没有多少言语，慢慢的拖着脚一路往回走。

几个人回到家里的时候，各家各户的屋顶已经开始冒炊烟。队长说今天大家走了远路，脚杆酸了，下午干脆召集社员开个会，把去县城卖牛肉的情况向社员通报一下。队长就独自去给几个组长说信，然后叫组长去通知各自组里的社员。

下午的太阳很毒辣，社员们提了小凳，戴着草帽陆续来到公房。队长叫保管员开了保管房，社员们各自找了位置坐下，队长把近期的工作作了简单的安排，然后把这次卖牛肉的事情原原本本的向大家传达了。幺公听说几个人在馆子里还吃了牛肉，心里有些不舒服，就坐在屋角叽哩咕噜说小话。幺公说，下次如果再有这样的好事，队长你一定要安排我去一下，队长听出了幺公不满的意思。队长说人去多了不起作用，不过我也知道这次我们确实占了点便宜，所以这两天我们也不计工分。谢吉平说下次哪个愿意去哪个就去，到时候遇到打架，不要吓得脚杆打颤颤尿流裤裆。幺公知道谢吉平说话不好听，也就不再开腔了，其他几个有意见的人也只好低着头抽闷烟。

快到散会的时候，大家突然感到地面摇晃了几下，而且有几个人从高板凳上跌了下来。反应最快的是谢吉平，他一个箭步冲出屋外并高声喊，快点出来，地震了！大家一窝蜂从屋里跑出来，公房的晒坝顿时闹麻了。大家你一言我一语，惊慌失措得感觉天要垮了。队长叫大家冷静点，说是不是地震还很难说。就在大家惊疑不定的时候，周家坡坡顶上的广播响了。公社播音员说，接到县上的紧急通知，我们这地方发生了地震，县上要求社员群众注意安全。这个不幸的事情得到了证实，大家更是焦躁不安。队长安抚大家说天灾人祸不可避免，不是你们议论的什么天塌地陷洪水齐天，问题不会严重到那种程度，不过要警觉些，一有响动就往屋外跑，特别是晚上睡觉不要睡得太沉了。

父亲回到家里，叫母亲去煮夜饭，自己坐在堂屋的竹椅上抽叶子烟，他在思考全家人如何躲过这场突如其来的灾难。待母亲把饭煮熟，父亲叫母亲和大姐都到桌子上来坐。父亲说，他活到现在还没遇到过地震，只听老一辈说过关于地震的一些事情，这种灾难说来就来，时间没有定准，稍不注意就会酿成大祸，造成房屋倒塌家毁人亡的惨状。近段时间把床铺和饭桌下的杂物全部腾开，晚上一遇险情来不及

-349-

往外跑就往床铺和桌子底下钻,即使房屋塌下来也可以遮挡一下。父亲最担心的是屋后半崖上那堆乱石,当初修建房屋时没有想到叫石匠把它撬掉,等到把房屋修好后发现是危岩时却不敢去动它了,无奈之下只好在乱石上铺了些泥土,又在泥土上栽了几棵柏树,靠树根把石头保住。尽管这些年来没有出过事,但夏天下暴雨时总让人提心吊胆睡不好觉。如果那堆乱石垮下来少说也会砸塌半间屋。这块心病在父亲心里一直到现在都没有好的办法解决。父亲叫母亲和大姐千万要注意,平时少到石头下面那间房屋去走动,里面那张床铺也要把它抬出来,找不到地方搁就搁在堂屋里,虽说碍眼难看不成体统,但总比出了事好。母亲叫大姐好好照看大哥,不要东跑西跑,特别不要去崖边,要是地震一抖动,身子一斜,跌下崖去只会摔死。母亲看到大姐有些紧张,泪水在眼眶里打转,就又安慰大姐说,一般都是轻微的地震,时间一过就没事了。

14

从第二天开始,队里没安排活路,大家都忙着防震,房前屋后,家里家外,该加固的加固,该撤除的撤除。一个星期后,有消息从外地传来说县城附近的红旗公社地震很严重,房屋倒塌了无数间,猪牛砸死了无数头,人也有伤亡,搞得男女老少人心惶惶不可终日,很多社员已经不听招呼,开始杀猪杀牛,认为地动山摇的日子,都不晓得死在哪一天,现在是活一天算一天了,不把该吃的吃好,死到阴间都想不开。

这些消息是不是准确,大家都没去作深究。一些社员在焦躁不安中也在考虑着下一步如何办,是把家里的牲畜杀了好呢还是不杀好,七个人一堆八个人一群裹在一起琢磨着这些问题。母亲把听到的消息回来向父亲说了,父亲的看法是等一等再说,操之过急,把不该吃的东西吃了,今后的日子怎么过。很多事情自己要好生想一想,不要自己的脑壳长到别人的脑壳上。

话虽这么说,但父亲还是有自己的想法,晚上睡觉的时候,父亲用商量的语气问母亲,说是不是把家里稍微好吃一点的东西煮点来吃,娃儿妹崽都是刚出林的笋子,从生下来还没过上好日子,吃没吃过啥,穿没穿过啥,特别是大妹崽,都八岁了,连肉都没吃够过几回,想来实在有些可怜。母亲说家里也没有多少好吃的东西,窗里就剩几块腊肉和半罐猪油,另外,有只老母鸡不下蛋了,看哪天有空捉起来杀了。母亲忽然又想起再过几天是父亲的生日,就说等你做生那天来杀,客人也待了,自家人也吃了。母亲的话倒也提醒了父亲，往年这个时候，已经筹备好了过生日的费用。在过生日的前一个逢场日，就从集市上买回东西，每年客人有两三桌，要热闹一整天，岳父岳母过后还会玩两天再回去。今年闹地震，差点把这件事给忘了，现在连打酒的钱都没有，还得想个办法。母亲说今年不比往年，办法怕是不好想，往年都是凑一两个月的鸡蛋去卖，今年几个鸡也不争气，一个月下不出几个蛋，间隔一两天就要煮个蛋给小娃儿吃，称盐打油都没得钱，到时候凑不齐，还不是只有到生产队出纳那里去借。

　　父亲想到如果再到出纳那里去借，也太不好意思了，因为去年借的五十块钱至今都没还，现在又去，人家借也不好不借也不好，弄得彼此尴尬下不了台。本来按规定生产队的钱是不能随便借给私人的，既然人家冒着风险偷偷把钱借给你，一年半载没催你还，就算对得起你了，如今旧账上面累新账，岂不太为难人家。父亲说出这些想法，母亲觉得也有道理。但母亲说没有钱做生，总不能让三亲六戚送了礼煮顿白饭让人家吃了回去，今后怕是要把亲戚好友全部得罪。父亲说干脆今年不做生算了，一来闹地震，大家都没有多少心思，二来自家的钱也不好筹备，趁这几天有空，把口信带出去，叫往年来的客人今年就不要来了。

　　父亲和母亲刚商量好这件事，伯父就过来问父亲今年的生日如何安排。父亲说大哥你硬是来得巧，我们正说起这件事，你就来了，我打算今年不做生了，主要是因为手头没有做生的那两个钱。伯父说我晓得你们去年添人进口，家里困难，不做生也好，钱弄紧张了一家人都受拖累，这样吧，今年我给你做回生，不然往年都热热闹闹今年却冷冷清清的。母亲说那哪好意思，大哥你平时帮我们不少忙，我们都还没来得及感谢，现在却要你来破费给你兄弟过生日，岂不是把棍棍倒起杵。伯父说，一家人客啥气，我也不去准备什么，到时候请你一家人吃顿饭罢了。

　　父亲搬过凳子叫伯父坐，伯父坐下来说要和父亲商量个事情。伯父说他打算把圈里那两头架子猪中大的一头杀了，目前地震闹得凶，人死在哪天很难说，即使地震没有造成灾难，下年没有过年猪，想来也不要紧，反正天生一人必有一路，到时候想办法买几斤肉也可以过个年。父亲说大哥如果你的主意打停妥了的话我也不反对，各人有各人的想法，不过我自己家里那头架子猪我是舍不得杀的，现在毛重才六七十斤，一个瘦壳壳，杀出来也没有几斤肉，很可惜。伯父说，你那个猪儿我见过，现在杀了当然不划算，我大的那个猪少说也有百来斤，吃饱了潲肥得像个冬瓜，油没得好多，但肉是有的。伯父说兄弟你生日那天就不要到坡上去做活路了，吃了早饭就到我家来帮忙,我去把谢吉平请来杀猪。

15

父亲是农历五月十二的生日,十二一大早,伯父就去请谢吉平。谢吉平正挑着一担粪水去淋田坎上的海椒,谢吉平问伯父忙忙慌慌的往哪里走,伯父说我正要找你去给我杀猪呢。谢吉平搁下担子,接过伯父递过的叶子烟,谢吉平绕来绕去的说了好半天,言下之意就是要求伯父要像杀过年猪那样送块杀猪肉,伯父心里有点不快,但也表示同意。伯父说你淋完海椒吃了早饭就来,我回去把灶挖好。谢吉平说灶没挖好烧不燃火,水烧不开烫不脱毛,到时候多的事情都整出来了。这样吧,我那海椒早淋一天晚淋一天没多大关系,这时候我就到你家去帮你把灶挖好。伯父没想到还要多招待一顿早饭,但谢吉平已经挑着粪水往回走了。

伯父也就不再好说什么。谢吉平叫伯父先走一步,自己回屋背起行头就来。伯父回到家里简单地向伯母说了情况,伯母说他不要脸你也不要脸,干脆把两头架子猪都杀了,到时候只拿一块肉给他,他未必还好意思要两块?伯父说这倒是个好主意。伯母还要往下说,伯父听到院子里的狗叫声,就叫伯母不要说了,估计谢吉平来了。

谢吉平被两只狗夹在中间进退不得,伯父连忙跑出去把狗吆开,接下谢吉平的背篼放在阶沿上。谢吉平问伯父把灶挖在哪里,伯父说挖灶的位置多得很,随便找个地方都可以。谢吉平在屋外转了转对伯父说,水井旁边地方宽敞,舀水也方便,就在那里挖一口灶。伯母从灶屋出来说那可要不得,在水井旁边挖灶会得罪水井菩萨,一旦不来水了可咋办?谢吉平说假得多,表嫂你在哪里见过水井菩萨像个啥样子?是黑是白?是高是矮?不过谢吉平又说客听主安排,表嫂你看把灶挖在哪里合适?伯母说除了水井旁边什么地方都可以。伯父说,那就在院坝外那棵枇杷树下挖口灶吧。

伯父把锄头递给谢吉平就回屋去商量伯母,伯父说人多也不过多几个碗几双筷,趁杀猪也找到个理由,把队长和三表公请来吃顿饭,队长往后派工派活,多少也可以给我们一点照顾。再说三表公,去年冬天他给我们打了席子连工钱都没收,还欠着人家一个人情,加之三表公家里钱粮不缺,如果今后缺钱缺粮向人家借,也才好意思开口,像兄弟上次去他家借粮,如果他不借,恐怕春荒都难度。伯母说请他们来吃饭当然可以,就看人家来不来。伯父说去试一试。

伯父先后找到队长和三表公把情况说了,两人都客气一番,不过都同意过来,只是都要去赶一会儿场，要等到吃中午饭的时候才能回来。伯父说赶场可以，中午饭等着，就不去请二遍了。伯父回到家后，又去自留地里扯了十来根莴笋，摘了一筐四季豆，还挖了几窝洋芋。

早饭过后，父亲和母亲带着大姐和大哥都去到伯父家，父亲帮着杀猪，母亲则帮着煮饭。母亲对伯父和伯母说，今天不要提你兄弟生日的事，免得让外人晓得后把我家看扁了，今后还说连一顿饭都输不起，谁都晓得过生日是个赔本的买卖，客人大多送两块钱，还带一两个娃儿，有的吃一顿不走，还要吃二顿三顿，人都麻烦死了。伯父伯母都说这些事情我们当然清楚，不用说也不会把事情说出去。

谢吉平吃过早饭后已经在堂屋里把一杆叶子烟抽完，这时候就催促着伯父吆猪出圈。牵猪出来的时候，伯母有些伤感。伯母对母亲说，从去年七月间捉一对笼子猪儿回来喂到现在，两个砍脑壳的会吃肯长，争气得很，要是喂到今年下半年，少说也要长个一百六七十斤，要不是闹地震，哪舍得现在就拉来杀了。母亲劝慰伯母说，杀与不杀，现在谁都说不清楚好坏，还不是只有凭运气。伯母说，话虽如此，但那猪儿是我一瓢一瓢喂大的，多少有些感情。所以在伯父吆猪出来的时候，伯母就一个人坐在灶屋里剥莴笋，她不忍心出去看。说来也怪，那猪好像通人性，伯父和谢吉平无论怎样吆，就是不出圈，第一头吆出来，去吆第二头的时候，第一头又跑回了圈里。谢吉平说他杀了几十年的猪还没遇到过这种情况。伯母人在屋里心却在屋外，听到这些话后心头更不是滋味，竟流眼抹泪起来。

谢吉平叫伯父去找根绳子来，说只有打蛮干，用绳子套在它颈子上，看它还往哪里跑，老月母子未必还会遭儿卡死了——没人相信。谢吉平说完拿起绳子就往猪圈里钻，哪晓得脚还没落地就被一头猪咬了螺蛳骨，痛得谢吉平直咧嘴。伯父说这猪认生，还是我去。伯父让谢吉平出来，自己爬进圈里用手轻轻抠着猪的背脊，那猪就一动不动。伯父用绳子套了猪的颈子，再打了活结，然后出来和谢吉平一起往外拖。虽说猪儿不大，人却累出了一身汗。谢吉平叫父亲不要去找杀凳了，拳头大个猪儿，按在阶沿上一刀杀了就是。谢吉平杀猪是内行，两头猪二十分钟不到就杀了，杀后把刀上的猪血在围裙上擦了擦，说吃杆叶子烟歇会儿气再去刨，然后就坐下来等着伯父给他裹烟。

歇气的时候谢吉平撩起裤子看了看隐隐作痛的螺蛳骨，没想到那里肿起一块不说，还冒出了血珠珠儿。谢吉平吐泡口水在上面揉了几下，说那发瘟的真是太可恶了。伯父问他要不要上点药，家里有治生伤的。谢吉平一下想起伯母是赤脚医生，家里

-353-

药物不缺，就说有药当然上点更好，以免得了破伤风下半辈子求不到吃，弄得妻嫌子不爱的。父亲笑着说，谢吉平你说的有道理，破伤风弄不好还要死人，十里八乡就你一个人的手艺好，要是你不在了，周围四邻还找不到人杀猪。谢吉平说你不要挖苦人要不要得，我哪个时候把你得罪了？

伯母把药箱提出来，父亲说大嫂你最好在谢屠户屁股上一边打一针，免得他今后说你药都舍不得用。谢吉平说老子给你一烟杆脑壳，父亲连忙退两步摆摆手说打不得打不得。几个人一阵大笑。

伯母把碘酒瓶子拿出来，用镊子夹坨棉花沾了酒精，在谢吉平螺蛳骨处反复的擦了几遍，一坨白生生的棉花被擦得漆黑。毒消好后，伯母拿出拇指大一小瓶药，用镊子敲着瓶口抖了一点白粉粉在伤口处。谢吉平说，表嫂你这药可以多抖点不碍事，药少了半天不得好又要来找你上二次，你也麻烦我也麻烦。伯母说这又不是面粉，上多了今后长个肉疙瘩，你想抠都抠不脱。谢吉平说那就少抖点算了。药上好后又包了块纱布。谢吉平站起来试着走了几步说，痛倒是不痛了，就是下不得水。伯母说过几天就好了。父亲说膏药一张，看个人的熬炼，你谢吉平这几天回去要是再和你老婆睡一床，弄不好落个巴骨流痰，一辈子医不好就麻烦了。谢吉平说喊你龟儿留点口水养牙齿，不要放早屁，你那嘴巴就是管不住。

16

伯父看看太阳已经斜过了院坝的草树，知道时间不早了，就说中午等着肉下锅，气歇好了就去刨猪了。谢吉平说做这些事情要多长时间我是搞得清楚的，你猪儿虽然小，但有两个，哪个杀猪匠有上天的本事也不可能一上午就把两个打整出来，最好是先刨好一个，中午有肉吃就行，另一个没弄好就等到下午，下午剔骨头，翻肠子，有的是事情做。

第一个猪刨出来后，伯父说趁着热锅热灶，还舀几瓢水烧开后一并把另一个也刨了，免得下午另起灶炉多耽搁时间。谢吉平说那是当然，你不说我也晓得，你可以回屋去给表嫂说一声，叫她莫着急，等会儿我把猪肚皮剖开，表嫂说要哪个地方的肉我就给她割哪里，这猪儿嫩，肉经不起煮，保证中午饭不会晚。伯父说，我那婆娘做灶屋的活路有一套，她晓得怎样安排，用不着操心。

加了冷水后，锅里需烧几分钟才开，伯父叫父亲把干柴禾多塞点在灶孔里，把火烧大点。伯父回屋去拿叶子烟出来每人又裹了一杆，烟还没抽完，伯母就出来替父亲烧火，叫三人回屋去喝碗血旺汤，说人饿了没得力气。谢吉平说表嫂还想得周到，说完屁股立即就从石头上抬起来。伯母说，进屋去慢慢吃，不要把嘴巴烫起泡了，我把火烧小点等着你们。

　　第二个猪刨好后，谢吉平用铁链环把猪倒吊在核桃树上开边剖肚，伯父拿个簸箕接在下面，以免肠肝肚肺垮下来掉在地上。刚剖开的猪肚皮腾腾的冒热气，谢吉平取出肠子放在簸箕里，然后伸手拽住猪肝，拿开边刀轻轻一划，一笼猪肝就握在手上，谢吉平就喊伯母来拿，伯母出来对谢吉平说，你晓得我今天中午要炒猪肝？谢吉平说杀了猪不把好的东西煮来吃，未必留着你们自己消用？这样做也太对不起我这手艺嘛，表嫂你说是不是。伯母说猪脑壳猪肚子猪肠子猪尿泡煮不好了，除此之外我把猪身上的东西都煮出来给你吃，该对得起了吧。谢吉平说，你表嫂话说得好听，猪身上除了这些，还有哪样更好吃的？中午煮不出来还有晚上嘛，没等到把这些煮来吃了我是不回去的。谢吉平说完望着伯母一张脸都笑烂了。伯母说要得要得，但你要把我的两头猪里里外外收拾得干干净净才着数。

　　两个猪的内脏取出后，谢吉平说外面的太阳晒人，到屋里饭桌上去慢慢理弄。伯父就回去收拾饭桌，父亲和谢吉平一人抱了一个猪回屋。谢吉平在猪的脊背上最肥的地方下了刀，割下起码不低于十斤大一块肉，又叫伯母拿去煮。伯母对谢吉平说，划成几块小的，这么大一墩不好下锅。谢吉平说划小了就怕你表嫂不煮出来吃。伯母说你这就小看人了，再小气我也要把肉煮给你吃够。谢吉平笑着就按伯母的意思划成几小块，搁在瓷盆里让伯母端回灶屋。

17

　　中午饭快要煮熟的时候，队长和三表公赶场也回来了，伯父到院子外面把两人接进堂屋，把两张椅子摆正，又用毛巾擦了擦椅子上的灰尘，叫他们坐。伯父进到里屋去倒开水时对伯母说，队长和三表公来了。伯母说饭马上就煮好了，可以收拾桌子吃饭。伯父就叫谢吉平把手里的活停了，没做好的事情下午再做。父亲到灶屋舀来热水，把窗台上的肥皂拿来叫谢吉平洗手。谢吉平说，表嫂做家务手脚还真是麻利，肉拿进灶屋才半个小时就煮熟了，碰到村里人家里杀猪的时候，女人煮饭用石碓窝，半下午都搞不到饭吃。伯母从灶屋里端菜出来，正好听到谢吉平的话，顺便对屋里的客人说,煮得简单,只要大家不嫌弃。

　　饭菜在桌子上摆好了,伯父又倒了一碗酒放在桌子上方,叫大家稍微等一会儿,说过年过节要烧钱化纸敬祖宗,像杀猪这样的大事,也该敬一下才对头。伯父到柜子里拿出一叠火纸,跪在神龛下面一张一张地撕开、点燃,嘴里又叽哩咕噜的念了好大一阵,把菩萨和所有在阴间的祖宗都请遍了,作揖叩头三遍后才起来。三表公笑着叫谢吉平也去作几个揖再来吃饭。谢吉平说我再癫也没有你那样癫,烧香连庙门都找不到,跑到别人家里来敬别人的老祖先人,自己姓甚名谁都搞不清了。这时候父亲假装正经地对三表公说,谢吉平倒是个人精,自己受了痛不说,神也得罪了,自家去到阴间的老祖先人怪罪起来,他回去那螺蛳骨上的伤口怕是半年都好不了。队长问谢吉平螺蛳骨怎么了?父亲回答说,说他要多笨就有多笨,连三岁大的小娃儿都不如,你说被狗咬了还有一说,一个杀猪匠,竟然被猪咬了。还好咬在螺蛳骨上,要是咬在屁股上,恐怕今天中午吃饭坐板凳都成困难。队长说,谢吉平你今天又痛又累,中午就多吃点补起。谢吉平说我们几个人今天都做了事,都该吃,你队长平时为大家操了心,也该吃,只是他三表公一不沾亲二不带故,事情也没做一点,人家喊一声就来了,他该少吃一点。

　　三表公正要开口反对,院子里的狗又叫了起来,伯父出门一看,原来是谢吉平的老婆。伯母在灶屋的窗子边看了看,假装不晓得,把锅碗弄得呼呼响,一直没有出去。伯父叫谢吉平老婆进屋吃饭。谢吉平老婆说饭就不吃了,她上午到那边坡割了草回家路过这里,顺便喊谢吉平下午早点回去淋海椒,她说谢吉平是个做事不着忙的人,出门要把叉叉,进门要个勾勾,不来喊一声,恐怕明天都回不了屋。谢吉平站在阶沿上说,人家杀两条猪,哪有那么快就搞好了的,不把事情做完,吃了饭把屁股一拍就走,哪对得起人?谢吉平又问老婆究竟吃了饭没有,说没有吃饭就进屋吃了走,都是几个熟人,不要不好意思。谢吉平老婆说那多不好?伯父说有啥不好的。一边说一边把谢吉平老婆让进屋里。

　　谢吉平老婆把草背篼搁在阶沿上,一头钻进了灶屋,看见伯母正在锅里铲菜,就高声大气地对伯母说,表嫂还在忙呀,你看我做事没来,吃饭倒来了,早晓得你这么不得空,我该上午不去割草,来帮你打点杂。伯母说,快莫说这些,都是挨邻得近的几个人,吃顿饭有个啥嘛。

　　这时候三表公就有话说了。三表公笑嘻嘻地对谢吉平说,你谢吉平还真是个人精,自己吃一顿不说,还带个老拖斗来,时间也算得那么准,不早不迟,刚刚把菜端上桌子,老婆就来了，你的心计多呢，恐怕老子们十个脑壳都算不赢你一个脑壳。伯父叫三表公不要开这些狠心玩笑，莫把谢吉平老婆说怄气了。三表公说他谢吉平做得受得，不说他一回，他今后到我屋头来杀猪，怕是要把婆娘儿女一家全部都带了来，那我才招架不住呢。队长说以后是以后的事情，我正有些话要说，菜在桌子上都快冷了，我们是不是边吃边说？伯父就连忙安排大家坐，又去灶屋叫谢吉平老婆和母亲及伯母出来吃饭。

18

队长在桌上提到今年地震的事情，大家又有些不安起来。谢吉平说，想起这事就没劲儿，从娘肚子生出来日子就没过伸展过，本指望勤劳点，把家挣富裕些，老来吃饱饭穿暖衣，而今眼下却闹起了地震，要是哪一天一口气不来，留下些东西在世上岂不可惜？所以趁现在还吃得进，屋里有啥都该煮来吃了，瞻前顾后做不了事情，再说，未必有朝一日水都喝不起一口了，国家还眼睁睁地看着我们饿死？完全不拿几颗救济粮救救我们？如果到时候去你家搜查，发现你家还有点粮食可以吊命，不拿救济粮给你，你去搬石头打天？所以前几天我把圈里唯一的一头猪儿都杀了，现在屋头还有几只鸡，一条狗，这个月过点神仙日子没得问题。父亲说像你这样的饿死鬼，鸡狗吃完了，保不准该轮到你婆娘儿女了。谢吉平老婆说，要是那样，老娘死了变个鬼都要把他龟儿吓死，几天前我劝他不要把那个萝卜猪儿杀了，他高矮不听，说什么吃到肚皮里稳当，贼都偷不去。俗话说好吃的婆娘不留种，自己一个男人，一张嘴巴却也那样好吃！父亲说，他谢吉平杀猪吃好的吃惯了，等上两天不沾荤腥心头发慌，这是情里之中的事情。

伯父一边劝大家喝酒吃菜，一边说起这段时间的所见所闻。伯父说他去赶场，在街上听到很多传闻，因为地震的缘故，好多地方人心浮动，盗贼四起，弄得鸡犬不宁，听说红旗公社某个大队的几个青年组成一个菜刀帮，飞起吃人，凶得很，牵猪牵牛，说怎样就怎样。三表公说这些事情宁可信其有，不可信其无，今天街上比以往就乱得多，场头场尾到处都是摸包贼，还有几个外地人在食店里吃了饮食不给钱，和老板提刀动杀的搞得很凶，最后还是公社武装部来几个人才镇住，不然怕是要杀死两个人在街上摆起。而且发生争吵的时候，看热闹的人把食店门前那截街都压断了，摸包贼趁势也挤进去，不少人后来发现包里的布票、粮票和钱都不见了，整个街上

-357-

一片哭天喊地的声音。

　　队长说他昨天去公社开会，公社书记也在会上讲到了当前的情况。书记说大的地震会不会来，会不会造成严重的灾难，县上也没有十足的把握，不过根据目前的迹象看，至少造成大灾难的可能性不是太大。书记要求大队支部书记和各生产队队长回去给社员们讲清楚，不要相信谣传，不要恐慌，但随时要提高警惕。对于当前的治安问题，正在加大打击力度。谢吉平说官当得越大，说的空话大话越多，书记说加大打击力度，他是在哄鬼，泥菩萨过河，自身都难保了，还有心思去管别人，我们这些平头老百姓根本就不相信他说的那一套。谢吉平又问队长对这件事怎么看？队长说，你要我说，我也说不出个所以然，不过说句心里话，我的心也是悬吊吊的，因为谁都保证不了灾难不会降临，所以你们要杀家里的猪，宰家里的羊这些，全凭各人自便，队里也不作硬性规定。当了队长几十年，大家天天生活在一起，哪个社员的脾气我都摸得透，况且低头不见抬头见，我何必去指手画脚搞得个个脸红筋涨心头不是滋味。近段时间，我没安排社员们去做坡上的活路，我晓得安排也是空的，大家心里有想法，懒心无肠的，出工不出力，与其做事不出效果，不如在家里闲着。

　　谢吉平问三表公家里的猪儿杀不杀，三表公说现在还没定。谢吉平劝三表公最好莫杀。三表公问为啥。谢吉平说你把猪儿杀了，你娃儿结婚哪有猪脑壳谢媒婆？父亲一下笑出了声，嘴里的饭差点从鼻孔里喷出来。父亲说你谢屠户脑壳随时随地都在打转转，人都不晓得活不活得下去了，你还在想着把自己的妹崽嫁给三表公的娃儿，你硬是看到三表公家里的钱财从屋顶冒出，想去捞点油水嗦？谢吉平老婆一听就有些过意不去，连声骂谢吉平"马尿水"喝多了，说些不要脸的话，世上没有嫁不出去的女子，只有打单身的男子，说起你那妹崽硬是嫁不脱了，羞死你屋先人！

　　队长连忙解围说，男大当婚女大当嫁，这哪是个羞人的事。头次去县城卖牛肉提到这件事，三表公要我做媒，我回去想了想，觉得不妥，自古以来做媒都是女的多，一个大男人家去做媒恐怕不合适？谢吉平说头次说好了的，现在却不干了，队长你岂不是想推卸责任？队长笑着说谢吉平你不要着急嘛，我今天就在桌子上重新给你找一个人，保证包好的汤圆不得散。谢吉平抬头就盯着了母亲。队长说，算你聪明，一下就猜对了。母亲连忙搁下筷子摆手推迟，说你队长都不愿做的媒我哪里做得拢来，不干不干。队长说这个媒做不拢来就怪了，你广做媒的，应该晓得他们两家其实都没得意见，而且两个年轻人早都私下在一起耍了，你白拣一个猪脑壳吃，哪些要不得？如果我是个女的，哪还轮得到你的份上，我想叫我那婆娘来做这件事情，可我那婆娘言语迟钝不是这块材料。伯母也拍着母亲的肩膀说，兄弟媳妇你就莫推辞了，到时候得了猪脑壳，我也搭着来吃点。

　　谢吉平端起酒碗就向父亲和母亲敬酒，队长立即号召其他人也端起酒碗。队长对母亲说，为了这对年轻人的婚姻大事，我在这里就当着大家的面把做媒的事拜托给你了，我先饮为敬，说完一口就把酒喝干了。母亲不好不给大家面子，只好抿了一口酒表示答应，但心里晓得这个媒不是那么好做的，并不是队长说的那样简单。

　　饭后大家坐在一起闲吹，谢吉平叫老婆去帮着收拾碗筷。谢吉平老婆说还需用得着你安排，吃了我就一抹嘴巴走人，哪对得起人家这顿饭。伯母对谢吉平老婆说，你是客人，抹桌扫地这些事情我和兄弟媳妇来做，不麻烦你。谢吉平老婆说啥子客不客的，冷凉了才咳。一边说一边把碗筷往灶屋里收拾。

　　一袋烟的功夫，谢吉平老婆就从灶屋里出来，一边解围裙一边对谢吉平说，我这就打算回去了，下午表嫂家还有事没做完，我就不催你，你把事情做好后再回来，田坎上的海椒我和幺妹崽去淋。伯母出来对谢吉平老婆说，你如果真的有事，我就不留你了，今后有空再耍。伯母去到阶沿将草背篼端起来挂在谢吉平老婆背上，又把核桃树下的狗吆开，送谢吉平老婆出了院子。

　　队长和三表公都说家里有事，要回去了。伯父说这些天会有多大的事？即使有点小事，也有老婆处理，无论如何也要把晚饭吃了再走。伯母也极力挽留，说晚饭早点弄，吃了回去也不迟。谢吉平也帮着留客，说人多热闹些，晚上回去三个人又同路，打个火把就一起回去了。队长和三表公推辞不了，就留了下来。

<h2 style="text-align:center">19</h2>

　　下午的活路不是很多，又有几个人一起帮着做，才半下午，就把一切事情做清了。伯父去到竹林里砍回一根竹子，从中间砍一截下来做火把。煤油是现成的，只是中午敬祖宗的火纸用完了，没想到留两张下来做火把芯子。谢吉平说他杀猪回去晚了打火把的时候多得很，好多人家没有火纸就用谷草代替，效果差不多。伯父就按谢吉平的意见做了个谷草芯子，把火把搁在大门后的墙角处。

　　中午的饭菜剩得很多，伯母拣几个主要的菜热了，另外还炖了半锅猪大肠和猪肚子，因为酒喝得多，估计这几个菜也差不多了。母亲也说男人在一起都是喝酒，菜吃不了多少，完全够了。天刚黑，伯母就把煤油灯点亮，叫大家坐拢来吃夜饭。

谢吉平说，中午油大吃得多，下午事情又做得少，肚皮还是饱的。父亲说吃不下东西喊你这个时候回去恐怕你又要怄气。伯父说哪有饭都端上桌子还回去的道理，谢吉平不是还有肚子和肠子没吃到吗，今天晚上炖了点让大家尝尝，饭菜吃不了多少可以喝点酒嘛，尽管挨邻得近的，平常还少有机会坐在一起吃饮食。

连续两顿喝酒，晚上几个人还没喝到一斤的时候，谢吉平就有些醉了，面红耳赤话也多得不得了，只是舌头在嘴里转不了弯，一句话说半天都吐不清楚。其余几个人也都有了不同程度的醉意，都抢着说话，天南海北的扯得老远。母亲和伯母看见几个男人的醉态，捂着嘴巴咕咕直笑。母亲建议伯母烧个素汤多放点麸醋给几个醒醒酒。谢吉平说酒没喝醉，脑壳清醒得很，要说喝，现在都还可以喝个半把斤，不过表嫂你要烧个酸汤来也可以，晚上没得事，我们边吃边喝边摆点龙门阵。伯父听说谢吉平还能喝，就把另一瓶白酒拿出来倒了一半在碗里。谢吉平无论如何要敬母亲两汤匙酒，说当媒人的今后两边跑，脚板都要跑大，那事很辛苦。母亲说只要你晓得就行，晓得了你今后就不要故意找茬我给我添麻烦，不然这汤匙酒我就不喝。谢吉平说你喝了我就给你找麻烦，不喝我可要给你找麻烦。母亲把两汤匙酒倒在碗里一口干了，放下碗说，你谢吉平说话可要算数。谢吉平说，当着这么多人说的，我不算数你今后把我的名字倒起写。母亲反过来又敬了谢吉平两汤匙酒，谢吉平毫不推辞就把酒喝了。三表公当然晓得，在这种场合不敬未来的亲家两杯酒是说不过去的，所以也就说笑着和谢吉平喝了两匙，母亲说不行不行，你三表公和谢吉平的关系不比我们，应该多喝两匙才对。三表公说不是我不多敬酒，确实是我喝不得。母亲说喝不得你头匙满二匙浅也该再敬两匙，不然他谢吉平不多心嗦？三表公没办法，就照母亲说的那样和谢吉平再喝了两匙。

母亲用手在桌下轻轻扯了一下伯母的衣服，然后两人就进了灶屋，母亲对伯母说，你不要看到谢吉平酒喝醉了，他酒喝醉了都还可以喝半碗，每年杀猪到我家里来，都是喝得醉醺醺的，他的底细我清楚得很，要等他把酒真正喝到了位，有些话才好说，等会儿你出去再敬他两杯，把他灌得麻酥酥的，我再来打他的主意。母亲和伯母假装啥事也没有一样出来，各自归位坐下。等了一会儿，伯母说谢吉平你晓得我喝不得酒，这样吧，你喝酒我喝汤，我以汤代酒敬你两匙。谢吉平说你表嫂敬酒我还有啥说的，今天你把猪身上好吃的都煮来我们吃了，而且在灶屋里转了一天，怕是脑壳都转晕了。说完一仰脖子就把两匙酒喝了。

母亲看看谢吉平喝过这几匙酒后也差不多了，再喝就烂醉如泥不好说话，于是就把话题转到年轻人身上。母亲说既然两个年轻人和双方老的都没有意见,而且也到了结婚的年龄,办手续不成问题,谢吉平不如你今天晚上就把你女儿的生庚抄个给我,明天我到街上找刘半仙合一下八字,如果八字合得来,婚事可以从简,近期就把婚结了。谢吉平说要不得要不得,再匆忙也不忙这点时间,再说我也要回去商量了才定得下来。母亲说你看你看,才在桌子上说的话,几分钟时间,尿都还没屙一泡就变了,我恐怕硬是要把你的名字倒起写才对。谢吉平说表嫂你就不要来急我好不好,妹崽的婚姻大事,非同儿戏,无论如何你都要留点时间容我考虑考虑,回去问问妹崽,要是我自己结婚,我马上就把生庚抄给你,就算我刚才把话说绝了,实在对不起,给你表嫂陪个不是,这样吧,都是乡里乡亲的,我今天给你大哥杀两个猪,只要他一块肉,大小凭他的大方,这总算对了吧。母亲说丝了丝麻了麻,这怎么能够扯到一起。父亲插话说,那你谢吉平何必那么小气,干脆做个光光生生的人情,一块猪肉都不要岂不更好。谢吉平说这个你就是外行了,搞我们这一行的,不论哪个都要拿一块肉回去祭刀,不是我自己定的规矩,是师傅传下来的,如果不要肉,今后杀猪尽出问题,我这手艺还咋做下去?伯母说这也倒是,一块不收不好,不管怎样我都要给一块,免得谢吉平今后杀不死猪来找我,我才不背那个臭名。谢吉平说还是表嫂理解人,好了好了,今晚时间也不早了,客走主安宁,我们也该回去了,说着就摇晃着站起来。伯父说谢吉平你走不走得,走不得就在我家里睡,明天早晨天亮了再回去。谢吉平说要看表嫂表个态,我酒喝醉了,如果半夜三更跑到她铺上去睡起,只要她不在乎,我就不走。伯母说你谢吉平翠雀死在田坎上嘴壳子硬,你有胆量和我睡一夜,不怕你那根脚杆出问题,我也不信那个邪。

  谢吉平弯下腰撩起裤脚在螺蛳骨上按了按说,还有点痛。大家一笑,都说谢吉平下软蛋了,不敢上阵。谢吉平说算了算了,我还是把我这二两命看贵重点,留得青山在不怕没柴烧,今后好了再说。伯母说你谢吉平好了还要说,等几天你来换纱布看我不给你放点烂药才怪。谢吉平方知自己说漏了嘴,一巴掌打在自己嘴上,哪知这一打用力过重,把自己身子都打偏了,加之酒喝多了把持不住重心,一屁股跌在屋角角,脑壳撞在门板上。众人连忙去拉,谢吉平咬着牙说莫拉莫拉,一个人坐在那里咧着嘴唏嘘不已,过了好一阵谢吉平才爬起来,揉着后背说,差点把老子腰杆都挺断了,又摸着屁股说,这屁股咋是木的呢?莫不是把坐骨神经整断了?谢吉平拿眼神问伯母。伯母笑着说我这里没医坐骨神经的药,要医也只有硬来,用杀猪刀把屁股划条口,然后把那股坏了的神经抽出来。谢吉平晓得伯母是在开玩笑,也笑着说把白翻翻的屁股拿给表嫂看我不好意思，不如让那股坏了的神经搁在里头。伯母说你根本就不懂医学，那根断了的神经不在你屁股里头作怪你来问我，先是包倒里头烂，烂到一定程度就往外头烂，一直到屁股烂穿了，才能把药面面从穿孔里灌进去。等到那时候，医不医得好就看你的命长不长。如果阎王不勾你的簿，让你活几天，你还不是就像得了小儿麻痹症，走路屁颠屁颠，一瘸一拐的，要多难看有多难看，你婆娘早就和你打脱离了。

谢吉平说你把愿许好点嘛，等到那个时候我好来找你，我搞不到吃了，就把下半生交给你，你不要还不得行，冤有头债有主，跑脱了算你是马虾。伯母晓得他在说怪话。伯母说你那玩意儿割下来喂我那狗，狗都不会吃，你还自认为是个金包卵，说起来不得了了不得，老木虫儿一个，伸缩性都没毬得。一屋的人哈哈大笑。谢吉平说不说了不说了，回去了。

伯父从里屋拿出三块肉，叫队长、三表公和谢吉平各自拿一块回去，队长和三表公都推辞不要，说哪有又吃又包的道理。伯父说虽不是杀年猪，但比起过年猪肉嫩得多，味道也不同，带点回去让家里人尝尝。伯父把火把点燃递给队长，三表公说谢吉平酒喝得有点多，装杀猪工具的背篼我给你背算了，万一你东穿西穿踩虚了脚摔下崖去，岂不丧了天德。队长说你关心你未来的亲家给他背背篼是可以的，但你也要走稳当点。三个人的家都在同一条路线上，队长最远，所以一个火把完全可以把三人送拢屋。

伯父回到屋里对父亲说，兄弟你今天生日我也不送钱给你，你把猪身上的东西拿点回去吃。母亲说我们一家大小在你屋头吃一天，已经够意思得很了，哪还用得着再要东西。伯母说，一家人不说两家人话，你们都不要客气，这两年你们带了账，生活过得有些紧张，弟兄家，同吃一个奶头长大，相互间抽长补短也是应该的。伯母的一席话说得父亲和母亲都有些感动。伯父把肠肝肚肺和猪头猪脚拿出来，另外还拣了三块肉一起装在背篼里。伯母说盐虽然抹了，但时间放久了也不行，天气热了，不比冬天，不要舍不得吃，不然要臭。母亲说知道了大嫂，只是不晓得哪辈子才还得起你的礼？伯母说哪个要你还礼嘛，前些年我们打烂仗的时候你们还不是一样的支持，一个人活一辈子，三穷三富不到老，哪个都不敢说狠话，这个时候你们有困难，我们支持一点也是份内之事。伯父是个忙活路的人，就催促父亲早点回去，说晚上睡迟了明早晨爬不起来，耽搁白天做事情。

20

　　母亲是个做事很着急的人，第二天就去找谢吉平商量他幺妹崽春梅婚姻的事情。谢吉平说昨晚回家就睡了，还没来得及跟老婆和幺妹崽通气，自己一个人说了话算不到数。母亲说时间拖久了不好，趁今天人齐，几个人坐下来扯一扯。谢吉平就把老婆和春梅喊拢来。母亲当着三个人的面说明了来意。谢吉平老婆和春梅都不开腔。谢吉平碰了碰老婆的胳膊叫老婆先说。谢吉平老婆说，表嫂来给春梅做媒，我们表示感谢，你叫我们尽快把妹崽的婚事办了，你的心情我们可以理解，只是有些手续没走到恐怕让外人笑话，作为女方家，我们输不起这个面子，春梅今后嫁过去也抬不起头。母亲就问谢吉平老婆打算怎么办。谢吉平老婆说，按照一般的规矩，应该先看人后看家，如果双方没有意见才吃定婚酒，定婚酒后，过年过节两家走动一下，相互了解一段时间到了该结婚的年龄，再提结婚的事。

　　母亲做了不少的媒，对谢吉平老婆的真正用意是知道的，无非就是想通过这些程序多收点对方的礼物。农村不少人认为，好不容易把女儿带大，到了结婚年龄，一下子就把女儿嫁出去了，连钱物都没收到多少，白丢一个女儿，太不划算。而且女儿出嫁，再穷也要办几抬嫁妆，那可是女方的脸面，如果没通过几次往来，连嫁妆的钱都没收够，还要倒贴一坨钱，女方无论如何也不干。

　　母亲说你们两家隔得这么近，天天都是看到的，对方的家庭条件也很清楚，看人看家的过程就算了，找个日子把定婚酒吃了，把关系明确了，免得一些不知情的人东介绍来西介绍去，既费口舌又得罪人。

　　谢吉平老婆就问谢吉平的意见。谢吉平对母亲说，我昨天在你大哥家吃杀猪饭时，当着几个人表了态说不弯酸人，我说话算话，就按你说的办，那么我对得起你你也要对得起我，我就把话说穿，看人、看家、吃定婚酒三个程序可以合在一起，但打发的东西应该足够，这个信你一定要带到。母亲就问谢吉平认为打发好多才合适。谢吉平说这个我哪个好去安排别人，今后他三表公还说我穷痨饿虾的不要脸，伸手到他家里去要钱。母亲说这就不好办了，你不说明白一点，我哪个到那边去提要求。你放心好了，尽管明说，我做媒的人未必一根肠子通齐屁眼，会说是你说的？

　　谢吉平说如果三次酒席单独办，加上每次打发的钱物起码在一千元以上，我也

-363-

不提过高的要求，就给我这边的亲戚每人准备一份礼物，打发我妹崽八百元钱如何？母亲一听脑壳都大了，市面上米才卖三角多一斤，你谢吉平一开口就是千儿八百的，三表公的个性又不是不晓得，他怕是心都痛木了。不过母亲说去问问三表公后再说。

　　三表公的家就在谢吉平家的坡背后，翻一道梁就到了。三表婆看见母亲朝她家里走来，老远就招呼母亲去坐。母亲问三表公在家没有，三表婆说在桑树溪田边锄草。母亲说明来意。三表婆说这么大的事情必需把老头子喊回来。三表婆就打发二娃子德胜去叫三表公。三表婆去灶屋打荷包蛋。母亲把三表婆的胳膊拉住，说早饭吃了肚皮还没饿，用不着麻烦。三表婆就把鞋底拿出来，一边上线一边和母亲说话。不到一刻钟，三表公扛着锄头，脚杆上的稀泥都没洗就回来了。母亲把谢吉平一家的意思向三表公说了。三表公一听火冒三丈，骂骂咧咧的说他谢吉平简直是要飞起吃人，八百块，还要给他那档子流汤滴水的三亲六戚准备几十份礼物，狗日的以为我是摇钱树，找钱像拣树叶子那样容易嗦？他不愿意算了，不愿意拉倒，未必只有他家才养了个蹲着屙尿的，没得红萝卜白萝卜照样出席！三表婆说你看你那张嘴巴，让别个听到了好得罪人。三表公说我这张嘴巴怎样？听到了又怎样？我就是要他晓得。他以为我家是造票子的工厂，钱多得用不完了，再用不完也是我辛辛苦苦挣来的，不是我去偷的抢的，我做篾活熬更守夜手都划烂了，他却想趁此机会一点不费力来捞一把，可真是想得好，就怕是白日做梦！

　　三表公对母亲说，我也不是冲着你发火，你做媒是耗子钻风箱两头受气，我晓得你的难处，不过你要把信给我带过去，叫他谢吉平把枕头垫高点想一想，他不怕把我家搅穷了他妹崽今后过来没有好日子过？母亲说三表公你要看到春梅这妹崽是很不错的，打起灯笼火把都难得找到的人，周围几十里哪个不晓得谢吉平是弯竹子生正笋子，老两口子嘴脸不咋样，生个妹崽却光生得除了肚肌眼连个结疤都找不到。你这边一松口，好多人眼睛都望绿了等着呢，恐怕眨个眼睛都会不见了的。谢吉平如果不是看到你家里条件好，他妹崽今后嫁过来不受拖累，说不定早都把妹崽嫁给别人了。谢吉平虽然有点贪财，但他这个时候得的钱，今后还不是拿出来给妹崽置办嫁妆，到时候大挑小挑的给你担过来，还不是你娃儿妹崽亨受。你如果不给他点面子，把这桩婚事定下来，他不划算你照样不划算，况且钱财存得再多，今后你老两口子眼睛一闭，还不是后人的，这时候捏得再紧有啥子用嘛，你说是不是？

　　三表公说要是像你说的那样他把钱拿去，今后给妹崽办嫁妆，那还让人好想点，如果他把钱一搞到手，两口子就吃香的喝辣的，几天就搞个精光，那我现在还不如少给点。母亲说这点你放心好了,谢吉平就这么一个幺妹崽了,人都是爱脸面的,你还怕他不把嫁妆办丰富些,而且谢吉平两口子明确表态是把这个钱拿去留存着今后办嫁妆的,所以根本用不着你担心。

三表婆听母亲一说也改变了态度,说娃儿今年腊月一过就满二十三岁吃二十四岁的饭了,也该成家立业了。谢吉平那妹崽我们是从小看到长大的,脸嘴又乖人又能干,脾气也好,要是找个好吃懒做的女子,今后嫁过来,他小两口合不拢,三天打两回,不把我老两口怄死才怪?依我说谢吉平提的要求我们也可以满足。三表公说我怕这回把他搞惯了,他今后要长要短的,今天一个花样明天一个花样,很难招架。母亲说如果你三表公嫌他家这次铺排大了,我这就转去对他们说,可能还有一点商量的余地。三表婆说,既然他们话都说出来了,再少也怕是少不下来多少,我看就算了,免得他们说我们小气。坐在门槛上一直没说话的德胜这时候趁机说,只要春梅家满意,就多花一点也不要紧,我自己晓得钱是花在我身上的,往后我少睡点瞌睡,多做点篾货,把多用的钱挣回来。三表公对德胜说,只要你娃晓得钱是你用的就行了。

母亲看到一家人对这件事的意见基本上得到了统一,就叫三表公考虑吃定婚酒的时间。在时间问题上,三表公一家人都认为越快越好,不然夜长梦多,万一出点闪失又麻烦了。三表公考虑再三,觉得等三个场期过后定个双日子比较合适,三个逢场天完全可以把该买的东西买齐,再抽个时间找刘半仙择个黄道吉日。母亲叫三表公第一个逢场天就去找刘半仙,日子定好后立即说个信,这样才有充足的时间让谢吉平去通知他的三亲六戚,也才晓得他那边要来好多人,你这边才好安排酒席。

四天过后谢吉平那边传过来的消息是要来三十多个人。三表公一听又是鬼火冒,说来三十几个人又不是去打仗,狗日的自己不要脸三亲六戚都不要脸,个个跑起来白吃干饭不说还要想得一份礼物,他做得出来我也做得出来,老子半斤肉办八桌,看他龟儿这帮人把我其奈何哉,礼物嘛老子每个人送一斤白糖。既然吃的是定婚酒,那么婚都定了,他舅子老表一个个还好意思说不同意?三表婆对三表公说,我说你一辈子都是个捏到卵子落气的人,你脑壳都输了还怕输耳朵?做件事情要像人做的,不要把话拿给别人说,到时候臭名远扬,我看你的面子往哪里搁,你今后还要结三媳妇嫁幺女。不要秧鸡脑壳栽进水田里顾头不顾尾。算了,买东买西送礼往来这些事我来操持,不要你担心。三表公也就没有再多说什么。

21

　　一切在三表婆的安排下，吃定婚酒那天倒也热闹，酒席办得相当丰盛。尽管三表公看到院坝里密密麻麻或站或坐的人心里不是滋味，但表面上还是装出满脸笑容，端茶递水散烟点火，显得热情周到满心欢喜。那边来的几个客人私下对谢吉平说，富家做事就是大不一样，春梅今后怕是落进福窝里了。春梅听后红着脸，心里乐滋滋的。

　　午饭后喝了一会儿茶，谢吉平就向三表公告辞要走。谢吉平那边的客人也纷纷站起来说该回家了。三表公假意说家里有铺，住得下，歇一夜明天再走。三表婆也出来挽留大家，说好多客人都是大老远来的，吃一顿饭就走了哪能呢？谢吉平心想两家隔得这么近，把一大帮子人留在这里吃住，今后传出去不好听，所以还是执意要走。三表公这时就来个顺水推舟，说大家如果真的有事要走，就不要多心了，今后有机会一定来耍。三表婆看看客人确实要回去，就从屋里把礼物拿出来，并把谢吉平老婆喊到一边作了交代。

　　谢吉平招呼自己那边的亲戚跟着他走。半路上，亲戚们都说要看看打发的东西如何。谢吉平老婆一回到屋里就把背篼里的东西翻出来——摆在桌子上，拿一样念一声：四双袜子、两双鞋子、一套夏装、一套冬装、一块手表。春梅的二舅问谢吉平老婆除了打发的东西外，还打发了多少钱。谢吉平老婆说她在半路上就拿出来数了的，整整八百块。春梅二舅说姐姐你搞错没得，有那么多呀？谢吉平老婆说哪会搞错，我数了两三遍，不信我拿出来再数给你们看。说完就把裤兜里的钱拿出来当着大家的面又数了一遍，十块钱一张的，足足八十张。在场的人眼睛都绿了，说狗日的三表公还真是个货真价实的土老肥，表面上看不出，乌龟有肉在肚皮里。谢吉平老婆说，我们这边的亲戚，每人还有三包糖，一斤白糖一斤冰糖一斤水果糖，回家的时候每人拿一份去。春梅二舅把谢吉平老婆喊到里屋，压低声音说他家就要断炊了，眼看吃了上顿没有下顿，能不能把打发春梅的钱借五十块回去买点粮食。谢吉平老婆一听心都凉了半截，钱还没放热就有人来借，借吧，又怕猴年马月才收得回来，不借吧，又是自己的亲兄弟，今后姐弟俩在一起怎好说话。想来想去，谢吉平老婆还是极不情愿地从裤兜里摸出钱来抽了五张递给兄弟说，暂时借五十块给你

第九辑　生活叙事

去用，不过这些钱是春梅的，一家人还没通过商量。春梅二舅说，真是太好了，拿回去买百多斤米，可以堵上一段时间。

看看时候已经不早，客人都起身准备回去，谢吉平老婆就把礼物拿来每人分了一份，然后把大家送到院坝外，客气地说今天没把亲戚们照顾周到，回去莫怄气，今后走亲访友，或者赶场上下过路，都请到家里来吃饭。亲戚们一个个都说一定来一定来。

晚上吃夜饭的时候，谢吉平老婆把借钱的事向谢吉平和春梅说了，谢吉平听了一下子把碗筷搁到桌子上冒火地说，又是你那个死皮赖脸的二舅子，自己好吃懒做家庭搞得孬，哪年不跑到我这里来要这要那，明说是借，哪回借的东西还过？我这五十块钱算是丢到河里泡泡都冒不出一个了。春梅没做声，只低着头吃饭，看得出心里也不愉快。谢吉平老婆自己顾了娘家人，当然也更不好说什么。于是吃罢饭就各自去做各自的事情，事情做完了就去睡觉，一夜无话。

作为媒人的母亲，看到定婚酒席上的热闹气氛和打发钱物的丰厚，知道谢吉平和三表公两家对这桩婚事都是满意的，但出于程序和礼节，是应该去问问两家人的意见的，母亲分别去两家了解情况，得到的答复当然都在预料之中，两家不仅没有意见，而且相当满意，尤其是谢吉平一家更为高兴，一家三口说了很多感谢母亲的话，还用一个上午的时间陪着母亲摆龙门阵。中午，春梅在厨房显露出身手，煮了一桌很好的饭菜，凉菜热菜炒菜蒸菜汤菜一应俱全，虽然每个菜的份量不多，但味道和火候却掌握得特别好，让茶饭手艺远近闻名的母亲也佩服不已。母亲知道春梅的良苦用心，连连称赞春梅可以到街上去开馆子了。谢吉平老婆说，春梅这妹崽比她姐姐强得多，粗细都来得，烧茶做饭，绣花做鞋，缝补浆洗一类的女活没有哪一样不熟悉，并且坡上男人做的活路她都拿得下来。母亲说三表公一家是看着春梅长大的，对春梅这姑娘一直没二话说，不然单凭自己这张嘴，即使说得天花乱坠，像三表公这样的富户人家，他哪会不加考虑随随便便娶个媳妇到屋？这次他置办这么丰厚的礼物就可想而知。母亲说这番话，其实也是为了打消谢吉平一家人的顾虑。因为母亲看出谢吉平一家人总是认为与三表公结亲属于高攀，害怕被人家甩了。谢吉平老婆说，你表嫂跑了路，费了心血，我们会记着的，你今后有什么需要我们帮忙的地方，只要说一声，没得问题。

母亲回家的时候，春梅已经在坡上扯回了半背莴笋，无论如何要送给母亲表示一点心意。母亲不好勉为其难，就爽快地收下了。春梅很是高兴。

22

  母亲在回家的途中遇到了幺公,那时候幺公淋了地里的庄稼挑着两只空粪桶回屋。在一条独田坎上,幺公也不让路,大摇大摆地昂着头往前走,母亲站在田坎边好心好意让幺公过去,但幺公身子也不侧一下,粪桶上面的粪水就擦在母亲的衣服上,幺公装着没看见,若无其事地继续往前走。母亲明显感到幺公是有意欺负她,所以气不打一处来,冲着幺公的背影吼道:"幺公你今天啥子气那么大,哪个惹了你呀,你把粪水糊我一身,三岁大的小娃儿过路都晓得让一下,你几十岁的人了未必这点道理都不懂嗦?"幺公转身一下子把粪桶搁在地上,两个眼睛鼓起核桃大:"你说啥子?你说我不如三岁大的小娃儿!你上高下矮辈份都分不清嗦?老子不习气扇你两巴掌!"母亲说幺公你搞清楚,今天是我惹你还是你惹我,你老辈子要像老辈子的样子,惹毛了你不认黄我也不讲理,我们今天就看哪个怕哪个。幺公说你不怕我我未必还怕你,你自己不小心往我粪桶上面撞,糊了一身粪水还反咬人一口,天下竟然有你这样蛮不讲理的人?母亲一听更是火冒三丈,觉得幺公一个大男人家竟然歪起嘴巴乱说,也就不分啥子长辈不长辈了,立即把半背莴笋搁在地上,一泡口水往地上吐去,呸!你这个样子也配当老辈子,你毬的个老辈子卵的个老辈子,往回把你当老辈子看待算我瞎了眼睛!幺公还没看到有这样凶神恶煞的晚辈敢在他面前撒泼,于是大踏步走过来一脚把母亲的莴笋背兜踢到田里说,你龟儿今天再敢乱骂一句,老子就把你当这个莴笋背兜处理。母亲看到半背莴笋散在田里,觉得自己脸面都扫尽了,弯下腰杆伸手就在田里抠了一把稀泥向幺公脸上摔去,幺公没想到母亲出手这么快,伸出的手还没来得及遮挡,就被一把稀泥摔在脸上糊住了眼睛。母亲知道这下肯定激怒了幺公,要是等他把眼睛上的泥巴揩了,自己也就跑不脱了,再蠢的人也不会等着挨打。于是母亲莴笋和背篼也不要了,扯伸脚杆就往家里跑。幸好那天父亲正在家里砍了竹子捆柴草,不然母亲肯定会被幺公追上来打个半死。母亲快要跑拢屋的时候,幺公离母亲也不远了,情急之中,母亲扯开喉咙直喊父亲的名字,父亲一边答应着一边出门来看,只见母亲飞也似的直往家里跑,身后不远的幺公提根扁担气势汹汹的吼叫着。父亲来不及细想,立即从屋里飞奔出去,在屋外的田坎上,父亲一把扶住踉踉跄跄的母亲,顺手拉到自己的背后叫母亲赶快回屋。

父亲叉开双腿像一面墙一样把幺公堵在面前，幺公咆哮着叫父亲让开，不然扁担落下来要把父亲的脑壳打开花。父亲说幺公你和她女人家一般见识做啥，有话好说，未必没得两个明白人可以讲道理。气急败坏的幺公怒吼着说关乎你毬事，你龟儿让不让开，再不让开老子一扁担要你的命。父亲侧了侧身子假装给幺公让路，就在幺公接近自己身体的时候，父亲一把抓住幺公的扁担顺势一拖，幺公一个趔趄，扁担从手里滑脱，父亲扯伸手杆把扁担摔到水田中间。幺公手里没有了东西，打架根本不是父亲的对手，但幺公死死抓住父亲的衣服不放，把父亲衣服的几颗扣子扯脱不说，还把一只衣袖也扯脱，父亲强压住怒火，并不出手打人，只是和幺公扭在一起拼耐力，幺公骂父亲不是个东西，一泡一泡的口水往父亲脸上吐。一些听到吵闹的邻居也都陆续赶来劝架，把幺公和父亲拉开。父亲不去揩脸上的口水，他是要留下证据，让大家看看幺公那蛮不讲理的德性。

　　这时候队长也来了。凡是队里出了事情都有人去喊队长来解决。队长把父亲和幺公喊到公房的晒坝去问情况，父亲说事情的缘由要母亲和幺公才搞得清楚，队长说那就把你老婆也喊来。父亲扯开喉咙喊母亲来公房，母亲说我哪里敢来，我来了幺公不把我打成肉浆才怪。队长说其他的话就不要说了，赶快到公房，你不来我们哪晓得情况。母亲这才从屋里走出来。其他的社员也想了解事情究竟谁是谁非，于是也都在公房等着不走。队长叫母亲先说，并招呼幺公在母亲说话的时候不要做声。母亲从头到尾叙述事情的经过，队长几次提醒母亲不要把话扯远了，只说下午这件事，母亲情绪激动，前前后后大概说了半个小时。队长问母亲说完没有，母亲说是拣主要说的，要说细的还多得很。队长说细的就不说了，然后就问幺公母亲说的事情是不是这样。幺公说放她娼妇的狗屁，她纯粹是打胡乱说。母亲一下火了，刨起脸羞幺公，并向在场的人说，你们看你们看，男人巴叉的，说话好不要脸，娼啦盗的，满口的脏话把子，哪里像个老辈子的样儿。如果我有半句假话，可以当着天老爷砍鸡口对质。队长叫幺公说，幺公又把事情的来龙去脉说了一遍，幺公说出来的情况恰恰与母亲相反，说他自己被冤枉不说，还被蛮不讲理的母亲摔了一脸的稀泥。队长再问父亲，父亲说前面的事情不清楚。父亲只把后面的事情说了一遍。

　　这样一来，事情的起因外人就搞不清楚了。但队长知道，这里面肯定有人在撒谎，只是谁都不承认自己说了假话，当时又没有第三者在场，找个证人都找不到，事情也就无法解决了。队长只好把双方批评了一番，又说了一些不痛不痒的话，叫各人回去把枕头垫高点想想，今后不要再发生类似的事情。当天的纠纷就这样不了了之。

23

　　大约过了十多天，气象部门传来消息说，大地震发生的可能性不大。公社在广播上通知各生产队全面恢复生产。其实有的生产队几天前就安排了社员出工。队长自己听到广播后，害怕别的人不知道情况，就把社员召集起来开了个会，再一次讲了上面的要求，同时布置了下阶段的任务。队长说前段时间大家耍得差不多了，现在应该抓紧时间打苕厢，等着大雨到来好栽红苕。说来也真凑巧，开会的当天晚上就下了一场大雨，第二天早晨队长起床后到地里去，看到雨水已经深透了泥土，完全可以栽苕了。于是就安排各组组长通知社员早饭后立即出工。苕藤栽到中午的时候，原先打出来的苕厢已经没有了，社员们都说前几天实在该早点安排出工，苕藤留在地里栽不下去，今后不知要等多长时间才能等到下雨，队长说有钱难买早晓得，现在说这些话已经没有用。

　　有社员提出在没打苕厢的板土上栽苕，原因主要是担心往后不下雨，红苕栽不下去，本来今年栽秧面积都减少了，秋天稻谷肯定减产，如果今年红苕的面积再减少，那今年下半年的日子恐怕就更不好过了。队长说现在为时尚早，还可以等一等再说，如果现在就把苕藤栽下去，万一等段时间雨来了，岂不是又后悔不已。队长安排明后天天一晴起来，只要泥土不粘铧犁，立即就牵牛出来犁土，抓紧时间打苕厢，在第二泼雨到来之前，争取把苕厢都打好。

　　第二三天的太阳出奇的大，犁土的社员全部脱了衣服光着上身，汗水仍然跟着背沟流个不停。歇了一段时间的耕牛也有了劲，不像前段时间那样要死不活的走不动，只要稍稍打一条子就跑得人都撵不上，犁出来的土翻摆在坡上晒着水气。那几天正赶上夜里有月光，队长要求社员晚上出夜工，做两个小时的活路算一天的工分，给高工分的目的是把社员的积极性调动起来尽快把苕厢打好，以免再耽搁时间误了大事。社员们当然积极性也很高，晚饭一吃了就往坡上跑。那样加班加点的干了三四天，生产队麦收后的土地就全部置办了出来。因为连续几天的大太阳，第一批栽下的红苕被晒得死蔫蔫的，所以队长又安排社员挑粪水淋红苕，粪水淋到土里没有雨水蒸发得那么快，加之晚上还有少许露气，所以虽然经历几天的太阳暴晒，第一批栽下的红苕也保了下来没被晒死。

由于前段时间闹地震，有些生产队把耕牛杀了，到了现在犁土的时候就成了困难。有几个生产队来向队长联系借牛的事，队长说这几天耕牛累得很，刚刚才把队里的百多亩土地犁出来，气都还没有歇一口。耕牛是公家的，犁出了问题自己负不起这个责。几个人好说歹说嘴皮磨破了也不起作用，只好怏怏的回去。把几个人打发走后，队长对社员说，牲口说不出来话，累死累活只晓得往前走，拿给他几爷子牵起去不当数，几下子整出毛病来我这个生产队怕要垮杆。

社员们都说队长的做法正确，处事就是要为本队着想，不能随时随地都慷慨大方，很多事情应该掌握分寸。顺便又说到队长有先见之明，当初地震闹得人心惶惶的时候坚持不杀牛，现在就体现出了留下耕牛的好处。谢吉平听着这话的时候一直不做声，因为当初他是第一个建议杀耕牛的，在队长不同意后，自己就把家里的牲畜都杀来吃了，现在地震的风潮消退了，心里很后悔，但却无力回天。但偏有人哪壶不开提哪壶，有意把这事挑明，弄得谢吉平的脸红一阵白一阵，其他一些人也跟着取笑，急得谢吉平面红耳赤，说哪个龟儿子再提这件事老子要骂娘。大家看到谢吉平真的要冒火了，就把话题岔开，谈些农业生产上的正经事，这样才缓和了气氛。

24

转眼就到了中秋节，中秋节农村时兴打糍粑，尤其是快要接新媳妇的家庭更会搞得像样一些。三表公家的底子谁都清楚，早已名声在外，皮子是背起的，所以这样的节气当然不能草率。三表婆几天前就准备好了糯米、白糖、猪肉和小菜一类过节的东西。中秋节的规矩是吃两顿，早晨吃糍粑，中午吃炒菜，每桌至少要有八个菜以上，三亲六戚和媒人都要一起请来，人多闹热，也体现出一种气氛。

然而，没有想到的是在这个喜庆的日子里，却带来一个不幸的消息。就在中午大家吃得很高兴的时候，大队治保主任一脸严肃的来到三表公家，说大队从明天起要开办学习班，叫三表公、父亲和谢吉平都去大队小学参加学习，天大的事情都不能耽搁。治保主任说完后转身就走了，留他吃饭，他像没听见一样。

治保主任姓周，长一脸的麻子，人称周麻子，是幺公的表侄儿。平时负责大队的治安秩序，专管吃喝嫖赌偷盗抢窃一类的事。周麻子本身并不正直，经常吃拿卡要收受别人的好处。社员们心里明白，但都敢怒不敢言，因为他的老丈人是公社的武装部长。这个时候周麻子一发话，大家都知道遇到了麻烦事。所以中午饭的气氛陡转直下，大家都低着头夹菜吃饭，言语极少，吃完饭后坐了一会儿都要求回去。三表公也没有心思再留客，任其自便。德胜把打发给春梅的东西装在背篼里，送春梅到半路也就转来了。第二天，父亲早早去到学习班，看到教室里除了讲台前留有两张课桌和两根板凳外，其余的桌凳都搬出去了，来得更早的人已经在外面搬了几块石头到教室当坐凳。九点钟光景，参加学习的人陆续到齐后，父亲看到本队就只有昨天周麻子通知的三个人。父亲猜测这肯定是幺公在里面放了烂药，因为长期以来的积怨使幺公对父亲有很大的意见，现在由于德胜和春梅的婚姻问题，父亲与谢吉平和三表公有了更加亲密的关系，那么谢吉平和三表公跟着父亲遭殃也就是顺理成章的事了。而且根据幺公的德性，这个借刀杀人的机会他是怎么也不会放过的。但在没有确凿的证据之前，父亲不好多说什么。这天上午，周麻子对开办学习班的目的作了简要的说明，他说主要是进行思想整顿，上面要求进入学习班的人必须先作自我检查，凡是做了违规违纪的事情都要老老实实交代，一点不能隐瞒，要晓得纸是包不住火的，如果自己不交代，被其他群众举报出来，那性质就大不一样，对这种人，要罪加一等，严加惩处。这次开办的学习班不限定时间，也许一个月，也许两个月，也许一年半载，总之最终要把事情搞明白才收场合，说得脱走得脱，说不脱就走不脱。

　　接下来的几天就是让大家仔细回忆，认真反思，把一个一个的问题写在纸上，不要有所遗漏。整个学习班十五个人，前前后后搞了一周时间了，材料写过去写过来，一遍一遍交上去，又一遍一遍打回来，周麻子总说不合格，既不全面也不深刻，必须另外重写。到了第十天，十四个人基本上过了材料关，唯独谢吉平一个人的材料仍然写得稀里糊涂让人看了头脑生痛。谢吉平本来是斗大的字都认不到几个的人，你叫他说还可以，叫他写，他比上尖刀山还难。看到谢吉平焦头烂额的样子，父亲向周麻子提出由谢吉平口述，自己帮他代笔。周麻子当时一听就拉下两块脸对父亲一顿臭骂，说你是个假精灵不是？你认为自己写得起几个狗文字就不得了了，他自己的事情不晓得做，要你去充能干？简直毬经不懂，眼泡皮肿！父亲没想到平时低头不见抬头见的几个人此时此刻却如此放得下脸，出语这么恶毒。但父亲还是强压住心头的怒火，说周主任你认为不行我不写就是嘛，何必把话说得那么难听。周麻子一听更是火冒三丈，一副要吃人的样子，正准备把父亲再训斥一通时，谢吉平实在忍不住了，呼的一下从蹲着的地上站起来，几下把退回来的材料扯得稀烂，指着周麻子的鼻子说，你龟儿螺蛳的屁眼歪上了天，作贱人不是这个作贱法嘛，老子今天不写了，看你娃把我做个啥！周麻子顿时在桌子上一巴掌，也指着谢吉平的鼻子说，你龟儿还有胆量和我跳嗦，老子把脚筋给你放了，看你还跳不跳得起。谢吉平说你不把我的脚筋放了你就不是人生父母所养！老子就要看你长得有几个卵子！眼看两人你来我去要动打势了，父亲和三表公赶忙去把他们拉开。周麻子知道如果真的打起来，自己肯定要吃亏，所以趁势溜出了教室门口。不过在门外，周麻子还转过头来向谢吉平吼道，谢吉平，好生等着，你娃哭的日子还在后头。说完就匆匆忙忙往乡场上走了。周麻子走后，外面看热闹的一群小娃儿拍着手掌唱起了顺口溜：麻子麻得很，麻子打日本，日本投了降，麻子得表扬，表扬得得多，麻子起窝窝，窝窝起得深，麻子回农村，农村吃不饱，麻子跟倒偷儿跑……学习班的人听到小娃儿这一唱，就笑着散了。

25

下午来的时候，周麻子的身后跟着民兵连长朱江，朱江背杆步枪，脸不是脸嘴不是嘴的，看见众人就像借了他的谷子还他的糠。周麻子手里提个黄布口袋，胀鼓鼓的，不知里面装的啥。两人走进教室，站在讲台上朝下面打望了一阵，估计是在清点人数。片刻，周麻子昂着头干咳了两声，把黄布口袋往桌上一丢，口袋里露出了一捆麻索。周麻子指着朱江手里的枪说，这里有炮火，今后哪个不服管教，这个东西认不到人。周麻子然后坐下来，招呼朱江也坐下。周麻子接着说，今天上午，谢吉平态度极不端正，竟敢出言不逊，辱骂本人，简直是吃了豹子胆，不把我放在眼里。今天下午，我就要拿点颜色给他看看，让这个不识货的杀猪匠晓得一点本人的厉害。周麻子把口袋里的麻索扯出来递给朱江说，朱连长，烦请你给我把他捆起来。其他的人眼看要动真格，都为谢吉平求情，说周主任过了的事情就算了嘛，他态度不好今后好好改正，有问题主动向你老实坦白交代就是，你看在乡里乡亲份上就饶过他这一回嘛。

周麻子拍了拍桌子说，都不要做声了。你们都是有问题的人，还有啥权力为他说情。他这种人，不让他受点皮肉之苦他不晓得锅儿是铁铸的。大家一听话不对头，也就不好再开腔了。

谢吉平本来是个不怕事的人，就在朱江去捆他的时候，他还拼老命和朱江对抗了几个回合，但终因不是对手，被年青力壮的朱江掐住脖子按在地上。教室的灰尘腾起老高，谢吉平呛得直咳嗽。待缓过气来过后，谢吉平高声叫骂，把周麻子和朱江的八辈祖先都骂遍了。在地上被五花大绑的谢吉平再也爬不起来。周麻子吩咐朱江把谢吉平吊起来。朱江就用另一条绳子栓了谢吉平的手腕，然后把绳子的另一端甩过屋梁，再斗起八字脚将绳子的一端往下拉，谢吉平的身子慢慢悬空起来，离地四五尺了，朱江就把绳子在石柱头上缠了几圈，打上死结。起初，谢吉平还勉强支撑着，但逐渐就熬不住了，痛得脸青面黑哭爹喊娘。周麻子坐在板凳上跷起一副二郎腿，不紧不慢地抽着烟，完全不把谢吉平的叫声当一回事。谢吉平脸上冒出黄豆粒般大的汗珠，前胸后背的衣服也完全湿透，实在忍不住了，谢吉平不得不乞哀告怜的说自己错了，不该和周主任朱连长对抗，只要放他下来，他什么都承认。周麻子说你娃如果有脾气不下矮桩，我也有脾气把这个鸭儿浮水一直吊下去。说完后周麻子用下巴示意了一下石柱头，朱江会意，走过去解了绳子的死结，把谢吉平放了下来。经过折腾后的谢吉平已经没有一丝力气，扑在地上像死过去一样，任凭地上的灰尘糊在脸上和嘴上，眼睛依然闭着，痛苦万般。当天傍晚回到家里，谢吉平一个人坐在门槛上，目光呆滞面无表情，老婆和春梅问他怎么回事，他一句话也不说，到了吃夜饭的时候，他把饭桌看了一眼，不声不响地爬到床上，脸脚也不洗就蜷缩着睡了。半夜时分，老婆起来解手，发现谢吉平不见了，于是感到事态严重，立马拿了电筒跑去找三表公，三表公一听也感到大事不妙，又立即来找父亲，父亲稍加思考，就断定谢吉平肯定是找周麻子算账去了。父亲问谢吉平老婆家里的杀猪刀在不在。谢吉平老婆说自己走得匆忙，并且做梦也没想起去看一看背篼里的杀猪刀。父亲说莫挨时间了，赶快去追。到底是老婆心疼自家的男人，一个妇女打着电筒在模模糊糊的山道上奔跑如飞，连两个男人跟在身后都累得气喘吁吁的。半路上，终于追上了拿着杀猪刀的谢吉平。谢吉平老婆把电筒光射到谢吉平脸上，问他深更半夜拿把杀猪刀要到哪里去？谢吉平说，老子去把周麻子那个龟儿杀了。父亲和三表公连忙把谢吉平手里的杀猪刀缴了，然后把谢吉平拉在一棵桑树下坐下来，费了不少口舌才把谢吉平劝住。三表公说留得青山在，不怕没柴烧，你我几个团结一心，啥事商量着点，还怕今后奈何不了他。这个时候根本用不着去和他硬斗，凉水泡茶慢慢来，心急吃不了热豆腐。父亲说我们现在想一想办法，看怎样躲过这一场灾难，免得人吃亏。

  谢吉平的遭遇着实让人同情，挨打挨骂不说，还被侮辱性的弄来吊鸭儿浮水，面子都丢尽完了，今后肯定又是被人嘲笑的对象。三表公说人在屋檐下，不得不低头，男子汉大丈夫能伸能屈，现在最好的办法是顺着周麻子，他叫怎么办就怎么办，只要这场运动一过，一切都轻松了。三表公还说他愿意拿点钱出来疏通关系，把三人早点放回家，不然长期这样下去，人受折磨，生产队的工分也没挣到，两头不划算。谢吉平说了一些感激亲家的话，父亲也说那太难为三表公了，这事早办比迟办好。

26

根据三表公的推测，因为周麻子本身是个贪得无厌的东西，所以送礼他肯定会收，当然得了别人钱财他周麻子就自然会替人消灾。三表公回到家里顾不上睡觉，直接去鸡圈捉了两只肥母鸡，用谷草把鸡脚捆了，再把三表婆喊醒，拿了钥匙打开箱子，从猪腰子皮包里取了一百元钱。看看闹钟还有三个小时天就亮了。三表公照例打了电筒，一个人往周麻子家里去。三表公去敲周麻子的门，周麻子问是哪个？三表公压低声音说出自己的姓名，周麻子穿条火窑裤起来打开大门把三表公让进屋。三表公把母鸡放在屋角，说了一些让周麻子听了很高兴的话，过后就摸出一百元钱双手递给周麻子，周麻子假意推一下的动作都没有就收下了，并且当场许诺说没得问题，不过又补充说必须配合好他的工作。

三表公担心天亮了回去在路上遇到熟人不好说话，就向周麻子告辞，周麻子也懂得三表公的心思。三表公前脚一走，周麻子就关门回里屋睡觉去了。上午，三表公、谢吉平和父亲装着啥事都没发生一样去到学习班。周麻子在台上依然一脸严肃，凶神恶煞的叫谢吉平坦白交代，谢吉平唯唯诺诺的说听从周主任安排。谢吉平趴在石头上半天写不出两个字，周麻子说看到这个鬼样子心就烦，这样下去不晓得要耽搁大家多少时间。"自己回去想个办法！"周麻子一声怒吼，把众人吓了一跳。谢吉平从地上爬起来，低着头默不作声地出了教室。

周麻子在台上口水爆溅地说他看了大家所写的材料，有不少人没说真话，没把"作恶多端"的事情合盘托出，问题严重，态度又不端正，这种人，后果不堪设想。在场的人心惊胆颤面面相觑，都不知道自己在不在周麻子所说的"不堪设想"之列。整整一个上午，周麻子把大家训斥得一塌糊涂，并说搞得不好恐怕还有人要去坐班房！快到中午的时候，周麻子把收去的材料又发下来，叫各人回去后下午在家里好生反省，说前几天你们大多数人的材料勉强够格，但还没有完全达到上面的要求，还要把材料写深写透些。

下午，午饭后的父亲正坐在家里想自己的材料，谢吉平来了。父亲叫母亲去把三表公喊来一起商量。三表公到来后，谢吉平征求父亲和三表公的意见，说自己做的对不起集体的事情，要是一桩一桩回忆起来也不少，是不是都写出来，比如偷粪偷树偷豌豆偷麦子一类的偷盗行为。父亲的意思是除了偷粪，其余的都不要写，写上去就成了证据，父亲说为什么偷粪可以写呢？因为生产队那次查出来绝大多数社员都偷了的，包括你谢吉平，这件事很多人都清楚，不写也不行。三表公赞成父亲的意见。三表公还说如果把什么都老老实实的写上去，周麻子在我们三个人的处理问题上就不大好办，周麻子不是要求我们配合他吗，我看这就是一种配合，不然材料上到处都是问题，周麻子无法自圆其说放我们一马。

三个人的意见统一后，不仅谢吉平的交代材料避重就轻，避实就虚地写一些鸡毛蒜皮够不上处理的事情，而且三表公和父亲把原先写上去的很多东西都删去了。三表公说，他周麻子应该懂得。

第二天，学习班的十五个人把重新写的材料交给周麻子，周麻子逐一看过之后，宣布三表公、父亲和谢吉平等十个人没有多大的问题，可以回去不来参加学习了。在谢吉平的问题上，周麻子还多说了几句。他说谢吉平起初态度不好，所以挨了捆，挨了吊，但是后来态度端正了，从交代的材料和大队上掌握的情况来看，他没有大的问题，所以该放他回去，至于说谢吉平跳起脚儿辱骂我，我个人不去计较，不报私仇，作为共产党的干部，这点思想境界我还是有的。在是非原则问题上，我们一把尺子量人，既不放走一个坏人，但也绝不冤枉一个好人。

在周麻子冠冕堂皇的一番讲话后，父亲他们回来后就加入到生产队出工的行列，其余几个人天天依然去学习班，翻来覆去的交代问题，挨不尽的训斥辱骂，有两个人还挨了朱江的痛打。甚至中午也不准回家，叫家里人把饭送到学校。后来，学习班不断有人进去，又不断有人出来，高峰期达到三十来人。朱江的那杆步枪有极大的威吓力，使很多的人望而生畏，不敢造次，不过没发生打死打伤人的事情。只是有一次七八个人联合起哄，大有群体对抗的阵势了，朱江才把枪栓拉得哗哗响，枪口对着跳得高的人，说哪个胆敢再上前一步，就叫哪个的脑袋开花。一帮人才哑了声音原地站着不动。

27

这场运动前后历时五个月，运动最终以周麻子和工作组杨组长闹翻脸而收场。杨组长两次下来都住在周麻子家里，一住就是好几天，周麻子没想到杨组长是个满肚皮花花肠子的人，周麻子只要一出门，杨组长就和他老婆勾搭上床，有一天周麻子忘记带钢笔和笔记本到学校去，半途中返回来，杨组长和周麻子老婆在床上被周麻子逮个正着。尽管杨组长是县上派来的大员，但周麻子无论如何也咽不下这口气，两个男人顿时大打出手。杨组长伤了眼睛，周麻子伤了脚杆。杨组长当天下午就回县城医眼睛去了，周麻子碍于脸面，不好去找医生，自己忍着痛，走路一跛一跛的，对别人慌称被狗咬了。但世上没有不透风的墙，后来大家都晓得究竟是怎么回事。被人戴了绿帽子的周麻子也就蔫了许多，不再在众人面前耀武扬威，也没有多少心思把学习班继续办下去，东挨一天西挨一天后就把众人解散了。幺公去问周麻子，说其他大队都还在继续办，我们大队怎么就结束了，周麻子没好气地问幺公是不是也想去学习几天。幺公被碰个灰头土脸，连连摆手说不是那个意思不是那个意思，然后转身就走了。

28

旧历十月的天气一天比一天短，加之阴雨连绵不断，坡上的红苕挖不回来，麦子种不下去，一直到十月底，天气才有所好转，露脸的太阳照干了路面，苕地里也不再陷脚，队长就安排社员抓紧时间抢收抢种。队长说"白露霜降，豌豆麦子在坡上"，现在眼看季节都要错过了，再不赶紧把粮食种下去，明年收成又要大打折扣。其实每个社员都晓得饿肚皮很难受，所以出工都很自觉。今年本来都遭了天灾，谷子和红苕都大面积减产，如果明年收成再孬，人活不活得出来都说不准。尽管季节上的活路重，劳动强度大，消耗体力，肚皮饿得快，但社员们都尽力坚持着，力争不到收工时间不回家。这样一直干到十一月中旬，抛粮下种的事情也基本做完，余下的就是些管理一类的轻松活了。

冬天有了空闲时间，母亲又想到了德胜和春梅的婚事。德胜和春梅的年龄都到了，男大当婚女大当嫁，如果在旧历年底之前办婚事，时间完全抽腾得出来。作为媒人，母亲自然想把事情做个圆满。她认为双方应该没有什么意见，三表公一方自不必说，早点把媳妇接进屋，也省去过年过节送礼往来的麻烦，谢吉平一方即使心里有些不愿意，但嘴上肯定不大好说，因为不久前三表公把他从学习班弄出来是费了力的，这种恩至今都还没报答。母亲的分析基本上没错。三表公表示完全赞成，说他们对结婚所需不存在问题，钱粮都是有的。谢吉平一方说只是时间稍微紧了点，因为至少总得准备几抬像样的嫁妆。母亲说如果这期间忙不过来，有用得着她的地方，只要说一声，她搁了活路也会去。这样一来，谢吉平一方也就没有其他的话说了。

俗话说，大家做事不忙，小家做事慌张。家底薄弱的谢吉平最感头痛的是钱不够，两口子经过核算，要把这件事情办妥，起码还差三百块钱。上半年闹地震，把一切都消耗殆尽了，家里几乎没有什么值钱的东西，粮食虽然还有些，但比起往年来却少得多，而且这是基本口粮，根本不敢去卖，唯一能够想出一点办法的就是自留地边有十多根柏树，房子周围有上千斤竹子，但这些卖出去也远远不够，还得想办法到其他地方去借。

谢吉平想到自己的三亲六戚一个个都是穷的，靠他们无疑是做梦，所以话都懒得去说。谢吉平的老婆说，可以去和三表公打个商量，先从他那里借点过来，婚事办了过后就立即还他，这样搞得红红火火的，大家面子上都过得去，不把话拿给别人说，想必他三表公在这节骨眼上无论如何都会同意的，不然我们幺妹崽怎么嫁得过去？谢吉平虽然觉得有点强人所难的意味，但除此也别无它法。

办法虽然想出来了，但脸皮再厚的人也还是不好意思开口的。谢吉平又想到了母亲，他想母亲作为媒人肯定好说话得多。在谢吉平向母亲说明情况后，母亲欣然同意。母亲把谢吉平的想法对三表公说了之后，三表公眉毛胡子皱到一堆，感到心里烦躁，半天不下结论，也不说要得也不说要不得。还是三表婆爽快点，她说借就借嘛，又不是向我们要，终归到底他是要还的。

三表婆还有另一种想法是，娃儿结婚是大事，再拖上两年，多的钱都花了，吃亏的还不是我们自己。这样一说，三表公也只好同意。钱的问题解决后，谢吉平两口子就把精力放到置备幺妹崽的嫁妆上。铺盖，蚊帐，枕头，席子，鞋袜，镜子，剪刀，针头，线脑，尿桶，瓷盆，饭碗，瓢勺，衣柜，木凳等等，前前后后准备下来，花了将近一个月的时间。眼看离腊月二十二日的婚期只有几天了，谢吉平又叫母亲去打听一下三表公那头过礼要抬些什么来，是半边猪还是一头猪？如果来一头猪，自己这边就不再花钱去买肉了。母亲打听到的结果是，三表公那头准备的是一头猪，四只鸡，四只鸭，一百斤大米，六百块钱，谢吉平听到这个消息，顿时喜得眼睛眯成一条缝，决定再花三五几十块钱去请个响器班，吹唢呐，敲锣鼓，把气氛搞热闹点。春梅对此也十分高兴，整天忙里忙外，乐此不疲。

29

出嫁的头天晚上，根据农村的风俗，女方家要坐歌堂，平时和春梅要好的朋友晚饭后都早早的来了，帮着春梅布置桌椅板凳。德胜和他带来的客人是不参与的，他们都坐在晒坝喝茶说话。春梅在桌上点了两盏煤油灯，并把灯芯挑得高高的，油灯的光亮照着每个人兴奋的脸。然后又从里屋端出一碗硬币放到桌子中间，1分、2分和5分不等，那是准备给参与者发喜钱的。三表婆端出一筛子水果糖和煎胡豆，她叫大家随便吃，不客气。但这些姑娘们却不好意思伸手。三表婆就给每人抓了一小把放到桌边，姑娘们就一边吃着，一边叽叽喳喳的说笑。有人提出该唱歌了。这种场合，既是姑娘们送别朋友抒发感情的时候，更是她们展露歌喉表现自我的机会，谁的歌唱得好，很快就会一传十，十传百，在邻里四周获得赞誉。一个姑娘开了头，唱的是《东方红》，那是流传最广的一首歌，男女老少都能唱，所以大伙儿都跟着唱了起来，也不管音准没准，跑没跑调，反正就那么回事。第一首歌唱完，大家的情绪一下子就调动起来了，接着就是《映山红》《十八相送》《北风吹》《红星照我去战斗》《北京的金山上》《大海航行靠舵手》等一些非常熟悉的歌。有的独唱，有的合唱，有的歌在一个晚上反复唱三四遍。唱得大家情绪高涨掌声不断，并掺杂着伸手动脚捣腋肢窝一类的调皮动作，搞得歌堂嘻嘻哈哈，笑声不断，令晒坝里德胜和他的朋友们也停下话语来侧耳倾听，分享着姑娘们的快乐。为了答谢热情的朋友，春梅站起来唱了一首《社员都是向阳花》，歌声清脆嘹亮，声情并茂，而且还带着贴切的动作，简直都是歌舞了。春梅的歌唱一完毕，屋里屋外都响起了掌声。有人鼓动春梅再唱一首，但春梅无论如何都不干了，她说她再唱就唱不好了，她给朋友们发喜钱。有几个跟着姐姐来的小弟弟小妹妹们听说发钱，顿时拍着手掌向春梅要5分的，春梅从碗里找了几枚出来分发到他们手中。还没等春梅再分配，另有几个胆大的姑娘哄笑着伸手来抢了，春梅情急生智，赶忙抓一把抛向空中，哗哗散落在地的硬币令歌堂的姑娘们低头弯腰在地上你争我抢起来，气氛活跃到了极致，有抢得多的，有抢得少的，也有没抢到的，抢得多的捂着衣袋不敢松手，没抢到的闹着要春梅再发，春梅就给那些伸出手的每人发两三枚，直到把碗里的硬币发完为止。皆大欢喜之后，春梅把大家送出了歌堂，姑娘们就说笑着分散了，各自回家去。

谢吉平老婆叫春梅早点去睡觉，自己和谢吉平陪着厨师在灶屋里忙了一个通宵，另外几个打杂师也都脚不停手不住的帮忙，平时都是很要好的人，有什么事也是你帮我家我帮你家，所以事情都争着做，做完一件又问还有啥事，完全把活路当成自家的一样。

那天夜晚，春梅翻来覆去睡不着，她想到嫁给德胜后一定会过上幸福的生活，心里着实有些兴奋，但回过头来又想到，和爹妈生活了二十来年，凡事都有人作主，这下嫁过去，很多事情都要靠自己，又不免有些担心。更让人难过的是如此一走，娘家也就是另一个家了，父母再也不能与自己朝夕相处，虽然娘家隔得不远，回来也很方便，但毕竟父母会把自己当作客人对待，感情上自然会生分起来，想到这些，春梅又有些伤感。

第二天起床后，母亲开始给春梅梳妆打扮。母亲用豆粉在春梅的前额抹了一遍又一遍，然后把前额的浅头发扯去，母亲说那是苦头发，扯了，就意味着今后没有苦日子过，一生幸福甜蜜。春梅还拿出几天前德胜给她买的雪花膏和胭脂，让母亲给她化了淡妆。一套崭新的蓝色的确卡是她和德胜半月前到县城扯布回来找街上手艺最好的裁缝量身定做的，穿在身上漂亮得体，春梅已经试了好几回，这时候又从箱子里拿出来穿上。布鞋和鞋垫是春梅自己做的，一针一线毫不马虎。一切穿戴整齐，吃早饭的时间也就到了。因为人多，桌凳碗筷不够，根据厨师的建议，酒席是按两轮坐的，凡是春梅这边只来吃酒不到德胜家去的，都坐第二轮。因为早饭安排得早，所以第二轮酒席吃好后，发亲的时间还没到。按照八字先生的要求，选定了吉日良辰，就必须准点准时起身，早了晚了都不好。谢吉平看了看神龛上的闹钟，还有半个小时才到，于是就叫大家坐了喝茶休息，自己到里屋去拿了一挂鞭炮出来，栓在晾衣杆顶端，再把晾衣杆立起来，斜靠在屋檐边。德胜自己不抽烟，但昨天过礼时，专门带了几盒香烟来散人，这时候就摸了烟出来给人散烟点火。而且都是双手奉上，动作得体大方，既礼貌又客气。妇女们都在屋里看春梅的打扮和嫁妆，又是说又是笑，满屋子嘻嘻哈哈的，好不闹热。

发亲的时刻终于到了，谢吉平点响鞭炮，噼哩啪啦的把满沟山岔都震动了，响器班的师傅们也动作起来，吹拉弹唱，敲锣打鼓。母亲站在院坝路口，安排哪些人走前头，哪些人走中间，哪些人走后头，一切按了规矩，出门上路。迎亲和送亲的队伍不稀不密，整整扯了两根田坎，场面壮观，气势恢宏。吹唢呐的师傅鼓着腮帮，把喜庆的曲调吹得高亢嘹亮，担嫁妆的小伙子扭着腰身，迈着轻快的步伐，故意把肩头的扁担弄得一闪一闪的。

在欢乐的气氛中，一行人渐渐远去，谢吉平站在院坝边了望了很久，此时此刻，他的心绪怎么也无法平静。好多年了，生产队几十户人嫁过不少女子，都没有哪一家把婚事操办得这么热闹，这么隆重，自己作为一个杀猪匠，家里穷得叮当响，却做了一件别人想也不敢想的事情，尤其在这饥荒年月，不是更能体现一个人的能力和水平么。

谢吉平老婆在屋里收拾碗筷，许久不见谢吉平回屋，就把头探出来看，发现谢吉平一个人站在院坝里，呆了一样。谢吉平老婆就把躺在门口的花狗踢到一边，冲谢吉平吼道，人都走远了，你一个人还站在那里发啥呆，屋里的东西乱七八糟的，你不回来收拾，未必还指望春梅回来给你收拾嗦。

谢吉平老婆这么一吼，顿时回过神来，感到从今往后，家里就少一个人了，春梅从小到大，二十来年光景，真是一晃而过，心里不免酸酸的。

还没走的客人就帮着搬桌子，顺板凳。厨师清洗着自己带来的蒸笼、锅盖和刀具。此时，猪还没喂，屋还没扫，鸡也在院坝追逐乱飞。谢吉平老婆忙得打旋旋，一副不堪重负的倦容，头发零乱两眼乌青，双手油污。

看到谢吉平两口子有些失落的样子，大家安慰说春梅出嫁后，家里人手少了，如果今后有需得着帮忙的地方，只要说一声，是没得问题的，谢吉平两口子自然说了些万分感谢的话。大家还说，春梅嫁过去后，不愁吃不愁穿，一年过后带个胖小子回来，叫着外公外婆，还不把你两口子乐死呢。

谢吉平两口子仿佛真的看见一个白白胖胖的小子，光着屁股，笑眯了眼睛，在自家屋子里满地爬着，不时抬起头来叫一声：外公、外婆。

这情景，竟又让两口子万般陶醉起来。

2004 年 8 月 25 日写毕于水井湾

后 记

　　序言里没说清楚的，在这里还说几句。

　　这本书是几年前就想出的，却一直害怕着，因为我有自知之明，好多篇章读了之后，不免让人发笑。笑我的浅薄和油腔滑调，也笑我的无知和滥竽充数。

　　但是，时间上拖也不是办法，它最终会结集成书的。因为，对于一个劳作的人来说，把散落在各地的柴禾收拢来，打成捆，也是一种必然。最初的想法是按写作时间的先后逐一编排，但后来觉得那样做，反而杂乱无章。于是就分门别类编成现在的模样。虽然时间没了先后，但也终不致于乱了阵脚。只要成文的日期还在，依然可以回忆那些年月都做了些什么。好记性不如烂笔头。对于一个不擅长记忆的人来说，这无一是弥足珍贵的。

　　人过半百，心已苍老。回想这些年来走过的路，不与人诉说，唯有自己清楚。但是，集子里的短文，到底又掩盖不住岁月的痕迹。人生如旅途，行走中可遇风雨，可见彩虹。在感情的交织中一路走来，同样是一种风景。感受了，也就满足了。

　　未来是什么，我无可预知。但背上行囊，一路前行，那也是一种必然。人生没有终点，前面的路还很长，走一步，是一步。

2017 年 7 月 22 日清晨于报社